Hans Rosenfeldt
Wolfssommer

HANS ROSENFELDT

WOLFSSOMMER | THRILLER

Aus dem Schwedischen von
Ursel Allenstein

WUNDERLICH

Die Originalausgabe erschien 2020 unter dem Titel
«Vargasommar» bei Norstedts, Schweden

Deutsche Erstausgabe
Veröffentlicht im Rowohlt Verlag, Hamburg, November 2020
Copyright © 2020 by Rowohlt Verlag GmbH, Hamburg
«Vargasommar» Copyright © 2020 by Hans Rosenfeldt
Redaktion Annika Ernst
Satz aus der Dolly bei Pinkuin Satz und Datentechnik, Berlin
Druck und Bindung CPI books GmbH, Leck, Germany
ISBN 978-3-8052-0002-8

Die Rowohlt Verlage haben sich zu einer nachhaltigen Buchproduktion verpflichtet. Gemeinsam mit unseren Partnern und Lieferanten setzen wir uns für eine klimaneutrale Buchproduktion ein, die den Erwerb von Klimazertifikaten zur Kompensation des CO_2-Ausstoßes einschließt.
www.klimaneutralerverlag.de

Von Moos und Büschen umschlossen, lag sie auf der Seite.

Die Mücken summten um ihren Kopf, und sie atmete angestrengt, kurz davor, das Bewusstsein zu verlieren. Ihr rechtes Auge starrte gen Himmel, zu den leichten Wolken, deren Ränder rosa und orange leuchteten.

Es war die warme Jahreszeit. In der es immer hell war.

Sie hatte den Eitergestank schon vor Tagen wahrgenommen, aber an der Entzündung würde sie nicht sterben. Auch nicht am Hunger. Sie war satt. Zum ersten Mal seit langem.

Doch die Wunde wollte nicht heilen, sosehr sie sich auch bemüht hatte, sie sauber zu lecken. Das Böse, Heiße hatte sich ausgebreitet und war ins Bein gewandert. Eine Zeitlang hatte sich das Rudel ihrem Tempo angepasst. Dann waren drei ihrer Jungen mit den anderen weitergezogen, nur das Kleinste war bei ihr geblieben. Dem Untergang geweiht.

Sie konnte nicht mehr jagen, er hatte es noch nicht gelernt.

Nicht einmal an die jungen Elche, die in der hellen Zeit eine leichte Beute darstellten, war zu denken. Selbst die kleineren Tiere entkamen ihr. Und für die Beeren, die notfalls den schlimmsten Hunger stillten, war es noch zu früh. Gestern hatten sie ein wenig Fleisch gefunden. Es war teils versteckt gewesen und hatte einen alarmierenden Geruch verbreitet, der sie zur Flucht mahnte, aber fürs Erste stärkte. So konnten sie ihren Weg fortsetzen, bis zu dem Felsen am Waldrand, wo sie noch mehr fanden. Viel mehr. Große Brocken. Die sie gar nicht alle fressen konnten.

Danach war sie mit ihrem Jüngsten weitergehumpelt, bis es langsamer geworden und winselnd ein paar wackelige Schritte zur Seite getorkelt war. Schließlich hatte es nicht mehr aufstehen können.

Sie hatte bei ihm ausgeharrt, bis es tot war, und sich dann wieder aufgemacht. Sie war nicht besonders weit gekommen. Irgendwann hatten die Krämpfe und das Zittern das Laufen unmöglich gemacht. Sie war im Moos zusammengesunken und auf der Seite liegen geblieben.

In der Wärme. Im Licht. Dem immer hellen.

PROLOG

Alles war nach Plan verlaufen.
Anfangs nach dem ursprünglichen.
Als Erste vor Ort sein, den Jeep und den schwarzen Mercedes auf dem zerfurchten Gelände mitten im Wald parken, das die Holzlaster und die Forstmaschinen als Lade- und Wendeplatz nutzten. Die Kühler der Fahrzeuge in Richtung des schmalen Forstwegs gedreht, die Fenster heruntergelassen. Das nächtliche Vogelgezwitscher war das einzige Geräusch in der völligen Stille, bis Motorenlärm die Ankunft der Finnen verkündete.

Ein Volvo XC90, ebenfalls schwarz, tauchte auf. Wadim sah, wie Artjom und Michail ihre Waffen nahmen und im selben Moment aus dem Mercedes stiegen, als auch er und Ljuba aus dem Jeep sprangen. Er mochte Ljuba und glaubte, dass es auf Gegenseitigkeit beruhte. Sie waren ein paarmal Bier trinken gewesen, und als sie gefragt worden war, wen sie begleiten wolle, hatte sie ihn gewählt. Für einen Moment überlegte er, ob er sie bitten sollte, lieber im Auto zu warten und sich vorsichtshalber zu ducken, weil er ein ungutes Gefühl hätte. Aber wie sollte es weitergehen, wenn er sie warnte?

Sollten sie zusammen durchbrennen? Bis ans Ende ihrer Tage glücklich leben?

Das war unmöglich. Sie würde sich nie von Zagorni abwenden, sobald sie begriff, was passiert war. So groß war die

Liebe nun auch wieder nicht, da war er sich sicher. Also sagte er nichts.

Der Volvo hielt einige Meter von ihnen entfernt, und die vier Finnen stiegen aus. Bewaffnet. Sie sahen sich misstrauisch um, ehe sie sich verteilten.

Alles war still.

Die Ruhe vor dem Sturm.

Der Anführer der Gruppe, ein großgewachsener Mann mit kahlrasiertem Schädel und einem Tribaltattoo um das eine Auge, nickte dem kleinsten und hagersten der vier zu, der seine Pistole aus dem Holster zog, hinter den Volvo ging und den Kofferraum öffnete.

Bis zu diesem Punkt stimmten ihre Pläne überein.

Dann begann seine Planänderung.

Die Kugel des schallgedämpften Gewehrs schlug unter dem Auge des Finnen ein, der direkt neben dem Wagen stand. Die plötzliche Explosion aus Knochen, Blut und Hirn, als das Projektil in der nächsten Sekunde aus dem Hinterkopf austrat, ließ die anderen instinktiv handeln.

Im Prinzip fingen alle gleichzeitig an zu schießen.

Alle bis auf Wadim, der sich durch einen Hechtsprung hinter den Jeep in Sicherheit brachte.

Der Mann mit der Tätowierung im Gesicht fluchte laut und streckte Michail unverzüglich mit vier oder fünf tödlichen Schüssen in die Brust nieder. Artjom reagierte seinerseits. Der Tätowierte wurde von zwei Kugeln getroffen, wankte rückwärts, fand jedoch schnell wieder das Gleichgewicht und richtete die Waffe auf Artjom, der sich zu spät hinter den Mercedes warf. Mehrere Kugeln erwischten ihn am Bein, und er landete schreiend vor Schmerz im Kies. Blutend, brüllend und um sich schießend, steuerte der Tätowierte auf den Volvo zu. Er schien fest entschlossen, lebend davonzukommen.

In der nächsten Sekunde fiel er röchelnd auf die Knie, ließ die Waffe fallen und presste beide Hände auf das, was noch von seinem Hals übrig war.

Irgendwo ertönten weitere Schüsse, weitere Schreie.

Artjom stemmte sich mühsam in eine sitzende Position, während er hilflos versuchte, das Blut zu stoppen, das im Rhythmus seines gestressten Herzschlags aus seinem Oberschenkel pumpte. Dann war eine neue Serie von Schüssen zu hören, und er erstarrte, die Verzweiflung in seinem Blick wich einer Leere, und seine Lippen formten noch einige stumme Worte, ehe sein Kinn auf die Brust sackte.

Der dritte Finne hatte in einem flachen Graben Zuflucht gesucht, von dem aus er unter den parkenden Autos hindurch freie Sicht hatte und mit einer gezielten Salve aus seinem Sturmgewehr Artjoms Rücken treffen konnte. Wadim wurde klar, dass auch er vollkommen sichtbar war, und er stürzte sich hinter den Jeep, um sich hinter einem der großen Reifen zu verstecken. Als er um das Auto herumgekrochen war, sah er auch den kleinsten der vier Finnen tot am Boden liegen.

Ljuba war nirgends zu sehen.

Aus dem Graben am Waldrand knallte es erneut, Kugeln schlugen in die Radfelge ein und durchlöcherten den Reifen. Ein Projektil durchschlug das Gummi und traf ihn direkt über dem Hintern. Der Schmerz durchzuckte ihn wie ein weißer Blitz. Er verbiss sich den Schrei, presste die Stirn gegen seine angezogenen Knie und machte sich so klein wie möglich. Als er nach einer Weile ganz sachte wieder die Luft aus seinen Lungen entweichen ließ, wurde ihm bewusst, dass das Feuer verstummt war.

Jetzt war es wieder still. Vollkommen still.

Keine Bewegung, keine Stimmen, keine Schmerzensschreie oder Flüche, kein Vogelgezwitscher, nichts. Als würde die ganze Umgebung den Atem anhalten.

Vorsichtig spähte er hinter dem Jeep hervor.

Immer noch kein Laut.

Langsam, sehr langsam streckte er den Kopf hervor, um einen besseren Überblick zu erlangen. Die Szenerie war in ein mildes Licht getaucht, wie es nur die Mitternachtssonne verbreiten konnte, die jetzt zwischen dem Horizont und den Baumwipfeln stand.

Er kam auf die Beine, die Kugel steckte noch in Muskel- und Fettgewebe, schien jedoch keine vitalen Organe verletzt zu haben. Er legte die Hand auf die Wunde. Sie blutete, aber nicht so stark, als dass er sie nicht selbst würde verbinden können.

«Ljuba?!»

Sie hockte an die hintere Stoßstange des finnischen Autos gelehnt da, die Pistole noch immer in der rechten Hand, und atmete flach und stoßweise. Die Vorderseite ihres grauen T-Shirts war blutdurchtränkt. Wadim begutachtete die Verletzungen. Das Blut strömte gleichmäßig hervor, demnach waren keine Arterien betroffen. Keine Luftblasen, also war vermutlich auch die Lunge intakt geblieben. Ljuba könnte durchaus überleben.

«Wer hat geschossen?», fragte sie keuchend und griff mit der blutigen Hand nach Wadims Jacke. «Wer hat zuerst geschossen, verdammte Scheiße?»

«Einer von uns.»

«Wie? Was soll das heißen, einer von uns? Wer?»

«Komm jetzt.»

Behutsam nahm er ihr die Pistole aus der Hand und steckte sie in die Tasche, ehe er sich vorbeugte und ihr hochhalf. Sie verzog vor Schmerz und Anstrengung das Gesicht, kam jedoch auf die Füße. Er legte ihren Arm um seine Schulter, fasste sie um die Taille und ging mit ihr zu der freien Fläche zwischen den geparkten Autos. Als sie auf Höhe des tätowierten Finnen waren, blieb er stehen, hob behutsam Ljubas Arm von seiner Schulter, löste den stützenden Griff um ihre Taille und trat zwei große Schritte zurück.

«Verzeih mir ...»

Ljuba sah ihn zunächst verständnislos an, doch sie begriff, was er getan hatte und was er mit ihr vorhatte, noch ehe die Kugel des schallgedämpften Gewehrs ihre Schläfe traf und sie zu Boden geschleudert wurde.

Wadim presste seine Hand gegen die Wunde unten am Rücken, streckte sich und atmete mit einem tiefen Seufzer aus.

Dennoch, es war alles nach Plan verlaufen.

Die Stadt erwacht.

Wie sie es immer tut. Immer getan hat.

Der Vertrag von Frederikshamn im Jahr 1809. Mit einer einfachen Unterschrift verlor Schweden ein Drittel seines Gebiets und ein Viertel seiner Bevölkerung. Das Kaiserreich Russland bekam Finnland und damit auch Torneå, das bis dahin größte Handelszentrum der Region. Die neue Grenze wurde mitten im Fluss gezogen, und Schweden besaß plötzlich keine eigene Stadt mehr in dieser Gegend. Doch die benötigte man, darin waren sich alle einig, nur, wo sollte sie liegen? Es gab viele Vorschläge und lange Diskussionen. Während man sich zu einigen versuchte, wartete die Ansiedlung geduldig, wuchs von einem kleinen Dorf mit einigen wenigen Höfen zu einer Marktgemeinde, ehe sie schließlich zur Stadt ernannt wurde. Das war 1842, im Jahr vor ihrer Geburt.

Haparanda, nach *Haaparanta*, dem finnischen Wort für Espenstrand.

Es folgten gute Jahre, in denen sie rasant wuchs. Am besten ging es ihr, wenn es anderen schlechtging. Eine neutrale, grenznahe Stadt in einer kriegführenden Welt zu sein hatte Vorteile. Wiederholt war sie das einzige offene Tor zu Russland. Ein Nadelöhr zwischen Ost und West.

Güter, Briefe, Waren, Menschen.

Legal, illegal, lebendig, wertvoll, gefährlich.

Jeder erdenkliche Handel und Verkehr lief über sie. Und sie wuchs, gedieh und blühte.

Heutzutage ist sie ein bisschen müde geworden. Lässt das Leben ruhiger angehen. Schrumpft allmählich. Kein dramatischer Niedergang, doch jedes Jahr sterben mehr Menschen und verlassen sie, als geboren werden oder zuziehen.

Sie kennt ihre Einwohner. Nimmt an ihrem Leben teil, sieht und weiß alles. Hat Erinnerungen und Erwartungen. Braucht jeden Einzelnen von ihnen. Sie ist eine Stadt, und es gibt sie nur, solange die Menschen in ihr wohnen wollen. Wie ein Gott, der in dem Moment zu existieren aufhört, in dem niemand mehr an ihn glaubt.

Also begrüßt sie alle Neuzugänge und beweint alle, die verschwinden, still und geduldig, am ewigen Fluss.

Es gab genügend Parkplätze zur Auswahl, also fuhr Hannah möglichst nah an das Sportgeschäft heran, stieg aus und sah sich um, während sie ihr Hemd in die Uniformhosen steckte. Nachdem sie in der Polizeistation aufgebrochen war, hatte sie wieder eine Hitzewallung gehabt, und obwohl sie schon nach wenigen Minuten verflogen war, spürte Hannah noch immer die Hitze im Gesicht und den Schweiß, der ihr den Rücken hinunterlief.

Das Wetter war auch nicht gerade hilfreich.

Es war der dreizehnte Tag in Folge mit strahlendem Sonnenschein und Temperaturen über zwanzig Grad, außergewöhnlich warm für Juni. Deshalb war weniger los als sonst im Einkaufszentrum an der E4, wo ein Dutzend Läden nebeneinanderlagen und hofften, die Anziehungskraft von IKEA würde ein wenig auf sie abfärben. Heute funktionierte das eher mäßig, stellte Hannah fest, während sie sich unbewusst noch einmal dem Auto zuwandte, ehe sie die wenigen Schritte zum Eingang des Sportgeschäfts zurücklegte.

Im Laden war es kühler als draußen. Zwischen den Metallkleiderständern mit den Sonderangeboten befanden sich nur wenige Kunden. Hannah hob die Hand und grüßte die Frau hinter der Kasse. Sie kannte sie nicht persönlich, wusste aber, wer sie war. Tarja Burell, verheiratet mit Harald, dem jüngeren Bruder von Carin, die am Empfang in der Polizeistation arbeitete. Tarja erwiderte den Gruß und nickte zum Ladeninneren. Hannah wusste sofort, warum sie hier war.

Den jungen Mann kannte sie ebenfalls vom Sehen. Jonathan, genannt Jonte, der Nachname fiel ihr gerade nicht ein, was dafür sprach, dass er nicht zu den Stammgästen im Arrest gehörte. Hannah machte sich auf den Weg zu ihm. Jonte wankte gerade auf ein Pärchen Mitte dreißig zu, das ihm zu entkommen versuchte, ohne ihm die Genugtuung zu geben, es zu verjagen. Deshalb taten die beiden ganz einfach so, als wäre er Luft.

«Darf ich kurz mit Ihnen sprechen?»

Jonte drehte sich zu Hannah um. Das wachsbleiche Gesicht und die ruckartigen Bewegungen wiesen darauf hin, dass er starke Entzugserscheinungen hatte, und die geweiteten Pupillen räumten den letzten Zweifel aus. Vermutlich Heroin. Oder Subutex. Das Angebot – und damit auch die Zahl der Abhängigen – war in den letzten Jahren dramatisch gestiegen.

«Hä?», stieß der junge Mann hervor und schniefte laut.

«Ich möchte einfach nur kurz mit Ihnen sprechen, folgen Sie mir bitte.»

«Ich habe nichts getan.»

«Darüber können wir gerne diskutieren. Draußen.»

Sie legte sanft die Hand auf seine Schulter, doch er stieß sie so heftig weg, dass er dabei selbst fast das Gleichgewicht verloren hätte und einen Schritt zurücktreten musste, um nicht zu stürzen.

«Lassen Sie mich einfach in Ruhe. Ich frage nur nach ein bisschen Kleingeld.» Beschwichtigend zuckte er mit den Achseln. «Betteln. Das ist ... das ist nicht mal verboten.»

«Gut, aber wenn Ihnen niemand etwas gibt, was machen Sie dann?»

«Hä, was meinen Sie?»

Hannah sah, wie er sich bemühte, verständnislos dreinzuschauen, aber sein Blick flackerte nervös.

«Dann drohen Sie mit Gewalt.»

«Na ja, aber das ... ich würde es doch nicht wirklich ...»

«Nein, aber Sie können hier nicht herumlaufen und den Leuten Angst einjagen, also kommen Sie jetzt.»

Wieder legte sie ihre Hand leicht auf seine Schulter, doch die Reaktion war dieselbe wie zuvor, eine heftige Rückwärtsbewegung, die seinen Körper stark ins Wanken brachte.

«Nehmen Sie Ihre dicken Finger weg!»

«Kein Problem», erwiderte Hannah und ließ seine Schulter los. «Wenn Sie dann mitkommen?»

«Ja, aber nur, wenn Sie mich nicht anfassen.»

Hannah trat einen Schritt zur Seite und bedeutete ihm vorzugehen. Auf wackeligen Beinen bewegte Jonte sich langsam zum Ausgang. Als sie an einem Tisch mit Markenboxershorts vorbeikamen, streckte er die Hand aus und riss einige Packungen an sich, die er hastig unter seiner dünnen Jacke verschwinden lassen wollte.

«Ist das Ihr Ernst?», fragte Hannah müde. «Glauben Sie, ich hätte meinen Blindenhund draußen vergessen, oder was?»

«Hä?», fragte Jonte noch einmal vollkommen unschuldig. Hannah nahm ihm seufzend die Packungen aus der Hand und warf sie wieder auf den Tisch. Ein barscher Stoß in den Rücken sollte ihm klarmachen, dass es jetzt definitiv reichte. Er schien zu verstehen und latschte ohne Protest weiter.

Als sie in das grelle Sonnenlicht hinaustraten, hielt Jonte inne und schirmte seine empfindlichen Augen mit der Hand ab. Ein weiterer Knuff lenkte ihn zu dem geparkten Polizeiwagen. Kurz davor blieb er plötzlich stehen, presste eine Hand auf den Bauch und krümmte sich. Der Schweiß perlte auf seiner Stirn.

«Mir geht es echt nicht gut», stieß er hervor.

«Weil Sie so viel Dreck konsumieren.»

Jonte antwortete nicht, aber Hannah glaubte, ein unmerkliches Nicken zu erahnen, ehe er weiter vorwärtsstolperte.

Sie schob ihn auf die Rückbank, und kurz darauf waren sie auf der Straße. Hannahs Blick fiel auf ihre Hände. Der Ehering saß zwar etwas enger als an jenem Tag, als sie ihn zum ersten Mal auf ihren Ringfinger geschoben hatte, und in ihr Hochzeitskleid würde sie wohl nie wieder hineinpassen, falls sie das je wollte. Aber ihre Finger waren nicht dick. Sie war nicht dick. Im letzten Jahr war ihr Bauch etwas runder geworden. Vor ein paar Wochen hatte sie einen Body-Mass-Index-Rechner im Internet gefunden und das Ergebnis erhalten, dass ihr BMI bei siebenundzwanzig lag. Sie überlegte, ob sie dem Mann auf der Rückbank erzählen sollte, wie lustig es war, dass ihr BMI genauso niedrig war wie sein IQ. Ein Blick in den Rückspiegel machte ihr jedoch klar, dass ihr Scherz sowieso nicht ankäme, denn der Passagier war mit dem Kinn auf der Brust eingeschlafen.

Also fuhr sie schweigend weiter. Bald waren sie auf der anderen Seite der E4, auf der Straße ins Stadtzentrum, die erstaunlich leer war. Die Kunden des großen Möbelhauses fanden nur selten den Weg in das ursprüngliche Zentrum, das sich auf der anderen Seite der Europastraße auftat und in mancherlei Hinsicht fast eine ebenso deutliche Trennlinie darstellte wie die einige hundert Meter entfernt liegende Grenze zu Finnland.

Hannah bog an dem roten zweistöckigen Haus links ab, in dem die Redaktion der Lokalzeitung *Haparandabladet* saß, die inzwischen nur noch zweimal wöchentlich erschien. Kurz darauf erreichte sie das längliche dreistöckige Gebäude aus gelben Ziegeln, das sich die Polizei unter anderem mit dem Finanzamt und der Sozialversicherung teilte.

In der Garage parkte sie auf einem der beiden Parkplätze, stieg aus, beugte sich über die Rückbank und rüttelte ihren Passagier wach. Jonte kletterte mit einiger Mühe aus dem Wagen und stolperte in Richtung der Tür, die zum Arrest führte, ohne dass sie ihm den Weg zeigen musste. Dann blieb er plötzlich stehen, stützte sich mit der Hand an die Wand und stöhnte. Als Hannah ihn erreichte, sah sie seinen stumpfen Blick, während er sich zu ihr umdrehte. Ohne die kleinste Vorwarnung wurde sie direkt unter dem Kinn von einem Schwall Erbrochenen getroffen und spürte sofort die Wärme, die sich auf der Vorderseite ihrer Uniformbluse ausbreitete. Im selben Moment stieg ihr der Gestank in die Nase.

«Verdammte Scheiße!»

Sie konnte gerade noch ausweichen, ehe der nächste kräftige Schwall aus Jonte hervorbrach, neben ihr auf dem Boden landete und auf ihre Schuhe und den Hosensaum spritzte.

Der junge Mann holte tief Luft, richtete sich auf und grinste erleichtert. Hannah versuchte, flach durch den Mund zu atmen, während sie die Tür zu dem kleinen Raum öffnete, in dem die in Gewahrsam genommenen Personen registriert wurden, bevor sie in einer der vier Zellen landeten, die mittlerweile wieder alle leer waren.

Die Frau, die sie letzte Woche wegen Drogenbesitzes festgenommen hatten, war inzwischen dem Haftrichter vorgeführt und nach Luleå verlegt worden. Am Wochenende hatten sie einen Autofahrer unter Drogeneinfluss festgenommen und zwei Bußgelder verhängt – für Falschparken und für das Fahren ohne Fahrerlaubnis. Am Sonntagmorgen dann hatten sie Sanitätern mit einer betrunkenen Frau geholfen, die sich das Handgelenk gebrochen hatte. Und ein angefahrenes Rentier im Straßengraben gefunden. Doch im Moment waren die Zellen gänzlich unbelegt.

Morgan Berg kam mit einer Tasse Kaffee in der Hand den Korridor entlang, blieb stehen und wich einen Schritt zurück, als er sah, wer oder was ihm da entgegenkam.

«Nimm du seine Daten auf», befahl Hannah und führte Jonte zu der an der Wand befestigten Bank gegenüber dem kleinen Registrierungsschalter. Ohne Antworten oder Einwände abzuwarten, drehte sie sich um, holte ihre Schlüsselkarte und öffnete die nächste Tür. Dahinter lag ein kurzer Gang mit blauen Spinden an der einen Wand sowie einigen Stühlen, Rohren und Kabeln an der Decke. Dies war aber kein geheimer Tunnel, sondern die Umkleidekabine der Herren, die man passieren musste, um zur Damenumkleide zu gelangen.

Hannah ging zu ihrem Schrank und fing an, sich auszuziehen. Sie wusste nicht, ob sie nur den Gestank auf der Zunge oder sogar etwas von dem Erbrochenen in den Mund bekommen hatte. Sie kämpfte, um sich nicht selbst übergeben zu müssen. Das war schon immer ihr schwacher Punkt. Als die Kinder klein gewesen waren, hatte Thomas sich um sie kümmern müssen, wenn sie gespuckt hatten. Angeekelt knöpfte sie ihre Bluse auf, riss sie herunter und warf sie auf den Boden. Dann bückte sie sich und befreite sich von Schuhen und Strümpfen. Als sie nur noch in BH und Hose dastand, klingelte ihr Telefon. Am liebsten hätte sie es ignoriert, aber sie warf dennoch einen kurzen Blick auf das Display.

Ein Anruf aus Uppsala.

Wo Gabriel studierte.

Nicht seine Nummer, aber womöglich die eines Kumpels, vielleicht hatte er sein Handy verloren, oder irgendetwas war passiert. Sie nahm das Gespräch an. «Ja, hier ist Hannah?»

«Äh, ja, hallo, spreche ich mit Hannah ... Wester?», sagte

eine Stimme, die ihren Nachnamen anscheinend erst irgendwo ablesen musste.

«Ja, wer ist da?»

«Verzeihung, mein Name ist Benny Svensén, und ich rufe von der SVA an.» Er verstummte kurz, als überlegte er, ob er die Abkürzung erklären müsste, ehe er sich dann offensichtlich dagegen entschied. «Ich würde gern mit Ihnen über diese Wölfe sprechen, denn dafür sind Sie doch zuständig, oder?»

Das war sie wohl.

Sie leitete die Ermittlungen in einem vermuteten Verstoß gegen das Jagdrecht und den Tierschutz, bei dem es um Wölfe ging. Am vergangenen Mittwoch hatte ein deutscher Wanderer angerufen und in eher bescheidenem Englisch aufgeregt erklärt, er habe einen toten Wolf gefunden. Nachdem sie eine Weile aneinander vorbeigeredet hatten, war es Hannah schließlich gelungen, den genauen Fundort aus ihm herauszubekommen. Als sie an selbigem eintrafen, stellte sich heraus, dass es sich nicht um einen toten Wolf handelte, sondern um zwei. Eine Fähe und einen Welpen. Sie wiesen keine sichtbaren äußerlichen Verletzungen auf, aber es schien trotzdem unwahrscheinlich, dass beide im Abstand von nur einem Meter eines natürlichen Todes gestorben waren. Daher schickten sie die Wolfsleichen vorschriftsgemäß an die Staatliche Veterinärmedizinische Anstalt, die nun anscheinend Benny Svensén damit beauftragt hatte, sich bei ihr zu melden.

«Vermutlich schon», antwortete Hannah also und unterdrückte ihren Würgereiz. «Wenn es um eine Fähe und einen Welpen geht, die letzten Mittwoch in der Nähe von Kattilasaari gefunden wurden.»

«Ja, genau die. Andere Wölfe haben wir gerade nicht da.»

«Das kann ich aber nicht wissen, oder?»

«Nein, natürlich nicht, aber ...»

«Egal. Weshalb rufen Sie an?» Sie bereute bereits, dass sie ans Telefon gegangen war, denn sie wollte sich schnellstmöglich ihrer letzten Kleidungsstücke entledigen und unter die Dusche steigen. Außerdem glaubte sie zu wissen, worum es ging. Die Wölfe waren vergiftet worden. Das war eine Straftat, aber die Ermittlungen würden mit großer Wahrscheinlichkeit sofort eingestellt werden, wenn sie über den Staatsanwalt in Luleå liefen. Wölfe waren in dieser Gegend seltene Gäste, und soweit Hannah wusste, hatten sie auch keine festen Reviere. Aber es kam vor, dass sie aus anderen Teilen Schwedens, aus Russland, Finnland oder Norwegen einwanderten. Sobald sie entdeckt wurden, dauerte es aber für gewöhnlich nie lange, bis sie «verschwanden».

«Die Todesursache war Vergiftung», hörte sie Svensén dann auch tatsächlich sagen und konnte sich genau vorstellen, wie er die Nachricht vom Obduktionsbericht ablas.

«Gut, dann weiß ich Bescheid», antwortete sie, während sie ihre Hose aufknöpfte und sie sich von den Beinen trat. «Es ist gerade etwas ungünstig, würden Sie mir bitte einfach den Bericht zuschicken?» Es war nicht zu überhören, wie gern sie das Gespräch beenden wollte. Glaubte sie. Benny Svensén schien dafür aber nicht empfänglich zu sein.

«Da ist noch etwas.»

«Was denn?», fauchte sie und versuchte nicht länger, ihre Ungeduld zu verbergen. Doch als sie dem lauschte, was Svensén jetzt zu sagen hatte, vergaß sie für einen Moment, dass sie gerade halbnackt und mit Erbrochenem besudelt in der Umkleidekabine stand.

Sie musste sich verhört haben.

Er hat einen Menschen gefressen?», wiederholte Gordon Backman Niska und fixierte Hannah. Sein Ton verriet, dass auch er es nicht richtig glauben konnte und gleichzeitig über die Konsequenzen grübelte, falls die Information der Wahrheit entsprach.

«Beide Tiere, laut SVA», bestätigte Hannah und nickte.

Gordon seufzte schwer, ehe er agil von seinem ergonomischen Bürostuhl aufsprang, zum Fenster schritt, das auf den Strandvägen hinausging, und auf den gegenüberliegenden Parkplatz hinunterblickte. Mit seinen sechsunddreißig Jahren war er der jüngste Kommissar, den es in Haparanda je gegeben hatte, und unter seinem hellblauen Slim-Fit-Hemd vermutlich auch der durchtrainierteste. Wer zusätzliche Beweise brauchte, fand an der Wand hinter seinem Schreibtisch mehrere Urkunden von Ironman-Wettkämpfen, Ultra-Langlaufskirennen und anderen sportlichen Härtetests. Hannah und Morgan warteten schweigend, während Gordon sich eine Portion Snus unter die Oberlippe schob.

Manchmal konnte Hannah den Tabak schmecken, wenn sie die Zunge in seinem Mund hatte. Sie mochte diese herbe Note nicht.

«Die Wölfe haben also einen Menschen getötet und gefressen», fuhr Gordon fort. Er sagte es wie eine Feststellung und mit einer unterschwelligen Müdigkeit angesichts der zu erwartenden Folgen.

Dem Medienrummel. Den Schlagzeilen.

Die Wildtierfrage im Allgemeinen und die der Wölfe im Besonderen spalteten die Nation. Die Debatte wurde von Jahr zu Jahr erbitterter und hasserfüllter. Drohungen, Schikanen und Verleumdungen gehörten auf beiden Seiten zum Alltag. Manchmal sogar Sachbeschädigung oder Gewalt. Für die Wolfshasser wäre es natürlich ein Traum, wenn sie anstelle von getöteten Schafen und Jagdhunden sowie Angriffen auf Menschen in kasachischen Gebirgsregionen endlich auf einen Wolf verweisen könnten, der in Schweden einen Menschen gerissen hatte. Je lauter sie wurden und je mehr Gehör sie fanden, desto stärker würde im Gegenzug jedoch auch der Widerstand der Naturschützer wachsen, die Polarisierung würde zunehmen und auf weitere Jagdthemen übergreifen. Und in Gordon Backman Niskas Polizeigebiet gab es viele Jäger.

«Sie haben Teile eines Menschen gefressen», sagte Hannah. «Wir wissen nicht, ob sie ihn auch getötet haben.»

«Was denn sonst?», fragte Gordon und drehte sich zu ihnen um.

«Die Person könnte doch auch aus anderen Gründen gestorben sein», entgegnete Hannah und zuckte mit den Schultern. «Ein Wanderer oder Fischer, der einen Herzinfarkt erlitten hat oder was auch immer.»

Möglich war das schon, aber sie hörte selbst, wie unglaubwürdig es klang, was Gordon ihr mit seinem skeptischen Blick bestätigte.

«Das erscheint nicht besonders wahrscheinlich, oder?»

«Dass sie einen Menschen töten, ist auch nicht besonders wahrscheinlich», gab Morgan mit seiner ruhigen, tiefen Stimme zu bedenken. «Abgesehen von dieser Biologin im Tierpark Kolmården ist seit über zweihundert Jahren kein Mensch mehr in Schweden von einem Wolf angefallen worden.»

Weder Hannah noch Gordon kamen auf die Idee, Morgan zu fragen, woher er das wusste. Sie waren es gewohnt, dass er fast immer über alles informiert war. Er hatte schon mehrmals an Quizsendungen teilgenommen und gewonnen. Im Jahr 2003 hatte er bei *Wer wird Millionär?* drei Millionen Kronen abgestaubt und noch zwei Joker übrig gehabt. Das wussten alle in Haparanda, aber keiner – am allerwenigsten Morgan selbst – redete groß darüber.

«Immerhin haben wir ein bisschen Glück, denn eines der Tiere war ein schwedischer Wolf aus dem Süden mit einem eingesetzten Chip», erklärte Hannah. Gordon forderte sie mit einem Blick auf, das näher zu erläutern. «Die Leichenteile haben höchstens anderthalb Tage in den Mägen der Wölfe gelegen, sagt die SVA, wahrscheinlich sogar kürzer. Wenn die Leute von der Bezirksregierung den Weg des Wolfes verfolgt haben, können wir ihn vielleicht nachgehen und den Rest der Leiche finden.»

«Wie weit läuft ein Wolf in sechsunddreißig Stunden?»

«Zwischen zwanzig und fünfundvierzig Kilometer in vierundzwanzig Stunden», antwortete Morgan.

«Die Wölfin war verletzt», warf Hannah ein. «Sie konnte sich nicht so schnell bewegen.»

«Eine verletzte Fähe mit einem Jungen», sagte Morgan. «Das verändert die Situation ein bisschen, da nimmt sie alles, was sie kriegen kann. An langsamer Beute ...»

«Wie detailliert sind denn diese GPS- oder Satellitendaten oder was auch immer die verwenden?», fragte Gordon seufzend, weil er sich durchaus im Klaren darüber war, was der Kollege andeutete.

«Keine Ahnung», antwortete Morgan erstaunlicherweise. «Aber ich könnte anrufen und es herausfinden.»

«Ja, tu das bitte. Finde die Person, die für den Chip dieses Tieres zuständig ist, und sorge dafür, dass sie uns eine möglichst detaillierte Karte schickt.»

Morgan strich über seinen imposanten Vollbart, als wollte er noch etwas ergänzen, nickte dann aber nur und verließ den Raum.

Gordon ging am Schreibtisch vorbei zu der Wand, wo eine Karte des Polizeigebiets hing, neben einem Whiteboard, das derzeit von einem kombinierten Dienst- und Urlaubsplan bedeckt war. Nicht ganz überraschend hatte Gordon das größte Büro. Wenn Hannah zwei Schritte an ihrem eigenen Schreibtisch vorbeiging, stieß sie gegen die nächste Wand.

«Wo wurden die Wölfe gefunden?»

Hannah ging zur Karte und zeigte mit dem Finger auf einen Ort, der etwa dreißig Kilometer nordwestlich von Haparanda nahe der Insel Kattilasaari lag. Gordon stellte sich hinter Hannah. Dicht, so dicht, dass sie seine Wärme spüren konnte.

«Und du wurdest heute angekotzt?»

Hannah drehte sich um und zog den Kragen ihrer frischen Bluse hoch, um daran zu schnuppern.

«Riecht man das?»

«Nein, ich habe es nur gehört.»

«Das war dieser Typ, Jonte ... irgendwas. Der gerade auf Turkey war.»

«Lundin.»

«Genau. Lundin.» Sie konzentrierte sich wieder auf die Karte. «Na, jedenfalls haben wir sie hier gefunden.»

«Sechsunddreißig Stunden, sagen wir also dreißig Kilometer pro Tag, das macht einen Radius von fünfundvierzig Kilometern.» Gordon las den Maßstab der Karte ab, nahm ein

Lineal und einen Zirkel vom Schreibtisch, zeichnete einen entsprechenden Kreis und studierte sein Werk. «Verdammt viel Wald. Wir brauchen Verstärkung.»

«Vielleicht sollten wir erst abwarten, was Morgan herausfindet. Wenn diese Sendedaten nicht detailliert genug sind, finden wir ihn nie.»

«War es denn wirklich ein Er, wissen wir das?»

Hannah rief sich das Gespräch mit Svensén in Erinnerung. Er hatte lediglich von einem «Menschen» gesprochen, aber kein Geschlecht erwähnt.

«Nein, entschuldige, darüber hat er nichts gesagt.»

«Wir haben nicht zufällig das Glück, dass jemand als vermisst gemeldet wurde?»

Hannah schüttelte den Kopf. Gordon seufzte erneut und ging mit einem letzten Blick auf die Karte zurück an seinen Schreibtisch.

«Na gut, dann warten wir auf Morgan und entscheiden danach, wie wir weiter vorgehen.»

Anscheinend war die Besprechung beendet. Aber als Hannah gerade in den Flur hinausgehen wollte, fiel Gordon doch noch etwas ein.

«Ich weiß, dass dir das bewusst ist, aber dieser Fall muss unter uns dreien bleiben, bis wir genauer wissen, womit wir es zu tun haben.»

Gordons dunkle Augen signalisierten einen Ernst, wie Hannah ihn sonst nur selten bei ihm sah. Normalerweise lachte er viel, war ungezwungen und locker, ohne seinen Job deswegen auf die leichte Schulter zu nehmen oder an Autorität einzubüßen.

Hannah nickte nur, verließ das Büro und ging den Korridor entlang, während sie feststellte, dass dies bisher ein richtig beschissener Tag gewesen war.

Zehn Personen.

Gordon versuchte, sich zu erinnern, ob im Konferenzraum im ersten Stock überhaupt schon jemals ein solcher Andrang geherrscht hatte. Sie fanden dennoch alle Platz an dem Tisch aus hellem Holz, und Morgan lehnte sowieso an der Wand, die über die ganze Länge von oben bis unten mit gefüllten Bücherregalen bedeckt war. Die braunen und schwarzen Ledereinbände, die von der Zeit und dem Gebrauch zerschlissen waren, erinnerten weniger an einen modernen Besprechungsraum als an ein Archiv. Die Bücher dominierten den Raum. Sie – und das riesige Polizeiwappen, das an einer der schmaleren Wände hing, eingeklemmt zwischen vergilbten Fotos von ehemaligen Polizeichefs, denen nun alle ihre Rücken zukehrten. Ihre Blicke waren auf Gordon gerichtet, der vor der heruntergezogenen Leinwand am anderen Ende des Raums stand. Der Projektor an der Decke surrte und zeigte eine Karte mit einer dünnen blauen Linie, die im Zickzack durch Nordschweden führte, ehe sie kurz vor Haparanda endete.

«Was sehen wir da?», fragte Roger Hammar, der größte und dürrste Mitarbeiter, der aufgrund seiner hoch aufgeschossenen Erscheinung und seiner tiefen Stimme «Lurch» genannt wurde, eine Referenz, die an den meisten Kollegen unter vierzig unbemerkt vorüberging. Statt ihm direkt zu antworten, drehte Gordon sich zu einer der vier Personen im Raum um, die nicht von der Polizei waren, und nickte auffordernd.

Jens, ein energiegeladener junger Angestellter der Bezirksregierung in Luleå, hatte eine viel bessere Idee gehabt, als Morgan die Karte wie gewünscht per E-Mail zu schicken. Er wollte lieber persönlich vorbeikommen. Morgan hatte mit ruhiger Stimme deutlich gemacht, dass sie die Darstellung auf der Karte durchaus allein lesen konnten, aber Jens war beharrlich geblieben.

Morgan vermutete, dass bei der Bezirksregierung in Luleå nicht allzu oft etwas Spannendes passierte.

«Sie haben letzte Woche zwei tote Wölfe gefunden, und zwar hier», erklärte Jens und reckte sich auf seinem Stuhl, während er mit dem Laserpointer auf die Karte deutete. Gordon hörte, wie Hannah laut seufzte. Sie stand am Fenster neben P-O, der zehn Jahre jünger war als sie, mit seinem schlohweißen Haar und seinem hageren Gesicht allerdings so aussah, als könnte er jeden Moment in Pension gehen. Gordon beobachtete, wie Hannah die Augen verdrehte, und wusste, dass sie dasselbe dachte wie er, als der kleine rote Punkt kurz vor Kattilasaari auftauchte. Wie schwer konnte es sein, einfach aufzustehen, nach vorn zu gehen und mit dem Finger auf etwas zu zeigen? Und gab es eigentlich etwas noch Lächerlicheres als einen Laserpointer?

«Wie Sie bereits wissen, hatte eines der Tiere einen Chip, und deshalb können wir genau sagen, welchen Weg es genommen hat.» Der rote Punkt begann, die blaue Linie entlangzuwandern. «Es war Teil eines größeren Rudels, das von Süden kam, dann hier entlang, im Osten, um Storuman herumwanderte, zwischen Arvidsjaur und Arjeplog weiter Richtung Norden zog, bis Jokkmokk, wo das Tier sich von den anderen trennte, nach Südosten weiterbewegte und vermutlich bis nach Finnland gelangt wäre. Aber dann ist es hier gestorben.» Der Punkt war wieder auf seinem Platz vor Kattilasaari. «Um 4.33 Uhr hört es auf, sich zu bewegen, und Sie haben gefragt, wo es in den letzten anderthalb Tagen davor war.» Jens ließ seinen kleinen Punkt an einer Stelle nördlich von Vitvattnet landen. «Da war es hier. Es hat in den letzten sechsunddreißig Stunden einundvierzig Kilometer zurückgelegt.» Jetzt schaltete Jens den Laserpointer aus und lehnte sich wieder zurück, sichtlich zufrieden mit seinem Auftritt. Die anderen schwiegen nachdenklich, bis Roger erneut das Wort ergriff.

«Gut, aber *warum* gucken wir uns das an? Warum verfolgen wir die Spur eines toten Wolfs?»

Die Frage war durchaus berechtigt, weil Gordon noch nichts über den Grund ihrer Zusammenkunft verraten hatte. Je weniger Leute die genauen Umstände kannten, desto besser, davon war er überzeugt.

Doch jetzt wurde es allmählich Zeit.

Sechs Polizeibeamte und vier Zivilisten.

Er hatte Verstärkung aus Kalix angefordert, doch als man dort niemanden entbehren konnte, hatte er seinen Bruder Adrian angerufen, von dem er wusste, dass er den Mund halten konnte. Und Morgan hatte seine Nachbarn um Hilfe gebeten, ein Paar Mitte sechzig, das er gut kannte und für das er die Hand ins Feuer legte, außerdem noch Jens von der Bezirksregierung. Schon als Morgan erzählt hatte, dass der sein persönliches Erscheinen für unabdingbar hielt, hatte Gordon das Gefühl beschlichen, der Mann wäre ein Wichtigtuer. Der Gebrauch des Laserpointers hatte ihn in dieser Vermutung nur bestärkt. Sicher hatte der Typ irgendwo einen Twitteraccount, auf dem diese brisanten Informationen unter keinen Umständen auftauchen durften. Deshalb sah Gordon den eifrigen jungen Mann jetzt eindringlich an.

«Bis wir genaue Erkenntnisse darüber haben, was passiert ist, darf absolut *nichts* von dem, was ich jetzt mitteile, an die Öffentlichkeit dringen», sagte er und sah, wie alle ringsherum nickten. Der Ernst in seiner Stimme war unüberhörbar. «Die betreffenden Wölfe haben Teile eines Menschen gefressen.»

«Welche Teile?», fragte Jens.

Gordon drehte sich zu ihm. Was ist das denn für eine idiotische Frage?, verriet sein Blick.

«Spielt das irgendeine Rolle?», fragte er dann laut und wandte sich an die anderen. «Wir müssen den Rest der Leiche finden.»

Schon seit zehn Minuten war ihnen kein anderes Auto mehr entgegengekommen. Der Tempomat war auf achtzig Stundenkilometer eingestellt, die Straße verlief gerade und einsam durch die Landschaft.

Als der Schnee endlich geschmolzen war, hatte es der Frühling wie immer eilig gehabt und die Natur in ein sommerliches Grün gehüllt. Jetzt blühte es überall am Straßenrand. Für Hannah waren es nur anonyme kleine Farbkleckse in Weiß, Lila und Blau. Thomas wusste bestimmt, wie die Pflanzen hießen, Gordon vielleicht auch. Sie hatte nie gefragt. Ohne den Blick auf einen bestimmten Punkt zu richten, betrachtete sie den lichten Wald jenseits des Wagenfensters. Die Fichten bildeten einen dunklen Kontrast zu den frisch ausgeschlagenen Laubbäumen mit ihrem zarteren Grün. Hier und da entdeckte Hannah ein Gebiet mit Kahlschlag, ein wogendes Feld oder eine Wiese auf den Bergen am Horizont. Sie waren niedriger als die Baumgrenze und wirkten wie eine sanfte grüne Welle, die sich durch die Landschaft bewegte.

Eine Dünung aus Wald.

Die Aussicht vermittelte ein Gefühl der Stille und Ruhe. Man konnte sich leicht fernen Vogelgesang und das Rauschen des Windes in den Blättern vorstellen. Vorstellen – und sich danach sehnen.

Sowie sie aus Haparanda hinausgefahren waren, hatte Jens

angefangen, von seiner Stelle zu erzählen, wie er dazu gekommen war, wie langweilig seine Arbeit vielleicht klingen mochte und wie spannend sie tatsächlich war. Natürlich nicht so spannend wie dies hier, aber trotzdem. Wie künftige Entscheidungen über die sogenannte Schutzjagd beeinflusst würden, wenn sich herausstellte, dass ein Wolf tatsächlich einen Menschen getötet hatte. Er selbst habe noch nie eine Leiche gesehen, erklärte er und vermutete, das treffe auf die meisten Leute in seinem Alter zu.

Hannah war vierzehn gewesen, als sie zum ersten Mal einen toten Menschen gesehen hatte, schwieg jedoch.

Keiner von ihnen sagte etwas.

Gordon und sie hatten ihre höflichen Folgefragen und einsilbigen Antworten längst eingestellt, und die letzte Viertelstunde hatte Jens vom Rücksitz aus einen Monolog gehalten. Das wurde ihm offenbar erst bewusst, als es nur noch wenige Minuten bis zum Ziel waren.

«Meine Freundin findet, ich würde zu viel reden», sagte er beinahe entschuldigend.

«Ihre Freundin hat recht», stellte Hannah fest.

Jens nickte angesichts ihres nicht allzu feinfühligen Kommentars und verstummte. Hannah registrierte, wie Gordon ihr einen amüsierten Blick zuwarf. Mit Jens im Auto zu sitzen war eine Prüfung, aber gleichzeitig war er ihnen eine größere Hilfe gewesen, als sie gedacht hatten. Er hatte dafür gesorgt, dass sie die Karte auf ihre Handys laden konnten und mit denselben Satelliten verbunden wurden, die auch zur Verfolgung der Wolfswanderungen verwendet wurden und die jetzt offenbar sofort erkannten, wenn man nur wenige Meter von der ursprünglichen Strecke abwich. Weder Hannah noch Gordon verstanden genau, wie das funktionierte, aber Hauptsache, es klappte.

Morgan hatte seine Nachbarn mit zum Fundort vor Kattilasaari genommen, von wo aus sie der Strecke der Wölfe in nordwestlicher Richtung folgen würden. Lurch, P-O und Ludwig aus der Station nahmen Gordons Bruder mit zu dem Punkt, wo die Tiere die Straße 398 zwischen Rutajärvi und Lappträsket überquert hatten. Dort würden sie sich aufteilen. Zwei von ihnen sollten in südöstliche Richtung gehen und nach ungefähr zehn Kilometern hoffentlich auf Morgan und seine Nachbarn stoßen. Die anderen beiden würden der Spur nach Nordosten folgen und nach einer etwa gleich langen Strecke dann wiederum Gordon, Hannah und Jens treffen. Der Plan war, dass jede der vier Gruppen etwa zehn Kilometer absuchte und sie die Leiche, wenn alles glattlief, innerhalb von zwei oder drei Stunden finden würden.

Sie fuhren von Süden nach Vitvattnet hinein und parkten vor dem roten Bahnhofsgebäude. Wie viele kleinere Orte in Schweden hatte er seine Blütezeit nach der Fertigstellung der Eisenbahnstrecke erlebt, und wie so viele andere war die Einwohnerzahl gesunken, und das geschrumpfte Dorf hatte an Bedeutung verloren, als die Eisenbahn wieder verschwunden war. Einst hatte es hier eine Post, ein Missionshaus, Cafés, Läden, eine Tankstelle und eine eigene Schule gegeben. Heute fanden sich hier nur noch ein kleiner Laden und zwei Benzinzapfsäulen.

Hannah stieg aus dem Auto. Sie war nicht zum ersten Mal in Vitvattnet, und genau wie bei ihren früheren Besuchen sah sie auch diesmal kein einziges Lebewesen auf der Straße. Arbeit, Ausbildung, Erledigungen, Freizeit – alles fand woanders statt.

Gordon kam zu ihr und reichte ihr eine Flasche Mückenspray. Auf dem offenen Platz vor dem Bahnhofsgebäude gab es keine Blutsauger, aber zwischen den Bäumen und im schattigen Gestrüpp würde das anders werden.

Jens holte sein iPad hervor, und sie überquerten die Schienen und betraten den Wald dahinter. Auf dem Display saß der Punkt genau auf der dünnen blauen Linie. «Da müssen wir lang», erklärte Jens und deutete zwischen die Bäume nach Südosten.

Sie begannen ihre Wanderung. Jens mit gebeugtem Kopf, den Blick auf das iPad gerichtet. Hannah und Gordon gingen rechts und links von ihm, während sie den Boden absuchten, der über den Wurzeln und unter heruntergefallenen Ästen vor allem mit weichem Moos sowie Preiselbeer- und Blaubeerbüschen bedeckt war. Hannah dachte an Thomas. Warum hatte sie ihn nicht angerufen und um seine Mithilfe gebeten? Er liebte es, in der Natur zu sein. Jagen, angeln. Ab und zu war sie mitgekommen, als die Kinder noch klein gewesen waren, und hatte einen gewissen Enthusiasmus vorgetäuscht, damit ihr Widerwille gegen solche Freizeitaktivitäten nicht auf die Kinder abfärbte. Sie hatte so getan, als wäre sie gern von Mücken umgeben – die immer sie stachen, nie Thomas – und würde auch gern in irgendeiner windgeschützten Ecke oder auf irgendeinem zugefrorenen See hocken, wo sie lauwarmen Kaffee aus Plastikbechern tranken und Butterbrote aßen.

Das war lange her.

Den Blick auf den Boden gerichtet, setzten sie ihren Weg schweigsam fort. Dann und wann korrigierte Jens ihren Kurs. Die Baumkronen hielten das direkte Sonnenlicht ab, aber es wurde trotzdem warm in dem beinahe windstillen Wald. Hannah knöpfte die oberen beiden Knöpfe ihrer Bluse auf, während sie wachsam ihren Blick schweifen ließ. Sie überquerten die Straße nach Bodträsk und verschwanden auf der anderen Seite wieder zwischen den Bäumen. Hannah verscheuchte ein paar aufdringliche Fliegen, die um sie herumsummten. Das Gefühl der Frische, das sie nach ihrer Dusche in der Polizeistation empfunden hatte, war wie weggeblasen. Verschwitzt und atemlos schielte sie zu den anderen hinüber. Jens war auf sein Display konzentriert. Gordon wirkte vollkommen unangestrengt.

Nach einer knappen Stunde, in der sie laut Jens ungefähr vier Kilometer gelaufen waren, flatterten ein paar große schwarze Krähen auf, als sie die Menschen hörten. Hannah wusste sofort, dass sie gefunden hatten, wonach sie suchten, noch ehe sie es sah.

«Bleiben Sie hier stehen», befahl sie Jens, während Gordon und sie weitergingen.

Begraben war nicht das richtige Wort. Die Leiche lag nur teilweise versteckt unter Tannenzweigen, Moos und Ästen, auf denen ein paar Steine platziert worden waren. Sie lag auf dem Rücken, der eine Arm ragte unter der natürlichen Tarnschicht hervor. An der Hand fehlten alle Finger bis auf den Daumen, und von den entblößten Körperteilen waren große Brocken abgerissen worden. Auf den ersten Blick konnte man diese Verstümmelungen den Wölfen zuschreiben. Weiter oben, an den Schultern, am Hals und seitlich am Rumpf, der ebenfalls nicht ganz bedeckt war, gab es kleinere Wunden wie von hackenden Vogelschnäbeln. Dicke Fliegen umschwirrten die menschlichen Überreste. Ein süßlicher, stechender Geruch stieg Hannah und Gordon in die Nase, als sie sich näherten.

Eigentlich durften sie nichts anfassen, denn der Mensch vor ihnen war zweifellos tot, und die Kriminaltechniker wünschten sich einen Fundort, der möglichst wenig kontaminiert war. Dennoch trat Gordon vor und entfernte vorsichtig einige Nadeln und Äste vom Gesicht des Leichnams.

«Es ist ein Mann», stellte er fest.

«Wenn es nicht Wölfe mit sehr speziellen Eigenschaften waren, kommen sie als Täter jedenfalls nicht in Frage.» Hannah deutete auf das unvollkommene Grab. «Es sieht ganz so aus, als hätten wir es mit einem Mord zu tun.»

«Tja, wobei ich mir nicht sicher bin, was eigentlich schlimmer ist», erwiderte Gordon und trat ein paar Schritte zurück. «Wir müssen den Fundort untersuchen, dazu brauchen wir Leute. Sie wissen ganz genau, wo wir sind, oder?» Gordon drehte sich fragend zu Jens um, der genau dort stehen geblieben war, wo sie es ihm befohlen hatten. Er sah blass aus und nickte nur.

«Geben Sie mir die Koordinaten», bat Gordon und zückte sein Handy.

Hannah sah sich um. Wenige hundert Meter zuvor hatten sie einen kleineren Weg überquert. Eigentlich müsste er in nicht allzu großer Entfernung nach rechts weiterführen. Sie verließ den Fundort und stiefelte durch den Wald.

Nach ein paar Minuten erreichte sie den kleinen Pfad. Eigentlich waren es lediglich zwei Radspuren, die sich vorwärtsschlängelten, und ein Seitenstreifen, der es an einigen Stellen ermöglichte, dass zwei Fahrzeuge einander passieren konnten. Hannah wischte sich den Schweiß von der Stirn und warf einen Blick zurück in den Wald, aus dem sie gekommen war. Wenn das Opfer nicht am Fundort ermordet worden war und man die Leiche hertransportiert hatte, musste der Täter ungefähr dort geparkt haben, wo sie jetzt stand. Ohne genau zu wissen, wonach sie suchte, folgte Hannah langsam weiter dem Weg.

Blutspuren? Verlorene Gegenstände? Reifenspuren vielleicht?

Die Chance auf Letztere schien eher gering. Nach mehreren Wochen ohne Niederschlag war der Weg trocken und hart. Sie ging einige Schritte weiter, ehe sie anhielt, weil sie etwas auf dem Boden entdeckt hatte.

Scherben. In verschiedenen Farben.

Durchsichtig weiß, rot und gelb.

Sie widerstand dem Impuls, sie aufzuheben, war aber dennoch ziemlich sicher, dass sie von einem Auto stammen mussten. Scheinwerfer, Bremslichter und Blinker. Was auf Schäden vorn und hinten am Fahrzeug hindeutete.

Also waren es zwei Autos gewesen. Ihre Knie protestierten ein wenig, als sie neben einem großen Stein am Waldrand in die Hocke ging. An der einen Seite entdeckte sie dunkelblaue Farbe. Lackabschürfungen. Natürlich konnte man unmöglich sagen, wie lange sie schon dort hafteten, aber die unmittelbare Nähe zu zerbrochenem Glas legte nahe, dass beiden Spuren dasselbe Ereignis zugrunde lag.

Hannah richtete sich auf und sah sich um, als könnte ihr der einsame Weg mehr darüber erzählen, was passiert war. Aus dem Wald wehte der Wind Gesprächsfetzen von Gordons Telefonat mit der Leitstelle in Luleå heran. Mitunter zog sie vorschnelle Schlüsse, dessen war sie sich bewusst, doch in diesem Fall war sie sich ziemlich sicher.

Hier war niemand hergefahren, um eine Leiche zu entsorgen.

Stattdessen waren zwei Autos zusammengestoßen, jemand war bei dem Unfall ums Leben gekommen, und der Fahrer des anderen Wagens hatte beschlossen, das Opfer zu entsorgen. Hatte es in den Wald geschleift und notdürftig außer Sichtweite des Weges versteckt, ehe er weitergefahren war.

Hannah stutzte. Beide Fahrzeuge waren fort.

Dann mussten in dem einen mindestens zwei Personen

gesessen haben. Oder vielleicht auch nicht. Ein einzelner Mensch hätte auch erst sein eigenes Auto wegbringen und dann zu Fuß zurückkehren können, um den Wagen des Opfers verschwinden zu lassen. Weit hergeholt, aber nicht unmöglich, denn auf den verlassenen Wegen in dieser Gegend konnte man sich stundenlang ungesehen und ungestört bewegen.

Hannah musste sich zu einer neuen Erkenntnis durchringen. Sie konnte lediglich sicher sein, dass ein Mann gestorben war und jemand – eine oder mehrere Personen – alles getan hatte, damit die Leiche nicht gefunden wurde. Wozu es vielleicht auch nie gekommen wäre, hätte ein anderer Mensch nicht die Idee gehabt, ein paar Kilometer entfernt zwei Wölfe zu vergiften.

Katja wartete.
Warten konnte sie gut.

Das hatte sie einen Großteil ihrer Kindheit geübt. Geduld sei der Schlüssel zum Erfolg, war ihr eingebläut worden. Wie sie wusste, bemühten sich andere in solchen Situationen, überhaupt nichts zu denken, damit die Zeit schneller verging. Den Kopf vollkommen zu leeren, in sich selbst abzutauchen.

Nicht jedoch sie. Ihr wurde das viel zu schnell langweilig.

Also streifte sie durch die fremde Wohnung. Zwei Zimmer und eine Küche im siebten von elf Stockwerken in einem Block am Rande von Sankt Petersburg. Sie war bereits in dem kleinen Schlafzimmer gewesen, hatte auf dem Einzelbett mit der Häkeldecke und den beiden Zierkissen gesessen und neugierig den Inhalt des Nachttischs untersucht, der verriet, dass die Räume von einer gläubigen Frau mit Lesebrille und ohne aktives Sexualleben bewohnt wurden.

Auf der Kommode neben dem Fenster stand das Foto eines Mannes, den sie wiedererkannte.

Stanislaw Kusnetsow.

Vor einem Schminkspiegel lagen einige wenige, einfache Make-up-Artikel. Ohne nachzudenken, sortierte Katja sie nach Größe und Form um, hier die runden, dort die eckigen, die drei Lippenstifte nach Farben von hell nach dunkel. Währenddessen schweifte ihr Blick aus dem Fenster zu den anderen elfstöckigen Häusern. Sie waren um einen Innenhof mit zu wenigen Bäumen und zu spärlichem Grün gruppiert, als dass man sich dort gerne aufhalten würde, es sei denn, man war gezwungen, der Kinder wegen auf den seelenlosen und heruntergekommenen Spielplatz in der Mitte zu gehen.

In den Kommodenschubladen lagen Unterwäsche, Strümpfe, Bettwäsche, Taschentücher und Schals. Katja verbrachte einige Minuten damit, sie zusammenzulegen und zu ordentlichen Stapeln zu schichten, ehe sie den Schrank öffnete.

Kleider, Blusen und Röcke.

Nicht sonderlich viele von jeder Sorte. Flink räumte sie die Kleiderbügel um, sodass die passenden Kleiderstücke nebeneinanderhingen, von links nach rechts, Blusen, Röcke, Kleider. Nachdem sie einen letzten Blick auf die nichtssagende Kunst an den dunkelgrünen Wänden geworfen hatte, verließ sie das Schlafzimmer und trat ins Wohnzimmer.

Ein Dreisitzer-Sofa, das definitiv noch aus den Neunzigern stammte, mit einem fleckigen Sofatisch davor. Darunter ein mattgrüner Knüpfteppich. Ein eingesunkener Sessel. Alles war zu einem Fernseher an der Wand hin ausgerichtet. Daneben stand ein dunkles Bücherregal, das ebenso viele Fotoalben wie Bücher enthielt und gerahmte Fotos, vermutlich von Familienangehörigen.

Katja zog wahllos ein Album heraus und setzte sich auf den Sessel. Die Aufnahmen stammten wohl aus den siebziger Jahren, da der Junge, der Stanislaw sein musste, darauf etwa sechs oder sieben Jahre alt war. Die meisten Fotos zeigten ihn und seine ältere Schwester, manchmal gemeinsam mit einem Mann, von dem Katja annahm, dass es der Vater war, der ihren Informationen zufolge vor acht Jahren bei einem Verkehrsunfall ums Leben gekommen war. Auf einem der Bilder stand er in der Tür einer kleinen Datscha irgendwo auf dem Land, blinzelte in die Sonne, schirmte die Augen mit der Hand ab und lächelte breit.

Ohne Vorwarnung blitzte in ihrem Kopf das Bild jenes Mannes auf, den sie mehrere Jahre lang als ihren Vater bezeichnet hatte. Auch er in einer Tür, kein Lächeln, definitiv keine Sonne.

Sie verdrängte die Erinnerung sofort wieder, schlug das Album zu, stand auf und stellte es zurück ins Regal, ehe sie ans Fenster trat. Der dichte Verkehr auf der Afonskaja ulitsa war hier oben nur als entferntes Rauschen hörbar. Sie steckte ihren Finger in den einzigen Blumentopf auf dem Fensterbrett und stellte fest, dass die Pflanze Wasser brauchte, ehe sie das Wohnzimmer verließ und sich ins Bad begab. Eine graue wasserfeste Tapete und ein PVC-Boden in einem etwas helleren Ton. Sechs weiße Kacheln in einem Rechteck über dem Waschbecken. Eine hohe, aber kurze gusseiserne Badewanne auf verzierten Löwenfüßen, mit einem Duschvorhang, der mit irgendwelchen Engeln bedruckt war.

Für einen Moment fühlte sie sich in den großen Saal zurückversetzt.

Die zwölf Badewannen, in einer Reihe, mit vier Grad kaltem Wasser gefüllt.

Sie wandte sich dem Spiegelschrank über dem Waschbecken zu. Ehe sie ihn öffnete, betrachtete sie sich selbst. Das schwarze, zu einem kurzen Pagenkopf geschnittene Haar, die markanten Augenbrauen über den braunen Augen, die hervortretenden Wangenknochen, die gerade Nase, die vollen Lippen. Wie immer, wenn der Job nichts Gegenteiliges verlangte, war sie ungeschminkt. Sie wusste, dass sie als hübsch galt und dies ein Vorteil war, um sich den Menschen zu nähern. Vor allem Männern, aber im Laufe der Jahre hatte sie herausgefunden, dass die Leute, unabhängig vom Geschlecht, attraktiven Menschen gegenüber aufgeschlossener waren.

Der Inhalt des Badezimmerschranks war das reinste Durcheinander. Sie klappte den Toilettendeckel herunter, nahm die einzelnen Utensilien heraus und legte sie dort ab. Pflaster, Zahnpasta, Zahnseide, Nasenspray, Deodorant, Hautcreme, Nagelschere, Fußfeile, Haarnadeln, einige Ohrclips, Badesalz, Taschentücher aus Zellstoff, Medikamente, einige verschreibungspflichtig, andere nicht. Doch auch hier nichts, was darauf hindeutete, dass die Frau, deren Badezimmerschrank sie gerade ausräumte, ein aktives Sexualleben führte. Dafür hatte sie, der Tube nach zu urteilen, die jetzt auf der Toilette lag, schon einmal eine Pilzinfektion im Unterleib gehabt.

Als der Schrank leer war, wischte Katja ihn mit angefeuchtetem Toilettenpapier aus, ehe sie die Utensilien nach vier Hauptgruppen geordnet wieder einräumte: Medikamente, Körperpflege, Haarpflege, Sonstiges.

Zufrieden mit dem Werk, das sie in den letzten zwanzig Minuten vollbracht hatte, ging sie in die kleine Küche. Eigentlich könnte sie etwas essen, dachte sie, öffnete den Kühlschrank und holte Butter, Käse, Eier und ein Bier heraus. Während die Eier auf dem Herd kochten, öffnete sie die hellgrünen Küchenschränke auf der Suche nach Brot, Tellern und Besteck. Sie wurde fündig und deckte für sich auf dem kleinen Küchentisch am Fenster. Die Zeitung, für die Kusnetsow schrieb, lag in einem geflochtenen Korb auf dem Boden. Katja hob sie auf und legte sie neben den kleinen Teller. Als die Eier fertig waren, schreckte sie sie unter dem Wasserhahn ab und stellte den Topf auf einen Untersetzer.

Dann setzte sie sich und begann zu essen und dabei zu lesen. Ihr fiel ein, dass es nett wäre, ein bisschen Musik zu hören, und sie sah sich nach einem Transistorradio oder Ähnlichem um. Doch sie fand nichts, aber vielleicht war das auch besser so. Würde aus der Wohnung Musik ertönen, wenn sie kamen, könnten sie vielleicht etwas ahnen. Vermutlich trafen sie aber erst in ein paar Stunden ein.

Also wartete sie.

Warten konnte sie gut.

D er restliche Nachmittag verflog einfach.
Hannah war im selben Moment zum Fundort zurückgekehrt, als Gordon sein Gespräch beendet hatte.

«Was hat Luleå gesagt?»

«Die Abteilung für schwere Verbrechen wird den Fall übernehmen.»

Keine große Überraschung. Eine versteckte Leiche wurde so lange als Mord angesehen, bis man das Gegenteil bewiesen hatte, und für Morde war Luleå zuständig.

«Und wer?»

«Erixon.»

Erixon mit X. Vorname Alexander, allgemein nur X genannt. Hannah kannte und schätzte ihn. Er hatte die Ermittlungen bei einigen ihrer Fälle schon früher geleitet. Zuletzt, als im vergangenen Frühjahr eine Leiche aus dem Kukkolafors gezogen worden war.

Sie erzählte, was sie unten am Weg gefunden hatte und dass höchstwahrscheinlich zwei Fahrzeuge in den Unfall verwickelt gewesen waren, darunter ein blaues. Gordon lauschte und nickte, ehe er sie bat, zurückzugehen und ihren Wagen aus Vitvattnet zu holen.

«Nimmst du den bitte mit?», fragte er mit einem Nicken in Richtung Jens, der unbeschäftigt und überflüssig ein Stück entfernt neben einem entwurzelten Baum stand.

«Muss ich?»

«Ja.»

«Na, dann komm», sagte sie und winkte Jens herbei. Sie verließen den Ort auf demselben Weg, den sie gekommen waren, während Gordon die anderen Teams im Wald anrief, um ihnen mitzuteilen, dass sie die Suche abbrechen und zurückkehren konnten.

Eine Dreiviertelstunde später parkte Hannah ein wenig näher am Fundort, aber noch in gebührendem Abstand. Jens musste im Auto warten, während Gordon und sie gemeinsam die Straße und ein weitläufiges Gebiet um das Grab im Wald absperrten. Die Spurensicherung würde sicher frühestens in einer Stunde eintreffen – der Nachteil eines kleinen Ortes, von dem alle wichtigen Ressourcen mindestens hundert Kilometer entfernt waren –, weshalb Gordon sie bat, Jens zurückzufahren und ihnen etwas zu essen zu holen.

Auf dem Rückweg zum Auto spürte Hannah plötzlich, wie sich die Hitze in ihrem Gesicht und am Hals ausbreitete, bis sie auf den ganzen Körper übergriff, während sich jede einzelne Pore zu öffnen schien und der Schweiß zu strömen begann. Ohne in den Spiegel zu sehen, wusste sie, dass sie knallrot und nassglänzend war. Während sie sich neben Jens setzte und den Wagen startete, stellte sie den Regler der Klimaanlage auf die niedrigste Stufe und widerstand dem Impuls, das Fenster herunterzulassen.

Schon das zweite Mal an diesem Tag.

Es war schlimm genug, dass sie mehrmals in der Woche von diesen Hitzewallungen ereilt wurde, aber würde das in Zukunft immer so weitergehen? Ein Gefühl, als hätte sie mehrmals am Tag eine anstrengende Sporteinheit absolviert, allerdings ohne positive Trainingseffekte. Sie war einfach nur klatschnass, und ihr Gesicht leuchtete wie eine Tomate.

«Darf ich die Heizung ein bisschen aufdrehen?», fragte Jens nach einigen Kilometern.

«Nein, dürfen Sie nicht.»

«Es ist ein bisschen frisch.»

«Wenn Ihr Körper Sie in einigen Jahren jeden Tag ärgert, dürfen Sie die Temperatur im Auto bestimmen, ja?»

Jens nickte vollkommen verständnislos, ehe er einen Versuch unternahm, mit ihr über die Ereignisse der letzten Stunden zu plaudern, aber das einsilbige Grunzen, das von ihr zurückkam, ließ ihn bald verstummen. Erst als sie auf den Parkplatz vor der Polizeistation einbogen und er ausstieg, öffnete er wieder den Mund.

«Sie können dann ja mal berichten, wie es weitergegangen ist.»

«Warum sollte ich?»

«Ich bin einfach nur neugierig, und inzwischen habe ich auch das Gefühl, ich wäre irgendwie beteiligt.»

«Ja, natürlich», log Hannah hemmungslos, um die Unterhaltung so schnell wie möglich zu beenden. «Morgan hat ja Ihre Kontaktdaten, wir werden Sie auf dem Laufenden halten. Fahren Sie vorsichtig.» Sie winkte ihm zum Abschied, glücklich, ihn zum letzten Mal gesehen zu haben, und fuhr zum Coop. Eigentlich mochte sie den ICA Maxi lieber, aber der Coop lag näher. Bei den Kühltruhen mit dem Fertigessen stellte sie das Abendessen zusammen. Gordon wollte etwas Nährstoffreiches. Sie wählte einen Krabbensalat. Alles, worauf sie selbst Lust hatte, musste in der Mikrowelle aufgewärmt werden, also nahm sie stattdessen einen Wrap mit Hähnchenfleisch. Ein kleines Vollkornbaguette für Gordon, zwei Flaschen Cola und eine Tüte Nacho-Chips rundeten ihren Einkauf ab.

Als sie zum Fundort zurückkehrte, standen bereits mehrere andere Autos hinter der Absperrung. Die Männer von der Spurensicherung waren eingetroffen, und Gordon hatte sie über alles in Kenntnis gesetzt, was sie wussten. Der Arzt, der mit den Technikern gekommen war, hatte den Totenschein ausgestellt, und jetzt machten sie sich an die Arbeit. Weil Gordon und Hannah dabei nicht großartig helfen konnten, setzten sie sich zum Essen auf einen Stein außerhalb des Absperrbandes, sahen den Kollegen zu und redeten nicht viel. Die Sonne stand immer noch hoch am Himmel, die Insekten summten in der Hitze, und hier und da hörten sie Bruchstücke der kurzen und gedämpften Kommunikation der Techniker.

Nachdem sie ihre Mahlzeit beendet hatten, bot Hannah an, zurückzufahren und mit dem Papierkram anzufangen, denn es reichte aus, wenn einer von ihnen vor Ort blieb. Gordon konnte in einem Wagen der Spurensicherung zurückfahren.

Zweieinhalb Stunden später klopfte er genau in dem Moment an ihren Türrahmen, als sie ihr Dokument schloss.

«Du bist noch da», stellte er fest und sank auf ihren einzigen Besucherstuhl.

«Wollte gerade gehen. Bist du eben erst gekommen?»

«Ja, sie haben den halben Wald durchsucht.»

«Wissen wir, wer der Mann ist?»

Gordon schüttelte den Kopf und unterdrückte ein Gähnen.

«Keine Personaldokumente, nichts.»

«Was machen wir jetzt? Gehen wir mit einem Bild raus?»

«Das wollen wir morgen besprechen, X und ich.»

Gordon erhob sich müde, und Hannah loggte sich aus. Sie begleitete ihn auf den Flur.

«Die ursprüngliche Todesursache war jedenfalls ein gebrochener Nacken.»

«Wie lange hat er schon da gelegen?»

«Das lässt sich anscheinend nur schwer sagen. Vor einer Woche wurde er zum Wolfsfutter, zu dem Zeitpunkt muss er also schon dort gewesen sein.»

Sie waren am Ende des Flurs angelangt. Gordons Büro lag direkt vor der Tür, die zur Treppe führte.

«Bis morgen», sagte er und legte die Hand auf die Klinke seiner Bürotür. Offenbar wollte er noch eine Weile bleiben. Erstaunt stellte Hannah fest, dass sie mit der Frage gerechnet hatte, ob sie auf ihn warten und auf dem Heimweg noch zu ihm kommen wolle. Sie hatte es sich sogar erhofft.

Das war zu irritierend, es sah ihr ganz und gar nicht ähnlich.

«Ja, bis morgen», erwiderte sie, schob die Treppenhaustür auf und ging.

Eine Minute später trat sie durch den verglasten Eingang und holte tief Luft, während die Tür hinter ihr zufiel.

Es war hell wie am Tag, still wie in der Nacht.

Auf der E4 waren nur wenige Autos unterwegs, sodass sie den Fluss und das Vogelgezwitscher vom Ufer hinter dem Haus hörte, während sie zu Fuß nach Hause ging. Ihr fiel auf, dass sie den ganzen Tag über nicht mit Thomas gesprochen und ihm weder erzählt hatte, was passiert war, noch, warum sie so spät kam. Andererseits hatte er sich auch nicht gemeldet und nachgefragt. Jetzt war es zu spät. Er war sicher schon ins Bett gegangen.

Sie setzte ihren Weg auf der Strandgatan fort, bog in die Packhusgatan ein und kam an der Stadsbiblioteket vorbei. Thomas war früher oft mit den Kindern hier gewesen, sie selbst nur hin und wieder. Jetzt hatte sie schon seit Jahren kein Buch mehr ausgeliehen. Und auch keines gelesen. Sie bog links in die Storgatan ab, ohnehin nicht die meistbefahrene Straße der Welt, aber um Mitternacht an einem Montag im Juni war Hannah hier allein unterwegs. Dann passierte sie das große gelbe Holzhaus, in dem der Odd-Fellow-Orden seinen Sitz hatte, und stellte fest, dass sie Hunger hatte, als sie an den Ladengeschäften und der geschlossenen Konditorei vorbeikam. Seit dem Wrap und den Nacho-Chips waren viele Stunden vergangen. Normalerweise würde sie jetzt rechts in die Köpmansgatan abbiegen, den Marktplatz, das Stadshotellet und den Wasserturm passieren und den Weg nach Hause fortsetzen. Doch ein Gedanke ließ sie nicht los.

Ein Unfall mit Fahrerflucht. Zwei Fahrzeuge involviert.

Eigentlich hatte sie nicht viel Hoffnung, dass er da war, aber es konnte trotzdem nicht schaden, bei ihm vorbeizuschauen. Einen kurzen Blick zu werfen. Viele der Autos standen sogar draußen auf dem Hof.

Also spazierte sie geradeaus weiter, an den zwei Banken und an H. M. Hermansons Handelshof vorbei, dem großen graublauen Holzgebäude, das schon seit 1832 dort stand und mit seinen Wohnhäusern und zwölf Speichern einen ganzen Straßenblock einnahm. Es folgten einige unscheinbare dreistöckige Ziegelwohnhäuser, wie sie in jeder Stadt hätten stehen können, obwohl ein paar ältere Häuser dazwischen ihr Bestes gaben, um an das einstige Idyll der Storgatan zu erinnern. Hannah bog links in die Fabriksgatan ein und spähte auf das längliche Grundstück hinter dem ersten niedrigen Ziegelhaus.

Anscheinend hatte sich der Umweg gelohnt. In der Werkstatt brannte Licht. Sie sah sich die Autos draußen genau an, ehe sie die kleine Metalltür neben dem breiten schmutzigen Garagentor öffnete, über dem ein Schild die Öffnungszeiten anzeigte, werktags bis neunzehn Uhr.

Es roch nach Autos, Öl und Abgasen. Die ersten Takte von *Für Elise* signalisierten, dass jemand in den Laden gekommen war, und übertönten die Achtziger-Jahre-Musik, die aus einem Radio schallte. In der Werkstatthalle standen vier Wagen, darunter kein blaues.

«Was machen Sie denn hier?»

UW tauchte aus der Fahrzeuggrube auf, wischte sich die Hände an einem Lappen ab, machte aber trotzdem keine Anstalten, ihr die Hand zu geben. Nicht weil seine Hände schmutzig waren.

Sie waren sich schon früher begegnet. Oft. Bis vor ein paar Jahren hatte es kaum eine Straftat im Bereich der Kleinkriminalität gegeben, in die UW nicht verwickelt gewesen war.

Diebstahl, Einbruch, Hehlerei, Schmuggel.

Gerüchte besagten, er werde UW genannt – oder sorgte dafür, dass man ihn so nannte –, weil er die Unterwelt von Haparanda war. Wenn das stimmte, war es ziemlich lächerlich, fand Hannah.

Vor fünf Jahren war er ins Gefängnis gekommen, als ihnen gemeinsam mit den Finnen ein Schlag gegen die hiesige Drogenhändlerszene gelang. Er bekam fünf Jahre wegen Rauschgifthandels in großem Stil, tausendfünfhundert Tabletten Subutex aus Frankreich.

Zu dieser Zeit war der Markt in Finnland viel größer, was sich inzwischen allerdings geändert hatte. Der Kundenkreis in Haparanda, ja in ganz Norrbotten, war gewachsen. Überwiegend junge Männer wie Jonte, den Hannah am Morgen festgenommen hatte. Von ihnen gab es viele, zu viele – ohne Richtung, ohne Plan, ohne Job. Haparanda hatte die höchste Arbeitslosigkeit im ganzen Regierungsbezirk. Mit großem Abstand. Die landesweite Statistik über die schulischen Leistungen in der neunten Klasse sprachen für Haparanda ebenfalls eine deutliche Sprache. Die Mädchen lagen weit über dem Durchschnitt, die Jungen weit darunter. Das galt nicht nur für die Noten, sondern auch für die Basiskompetenz in den Grundfächern. Hier dümpelten die Jungen weit unter dem Landesdurchschnitt und noch viel weiter unter den Mädchen. Sie schienen schlichtweg den Sinn des Paukens nicht einzusehen. So blieben sie in ihrem Ort hängen, während die jungen Frauen wegzogen, um sich weiterzubilden. Haparanda war nicht die einzige Kleinstadt mit einer solchen Entwicklung, aber das schmälerte das Problem nicht.

Als UW nach zwei Jahren aus dem Gefängnis entlassen worden war, wurde er Vater, ließ die kriminelle Welt vollkommen hinter sich und übernahm eine Autowerkstatt, in der er jetzt also auch nach Mitternacht noch zugange war.

«Sie arbeiten aber lange», stellte Hannah fest und machte einige Schritte in den Raum hinein. UW lehnte sich gegen einen der Wagen, verschränkte die Arme und folgte ihr mit dem Blick.

«Was wollen Sie?», fragte er müde.

«Hatten Sie in der letzten Woche ein Auto mit einem Unfallschaden hier?», fragte Hannah und beobachtete ihn, um seine Reaktion abzulesen. Sie konnte genauso gut gleich zur Sache kommen.

«Nein.»

Hannah verlor den Faden, als aus den Lautsprechern der Titelsong zum Film *Fame* erschallte. Die Trommeln und der blecherne Synthesizer. Sie holte tief Luft.

«Könnten Sie das Radio ausschalten?»

«Warum?»

«Können Sie es einfach nur ausschalten? Bitte.»

Ihr Ton lud weder zu Einwänden noch zu weiteren Fragen ein. UW zuckte die Achseln und ging zu dem Gerät, um ihrer

Bitte nachzukommen. Hannah kniff kurz die Augen zu, verärgert, weil sie sich nicht unter Kontrolle hatte, weil sich die Schutzmauern, die sie so sorgfältig hochgezogen hatte, immer noch so leicht einreißen ließen. Ihr Schutzwall um alles, was mit ihrer Mutter zu tun hatte – und nicht zuletzt mit Elin ...

«Zufrieden?» UW riss sie aus ihren Gedanken.

«Ja. Danke.»

Sie sammelte sich kurz, jetzt war es still, und sie verdrängte routiniert und erfolgreich alle unerwünschten Gedanken und kam auf ihr Anliegen zurück.

«Also kein Auto, das mit einem anderen zusammengestoßen ist?»

«Nein.»

«Ein dunkelblaues.»

«Nein», wiederholte UW und schüttelte den Kopf. «Kein dunkelblaues, auch keine andere Farbe. Kein Unfallschaden.»

«Sicher?»

«Ganz sicher.»

Sie blieb stehen, sah sich um, überlegte, ob es irgendeine Möglichkeit gab, seine Angaben zu überprüfen, hatte aber keine Idee, jedenfalls noch nicht.

«Falls eines reinkommt, melden Sie sich bitte.» Sie streckte ihm eine Visitenkarte entgegen. Er machte keine Anstalten, sie anzunehmen.

«Ich weiß schon, wie ich euch erreiche.»

Hannah sah ihm eindringlich in die Augen, während sie die Karte wieder in ihre Tasche steckte, dann drehte sie sich um und ging zur Tür.

«Schöne Grüße an Tompa», hörte sie in ihrem Rücken, als sie schon die Hand am Türgriff hatte. Sie hielt inne. Niemand nannte ihren Mann Tompa. Wie gut kannte er UW eigentlich? Wollte der Typ ihr mit dieser kurzen Abschiedsfloskel irgendetwas mitteilen? Mehr, als zu demonstrieren, dass er wusste, wer sie war und mit wem sie verheiratet war. Sie schob den Gedanken beiseite und öffnete die Tür. *Für Elise* begleitete sie hinaus, während sie die Werkstatt verließ und endgültig den Heimweg antrat.

UW wartete, bis die Tür wieder zuschlug und er sicher sein konnte, dass sie nicht zurückkehrte, ehe er seiner Wut und Unruhe freien Lauf ließ. Seit er aus dem Knast gekommen war, hatten sie ihn in Ruhe gelassen. Und es war wichtig, dass das auch so blieb und alle wussten, dass er jetzt das Leben eines 08/15-Schweden führte. Er wollte die Bullen nicht schon wieder am Hals haben. Bloß nicht.

Ob sie darauf reagieren würden, dass er so spät noch arbeitete?

Und ihn beschatten? Ihn erneut verdächtigen?

Er würde nicht zu dieser Uhrzeit in der Werkstatt arbeiten, wenn er nicht dazu gezwungen wäre, wenn die Pflegekasse nicht eine neue Einstufung vorgenommen hätte.

Dabei hatte sich nichts geändert.

Lovis konnte nach wie vor den Kopf nicht allein heben, nicht reden, nicht lachen, sie war so gut wie blind, musste über eine Sonde ernährt werden und litt unter epileptischen Anfällen, mitunter mehreren am Tag. Im Alter von vier Jahren war sie in vielerlei Hinsicht weniger entwickelt als ein Neugeborenes, und trotzdem hatte man ihre Pflegestunden reduziert. Stina und er hatten Widerspruch eingelegt und gekämpft, bei der Kommune, bei allen, aber die Entscheidung stand fest, also waren sie gezwungen, damit zurechtzukommen. Alles im Wechsel zu erledigen, denn einer von ihnen musste immer bei Lovis bleiben, rund um die Uhr.

Es war nicht zu leisten.

Stina hatte gesundheitliche Beschwerden bekommen, war gezwungen gewesen, ihre Arbeitszeit noch weiter zu reduzieren, und wurde am Ende ganz krankgeschrieben. Er versuchte, so viel zu arbeiten, wie er konnte, aber sie gingen auf dem Zahnfleisch, und um zu überleben, mussten sie die zusätzliche Pflegehilfe für Lovis privat bezahlen, wenn es nötig war.

Was oft der Fall war. Und teuer.

Die Werkstatt lief gut, aber sie brauchten mehr Geld als das, was man mit Reparaturen, Reifen- und Ölwechseln einnehmen konnte. Und als sie schließlich völlig am Ende gewesen waren, hatte er sich wieder bei seinen alten Kontakten in Finnland gemeldet und ein neues Geschäft aufgezogen.

In kleinerem Umfang. Keine Drogen.

Derzeit erzielte er seinen Zusatzverdienst vor allem mit Autos wie dem Mercedes S-Klasse Sedan, den er gerade repariert hatte, als die Bullenschnepfe gekommen war. Der Wagen hatte im Winter in den USA einen Totalschaden gehabt, die Versicherung hatte gezahlt, dann war es weiterverkauft und nach Europa verschifft worden. So weit alles legal. UW richtete das Fahrzeug wieder her, teils mit gestohlenen Ersatzteilen, und sorgte dafür, dass es auf dem schwedischen oder finnischen Markt landete. Es wurde als Gebrauchtwagen mit normalem Verschleiß verkauft. Dabei existierten keine Dokumente, die Aufschluss darüber gaben, dass es einige Monate zuvor in Florida noch ein Wrack gewesen war. Das große Geld ließ sich damit nicht machen, aber derzeit half alles.

Und jetzt kam die Polizistin und schnüffelte herum. Erkundigte sich nach Unfallschäden.

Er beschloss, ein paar Tage abzuwarten, um zu sehen, wie sich die Lage entwickelte. Er wusste, was er wusste, aber nicht, was er mit der Information in diesem Moment anstellen sollte. Er war sich lediglich sicher, dass er auf keinen Fall wieder in den Knast kommen durfte. Stina und Lovis würden das ohne ihn nicht schaffen.

Nackt stieg sie aus dem Bett und ging zum Badezimmer. Sie wusste, dass er ihr hinterhersah. Sie hatten Sex gehabt. Das konnte sie gut, hatte es mit der gleichen Gründlichkeit gelernt wie alles andere. Und er war besser gewesen als erwartet.

Katja hatte ihn sich in der Hotelbar ausgesucht. Geschäftsmann, Ausländer, vielleicht fünfundvierzig Jahre alt. Er sah durchschnittlich, aber annehmbar aus mit seinen braunen Augen, dem ordentlichen Haarschnitt, einem Jackett über dem hellblauen Hemd, das er bis zum Hals zugeknöpft hatte, und er wirkte halbwegs gepflegt. Und er hatte in der Bar allein mit seinem Laptop dagesessen. Vor dem nächsten Schritt hatte sie schnell kontrolliert, ob er einen Ring trug. Wenn er jemanden betrog, war ihr das egal, aber es ging immer leichter, wenn eine solche Entscheidung gar nicht erst getroffen werden musste. Im schlimmsten Fall bekamen die Kerle in letzter Sekunde kalte Füße, und Katja hatte keine Lust, ihre Zeit mit einem zu vergeuden, wenn sich am Ende herausstellte, dass er gar nicht mit ihr ins Bett wollte. Sie ging zu ihm, fragte auf Englisch, ob der Platz gegenüber noch frei sei, und stellte sich als Nadja vor.

Er hieß Simon. Simon Nuhr.

Aus München, wie sich herausstellte.

«Ich spreche ein bisschen Deutsch», sagte sie mit breitem

russischen Akzent, obwohl sie diese Sprache fließend beherrschte. Neben fünf anderen Sprachen, und in weiteren sechs oder sieben konnte sie sich leidlich verständigen. Mit einer gespielten Freude darüber, ein bisschen üben zu können, sprach sie weiter Deutsch und machte ein paar einfache Fehler, die er lachend korrigierte. Sie fragte, ob sie ihn zu etwas einladen dürfe, woraufhin er sie einlud.

«Dann würde ich ein Glas Wein nehmen.»

Er bestellte ein Bier. Sie stießen über seinem inzwischen zugeklappten Laptop an. Dabei lächelte sie ihm aufmunternd zu und hielt mühelos das Gespräch am Laufen. Ihm war eindeutig bewusst, dass er, was das Aussehen betraf, in einer anderen Liga spielte als sie, und seine aufrichtige Freude über ihre Gesellschaft verriet, dass er sein Glück kaum fassen konnte. Dennoch, oder vielleicht gerade deswegen, zögerte er, als sie nach einigen Stunden vorschlug, an einen Ort zu wechseln, wo sie ungestört waren.

«Ich bin keine Prostituierte», stellte sie klar. Er errötete und beteuerte stotternd, das habe er auch nie gedacht. Was gelogen war. Im Westen war die Annahme weit verbreitet, dass junge, attraktive Frauen, die in einem Hotel in Sankt Petersburg dem Anschein nach wohlhabende Geschäftsmänner ansprachen, Professionelle waren. Eventuell sogar noch erpresserisch tätig. Manche Arbeitgeber warnten ihre Angestellten sogar davor. Daher zögerte er jetzt. Kalte Füße. Sie hatten sich gerade erst kennengelernt, es wäre also seltsam und verdächtig, wenn sie behauptete, sie würde irgendwelche großen Gefühle für ihn hegen. Aber wenn sie kriegen wollte, weshalb sie gekommen war, musste sie ihm die Angst nehmen, betäubt oder ausgeraubt zu werden oder Schlimmeres.

Sie versuchte es mit der Wahrheit. Oder einer Variante.

Also beugte sie sich vor, senkte die Stimme und wechselte ins Englische.

«Ich habe heute einen großen Auftrag erledigt», sagte sie und sah ihm tief in die Augen. «Ich bin nicht von hier, morgen fahre ich wieder nach Hause, und heute Abend möchte ich gern ein bisschen Spaß haben. Und ich mag Sex.» Sie sah ihn weiterhin mit einem so offenen Blick an, dass es ihm schwerfallen musste, ihr nicht zu glauben.

Hatte sie zu dick aufgetragen? War sie zu direkt gewesen? Offenbar nicht. Simon Nuhr nickte lediglich und konnte seine Begeisterung nicht verbergen, als er ihr lächelnd verkündete, sein Zimmer liege im vierten Stock.

Nun kam Katja aus dem Badezimmer zurück. Simon lag weiterhin auf dem Doppelbett und betrachtete sie, und seinem Blick nach zu urteilen konnte er immer noch nicht fassen, dass ausgerechnet er mit ihr im Hotelzimmer gelandet war. Sie ließ ihn gaffen.

«Darf ich den Fernseher anmachen?», fragte sie in ihrem gebrochenen Deutsch, stand auf und holte die Fernbedienung von dem kleinen Schreibtisch.

«Du willst jetzt fernsehen?»

«Du wollen jetzt schlafen?», fragte sie absichtlich falsch und mit einer Miene, die verriet, dass sie ihn in diesem Fall auf keinen Fall stören wollte.

«Nein, kein Problem, wir können gern fernsehen.»

Sie legte sich wieder neben ihn und stopfte sich das Kissen in den Rücken. In der einen Hand hielt sie die Fernbedienung, die andere legte sie auf seinen Bauch. Sie spürte, wie seine Muskeln unter ihrer Berührung erstarrten. Dann legte sie ihr Bein über seins, sodass ihr Oberschenkel sein Geschlecht berührte, und zappte durch die Kanäle, bis sie eine Nachrichtensendung fand.

Ein großer Rettungseinsatz in einem zerstörten Mietshaus. Die eine Hälfte war vollkommen eingestürzt, als wäre ein Riese darauf herumgetrampelt und hätte sie dem Erdboden gleichgemacht, die andere Hälfte der elf Stockwerke war verschont geblieben. Das Rettungspersonal suchte in den Trümmern nach Überlebenden. Der Nachrichtensprecher und der Lauftext verkündeten dasselbe. Inzwischen war bestätigt worden, dass der Journalist Stanislaw Kusnetsow und seine Kollegin Galina Sokolowa bei einer Gasexplosion ums Leben gekommen waren, die große Teile eines Wohnhauses in der Afokskaja ulitsa zerstört hatte.

«Was ist da passiert?», fragte Simon mit einem Blick auf den Bildschirm, wo die Nachrichten auf Russisch liefen.

«Eine Gasexplosion. Ein sehr bekannter, verheirateter, kremlkritischer Journalist und seine Liebhaberin sind gestorben, als sie in der Wohnung seiner Mutter rumgevögelt haben.»

«Wird das in der Öffentlichkeit erwähnt?», fragte Simon erstaunt. «Ich meine, dass er untreu war.»

«Nein, aber ich weiß es.»

Ihr Handy piepste auf dem Nachttisch. Rasch warf sie einen Blick auf das Display. Die Bezahlung war eingegangen. Sie grinste zufrieden.

«Gute Nachrichten?»

«Ja.»

Sie legte das Handy zurück, nahm die Fernbedienung, schaltete den Ton des Fernsehers aus und bewegte die Hand, die auf Simons Bauch gelegen hatte, weiter abwärts.

Langsam erwacht sie wieder zum Leben.
Haparanda.

Wenn die Sonne am wolkenfreien Himmel emporsteigt, enthüllt sie gnadenlos, dass Haparanda eine alternde Primadonna ist. Sie braucht ein wenig Hilfe, Fürsorge, Engagement und an manchen Stellen auch einfach nur etwas so Konkretes und Einfaches wie Farbe, eine neue Verkleidung oder ein paar Dachziegel, um einige Gebrechen zu vertuschen, die ihre schwindende Lebenskraft und Zuversicht offenbaren.

Ob sie die vergangenen Glanzzeiten vermisst? Natürlich. Es gab Phasen, in denen sie sich nicht nur wie der Mittelpunkt der Welt fühlte. Sie war es tatsächlich. Eine richtige Metropole weit im Norden. Spione, Schmuggler, Revolutionäre, Prostituierte, Glückssucher und Künstler kamen aus nah und fern. Großmachtpolitik, Geschäfte und Schicksale wurden im Stadshotellet diskutiert, verhandelt und beeinflusst.

Im April 1917 machte Lenin in Haparanda halt, auf seinem Weg aus dem Exil in der Schweiz. Pferde zogen ihn mit Schlitten über das Eis nach Torneå und weiter in Richtung Petrograd, Oktoberrevolution und einer bedeutenden Rolle in der Weltgeschichte. Was man davon hält, hängt davon ab, wer man ist, die Stadt wertet nicht. Sie stellt lediglich fest, dass es eine Zeit gab, in der alle zu wissen schienen, wer sie war und wo sie lag, und zu ihr wollten.

Die Sonne steigt höher, vertreibt die Schatten, alte und neue.

Wärmt den Boden des Friedhofs, wo Valborg Karlsson im Morgenlicht neue Blumen auf der letzten Ruhestätte ihres Mannes pflanzt. Sie vermisst ihn. Die ganze Zeit. Wird früh wach, vor allem im Sommer, und geht jeden Tag zum Grab. Das tut sie seit neun Jahren, ohne zu wissen, dass er in dem Pflegeheim, in dem er wohnte, von einer Angestellten mit einer Insulininjektion umgebracht wurde.

In Jonathan «Jonte» Lundins kleinen Wohnung ist es bereits warm und riecht muffig und nach Müll. Er liegt verschwitzt, aber mit einem Lächeln auf dem Lippen in seinen Straßenklamotten auf dem Bett und schläft. Es wird noch einige Stunden dauern, bis er aufwacht und die trostlose Jagd nach den Drogen von vorn anfängt. Dann wird er vergessen haben, was er träumte, und sich nicht an das abstrakte Gefühl von Freiheit und Glück erinnern, dass er im wachen Zustand schon seit Jahren nicht mehr empfunden hat.

In einem Haus im Klövervägen schlafen Jennie und Tobias Wallgren zärtlich und genussvoll miteinander. Sie haben erst vor zwei Wochen in der Kirche von Haparanda geheiratet. Tobias hat sich geschworen, nach der Hochzeit treu zu sein, was weder in den vier Jahren nach ihrem Kennenlernen noch in ihrer zweijährigen Verlobungszeit der Fall war. Bislang hält er sich daran. Sie verhüten nicht, und er kommt, während er ins Kissen stöhnt. Eines seiner Spermien befruchtet eine von Jennies Eizellen, und in dreiundzwanzig Jahren werden alle ihr Kind kennen, nicht nur in Haparanda, sondern in ganz Schweden.

Stina Laurin steht in der Tür zum Zimmer ihrer Tochter. Lovis schläft jetzt ruhig, doch in der Nacht hatte sie wieder einen Anfall. Es wäre ihre Nachtschicht gewesen, aber Dennis, genannt UW, wurde auch wach und half ihr. Obwohl er vorher so lange gearbeitet hatte. Er sah müde aus, als er am Morgen wieder in die Werkstatt ging, aber sie brauchten das Geld noch mehr als den Schlaf.

Wie so oft in der letzten Zeit überlegt sie, wie lange sie das noch durchhalten, und wenn diese Grübeleien kommen und die Angst, ihn zu verlieren, kann sie den verbotenen Gedanken nicht mehr zurückhalten: dass sie ihre Tochter nicht liebt, dass es ihnen ohne Lovis besser ginge. Und dann hasst sie sich selbst.

In einem der kleinen, niedrigen hellgrünen Reihenhäuser im Kornvägen schneidet Krista Raivio ihrem Sohn das Brot fürs Frühstück und denkt darüber nach, wie sie ihren Kollegen die blauen Flecken und das Veilchen erklären soll. Wie so oft spielt sie mit dem Gedanken, was es wohl für ein Gefühl sein mochte, wenn sie ihrem gewalttätigen Ehemann das scharfe Messer in die Brust rammen würde. Erst drei Jahre später wird sie es herausfinden.

Sandra Fransson verlässt das Haus und den schlafenden Kenneth im Obergeschoss, um zur Arbeit zu fahren. Sie freut sich schon auf ihre Mittagspause. Dann möchte sie das Einkaufszentrum Rajalla in Torneå besuchen, einige hundert Meter auf der anderen Seite des Flusses, der anderen Seite der Grenze, und diese Vase kaufen, die sie so gerne hätte. Sechzig Euro stecken zusammengefaltet in ihrer vorderen Hosentasche. Sie weiß, dass sie es nicht tun sollte, möchte es sich aber trotzdem gönnen. Muss es sich gönnen, hat es verdient. Genau wie die meisten anderen Bewohner von Haparanda blickt sie in den strahlend blauen Himmel und stellt fest, dass es wieder ein schöner Tag werden wird.

Weder sie noch sonst jemand weiß von den dunklen Wolken, die sich im Osten bilden.

Noch ehe sie sich umdrehte, wusste Hannah, dass die andere Betthälfte leer war. So lief es zurzeit immer, sogar am Wochenende. Thomas ging früh ins Bett, manchmal schon um neun Uhr. Und wenn sie sich Stunden später auch hinlegte, schlief er tief, auf der Seite, ihr den Rücken zugewandt. Manchmal hörte sie gegen fünf seinen Wecker klingeln, meistens jedoch nicht. Zu dieser Jahreszeit stellte er ihn wahrscheinlich nicht einmal. Er wurde trotzdem wach.

Ein anderer Tagesrhythmus.

Er war schon immer ein Frühaufsteher gewesen, hatte Sport gemacht, geduscht und dafür gesorgt, dass die Kinder rechtzeitig in die Schule kamen und die richtigen Sachen dabeihatten, ehe er zur Arbeit fuhr. Sie hingegen hatte die einsamen Stunden genossen, wenn der Abend zur Nacht wurde, die Kinder schliefen und das Haus im Stillen dalag. Ihre Zeit.

Aber meistens hatten sie sich trotzdem gesehen, miteinander geredet.

Gestern hatten sie sich allerdings den ganzen Tag nicht gehört.

Hannah stand auf, zog Jeans und Pulli an, ging in die Küche hinaus und warf einen gewohnheitsmäßigen Blick auf den Tisch, wo natürlich kein Zettel für sie lag. Dann öffnete sie einen Oberschrank und nahm den Kaffee heraus. Während sie darauf wartete, dass die Maschine durchgelaufen war, überflog sie die erste Seite der Tageszeitung, die Thomas immer noch in Papierform lesen wollte. Nichts über den Mann, den sie gestern im Wald gefunden hatten. Sie musste gar nicht weiterblättern, denn es wäre garantiert die erste und wichtigste Nachricht gewesen. Sie griff nach ihrem Handy, wählte eine Nummer und klemmte es zwischen Kopf und Schulter, während sie den Kühlschrank öffnete. Thomas meldete sich nach dem zweiten Klingeln.

«Hallo, was machst du so?», fragte sie.

«Arbeiten, das heißt, ich bin bei der Arbeit, aber es ist gerade wenig los.»

Hannah konnte ihn sich genau vorstellen, zurückgelehnt auf dem Bürostuhl, die Füße auf dem Aktenschrank unter dem systematisch aufgeräumten Schreibtisch. Das Büro lag im letzten Haus in der Stationsgatan mit Aussicht auf das palastähnliche Bahnhofsgebäude, das während des Ersten Weltkriegs in Selbstbewusstsein und Glauben an die Zukunft gebaut worden war. Schon seit vielen Jahren hieß es «Haus der Jugend», weil der Bahnverkehr von und nach Haparanda bereits 1992 eingestellt worden war und die Stadt kein Bahnhofsgebäude mehr brauchte. In letzter Zeit war die Rede davon gewesen, die Strecke wieder zu öffnen, doch darauf würden die meisten erst vertrauen, wenn sie wieder einen Zug auf den Schienen sähen.

«Wir haben gestern eine Leiche gefunden», sagte Hannah und holte Butter, Käse und Saft aus dem Kühlschrank.

«Ach, wirklich?»

«Ja, deshalb bin ich erst so spät nach Hause gekommen.»

«Aha.»

Mit dieser Reaktion hatte sie nicht gerechnet. Vor ihrem inneren Auge hatte sie schon gesehen, wie er sich auf dem Stuhl aufrichten, sich vorbeugen und mehr würde wissen wollen. Alles. Statt einfach nur «Aha» zu sagen.

Er war immer aufrichtig an ihrer Arbeit interessiert gewesen. Während der Jahre in Stockholm natürlich sowieso, aber auch, als sie in den Norden gezogen waren. Obwohl sie selten Serienmörder jagte oder andere spektakuläre Fälle auf den Tisch bekam, hatte er immer verfolgt, womit sie befasst war. Viel mehr als umgekehrt. Über Buchhaltung gab es allerdings auch nicht so viel zu reden, dachte sie.

«Es sieht so aus, als hätte jemand im Wald einen Unfall gebaut, bei dem ein Typ ums Leben gekommen ist, und die Leiche dann im Wald begraben», fuhr sie trotz seiner ausbleibenden Reaktion fort und fing an, zwei Knäckebrote zu schmieren.

«Habt ihr schon einen Verdächtigen?»

«Nein, wir wissen nicht mal, wer der Tote ist.»

«Wer hat ihn gefunden?»

«Wir. Zwei Wölfe hatten von der Leiche gefressen und ... das ist eine lange Geschichte.»

«Das musst du heute Abend mal ausführlich erzählen. Bist du denn da?»

«Das hängt ein bisschen davon ab, was heute sonst noch passiert, aber ich glaube schon.»

«Gut, dann sehen wir uns später.»

Ein deutliches Signal. Er wollte das Gespräch beenden. Der Gedanke von vorhin drängte sich wieder auf. Gestern hatten sie sich gar nicht gehört. Und wann hatten sie eigentlich das letzte Mal etwas zusammen unternommen? Sie konnte sich nicht erinnern.

Das Kultur-, Sport- oder Freizeitangebot der Stadt nahmen sie nur selten in Anspruch, aber hin und wieder las Thomas in der Lokalzeitung von einer Veranstaltung und schlug vor hinzugehen. Das war jedoch schon lange nicht mehr vorgekommen, wie ihr plötzlich klar wurde. Wie lange?

«Woher kennst du eigentlich UW?», fragte sie und schnitt den Käse, sie hatte keine Lust, das Gespräch zu beenden.

«Wen?»

«UW. Dennis Niemi.»

«Den Mechaniker?»

«Ja.»

«Er repariert unsere Firmenwagen und auch unser Auto und den Schneescooter, wenn es nötig ist. Wieso fragst du?»

«Ach, nur so, ich habe gestern mit ihm gesprochen, und er hat mich gebeten, dir schöne Grüße auszurichten.»

Nicht die ganze Wahrheit, aber so war es einfacher. UWs Erwähnung hatte sie daran erinnert, dass sie nicht genau wusste, was Thomas gerade eigentlich machte.

Wo er es machte, wann und mit wem.

Sie hatten nicht nur einen anderen Tagesrhythmus. Sie lebten fast völlig getrennte Leben.

Im letzten Jahr war er viel häufiger weg gewesen als sonst. Hatte mehr Zeit bei der Arbeit verbracht, mit der Jagd, dem Angeln, im Ferienhaus in den Bergen, bei seinem Neffen. Es gab anderes, was ihn lockte.

Vielleicht auch *eine andere*.

Das glaubte Hannah zwar nicht, aber ganz sicher konnte sie nicht sein. Sie hatten definitiv weniger Sex. Dabei hatte Hannah angenommen, es würde umgekehrt sein, als Alicia, ihre Jüngste, im vergangenen Jahr ausgezogen war. Sie hatte sich darauf gefreut. Über einen so langen Zeitraum hatten sie gezwungenermaßen Rücksicht genommen, auf die relativ seltenen Gelegenheiten gewartet, allein zu Hause zu sein, um die empfindsamen Teenager nicht zu beschämen. Jetzt gab es nur noch sie beide. Freie Bahn. Doch im Schlafzimmer passierte nicht viel. Nach Silvester hatte sie beschlossen, in ihrem Handy-Kalender zu vermerken, wann sie Sex hatten. Nur ein einfaches *S*. Bislang gab es erst zwei davon. Das letzte hatte sie am 8. April notiert. Jetzt war es Mitte Juni.

«Hast du gestern Abend was unternommen?», fragte sie und verdrängte schnell und effektiv den Gedanken, dass er sie vielleicht leid geworden war. Oder sie beide, als Paar.

«Nichts Besonderes.»

«Du hast gar nicht angerufen.»

«Ich dachte, du arbeitest, da wollte ich nicht stören.»

Sie stellte die Butter und den Käse zurück und erinnerte sich daran, wie sie frisch verheiratet gewesen und nach Stockholm gezogen waren. Damals hatte sie kein Handy, fast niemand hatte eines. Stattdessen hatte sie einen Beeper, und wenn der ein Signal von sich gab, suchte sie so schnell wie möglich ein Telefon und rief Thomas an. Er war zu der Zeit mit Elin zu Hause gewesen, und sie fürchtete immer, es könnte etwas passiert sein. Aber nein, er hatte sich einfach nur melden und fragen wollen, wie es ihr ging.

Ihre Stimme hören.

Es war ihm egal gewesen, ob sie arbeitete. Ob er störte.

«Na gut», sagte sie knapp.

«Ja.»

«Dann sehen wir uns heute Abend.»

«Ja. Ich bin zur üblichen Zeit zu Hause.»

Sie beendete das Gespräch, legte das Telefon beiseite und frühstückte. Zerstreut blätterte sie in der Zeitung. Ohne sich groß anstrengen zu müssen, vergaß sie das Gespräch rasch.

Nichts wurde besser, nur weil man sich den Kopf darüber zerbrach.

Nach einem knapp zwanzigminütigen Spaziergang schob Hannah die Eingangstür auf, grüßte Carin am Empfang und ging in die Umkleide, um in die Uniform zu schlüpfen.

Auf dem Weg zur Morgenbesprechung hörte sie Schritte hinter sich auf der Treppe. Sie blieb stehen und wartete auf Gordon, der ihr mit einem Lächeln auf dem Gesicht und einer dünnen Mappe in der Hand entgegenkam.

«Hallo, wo hast du denn X gelassen?», fragte sie, denn sie ging davon aus, dass ihr Fall noch immer unter seine Zuständigkeit fiel, weil er als Mord galt, auch wenn er am Ende vermutlich eher als fahrlässige Tötung eingestuft werden würde. Es sei denn, der Täter hatte unter dem Einfluss von Alkohol oder Drogen gestanden, dann wäre es wiederum Totschlag. Falls sie den Schuldigen überhaupt fanden.

«Er wollte noch abwarten, bis die Rechtsmedizin und die Techniker fertig sind, ehe er herkommt», antwortete Gordon. «Also machen wir einfach weiter wie gehabt und halten ihn auf dem Laufenden.»

«Ich habe gestern noch UW einen Besuch abgestattet», sagte sie, während sie gemeinsam in die Personalküche gingen.

«Wann das denn?»

«Auf dem Heimweg. Autos mit Unfallschäden, da musste ich sofort an ihn denken.»

«Er hat doch damit aufgehört? Oder etwa nicht?»

«Das sagt er zumindest, aber er war nach Mitternacht noch in der Werkstatt.»

«Wahrscheinlich hat er einfach viel zu tun.»

«Es muss ein tolles Gefühl sein, immer an das Gute im Menschen zu glauben.»

Sie lächelte ihn an und öffnete die Tür zu der geräumigen Küche, die vor ihrem Konferenzraum lag. P-O saß wie eine traurige Bulldogge auf dem großen blauen Ecksofa und starrte auf sein Handy, stand jedoch auf, als er sie sah. Lurch wartete vor der Arbeitsplatte an der Wand darauf, dass die Kaffeemaschine seine Tasse füllte.

«Hallo zusammen», grüßte Hannah.

«Hallo», erwiderte Lurch und nahm seinen Kaffee. Gordon ging direkt in den Besprechungsraum, gefolgt von Roger und P-O. Hannah übernahm Lurchs Platz an der Maschine, drückte auf *große Tasse, extra stark, ohne Milch*.

Drinnen wählte sie den Platz neben Morgan, der ihr zunickte. Gegenüber saßen Lurch, P-O und Ludwig Simonsson, ihr Neuzugang. Er war erst seit einem knappen Jahr da, kam aus Småland, hatte seine Ausbildung in Växjö absolviert, seinen Vorbereitungsdienst jedoch in Kalix. Während dieser Zeit hatte er eine Finnin kennengelernt, die in Haparanda wohnte. Eine alleinerziehende Mutter. Sie und ihre Tochter sprachen kein Schwedisch, Ludwig kein Finnisch. Aber er lernte schnell und verstand immer mehr. Das erleichterte ihm nicht nur in den eigenen vier Wänden das Leben. Ein Drittel der Einwohner Haparandas waren in Finnland geboren. Vier von fünf hatten finnische Wurzeln. *Schwedens finnischste Stadt* wurde sie manchmal genannt, was der immer kleinere Anteil der Bevölkerung, der weiterhin ausschließlich Schwedisch sprach, eher kritisch sah. Doch egal, was man selbst davon hielt: Im Prinzip war die Stadt zweisprachig, und es wurde immer schwieriger, ganz ohne Finnisch zurechtzukommen.

«Die Untersuchungen der Rechtsmedizin und der Technik sind noch nicht abgeschlossen», sagte Gordon zur Einleitung, und das Stimmengewirr verstummte sofort. «Aber sie haben innerhalb kurzer Zeit viel herausgefunden. Beginnen wir also mit der rechtsmedizinischen Untersuchung ...» Er schlug seine Mappe auf und blickte auf das Dokument. «Wie gesagt, noch vorläufig, aber die Todesursache steht bereits fest. Ein gebrochener Nacken. Die Verletzungen an den Beinen deuten darauf hin, dass er angefahren wurde.»

«Er befand sich also außerhalb seines Autos, als er angefahren wurde», warf Hannah ein, mehr als Feststellung denn als Frage.

«Scheint so. Eine Schussverletzung hatte er auch. Über der rechten Hinterbacke. Die Kugel steckte noch.» Gordon blätterte zwischen den wenigen Ausdrucken in der Mappe hin und her. «Die Technik sagt, es sei ein Kaliber 7,62 mm.»

«Finnische Sturmgewehre haben dieses Kaliber noch», teilte Morgan mit.

«Kein Personalausweis, nichts in den Taschen bis auf eine russische Streichholzschachtel und russische Zigaretten, und seine Kleidung wurde wenigstens teilweise auch in Russland gekauft», fuhr Gordon fort. «Also wahrscheinlich ein Russe, der nicht in unseren Registern zu finden ist», schloss er und klappte die Mappe zu.

«Was zum Teufel hat der da draußen gemacht?», fragte P-O in die Runde.

«Was geschmuggelt», schlug Lurch vor, und die anderen nickten zustimmend.

Wo es eine Grenze gab, da wurde auch geschmuggelt.

Haparanda bildete keine Ausnahme.

Drogen natürlich, für einen Großteil des Schmuggels war allerdings die EU verantwortlich, indem sie für alle Länder außer Schweden Gesetze erlassen hatte, die den Verkauf von Snus verboten. Eine Ware, die man nicht verkaufen und nicht legal erwerben konnte und die ein paar hundert Meter weiter im Überfluss legal erhältlich war, wurde natürlich geschmuggelt. Der Oraltabak verlockte nicht nur abenteuerlustige Jugendliche, die sich ein kleines Taschengeld dazuverdienten, indem sie mit ein oder zwei Stangen mehr als erlaubt über die Grenze fuhren. Ein russischer Schmuggler auf kleinen Waldwegen war also ebenfalls durchaus realistisch.

«Die Lacksplitter, die wir gefunden haben – wissen wir, von was für einem Auto die stammen?», fragte Hannah.

«Noch nicht. Wahrscheinlich im Laufe des Tages.»

«Wir gehen aber davon aus, dass der Mann von irgendeinem Einheimischen angefahren wurde?»

«Weshalb?», fragte Ludwig.

«Weil man diesen kleinen Scheißweg kennen muss. Keine Karte und kein Navi würde einen da entlangführen.»

«Klingt einleuchtend. Also konzentrieren wir uns auf Övre Bygden. Ich sehe zu, dass ich ein paar Leute hinschicke, die von Tür zu Tür gehen und die Einwohner befragen.»

Hannah nickte vor sich hin. Irgendwo mussten sie nun mal anfangen, und das grenzte ihren Suchbereich ein, obwohl Övre Bygden immer noch aus zwanzig Dörfern mit jeweils über dreihundertfünfzig Einwohnern bestand, die in einem Gebiet von fast hundert Kilometern verstreut lagen.

«Waren vor ein paar Tagen nicht auch Russen in diese Schießerei in der Nähe von Rovaniemi verwickelt?», fragte Morgan, dessen Gedanken anscheinend nach wie vor um finnische Sturmgewehre und Russen kreisten. Alle wussten, worauf er sich bezog. Irgendeinen Bandenkrieg, der aus dem

Ruder gelaufen war. Die finnische Polizei hatte nicht um ihre Mithilfe gebeten, deshalb besaßen sie nur spärliche Informationen.

«Vermuten wir denn wirklich einen Zusammenhang?», fragte Ludwig in seinem breiten Småländisch.

«Es schadet nicht, der Sache mal nachzugehen.»

«Ich kann mich darum kümmern», bot Hannah an, und keiner hatte etwas einzuwenden.

«Rovaniemi, heißt das, wir bekommen auch die Finnen hierher?»

«Mal abwarten», antwortete Gordon, ehe er sich wieder an alle wandte. «Wir haben die Reste des Fleischköders gefunden, mit dem die Wölfe vergiftet worden sind.»

«Haben wir?», fragte Hannah erstaunt. «Wann denn?»

«Meine Nachbarn und ich sind noch geblieben und haben danach gesucht, nachdem ihr die Leiche gefunden hattet», erklärte Morgan und schob sich einen Schokokeks in den Mund.

«Und?»

Sie wartete, bis Morgan fertig gekaut und den Keks mit einem Schluck Kaffee heruntergespült hatte, ehe er schulterzuckend antwortete.

«Nichts weiter. Das Fleisch lag einfach nur auf einem Fels. Und hatte inzwischen auch ein paar Vögel und einen Fuchs ins Jenseits befördert.»

«Haben wir eine Idee, wer es dort abgelegt haben könnte?»

«Nein, aber das angrenzende Feld gehört Hellgren.»

Alle bis auf Ludwig nickten. Morgan brauchte nicht mehr zu erklären.

Anton Hellgren.

Der Wilderei, Jagdhehlerei und Vergiftung verdächtigt.

Angezeigt wegen illegaler Jagd von Luchsen, Steinadlern, Vielfraßen und Bären.

Es hatte mehrere Ermittlungen gegen ihn gegeben, aber er war nie verurteilt, ja nicht einmal angeklagt worden.

«Was war das für ein Gift, wissen wir das?», fragte Ludwig. «Können wir es zurückverfolgen?»

«Die SVA sagt, die Wölfe seien an einer Alpha-Chloralose-Vergiftung gestorben», antwortete Hannah. «Ganz normales Rattengift also, deshalb glaube ich das leider nicht.»

«Was unternehmen wir?», fragte P-O, an Gordon gerichtet.

«Was Hellgren betrifft, erst einmal nichts, jedenfalls nicht jetzt», erwiderte Gordon und fing an, seine Papiere zusammenzuschieben. «Hannah geht der Schießerei in Finnland nach, wir anderen machen mit unseren Sachen weiter. Jetzt gleich werden wir eine kurze Pressekonferenz geben, vielleicht kommen dann auch Hinweise aus der Bevölkerung rein.»

«Wollen wir wetten, wie die Schlagzeile lauten wird?», fragte Morgan und grinste in seinen Rauschebart.

«Lieber nicht.»

«Russischer Gangster von Wölfen zerfleischt», sagte Morgan und akzentuierte jedes Wort zusätzlich mit einer Handbewegung.

«Genau diese Schlagzeile wird es wohl eher nicht werden, denn wir wollen weder mit der Nationalität noch mit den Wölfen rausgehen», erwiderte Gordon und stand auf. Die Besprechung war beendet.

«Schade, das wäre doch die perfekte Überschrift. Russen und Wölfe, das macht den Leuten noch mehr Angst als das übliche ‹hinter Ihren Kopfschmerzen könnte sich ein Hirntumor verbergen›, oder womit die Boulevardzeitungen sonst noch so das Sommerloch füllen.»

«Russischer Gangster von Wölfen gefressen, was heißt das auf Finnisch, Ludwig?», fragte Lurch. Der Kollege überlegte eine Weile und bewegte stumm seine Lippen.

«Venäläisen Gangsterin ... syönyt sudet.»

«Wenn das so weitergeht, kannst du dich sogar bald mit deiner Freundin unterhalten», bemerkte Morgan grinsend und legte ihm die Hand auf die Schulter.

Eigentlich müsste es regnen, dachte Sami Ritola, während er am Stamm einer Birke lehnte und rauchte.

Anhaltender Regen, schwarze Schirme, die bärtigen verbissenen Männer in Lederjacken, die Polizisten, die sich mit ihren Kameras diskret im Hintergrund zu halten versuchten, die Witwe und die Kinder am offenen Grab. Es hätte eine Szene aus einem Film sein können. Wenn es geregnet hätte.

Hatte es aber nicht.

Die Zeremonie war beendet. Die grobschlächtigen Männer gingen nacheinander zu der Witwe und den beiden Kindern, sagten in gedämpftem Ton einige Worte, nickten, legten eine tröstende Hand auf ihre Schulter, es gab auch einige Umarmungen. Sami trat seine Zigarette aus, blies den letzten Rauch aus der Lunge und machte sich bereit. Sechs der sieben Toten von der Lichtung außerhalb von Rovaniemi waren identifiziert worden. Vier von ihnen waren Mitglieder oder besser gesagt Prospects des MC Sudet, einer der ältesten Motorrad-Rockerbanden, die es schon seit vielen Jahren gab. Lange bevor sich die Outlaws und Bandidos, die Shark Riders und wie sie sonst noch alle hießen etabliert hatten. In den letzten zehn Jahren hatte sich die Zahl der kriminellen Motorradclubs in Finnland mehr als verdoppelt, aber der MC Sudet hatte die Konkurrenz überlebt und war sogar gewachsen. Das lag einerseits an seinem Ruf, außergewöhnlich skrupellos vorzugehen, andererseits auch an den guten Kontakten zu den Russen.

Zu Waleri Zagorni.

Sehr mächtig. Sehr gefährlich.

Der rotbärtige Matti Husu, seit acht Jahren der Anführer des Clubs, schritt den Weg zum Parkplatz entlang, wo die Motorräder in einer beeindruckend symmetrischen Reihe standen. Stiefelabsätze hallten auf dem Asphalt.

Sami verließ seinen Platz unter der Birke und glitt lautlos neben Matti, als er auf dessen Höhe war. Ohne seine Schritte zu verlangsamen, bedachte Matti ihn mit einem Blick, der keinen Zweifel daran ließ, was er von Samis Anwesenheit hielt.

«Schöne Zeremonie.»

Keine Reaktion, sie gingen weiter. Sami warf einen Blick über die Schulter. Der Rest der Gang lief hinter ihnen, und alle starrten ihn missbilligend an. Sami deutete mit einer Kopfbewegung auf das Grab hinter ihnen.

«Pentti, was ein Kerl. Dieses Tattoo ums Auge war wirklich der Hammer.» Jetzt blickte er Matti direkt an. «Weißt du, ob er sich das vor oder nach Mike Tyson hat machen lassen?»

«Sprich nicht über ihn.»

«Worüber sollen wir denn sonst sprechen?»

«Nichts. Wir haben nichts zu besprechen.»

«Ich schon, und du weißt doch, wie ich immer so schön sage: Hier oder auf dem Revier.»

Er zog eine Schachtel Zigaretten aus der Tasche und hielt sie Matti hin, der ein paar Sekunden zögerte, ehe er seufzend eine Kippe herauszog. Dann blieb er stehen und bedeutete den anderen mit einem Nicken weiterzugehen. Sami gab ihm Feuer.

«Wir wollen beide dasselbe», erklärte er und atmete den Rauch aus. «Jemand hat Pentti den Hals weggeblasen. Wenn man das bei einem Hals überhaupt sagen kann? Scheiß drauf, jedenfalls hat es irgendjemand getan. Und deine anderen Jungs abgeknallt. Ich will ihn kriegen.»

Matti erwiderte nichts, nahm einen Zug von der Zigarette und blickte zu seinen Männern hinüber, die bereits auf ihren Motorrädern hockten und warteten.

«Am Tatort stand ein russischer Jeep», fuhr Sami fort. «Und wir haben die Identität von zwei weiteren Opfern. Beides Russen. Was war los?»

«Das weißt du nicht? Du scheinst doch sonst alles zu wissen.»

«Komm schon, ein bisschen kannst du schon helfen.»

«Du wirst ihn niemals finden.»

Sami stutzte. Diese selbstbewusste Erwiderung provozierte definitiv Fragen. Fragen, deren Antwort nicht nur ihn interessierte.

«Du weißt, wer es ist? Und wo er ist?»

Matti sah ihn nur schweigend an, als hätte er das Gefühl, schon viel zu viel gesagt zu haben. Sami schüttelte den Kopf und warf dem bärtigen Anführer einen bekümmerten Blick zu.

«Matti, die Sache ist die: Uleåborg hat die Ermittlungen schon übernommen. Wenn die Zeitungen weiter schreiben, kommt bald auch Helsingfors, denn mit so etwas kann man politisch punkten, du weißt schon, härteres Durchgreifen gegen die Banden, die organisierte Kriminalität, bla, bla, bla. Dann werden wir noch mehr Leute hier haben, stärkere Ressourcen einsetzen, euch rund um die Uhr beschatten, und das wird eure Geschäfte erschweren.»

Er verstummte und zog an seiner Zigarette, während er Matti fixierte, um zu sehen, wie seine kleine Rede angekommen war. Immerhin schien sie ihn ein wenig nachdenklich zu stimmen.

«Du hast eine Mücke auf der Stirn.»

«Wie bitte?»

«Eine Mücke», wiederholte Sami und deutete mit dem Finger darauf. «Ich könnte sie jetzt klatschen, aber dann erschießen deine Jungs mich wahrscheinlich sofort.»

Matti fuhr sich irritiert mit der Hand über die Stirn, blickte auf seine Finger und wiederholte die Bewegung in die andere Richtung.

«Erzähl mir, was du weißt, wir nehmen den Typen fest, und ihr könnt weitermachen wie gehabt. *Win-win.*»

«Das kannst du vergessen, Sami. Der Kerl ist tot.»

Samis Blick begegnete dem ruhigen Blick des Anführers, und er spürte, wie sich sein Puls beschleunigte. War das wahr? War das ein Geständnis? Konnte die These, die er gehört, aber mehr oder weniger sofort wieder verworfen hatte, tatsächlich stimmen? Er musste mehr erfahren. Wann derjenige gestorben war und noch viel wichtiger ...

«Wer ist er? Und wo ist ... du weißt schon.»

«Er ist tot. Er weiß es nur noch nicht.» Matti klopfte ihm auf die Schulter, warf die halb gerauchte Zigarette auf den Boden und ging zu seinem Motorrad. Sami betrachtete seinen Rücken, der von einem Wolfskopf bedeckt wurde, durch dessen geöffnetes Maul eine schwarze Kette lief. Die anderen starteten ihre Maschinen, sobald sie sahen, dass Matti ankam, aber keiner fuhr vor ihm los. Das Grollen der Motoren zerriss die Stille des Friedhofs, als sich die Kolonne in Bewegung setzte.

Sami ging zurück in Richtung Friedhof. Besonders glücklich war er nicht mit dem Ergebnis seiner Befragung, er hatte gehofft, dem Rätsel ein wenig auf die Spur zu kommen. Auf halber Strecke blieb er stehen und beobachtete, wie die Witwe mit ihren beiden Kindern behutsam von einem Ehepaar, vermutlich ihren Eltern, zu einem parkenden Auto geführt wurde. Sie war natürlich bedauernswert, ebenso die Kinder, aber Pentti hatte stolze vierzehn seiner achtunddreißig Lebensjahre hinter Gittern verbracht und war in der Vergangenheit bereits zweimal niedergestochen und einmal angeschossen worden. Vermutlich kam es also nicht ganz überraschend für sie, dass er das Rentenalter nicht erreicht hatte. Ob Sami zu ihr gehen sollte? Ob sie etwas gehört hatte? Da vibrierte sein Handy in der Tasche, er holte es hervor und blickte auf das Display. Schweden rief an.

Zum Ersten, zum Zweiten, zum Dritten, verkauft. Für fünfundsechzig Kronen.»

Der dickliche Auktionator schlug mit dem Hammer auf das Holzstück in seiner Hand und wischte sich mit einem Taschentuch den Schweiß von der Stirn, ehe er das nächste Objekt feilbot. René saß ganz rechts außen, so weit wie möglich von den Fenstern entfernt. Die vorgezogenen geblümten Gardinen konnten die sengende Sonne kaum abhalten. Im Saal war es drückend heiß, und der große Ventilator, der brummend und träge unter der Decke kreiste, verteilte die Wärme eher, als dass er für Abkühlung sorgte. René fächerte sich mit dem gefalteten Auktionsverzeichnis Luft zu, weil er keine Lust hatte, seinen marineblauen, doppelreihigen Blazer auszuziehen und nur im Hemd dazusitzen.

Er besuchte die Auktionen in Åskogen fast immer und war damit nicht allein. Der gelb gestrichene Versammlungssaal war vollbesetzt. Die meisten waren zur Zerstreuung hier, um einen Ausflug zu machen oder ein billiges Schnäppchen zu ersteigern, das sie brauchen konnten oder hübsch fanden. Der ein oder andere Profi war auch vor Ort. René erkannte mindestens zwei von ihnen. Beides Herren Mitte fünfzig, die auch bei den Hofauktionen in der Gegend auftauchten. Sie versuchten, ihr Wissen zu verbergen, um das Interesse nicht zu steigern, aber René hatte sie schon lange durchschaut. Sie wussten genau, was sie ersteigern wollten und zu welchem Preis.

Genau wie René, aber aus ganz anderen Gründen.

Heute sollten zwei Nachlässe unter den Hammer kommen. Überall im Raum und auf der kleinen Bühne standen Möbel, Geschirr, Elektrogeräte, Lampen, Nippes, Kunst, Teppiche, Werkzeug, Spiegel und die sogenannten Fundgruben, die in diesem Moment versteigert wurden: Kisten mit verschiedenem Kleinkram, der zu wenig wert war, um separat angeboten zu werden.

«Hier haben wir Fundgrube Nummer vier», rief der verschwitzte Auktionator gerade, während sein Kollege die Kiste hochhob. «Ein Glasdelfin, drei Tassen mit Untertassen, eine Schneekugel, ein Topfuntersetzer aus Metall, ein kleiner Gartenzwerg mit Schublade. Und vieles mehr. Alles hübsche Kleinigkeiten. Bietet jemand zwanzig?»

René wartete und sah sich um. Er hatte sich schon ein Urteil gebildet, wer sonst noch als Bieter in Frage kam. Eine Frau am anderen Ende seiner Stuhlreihe hob die Hand. René hatte sie auf der Liste, sie hatte bereits eine Lavalampe, einen Kreuzstich der *Mona Lisa* und eine der früheren Fundgruben ersteigert.

«Ich bin bei zwanzig», bekräftigte der Auktionator.

«Dreißig», sagte René.

Der Mann mit dem Hammer wiederholte das Gebot und sah die Frau an, die um zehn Kronen erhöhte.

«Vierzig Kronen», sagte er und wandte sich wieder an René, der die Hand hob und nickte. «Fünfzig.»

Die Frau wollte sehen, wer gegen sie steigerte, und drehte sich zu ihm um. René lächelte sie an. Der Auktionator wiederholte Renés Gebot. Die Frau schüttelte den Kopf.

«Sonst niemand? ... Zum Ersten, zum Zweiten, zum Dritten. Verkauft für fünfzig Kronen.»

Während Fundgrube Nummer fünf versteigert wurde, ging René vor, um zu bezahlen. In bar. Es war sein dritter Zuschlag an diesem Tag, jetzt reichte es. Mit der Kiste unter dem Arm verließ er den Raum, ging an dem gutbesuchten Café vorbei und zu seinem fünf Jahre alten, weinroten Toyota Yaris. Er stellte die Kiste in seinen Kofferraum, wo die anderen Sachen bereits lagen, und machte sich auf die Heimfahrt nach Haparanda.

Als er die Schnellstraße erreicht hatte, stellte er den Tempomat auf neunzig Stundenkilometer und reihte sich in den Verkehr ein. Ein gewöhnliches Auto unter anderen gewöhnlichen Autos.

Es gab doch nichts Besseres als Anonymität.

Inzwischen war er schon seit fast zwei Jahren in Haparanda im Geschäft. Wohnte in einer Zweizimmerwohnung in zentraler Lage und hatte einen Halbtagsjob im Schnellimbiss Max. Seinen Kollegen hatte er erzählt, in seiner übrigen Zeit absolviere er ein Fernstudium. Archiv- und Informationswissenschaft an der Mittuniversitetet. Mit Bedacht hatte er den Studiengang gewählt, von dem er glaubte, er würde die wenigsten interessierten Nachfragen hervorrufen. Er nahm nie an irgendwelchen sozialen Aktivitäten teil, ging nie mit jemandem Bier trinken oder ins Kino oder zu anderen nach Hause. Hatte keine Freundin und keinen Freund. Wusste, dass ihn die anderen auf der Arbeit mit seiner korrekten Kleidung und seiner zurückhaltenden Art für einen Sonderling hielten. Mittlerweile hatte schon lange keiner mehr versucht, ihn zu irgendeiner Aktion zu überreden. Was ihm perfekt passte.

Höchstens ein Dutzend Menschen in Haparanda wussten überhaupt von seiner Existenz.

Und nur vier wussten, was er wirklich machte.

Andere in entsprechenden Positionen suchten das Ansehen – nur bei den «richtigen» Leuten natürlich. Denn sie fanden Motivation darin, gefürchtet und bewundert zu werden. René sah keinen Grund darin, sein Ego zu streicheln. Diese Art von Bestätigung brauchte er nicht.

Er wusste, was er war und warum.

Erfolgreich, weil ehrgeizig und schlau.

Als er fünfzehn Jahre alt gewesen war, hatten seine Eltern dafür gesorgt, dass man ihn einer umfangreichen Untersuchung unterzog. Seine ganze Kindheit hindurch war er anders gewesen als die übrigen Kinder, seltsam, ein einsamer Wolf mit Schwierigkeiten, Anschluss und Freunde zu finden. Aber nach einigen Vorfällen in der Schule – die er hasste – hatten die Eltern angefangen, seine empathischen Fähigkeiten in Frage zu stellen. Natürlich musste der Fehler bei ihm liegen und nicht bei ihnen, diesen ambitionslosen, unintelligenten, phantasielosen Menschen, bei denen er aufgewachsen war und mit denen er gezwungenermaßen zusammenwohnte.

Nach zahlreichen Tests, Untersuchungen und teuren Psychologenbesuchen bekamen sie, was sie wollten. Nicht etwa einen dankbaren Sohn, der eingesehen hatte, was ihm fehlte, und sich im weiteren Verlauf bemühte, nicht jede Sekunde ihres idiotischen Mittelklassedaseins zu hassen. Nein, sie bekamen etwas viel Besseres. Eine Diagnose. Eine Bestätigung dessen, was sie die ganze Zeit gewusst hatten.

Dass er krank war.

Ein hochbegabter Soziopath. Oder Psychopath, da gingen die Meinungen etwas auseinander. Dieser Teil der Diagnose war allerdings auch nicht wichtig. Nicht für ihn. Sondern Ersterer. Hochbegabt.

Oder mit anderen Worten: schlau.

Später hatte er eine Reihe von IQ-Tests gemacht und als bestes Ergebnis hundertneununddreißig auf der Wechsler-Skala erzielt. Er hätte sich mühelos für eine Mitgliedschaft bei Mensa und ähnlichen Vereinen qualifizieren können, jedoch keinerlei Interesse, Teil einer größeren Gruppe zu sein und sich auszutauschen. Oder mit seiner hohen Intelligenz anzugeben.

Im Radio lief Whitney Houston. René drehte die Lautstärke auf. Whitney Houston war reine Perfektion. Sie hatte einfach alles: die Stimme, das Aussehen, die Verletzlichkeit, die Stärke, die Intimität. Durch und durch Künstlerin. In diesem Punkt war er derselben Meinung wie Patrick Bateman, die Hauptfigur in Bret Easton Ellis' Roman *American Psycho*. Die anderen Künstler, die Bateman lobte – Genesis, Phil Collins, Huey Lewis and the News –, mochte er nicht, im Grunde fand er nicht einmal das Buch besonders gut. Er hatte es vor allem des Titels wegen gelesen, den Film jedoch nicht gesehen.

Aber Whitney hörte er.

Ihr erstes Album hielt er für das beste Debüt aller Zeiten, obwohl sein persönlicher Favorit *My Love Is Your Love* von 1998 war.

Auch ihre Geschichte war perfekt – vom Anfang bis zum tragischen Ende. Kindheit, Gospel, eine Familie, die sie unterstützte, aber auch viel zu fordernd war, die Übergriffe, die Enthüllung, der Durchbruch, der absolute Höhepunkt, die Welt, die ihr zu Füßen lag, der Druck, der Zwang, die eigene Sexualität zu verbergen, wieder die Familie, die sie dann fallenließ, der Absturz, die Comeback-Versuche, die öffentliche Erniedrigung und schließlich: der Tod. Selbst der beste Hollywood-Drehbuchautor hätte sich das nicht besser ausdenken können, um am Ende den pädagogischen Zeigefinger zu erheben:

Don't do drugs, kids.

René grinste vor sich hin, drehte den Ton noch eine Spur lauter und fuhr in gemäßigtem Tempo weiter Richtung Haparanda.

Kenneth saß mit einer Bierdose in der Hand auf der Treppe, als Thomas die Einfahrt vor dem großen zweistöckigen Haus mit der Eternitfassade und der Mansarde hinauffuhr, das zusammen mit einigen weiteren Häusern das kleine Dorf Norra Storträsk bildete. Im Prinzip sei das Haus ganz pflegeleicht, hatte der Makler gesagt, als Kenneth und Sandra es vor zwei Jahren gekauft hatten.

Im Prinzip ... allerdings waren einige Eternitplatten gesprungen und mussten ausgetauscht werden, und das ganze Haus hätte einer Grundreinigung bedurft, denn die Fassade war grün gefleckt. Sandra hoffte, es wären Algen, Thomas fürchtete eher, dass es Schimmel war. An allen Fensterrahmen blätterte der Anstrich ab, und an einigen Ecken faulten sie auch. Eine Scheibe war zerbrochen und mit Sperrholz zugenagelt worden, und die Treppe, von der sich Kenneth jetzt widerwillig erhob, war ebenfalls an manchen Stellen rings um das rostige Geländer gesprungen. Wenn man oben an der Straße vorbeifuhr, was nicht viele Menschen taten, konnte man leicht glauben, es wäre eines der vielen verlassenen Häuser, die hier standen und verfielen.

Thomas hob die Hand zum Gruß und stieg aus. Sein Neffe hatte selten besonders gesund ausgesehen, aber heute wirkte er noch blasser und dürrer als sonst, während er mit tiefen Augenringen auf das Auto zuschlurfte. Sein schulterlanges

Haar trug er offen und dazu ein schwarzes T-Shirt mit einem zombieähnlichen Wesen darauf, von dem Thomas wusste, dass es Eddie hieß, und dunkelgrüne Shorts, die um seine dünnen blassen Beine schlotterten. Die Füße steckten in Clogs.

«Was machst du denn hier?», fragte Kenneth, ehe er trotzdem auf Thomas zuging und ihn hastig umarmte.

«Bei der Arbeit ist gerade so wenig los, da dachte ich, ich könnte eure Therme reparieren?»

«Cool, danke.»

«Wie geht es dir?», fragte Thomas über die Schulter hinweg, während er die Kofferraumklappe öffnete und den Werkzeugkoffer und die Reserveteile herausholte, die er gekauft hatte.

«Gut, kann nicht klagen.»

«Was machst du so?»

Kenneth zuckte mit seinen schmalen Schultern.

«Nichts Besonderes, chillen ...»

Er zupfte an seinem spärlichen Bart herum und wich Thomas' Blick aus, ehe er kehrtmachte und vor ihm zum Haus ging. Thomas musterte ihn, bevor er ihm folgte. Bildete er sich das nur ein, oder wirkte Kenneth ein bisschen ... nervös? Als müsste er sich anstrengen, unbeschwert zu erscheinen. Thomas konnte sich nicht vorstellen, dass er wieder mit den Drogen angefangen hatte, das hätte Sandra nie zugelassen und ihn sofort vor die Tür gesetzt. Und Kenneth liebte Sandra, die Beziehung würde er nie aufs Spiel setzen. Aber irgendetwas stimmte nicht.

In den letzten Jahren hatte er seinen Neffen gut kennengelernt, immerhin war er der Einzige aus der Familie gewesen, der ihn im Gefängnis besucht hatte. Als Kenneth entlassen wurde und beschloss, in Haparanda zu bleiben, hatte Rita ihren Bruder gebeten, ab und zu nach ihm zu sehen, ihm ein bisschen zu helfen und dafür zu sorgen, dass es ihm gutging.

Anfangs hatte er versucht, Rita zu überreden, sie zu besuchen, nicht nur Kenneth, sondern auch ihn und Hannah. Doch irgendwie fand sich nie die passende Gelegenheit, immer kam etwas dazwischen. Sie sprach es nie direkt aus, aber Thomas wusste, dass Stefan es nicht wollte. Wenn er seinen Schwager richtig einschätzte, hinderte er sie nicht ausdrücklich, ließ Rita jedoch wissen, wie unglaublich enttäuscht er wäre, wenn sie führe. Und so machte sie sich nie auf den Weg. Rief auch fast nie an, und über die sozialen Medien hatten sie ebenfalls keinen Kontakt. Wenn man Kenneth glaubte, lag es daran, dass sein, gelinde gesagt, kontrollsüchtiger Vater regelmäßig ihr Handy überprüfte.

Ordnung und Struktur waren nur durch Disziplin und Gehorsam zu erreichen.

Thomas wusste, dass Stefan seinem Sohn verboten hatte, je wieder nach Hause zurückzukehren. Nach Stockholm durfte er gern ziehen, im Vorort war er jedoch nicht willkommen. Er machte sehr deutlich, dass er gerade nur zwei Kinder hatte, nicht drei.

«Komme ich ungelegen?», fragte Thomas, jetzt auf dem Weg zum Haus. Er wollte Kenneth eine Chance geben, sein Herz auszuschütten, falls ihn etwas bedrückte.

«Nein, nein, es wäre toll, wenn du dich um die Therme kümmerst.»

Sandra duschte auf der Arbeit, wo Kenneth sich wusch, wusste Thomas nicht. Wenn er es überhaupt tat. Das hoffte er jedenfalls, wenigstens Sandra zuliebe. Die Therme war schon seit über einer Woche kaputt.

Sie kamen in den kleinen Flur, den Thomas nach einem Wasserschaden mit renoviert hatte. Dann öffnete er die Kellertür auf der linken Seite, die immer noch etwas klemmte, betätigte den schwarzen Stromschalter und ging die Treppe hinunter. Kenneth folgte ihm. Unten war es feucht und kühl, und Thomas bildete sich wie immer ein, einen schwachen Schimmelgeruch wahrzunehmen. Er ging zu der runden alten Zisterne, die letzte Woche die Fehlerstromüberwachung ausgelöst hatte, die Thomas eingebaut hatte, als die beiden eingezogen waren. Wahrscheinlich war eine Heizschlange kaputtgegangen, er hatte zwei neue mit dabei.

Die Therme war von einem Regalsystem zugestellt, und Thomas musste erst ein paar Plastikkisten mit Schrauben und Nägeln, mehrere Blumentöpfe, einen Sack Pflanzgranulat, eine Schachtel Rattengift sowie einige alte Farbeimer wegräumen, um an das Gerät zu gelangen.

«Wie läuft es mit der Arbeit?», fragte er, während er den Strom der Therme ausschaltete und sich ans Werk machte.

«Zäh.»

«Suchst du denn wieder?»

«Ja, aber gerade eher nicht, schon länger nicht mehr.»

Thomas legte den Schraubenschlüssel beiseite, richtete sich auf und sah Kenneth ernst an.

«Ist alles in Ordnung?»

«Ja, klar.»

«Du wirkst ein bisschen ... abwesend.»

Kenneth hatte die Arme verschränkt und schwieg. Normalerweise teilte er auch persönliche Dinge mit Thomas, nicht besonders ausführlich, aber immerhin antwortete er auf direkte Fragen. Jetzt war Thomas ziemlich sicher, dass sich sein Neffe gerade eine Lüge zurechtlegte.

«Nee, bin nur ein bisschen müde», sagte er schließlich mit einem neuerlichen Schulterzucken. «Schlafe schlecht.»

«Warum denn?»

«Weiß nicht. Vielleicht ist es die Hitze.»

Kenneths Blick flackerte nervös, er zauste sich zerstreut den Bart. Thomas hatte denselben Eindruck von seinem Neffen wie draußen vor dem Haus, aber jetzt konnte er ihn benennen.

Gehetzt. Kenneth wirkte gehetzt.

«Wie geht es Hannah?», fragte Kenneth rasch.

«Gut, sie arbeitet viel. Du, könntest du mal das System entleeren? Nimm den Wasserhahn in der Küche.»

«Klar.»

Kenneth verschwand die Treppe hinauf, offenbar fast erleichtert, den Keller für eine Weile verlassen zu dürfen. Wenn er zurückkam, wollte Thomas das Gespräch in neutralere Bahnen lenken, weg von Kenneths Gefühlszustand, weg von Hannah.

Er dachte schon seit dem Morgen an sie, als sie von der Leiche im Wald berichtet hatte. Ihm war aufgefallen, dass sie mehr Interesse seinerseits erwartet hatte. Wie früher.

Doch er traute sich nicht. Hatte Angst, sich zu enttarnen.

Es konnte sein, dass irgendetwas Kenneth bedrückte, aber stand es ihm zu, weiter nachzubohren? Er hatte weiß Gott genug eigene Geheimnisse.

Hannah saß mit der dritten Tasse Kaffee des Tages am Schreibtisch. Nach der Besprechung und dem Anruf in Finnland hatte sie die Protokolle gelesen, die sie erhalten hatten. Dann war sie noch einmal ihre eigenen Aufzeichnungen durchgegangen, um zu sehen, ob sie an etwas weiterarbeiten konnte. Viel war es nicht, ehe Sami Ritola ihr hoffentlich bald die Identität des Russen im Wald nennen konnte. Gordon hatte eine Anfrage an Interpol geschickt und eine DNA-Probe ans Prüm-Register. Bisher ohne Ergebnis, aber die toten Finnen außerhalb von Rovaniemi hatten einem lokalen Motorradclub angehört, und wenn das Opfer aus ihrem Umfeld stammte, wusste Ritola vielleicht, um wen es sich handelte. Hannah hatte ihm ein Bild gemailt. Aber mit irgendetwas musste sie sich beschäftigen, deshalb kippte sie den letzten Rest Kaffee hinunter, griff ihre Jacke und ging zu Gordons Büro.

«Ich fahre mal bei Hellgren vorbei», sagte sie, während sie in ihre Uniformjacke schlüpfte.

«Warum das?»

«Die Ermittlung wegen illegaler Jagd läuft ja noch immer. Ich will ihn einfach ein bisschen ärgern.» Das war sicher auch das Einzige, womit sie Erfolg haben würde. Hellgren war schon in ganz anderen Fällen ungeschoren davongekommen, obwohl die Beweislage gegen ihn viel klarer gewesen war, und diesmal hatten sie allenfalls Indizien.

«Möchtest du, dass ich dich begleite?»

«Gern.»

Gemeinsam verließen sie das Revier. Hannah hatte mit einigen Journalisten vor der Tür gerechnet, aber vor dem Eingang war niemand. Die Pressekonferenz, die sie in Luleå abgehalten hatten und bei der Gordon von seinem Büro aus zugeschaltet gewesen war, hatte allerdings auch keinen großen Sensationsgehalt gehabt. Sie hatten lediglich berichtet, dass sie das Opfer eines tödlichen Unfalls mit Fahrerflucht gefunden hatten, bei dem ein dunkelblaues Auto involviert gewesen war, und mögliche Zeugen dazu aufgefordert, sich zu melden. Kein Wort von einer Schussverletzung, von Wölfen oder einer möglichen Verbindung zu dem Fall in Rovaniemi. Dennoch hatte Hannah gedacht, in einer Stadt, wo es der Zusammenstoß mit einem Elch auf die Titelseite der Lokalzeitung schaffen konnte, würde der gewaltsame Tod eines Menschen größeres Interesse bei den Medien hervorrufen. Dem war anscheinend nicht so.

Sie nahmen Gordons Auto, fuhren auf die E4, an IKEA vorbei und in westlicher Richtung hinaus aus der Stadt. Schon nach wenigen Minuten spürte Hannah die mittlerweile schon wohlbekannte, aber immer noch unwillkommene Hitze, die sich von der Brust weiter nach oben ausbreitete.

«Scheiße, das kann doch nicht wahr sein!» Sie ließ das Fenster herunter und hielt das Gesicht in den kühlenden Fahrtwind, während ihr der Schweiß den Hals hinunter und zwischen die Brüste rann.

«Was ist?», fragte Gordon, warf ihr einen schnellen Blick zu und bremste aus Reflex ab.

«Ihr habt es so gut, weißt du das?» Hannahs Stimme klang wütender als gewollt, verriet aber immerhin nicht, dass sie den Tränen nahe war. Besser wütend als traurig. «Ihr Männer habt es so was von gut!»

«Okay ...»

«Seit vierzig Jahren hatte ich jeden verdammten Monat meine Tage, außer wenn ich schwanger war, und da war ich stattdessen fett, musste ständig pinkeln und mich übergeben.»

Gordon schwieg, da er instinktiv begriff, dass er nichts erwidern sollte, während sich Hannah irritiert den Schweiß aus dem Gesicht wischte und die Handflächen an ihrer Uniformhose abtrocknete.

«Das ist vorbei, aber könnte ich dann jetzt nicht einfach meine Ruhe haben? Nein. Stattdessen muss ich mich mit diesen Hitzewallungen herumschlagen.»

«Soll ich kurz anhalten?»

Hannah lehnte sich zurück, schloss die Augen und atmete mehrmals tief ein und aus. Der Wind war erfrischend, die Hitze nahm ab, und allmählich erlangte sie wieder die Kontrolle über sich.

«Nein, schon gut. Entschuldige.»

«Kein Problem. Stimmungsschwankungen sind ganz normal, wenn der Östrogenhaushalt aus dem Gleichgewicht gerät.»

Sie sah ihn fragend an. Wollte er sie auf den Arm nehmen? Für ein paar Sekunden ließ er die Straße aus den Augen und begegnete vollkommen offen ihrem Blick.

«Ja, ich habe mich informiert.»

«Du hast dich über die Wechseljahre informiert?»

«Ich interessiere mich eben dafür, wie es meinem Personal geht», antwortete er mit einem leichten Schulterzucken. Hannah wusste, dass er so etwas nicht einfach nur behauptete. Was auch immer an Problemen bei den Kollegen auftrat, egal ob privater oder professioneller Natur – er arbeitete sich in das Thema ein, um als Vorgesetzter die bestmögliche Hilfe und Unterstützung anzubieten.

Gordon Backman Niska war ein guter Chef. Ein guter Mensch.

Trotzdem glaubte sie, dass er sich diesmal noch etwas mehr ins Zeug gelegt hatte, weil es um sie ging. Den Blick weiter geradeaus gerichtet, legte sie die Hand auf seinen Oberschenkel. Nicht als sexuelle Geste, sondern um ihm ihre Wertschätzung auf körperliche Art und Weise zu zeigen, ein Gefühl zu kommunizieren, denn Gefühle hatte sie noch nie gut in Worte fassen können. Aus dem Augenwinkel sah sie, wie er kurz zu ihr hinüberschielte. Dann legte er seine Hand auf die ihre und drückte sie leicht.

Schweigend fuhren sie weiter, verließen die E4, und von dort ging es weiter nach Norden. Hannah schloss das Fenster wieder. Zehn Minuten später bogen sie in einen Weg ein, der so klein war, dass man ihn kennen musste, um ihn zu finden. Sie rollten im Schneckentempo voran, bis sich der Wald zu einem Viereck öffnete, auf dem fünf Gebäude wie zufällig verstreut lagen. Das Wohnhaus war ein gelb gestrichenes kleines Holzhaus. Dahinter lag ein größeres, rotes Wirtschaftsgebäude mit einem grünen Flügeltor in der Mitte der Längsseite, das ihm den Eindruck eines Stalls verlieh, obwohl sich nie Tiere darin befunden hatten. Jedenfalls keine lebenden. Daneben standen ein kleinerer Holzschuppen und ein Stück weiter ein Zwinger mit Hundehütte, aus dem zwei Jagdhunde durch ununterbrochenes Gebell Hannahs und Gordons Ankunft verkündeten. Das letzte Gebäude auf dem Grundstück war eine Holzhütte mit Mansarde, die aussah, als wäre sie von einem Campingplatz oder einer Ferienhausvermietung entwendet worden. Welchen Zweck sie erfüllte, falls es überhaupt einen gab, war unklar.

Gordon parkte, und sie stiegen aus. Hannah warf einen schnellen Blick zurück zum Auto, während sie auf Hellgren zugingen, der vor der Haustür stand und die Arme abweisend über seinem Flanellhemd verschränkte. Er sah jünger aus als seine knapp sechzig Jahre, und auch jünger als P-O, ging es Hannah durch den Kopf, schlank und muskulös und mit einem wettergegerbten Gesicht und grauem Dreitagebart. Unter einer Baseballmütze mit einem Werbeaufdruck für Motoröl starrten eisblaue Augen missbilligend den Besuchern entgegen.

«Was wollt ihr?», fragte er barsch.

Gordon kam direkt auf den Punkt. «Haben Sie Rattengift zu Hause?»

«Nein, Ratten knalle ich sofort ab, wenn ich sie sehe.»

Irgendwie gelang es ihm, das Wort Ratten so zu betonen, dass Hannah herauszuhören glaubte, er würde Gordon und sie, und vermutlich auch alle anderen Polizisten, ebenfalls als Schädlinge betrachten.

«Was ist mit Mäusen? Die sind nicht ganz so leicht zu treffen.»

«Fallen. Ich habe kein Gift hier, ich habe Hunde.»

«Sie sind wirklich ein wahrer Tierfreund», bemerkte Hannah.

«Wissen Sie denn, warum wir Sie das fragen?»

«Vermutlich habt ihr irgendwo ein paar vergiftete Tiere gefunden», antwortete Hellgren. Jetzt sah er müde und wütend zugleich aus.

«Auf Ihrem Grund und Boden», erwiderte Hannah. Das stimmte nicht ganz, aber sie wollte die kleine Chance nutzen, dass er sie vielleicht im Affekt korrigierte und sein Wissen darüber preisgab, dass die Wölfe ein Stückchen *außerhalb* seines Grund und Bodens gefunden worden waren.

«Ich habe ziemlich viel Land und keine Zäune», erwiderte Hellgren stattdessen ruhig und mit einem Achselzucken.

«Dürfen wir uns ein bisschen umsehen? In den Gebäuden?»

«Nein.»

Hannah blickte zu Gordon hinüber, der beinahe unmerklich den Kopf schüttelte. Eine Haussuchung durften sie nur anordnen, wenn der Verdacht auf eine Tat im Falle der Verurteilung zu einer Haftstrafe führen würde. Oder wenn sie Grund zu der Annahme hatten, dass sie in den Gebäuden etwas finden könnten, das eine entscheidende Bedeutung für die Ermittlungen haben würde. Das erste Kriterium war zwar erfüllt, aber selbst wenn sie eine ganze Palette mit Rattengift finden würden, könnten sie nie mit hundertprozentiger Sicherheit eine Verbindung zu dem vergifteten Fleisch nachweisen.

«Sonst noch was?»

Gordon sah sich um, schien kurz nachzudenken, dann entschied er sich.

«Nein, momentan nicht, aber vielleicht werden wir ab und zu mal vorbeischauen.»

Sie gingen zurück, und Hannah glaubte, Hellgrens wütenden Blick im Rücken zu spüren. Als sie sich dem Wagen näherten, hörten sie Motorengeräusche, und wenige Sekunden später fuhr ein anderes Auto auf den Hof und parkte. Ein gutgekleideter Mann Mitte zwanzig stieg aus und ging mit entschlossenen Schritten auf das Haus zu, die verrieten, dass er nicht zum ersten Mal hier war. Er bedachte Hannah und Gordon mit einem desinteressierten Blick und nickte ihnen kurz zu, als er an ihnen vorbeiging.

«Wer war das?», fragte Hannah, drehte sich um und sah, wie der jüngere Mann Hellgren erreichte und ihm die Hand schüttelte, ehe sie zusammen im Wohnhaus verschwanden.

«Keine Ahnung, keiner, den ich kenne.»

Gordon ging weiter zu ihrem Auto. Hannah zögerte, holte ihr Handy hervor, warf einen letzten Blick zurück zum Haus und fotografierte dann das Nummernschild des weinroten Toyota Yaris, in dem der junge Mann gekommen war.

Das Mädchen auf dem Spielplatz war schätzungsweise acht Jahre alt.

Sie lenkte ihren halb so alten Bruder mit den Händen auf den Schultern zum nächsten Streich, während sie ihm erklärte, wie lustig es werden würde. Von ihrer Parkbank aus beobachtete Katja, wie das kleine Mädchen das Spiel ganz nach seinen eigenen Bedingungen gestaltete. Mit einem amüsierten Lächeln nahm sie sich eine Erdbeere aus der Schale neben sich. Sie liebte Erdbeeren. Als sie das erste Mal welche gegessen hatte, war sie wohl im Alter dieses kleinen Mädchens gewesen. Wo sie vorher aufgewachsen war, hatte es nie Erdbeeren gegeben, überhaupt kein frisches Obst, soweit sie sich erinnern konnte, abgesehen von den kleinen sauren Äpfeln, die auf dem Grundstück wuchsen.

Die Männer waren in die Schule gekommen. Dort dachten alle, sie würde bei ihrer Tante wohnen, weil ihre Mutter sich nicht um sie kümmern konnte. Katja – oder Tatjana, wie sie damals hieß – wusste nicht, warum diese Lüge so wichtig war. Einmal hatte sie nachgefragt, war jedoch sofort schmerzlich daran erinnert worden, dass sie besser einfach nur tat, was man ihr sagte.

Eines Vormittags war ihre Lehrerin aus dem Klassenzimmer gerufen worden. Sie hatte nervös ausgesehen, als sie einige Minuten später zurückgekehrt war und Katja gebeten hatte, sie hinaus in den Gang zu begleiten, wo zwei Männer warteten. Der eine war mit einem warmen freundlichen Lächeln auf sie zugekommen und vor ihr in die Hocke gegangen. Er hatte sich als Onkel vorgestellt. Der andere hatte sich schweigend im Hintergrund gehalten.

Onkel fragte, ob sie sich vorstellen könne, mit ihm auf den Schulhof zu gehen, damit sie sich ein bisschen unterhalten könnten. Tatjana sah zu ihrer Lehrerin hoch, die auffordernd nickte, also folgte sie ihnen.

Draußen hatten sie sich auf eine Bank gesetzt. Der Schulhof lag verlassen da, alle waren im Unterricht. Es war Herbst, aber der Winter nahte bereits, und sie fröstelte in ihrer dünnen Jacke. Onkel winkte den anderen Mann herbei, der ihr seine große Lederjacke über die Schultern legte.

«Frierst du immer noch?», fragte Onkel fürsorglich. Sie schüttelte den Kopf und blickte zu Boden. Er zog eine Pastillendose aus der Tasche, nahm sich eine und bot ihr ebenfalls eine an, doch sie schüttelte erneut den Kopf.

«Ich möchte, dass du mit mir kommst», sagte er und steckte die Dose wieder in die Tasche. Sie erwiderte nichts. «Ich möchte dich von hier wegholen, in eine neue Schule, wo du auch neue Freunde finden wirst.»

In ihrer jetzigen Schule hatte sie gar keine Freunde, aber das würde sie ihm nicht auf die Nase binden. Noch immer hielt sie den Kopf gesenkt und starrte auf ihre Stiefel, die ein Stück über dem Boden baumelten.

«Na, was sagst du, Tatjana?», fragte er, nachdem sie eine Weile geschwiegen hatten. «Willst du mitkommen?»

Erneutes Kopfschütteln.

«Warum denn nicht?»

«Mama und Papa», hatte sie flüsternd hervorgestoßen, fast wie einen Atemhauch.

«Das sind nicht deine Mama und dein Papa. Das sind schlechte Menschen.»

Als sie diese kurze Feststellung hörte, spürte sie aus irgendeinem seltsamen Grund, dass er die Wahrheit sagte. Aus einem unerklärlichen Gefühl heraus glaubte sie plötzlich, dass es irgendwann jemand anderen gegeben hatte, etwas anderes. Zum ersten Mal hob sie vorsichtig den Kopf und sah den Mann an.

«Fühlst du dich bei ihnen wohl? Geht es dir gut?», fragte er.

Ihr Vater hatte ihr erklärt, was passieren würde, wenn sie irgendjemand anderem erzählen würde, wie es bei ihnen zu Hause zuging, wenn jemand auch nur ahnen würde, dass etwas nicht stimmte. Und sie kannte diesen Onkel nicht, sie hatte keine Ahnung, wer er war. Er wirkte zwar freundlich, aber vielleicht würde er ihrem Vater berichten, was sie sagte. Vielleicht war er nur da, um zu prüfen, ob sie gehorchte, ob sie ein braves Mädchen war. Deshalb nickte sie nachdrücklich.

«Ich glaube dir nicht», erwiderte Onkel, jedoch ohne dabei wütend zu werden wie ihre Eltern, wenn sie glaubten, dass sie log. «Weißt du, warum ich dir nicht glaube?»

Sie schüttelte nur den Kopf, weil sie dachte, je weniger sie sagte, desto besser wäre es. Also fing er an zu erzählen.

Was zu Hause so passierte, was sie taten, was sie ihr antaten.

Er wusste alles. Als wäre er dabei gewesen, als würde er mit ihnen zusammenwohnen. Seine Stimme klang so bewegt und empört, als hätte er alles mit ihr gemeinsam durchlitten. Nachdem er seinen Bericht beendet hatte, weinte sie, weinte so sehr, dass ihr ganzer Körper bebte. Ihre Schultern hatte sie bis zu den Ohren hochgezogen, ihre Fäuste so stark auf ihrem

Schoß verkrampft, dass sie ganz rot waren. Sie war beschämt und ängstlich, aber gleichzeitig seltsam erleichtert.

«Möchtest du wirklich zurück?» Er reichte ihr ein Taschentuch. Sie schüttelte den Kopf und wischte sich den Rotz ab, der aus beiden Nasenlöchern rann. «Wenn du mitkommst, wird dir nie wieder jemand etwas Böses antun.»

Sie hatte erneut zu ihm aufgesehen, und irgendetwas in seinem Blick hatte dafür gesorgt, dass sie ihm sofort geglaubt hatte.

Der kleine Junge bekam einen unsanften Schubser, stolperte und fing an zu weinen. Die große Schwester half ihm auf und bürstete ihn mit der Hand ab. Ein Mann, vermutlich der Vater, kam herbeigestürmt, ging vor dem Jungen in die Hocke und wandte sich an die große Schwester. Katja richtete sich auf. Kinder zu schlagen war nicht erlaubt, was viele Eltern aber dennoch nicht von körperlicher Züchtigung abhielt. Zu Katjas wichtigsten Verhaltensregeln im Job zählte es, ihr Wissen und Können nie privat anzuwenden, doch nichts konnte sie daran hindern, den Mann milde zurechtzuweisen, wenn er auf die Idee käme, das kleine Mädchen gewaltsam zu bestrafen. Zu ihrer Erleichterung schien der Vater jedoch nur mit ihr zu diskutieren, und sie zeigte deutlich, dass sie ihren Fehler einsah, und umarmte ihren kleinen Bruder am Ende sogar versöhnlich.

Katjas Handy gab ein Signal von sich. Sie steckte sich erneut eine Erdbeere in den Mund und holte es hervor. Nachricht von Onkel.

Ein neuer Auftrag. In Haparanda.

Die ganze Polizeistation war im Konferenzraum versammelt.

Gordon gab seinen Platz am Kopfende des Tisches frei, und Alexander «X» Erixon krempelte die Ärmel seines hellblauen Hemdes hoch und setzte sich. Nachdem jetzt eine mögliche Verbindung zu den Morden in Rovaniemi bestand, hatte er beschlossen, sofort zu kommen und die Ermittlungen vor Ort zu leiten. Es war eine willkommene Verstärkung. Die Kollegen schätzten ihn, und das beruhte auf Gegenseitigkeit, glaubte Gordon. X hatte schon mit fast allen hier zusammengearbeitet, außer mit Ludwig.

Der Mann in kariertem Hemd und Lederweste, der am anderen Ende des Tischs unter dem Polizeiwappen saß und an einem Streichholz kaute, war hingegen eine neue Bekanntschaft, auch für Gordon. Sami Ritola von der Polizei in Rovaniemi. Er war mit der ziemlich dünnen Mappe mit Informationen angereist, die er und seine Kollegen über das Opfer im Wald besaßen.

Wadim Tarasow, sechsundzwanzig Jahre alt, geboren in einem kleinen Dorf in der Republik Karelien, aber seit vielen Jahren wohnhaft in Sankt Petersburg.

P-O hatte sich insgeheim gewundert, was denn an E-Mails und Handys verkehrt war, weil plötzlich jeder Mensch darauf beharrte, alle Informationen persönlich zu überbringen.

Als ihnen klarwurde, dass Ritola auch noch vorhatte, an der Besprechung teilzunehmen, fragte er ihn offen, warum er anderthalb Stunden Fahrzeit verschwendet habe, anstatt ihnen die Unterlagen einfach zu schicken.

«Ich wollte nur sehen, was meine Ermittlung so macht», antwortete Sami mit einer entspannten Selbstverständlichkeit auf Finnisch, und Morgan, der neben ihm saß, übersetzte simultan.

Samis Schwedisch war holperig, Alexanders Finnisch nicht vorhanden.

«Rein formal gesehen ist es unsere Ermittlung. *Meine* Ermittlung», sagte Alexander mit Nachdruck, schien sich aber gleichzeitig Mühe zu geben, sein Revier nicht allzu übertrieben zu markieren. «Es geht um den Mord an diesem Tarasow – oder den Totschlag.»

«Der in meinen Fall verwickelt war, ehe er zu eurem Fall wurde», bestätigte Sami mit einem Nicken. Sein Gedankengang war nicht falsch, die Verbindung zwischen den beiden Fällen rechtfertigte Samis Anwesenheit tatsächlich, und außerdem konnte es nie schaden, ein gutes Verhältnis zu den finnischen Kollegen zu pflegen, dachte Gordon. Alexander schien das ähnlich zu sehen.

«Das stimmt, dann lasst uns auch nicht weiter darüber diskutieren», sagte er mit einem entwaffnenden Lächeln. «Es ist unser Fall, aber Sie sind natürlich willkommen, an der Sitzung teilzunehmen.»

Sami verbeugte sich höflich auf seinem Stuhl und wedelte sarkastisch mit seiner Hand vor dem Gesicht, als hätte er gerade eine Audienz beim König erhalten.

«Ich danke untertänigst.»

Morgan entschied sich dazu, dies nicht zu übersetzen, weil er sicher war, es würde auch so verstanden. Alexander wandte sich jetzt an die anderen im Raum, während er ein Bild auf die weiße Leinwand hinter seinem Rücken projizierte.

«Der Tote ist also Wadim Tarasow», stellte er fest und richtete sich wieder an Sami. «Und ihr bringt ihn mit der Schießerei außerhalb von Rovaniemi letzte Woche in Verbindung.»

«Ein richtiges Massaker», bestätigte Sami. «Sieben Tote, einer von ihnen wurde heute Vormittag beerdigt.»

«Sieben tote Finnen?», fragte Ludwig.

«Vier. Drei Russen waren auch dabei.»

«Es sind noch nicht alle hier auf dem neusten Stand der Ermittlungen», erklärte Alexander. «Können Sie kurz zusammenfassen, was in Rovaniemi passiert ist?»

«Wie gesagt, drei Russen, vier Finnen. Die Leichen lagen noch am Tatort. Die Waffen auch. Wir konnten uns also ein ziemlich gutes Bild davon machen, was passiert ist.»

Während Morgan übersetzte, öffnete Sami seine Mappe und verteilte einen Großteil der Fotos auf dem Tisch. Tote. Viele Tote.

«Wir sind sicher, dass sie sich ursprünglich treffen wollten, um Geschäfte zu machen. Die Russen waren Verkäufer, die Finnen Käufer.»

«Drogen?», fragte Lurch, obwohl sich eigentlich niemand etwas anderes vorstellen konnte.

«Ja.»

«Kannten Sie die Finnen schon vorher?», fragte Gordon, der genau wie Alexander aufgestanden war, um einen besseren Blick über das ausgebreitete Bildmaterial zu erhaschen.

«Alle haben eine Verbindung zu MC Sudet, einer Motorrad-Gang bei uns oben, die mit dem Scheiß Geld macht. Unter anderem.»

«Was ist passiert?», fragte Alexander.

«Sie haben angefangen, sich gegenseitig abzuknallen. Dieser Typ hier …», Sami deutete auf eines der Fotos, auf dem ein knapp zwanzigjähriger Mann vor einem schwarzen Volvo XC90 lag, «… einer der Finnen, hat seine Waffe nie abgefeuert, alle anderen aber schon, deshalb gehen wir davon aus, dass er als Erster starb.»

Sami tippte auf ein anderes Bild. Es zeigte einen bedeutend älteren Mann mit einem großen Tattoo um das eine Auge. Sein Hals war eine einzige klaffende Wunde.

«Dieser Typ also, Pentti, der heute beerdigt wurde, hat diesen Russen getötet und den anderen hier mit seinem Sturmgewehr verletzt, ehe man ihm selbst den Hals weggeblasen hat.»

Er schob zwei weitere Bilder über den Tisch, sie zeigten zwei Männer, knapp dreißig Jahre alt, die tot auf dem Boden lagen.

«Der dritte Finne konnte in einem Graben Schutz suchen. Er hat den Russen umgebracht, der Pentti verletzte, ehe auch er erschossen wurde.»

«Und das Mädchen und der da?», fragte Hannah und zeigte auf die beiden verbleibenden Fotografien. Ein magerer Mann, anscheinend der Jüngste in der Gang, und eine Frau Mitte zwanzig mit einer großen, klaffenden Wunde in der Stirn.

«Er ist Finne, sie Russin. Sie haben aufeinander geschossen, aber er war nicht für ihren Tod verantwortlich. Das war derselbe Schütze, der auch die anderen drei Finnen ins Jenseits befördert hat.»

«Haben Sie nicht gesagt, sie sei Russin?»

«Doch.»

«Das verstehe ich nicht. Das heißt, Wadim hat sie erschossen?», fragte Lurch und sprach aus, was alle dachten.

«Gewissermaßen schon.» Sami verstummte und sah reihum jeden von ihnen an. «Alle vier hatten auch Verletzungen, die zu keiner der Waffen passt, die wir am Tatort gefunden haben», fuhr Sami fort und machte eine Pause. Damit Morgan mit der Übersetzung nachkam, aber auch für den Effekt. «Von einem Scharfschützengewehr. Eine WWS Wintorez.»

«Ein Heckenschütze», stellte P-O fest, der sich für Militärgeschichte interessierte und fast alles wusste, was es seit dem Schwedischen Reich über Waffen und Kriege zu wissen gab.

«Ja, und Wadim wurde im Militärdienst als Heckenschütze ausgebildet und hat sich in der Zeit mit diesem Typen hier angefreundet.»

Sami zog ein weiteres Foto aus der Mappe. Im Gegensatz zu den anderen war dieser Mann noch am Leben gewesen, als man ihn fotografiert hatte, und schien etwa im gleichen Alter wie Wadim zu sein.

«Jewgeni Antipin. Wir glauben, dass Wadim ihm von dem Geschäft erzählt hat und dass er dort war, im Wald versteckt, und die Finnen und die Russin erschossen hat.»

«Was hat denn Wadim gemacht, als das alles passiert ist?»

«Vermutlich hat er sich irgendwie durch einen Sprung in Sicherheit gebracht», antwortete Sami und zuckte mit den Schultern. «Mehr oder weniger erfolgreich anscheinend, denn ihr habt doch gesagt, er habe eine Kugel im Arsch stecken gehabt?»

«Stimmt.»

«Demnach hat er dafür gesorgt, dass alle starben, sowohl die Finnen als auch die Russen, und dann ... hat er die Drogen und das Geld genommen», fasste Gordon die bisherigen Informationen zusammen.

«Diese Hypothese verfolgen wir, ja.»

«Euch fehlen also noch zwei?», fragte Alexander, nahm das Foto von Antipin in die Hand und musterte es.

«Und wie könnt ihr wissen, dass dieser Antipin involviert war?», fuhr Hannah fort, noch ehe Sami antworten konnte.

Er grinste sie an, als hätte er mit genau diesen Fragen gerechnet und könnte jetzt eine spannende Wendung präsentieren.

«Wir haben ihn am Tag nach dem Massaker in der Nähe von Muurola mit einer Kugel im Schädel in einem ausgebrannten Mercedes mit russischem Kennzeichen gefunden. Die Wintorez lag im Auto.»

«Und ihr könnt auch den Mercedes mit der Schießerei in Verbindung bringen?», fragte Gordon.

«Die Einschusslöcher in der Karosserie passen zu den Waffen der Finnen, der Wagen war also definitiv dort, ja.»

«Warten Sie mal», unterbrach Hannah und hob die Hand. «Habe ich das richtig verstanden? Wadim Tarasow nimmt einen Heckenschützen mit zu einem Deal, sorgt dafür, dass alle sterben, schnappt sich das Geld und die Drogen, bringt dann auch seinen Sniper-Kumpel um, setzt sich anschließend nach Schweden ab und wird dort überfahren.»

«Sieht ganz so aus», antwortete Sami nickend. «Ich habe den Typen von Sudet auf den Zahn gefühlt, um herauszufinden, nach wem wir suchen müssen, aber ihr scheint das Rätsel ja bereits gelöst zu haben.»

Gordon blickte zu Alexander hinüber, der vor sich hinnickte. Sami hatte recht. Nachdem sie Wadim Tarasow gefunden hatten, konnten die tödlichen Schüsse in der Nähe von Rovaniemi als polizeilich aufgeklärt gelten. Was das Massaker in Finnland betraf, gab es niemanden mehr, den man suchen oder des Mordes anklagen musste. Alle, die in die Tat verwickelt gewesen waren, hatten das Zeitliche gesegnet. Und obwohl Sami ihnen bisher durchaus nützlich gewesen war, wurde seine Anwesenheit mit einem Mal bei ihrer Besprechung weit weniger selbstverständlich.

«Jetzt müssen wir also nur noch den Stoff und die Kohle finden», sagte Sami, steckte erneut das Streichholz zwischen seine Zähne und lehnte sich zurück.

«Über welche Größenordnung sprechen wir?», fragte Ludwig und bedachte Sami mit einem fragenden Blick.

«Unseren Informationen nach wollte der MC Sudet Drogen im Wert von dreihunderttausend Euro kaufen.»

Ludwig konnte einen Pfiff nicht unterdrücken. Alle wussten, was das zu bedeuten hatte. Irgendjemand war im Besitz von Drogen mit einem Straßenwert von fast dreißig Millionen schwedischen Kronen.

«Aber wenn wir jetzt noch einmal zurückgehen», sagte Hannah, erneut an Sami gerichtet. «Wadim Tarasow muss sein Fahrzeug gewechselt haben dort in … wo er den Mercedes in Brand steckte …»

«Muurola», sprang Sami bei.

«Muurola, genau. Wissen Sie, welchen Wagen er danach genommen hat?»

«Wir haben zumindest eine Liste über die Autos, die in diesem Zeitraum in der näheren Umgebung gestohlen wurden», antwortete Sami, schnappte sich wieder die Mappe, die vor ihm auf dem Tisch lag, und schlug sie auf.

«Ist ein Honda dabei? Luleå sagt, die Lackreste, die wir vor Ort gefunden haben, würden von einem Honda stammen.»

Sami studierte schweigend die Liste. Sie war eine Seite lang, und wenn er nicht gerade unter einer Leseschwäche litt, diente auch diese langgezogene Pause allein dem dramatischen Effekt, dachte Gordon und räusperte sich vielsagend.

«Am Abend vor der Schießerei wurde ein dunkelblauer

CR-V Baujahr 2015 als gestohlen gemeldet», verkündete Sami Ritola endlich.

Die Stimmung im Raum veränderte sich. Dies konnte eine erste Spur sein. Nach der Pressekonferenz am Nachmittag waren nur wenige telefonische Hinweise eingegangen und keiner, dem man nachgehen musste. Die Tipps hatten zu wenige Details enthalten und waren zu vage gewesen. Jetzt konnten sie nach einem bestimmten Auto fragen, hatten eine Farbe und ein Modell. Irgendwo musste es nach dem Unglück ja abgeblieben sein, und man durfte keineswegs unterschätzen, wie genau die Leute in den kleinen Ortschaften beobachteten, wer gerade kam und ging oder einfach nur hindurchfuhr.

«Wissen wir, um welche Art von Drogen es ging?», fragte Gordon.

«Nicht genau, irgendetwas Synthetisches. Höchstwahrscheinlich Amphetamin.»

«Gehört nicht zu unseren größten Problemen, aber natürlich gibt es das hier auch», informierte Gordon überflüssigerweise, denn Alexander hatte einen guten Überblick über die Statistiken der meisten lokalen Polizeikreise, und Haparanda bildete keine Ausnahme.

«Wenn man hier in der Gegend zufällig über eine Lieferung Amphetamin im Wert von dreißig Millionen stolpert», fuhr Sami fort. «Was macht man dann? Wen würde man kontaktieren? Wo würde es landen?»

Auf seine Fragen folgte nur Schweigen, und niemand wollte gern mit der finsteren und ein wenig beschämenden Wahrheit herausrücken.

«Wir wissen es nicht genau», antwortete Gordon schließlich. «Leider haben wir kaum Anhaltspunkte, wer das Geschäft derzeit kontrolliert.»

«Das spielt doch wohl auch keine Rolle», entgegnete Hannah, fast so, als wollte sie ihm beispringen. «Angenommen, ein ganz normaler, panischer Durchschnittsschwede hat sie gefunden, der weiß ja genauso wenig, was er damit anstellen soll.»

«Man versucht aber doch wohl, irgendwie Geld dafür zu bekommen», stellte P-O fest.

«Aber wie? Normale Leute können nicht einfach so Drogen verkaufen.»

«Wenn man begreift, wie viel sie wert sind, wird man es auf jeden Fall probieren», entgegnete P-O beharrlich.

«Ich würde mich mit dem Geld zufriedengeben», sagte Hannah achselzuckend.

«Na gut, aber hört euch mal bei denen in der Stadt um, die etwas wissen könnten, und davon abgesehen halten wir die Augen und Ohren offen, falls das Angebot plötzlich auffällig steigt», unterbrach Alexander die Diskussion und warf einen schnellen Blick auf seine Armbanduhr. Offenbar fand er, es wäre an der Zeit, die Besprechung zu beenden. «Wir schauen, welche Hinweise wir zu dem Honda bekommen, und morgen befragen wir die Zeugen. Da fangen wir in Vitvattnet an und erweitern dann den Kreis. Ich sorge für Verstärkung. Das war's für heute. Danke euch.»

Alle erhoben sich, wurden jedoch von Sami gebremst, der sich über den Tisch beugte.

«Wadim Tarasow hat für Waleri Zagorni in Sankt Petersburg gearbeitet. Wisst ihr, wer das ist?»

Abgesehen von Morgan schüttelten alle rings um den Tisch die Köpfe.

«Ein Oligarch, keiner der Allerreichsten, aber wohl in den Top 50, und man sagt ihm Mafiaverbindungen nach.»

«Das ist mehr als nur ein Gerücht, er hat definitiv Verbindungen zur Mafia – und Schlimmeres. Sehr mächtig, sehr gefährlich», erklärte Morgan.

«Und das interessiert uns, weil …?», fragte Gordon.

Sami wandte sich ihm zu und wirkte zum ersten Mal während der gesamten Besprechung vollkommen ernst.

«Es waren seine Drogen. Und er wird alles daransetzen, diesen Honda zu finden.»

Sie hatte eines der größeren Zimmer im obersten Stockwerk des schlossähnlichen, aber etwas in die Jahre gekommenen Gebäudes mitten im Zentrum bekommen. Die Wände waren dezent dunkelgrün bis grau gestrichen, es gab ein Doppelbett, einen Schreibtisch und zwei Sessel im selben Ton wie der Teppich. Schwere, rot geblümte Vorhänge säumten die drei Fenster, die auf den Platz hinausgingen, der gar nicht aussah wie ein Platz. Anscheinend war er einzigartig, mit seinen vier Straßen, die aus jeder Himmelsrichtung in einem kleinen Kreisel in der Mitte zusammenliefen, weshalb die Fläche aus vier gleich großen Teilen bestand anstatt wie sonst üblich aus einer großen, um die der Verkehr herumgeführt wurde.

Katja verließ das Badezimmer, wo sie den Inhalt ihres Kulturbeutels in der besonderen Ordnung aufgereiht hatte, die sie beruhigte. Ihre Kleidung hing bereits im Schrank oder lag in exakten Stapeln in der Schublade der Kommode neben dem großen Spiegel hinter der Tür. Das Zimmer war vorbereitet. Nur die Waffen lagen noch in der Tasche. Eine Walther Creed mit Schalldämpfer und Laservisier und ein Winchester Bowie-Messer in einem Beinholster. Sie steckte die Pistole in den Tresor und schnallte sich das Messer um die Wade. In der nächsten Zeit rechnete sie nicht mit Problemen, aber man konnte nie wissen.

Louise Andersson hieß sie jetzt, auf einer Inspirationsreise durch Norrland. Sie habe das Gefühl, sie brauche einen Ortswechsel, neue Eindrücke, und sie wolle neue Menschen kennenlernen, ihre Akkus aufladen. Jedenfalls hatte sie dies lebhaft der gastfreundlichen und redseligen Frau am Hotelempfang erzählt.

Es war schön, wieder in Schweden zu sein, Schwedisch zu sprechen und auf Schwedisch zu denken. So natürlich. Von allen Sprachen, die sie gelernt hatte, war ihr Schwedisch immer am leichtesten gefallen. Wie sehr sie es vermisst hatte, merkte sie, als sie in den höchsten Tönen das phantastische Licht in der Gegend lobte und die Rezeptionistin fragte, ob es in der Stadt ein Yogastudio gebe. Diesmal würde sie hoffentlich genügend Gelegenheit für einen Ausgleich haben. Sie hatte das Zimmer zunächst für eine Woche gebucht. Das sollte reichen, um ihren Auftrag zu erledigen.

Katja füllte den Wasserkocher und bereitete sich einen Instantkaffee zu, während sie ihr Material auf dem Schreibtisch ausbreitete. Die meisten Informationen aus Rovaniemi stammten aus den Ermittlungsakten der finnischen Polizei – die anscheinend großzügig etwas hatte durchsickern lassen – und aus der schwedischen und finnischen Presse.

Sie las die Papiere zweimal hintereinander, ehe sie ihren Laptop hervorholte, an ihren mobilen Router anschloss, weil sie das ungeschützte WiFi des Hotels meiden wollte, und recherchierte, ob etwas Neues hinzugekommen war. Und tatsächlich. Die Polizei bat um Hinweise aus der Bevölkerung, ob in der Gegend zum betreffenden Tatzeitpunkt ein dunkelblauer Honda gesehen worden war. Gut zu wissen, denn ansonsten gab es kaum Informationen über den Toten im Wald. Was bekannt war, warf jedoch sofort eine Frage auf.

Was hatte Wadim dort draußen zu suchen gehabt?

Immerhin hatte er doch gerade einen brandgefährlichen Mann beraubt, der alles daransetzen würde, ihn zu finden. Warum hatte er nicht die Schnellstraßen genommen, um rasch den größtmöglichen Abstand zwischen sich und Zagorni zu bringen? Sie war froh, dass er es nicht getan hatte. Ein Blick auf die Karte ließ sie vermuten, dass auf dem betreffenden Weg wohl kaum jemand unterwegs war. Wer auch immer ihn überfahren hatte, musste sich in der Gegend auskennen und sehr wahrscheinlich dort wohnen.

Irgendjemand hatte ihn versehentlich umgebracht und in den Wald geschleift.

Diese Person musste eindeutig unter Schock gestanden haben, sie hatte keinen kühlen Kopf bewahrt. Den spärlichen Angaben zufolge war Wadim nicht einmal vergraben, sondern nur notdürftig bedeckt worden. Das gab Katja eine gewisse Hoffnung. Sie suchte einen Menschen in der näheren Umgebung, der instinktiv handelte.

Einen Amateur in Sachen Mord, der nicht konsequent dachte.

Was auch bedeutete, dass er weitere Fehler machen würde.

Das Geld ausgeben würde. Vermutlich auch versuchen würde, die Drogen zu verkaufen. Jetzt war es Zeit, an die Arbeit zu gehen. Waleri Zagorni hatte ihr einen unmissverständlichen Auftrag erteilt.

Finde die Drogen und das Geld.

Töte den, der sie genommen hat.

Für Elise ertönte aus einem verborgenen Lautsprecher, als sie die Tür öffnete. Ludwig van Beethoven, vermutlich um das Jahr 1810 komponiert. Das gehörte zu den unzähligen, mehr oder weniger trivialen Fakten, die sie während ihrer Ausbildung hatte lernen müssen.

Ein muskulöser Mann mit rasiertem Schädel und im Blaumann kam aus einem der hinteren Räume.

«Hallo, UW», begrüßte sie ihn und ging mit ausgestreckter Hand auf ihn zu.

«Hallo?»

Das Zögern in der Stimme und sein Blick verrieten, dass er fieberhaft in seinem Gedächtnis kramte, ob er sie schon einmal gesehen hatte und wenn ja, wo.

«Hättest du einen Moment Zeit, um mir zu helfen?», fragte Katja mit einem Nicken zur Tür und dem Hof.

«Wir schließen jetzt», antwortete er mit einem schnellen Blick auf die Uhr.

«Dauert nur fünf Minuten. Höchstens.» Sie bedachte ihn mit einem hoffnungsvollen Lächeln, das zugleich eine gewisse Unterlegenheit signalisierte. Um den Eindruck zu verstärken, wie wichtig er für sie war, legte sie sanft die Hand auf seinen Unterarm. «Bitte?»

«Kennen wir uns?», fragte er und versuchte anscheinend noch immer, sie einzuordnen.

«Wir haben gemeinsame Bekannte.»

«Aha.»

UW folgte ihr auf den Hof, wo ein Dutzend Autos parkten, die zur Abholung bereit oder noch nicht repariert worden waren. Katja setzte wieder ihre Sonnenbrille auf. UW steckte sich eine Zigarette an und hielt ihr die Schachtel hin. Sie schüttelte den Kopf.

«Um welches geht es denn?», fragte UW.

Katja zeigte auf den Audi Q5, der auf sie gewartet hatte, nachdem das Privatflugzeug gelandet war, und der jetzt direkt neben der Einfahrt zur Werkstatt stand.

«Und was macht er für Probleme?»

«Gar keine, glaube ich, es ist ein nagelneues Mietauto.»

Sie ging weiter zu dem Auto und lehnte sich gegen die Motorhaube. UW blieb ein paar Schritte entfernt stehen und musterte sie mit einer Mischung aus Argwohn und Wut.

«Was zum Teufel willst du?»

«Вы работали с людьми, которых я знаю», sagte Katja, damit er verstand, wo sie herkam. Den Ernst der Lage begriff. Möglicherweise war ihm das bereits klargeworden, aber er hatte eindeutig nicht verstanden, was sie gesagt hatte. «Du hast früher mit Leuten zusammengearbeitet, die ich kenne», übersetzte sie.

«Das erklärt trotzdem nicht, was du willst», antwortete er scheinbar unbeeindruckt. «Ich habe mit dem Scheiß aufgehört.»

UW zog an seiner Zigarette, machte aber keine Anstalten, wieder in die Werkstatt zurückzugehen, sondern betrachtete sie, als würde er überlegen, ob es sich lohnte, den Rest anzuhören. Katja tippte, dass er doch hoffte, sie würde ihm irgendeinen Vorschlag für künftige Geschäfte unterbreiten.

Wenn sie richtig informiert war, hatte er einen hohen und ständigen Geldbedarf.

«Ich weiß, aber manchmal hört man ja trotzdem was.»

«Kannst du nicht einfach sagen, worum es geht, und dann die Biege machen?»

«Hat hier jemand versucht, eine große Menge Amphetamine zu verkaufen? Oder gibt es einen Neuen, also wirklich ganz neu, der auf der Straße verkauft?»

«Keine Ahnung. Ich sage doch, ich habe aufgehört.»

«Aber trotzdem beschäftigst du dich weiter ein bisschen mit deinen Unfallwagen und Hehlerei und Strafvereitelung ...» Sie schob die Sonnenbrille in die Stirn und ging auf ihn zu. «Du hast immer noch einen ganz guten Überblick über das, was so läuft.»

«Sorry, aber ich kann dir nicht helfen.» Er trat seine Zigarette aus, und diesmal machte er wirklich kehrt, um wieder hineinzugehen.

«Hast du von dem Typen gehört, den sie im Wald gefunden haben?»

Er drehte sich wieder um, und Katja sah, dass er überlegte, wie diese beiden Dinge wohl miteinander zusammenhängen könnten. Aber er war schlau genug, nicht zu fragen. Er wusste, sie würde ihm nicht antworten.

«Die Bullen suchen nach einem dunkelblauen Auto, mehr weiß ich auch nicht.»

«Einem Honda.»

«Keine Ahnung.» Er zuckte mit den Schultern. «Sie waren gestern hier und haben gefragt, ob ich ihn repariert hätte.»

«Hattest du aber nicht?»

«Nein.»

«Denn dann würdest du es mir natürlich erzählen.» Es gelang ihr, diese kurze Feststellung stark nach einer Drohung klingen zu lassen. «Und würdest mir sagen, wer ihn bei dir abgeliefert hat.»

«Ja.»

Sie glaubte ihm. Er war weder dumm noch unvorsichtig. Auch wenn er nicht genau wusste, für wen sie arbeitete, war ihm trotzdem klar, dass es sich um Leute handelte, die es nicht schätzen würden, wenn sie im Nachhinein erführen, dass er ihnen nicht geholfen hatte.

«Wenn man also nicht mehr an dich verkauft, an wen verkauft man dann?»

«Ich weiß es nicht, habe ich doch gesagt.»

«Wer könnte es wissen?»

«Unsere ‹gemeinsamen Bekannten› vielleicht?»

«Nein, scheint nicht so», antwortete sie ehrlich. Als sie den Auftrag bekam, hatte Onkel herauszufinden versucht, welche Person Waleris Drogen in Haparanda zu Geld machen konnte. Er wollte ihr irgendeinen Anhaltspunkt geben, aber niemand schien etwas zu wissen. Das Angebot war gut, wodurch die Preise sanken, aber wer auch immer es war, nutzte ganz eigene Kanäle, um die Waren zu verbreiten, ein eigenes Verkaufsnetzwerk, das unauffällig agierte, und bislang war es niemand anderem gelungen, sich ernsthaft zu etablieren.

«Ich weiß es auch nicht», sagte UW.

«Das hast du bereits gesagt, und ich glaube dir, aber ich habe gefragt, wer es wissen könnte.»

Er zögerte. Katja war sich sicher, dass er ihr einen Namen nennen würde.

Der Mann vor ihr war lediglich gezwungen, einen Moment nachzudenken – über Loyalität, seinen Ruf, vielleicht auch seine Sicherheit. Über vieles, das in seine Berechnung mit einfließen musste. Sie schob ihre Sonnenbrille wieder auf die Nase, hob das Gesicht in die Sonne und wartete.

«Jonte könnte es wissen», sagte er schließlich widerstrebend.

«Jonte weiter?»

«Jonathan Lundin. Ein Druffi, ziemlich übel dran.»

«Wo wohnt er?»

Er seufzte schwer. Die Sache gefiel ihm ganz und gar nicht. Aber Katja bekam die Adresse.

Ihre Pause in der hellen, modernen Kantine war zur Hälfte vorüber und der mitgebrachte Nachmittagssnack längst verspeist. Sandra ließ fast nie etwas auf dem Teller übrig, sie warf überhaupt nur selten Lebensmittel weg. Auch wenn es mehr als fünfzehn Jahre zurücklag, erinnerte sie sich noch deutlich an die Worte ihrer Mutter, die ihr mit der Morgenzigarette im Mundwinkel den Haferbrei fürs Frühstück aufgetan hatte. Manchmal mit Milch, meistens ohne.

Sieh zu, dass du heute in der Schule viel isst, denn es wird nichts geben, wenn du später nach Hause kommst.

Jetzt war sie satt und trank die zweite Tasse Kaffee in dieser Pause. Bisher war der Tag genauso verlaufen wie die meisten anderen auch. Das wusste sie zu schätzen. Routine und Alltäglichkeit entspannten sie, denn dann fiel es ihr leichter zu glauben, dass alles normal wäre. Dass sie ihren Job hatte, ihren Freund. Dass sie am Wochenende im Garten gearbeitet, ihre Mutter besucht hatte. Dass sie sich auf das Konzert von Felix Sandman in Luleå freute, zu dem sie und ihre Freundinnen Anfang Juli fahren würden. Dass sie nicht dabei geholfen hatte, nur ein paar Kilometer von zu Hause entfernt einen unbekannten Mann im Wald zu begraben.

Wie immer hatte sie Kenneth schlafend im Obergeschoss zurückgelassen und war morgens zur Arbeit gefahren. Hatte das Auto genommen, das auf dem Hof stand, und den Gedanken zu verdrängen versucht, warum es nicht in der Doppelgarage parkte. Eine knappe Stunde später war sie bei der Anstalt ankommen. Nach einem schnellen Kaffee war es Zeit gewesen, die Türen der Insassen aufzuschließen und nach einem gemeinsamen Frühstück drei Stunden in der Tischlerei zu verbringen, einer der neununddreißig Produktionsstätten des Strafvollzugs in diesem Land. Sie hatten eine große Bestellung für Holzaufsatzrahmen bekommen, und dreizehn der neunzehn Strafgefangenen arbeiteten fünf Tage in der Woche in der Werkstatt. Dann war es Zeit fürs Mittagsessen gewesen, das sie selbst zubereiteten. Sandra beaufsichtigte sie bis um zwölf Uhr, anschließend wurde sie abgelöst und ging hinauf in die Personalkantine, wo sie schnell ihr mitgebrachtes Essen verspeiste, ehe sie kurz nach Torneå fuhr und die Vase kaufte, die sie so gerne haben wollte. Nun lag sie im Auto, und Sandra hatte vor, im Garten ein paar schöne Blumen dafür zu pflücken, sobald sie nach Hause kam. Kenneth und sie hatten sonst nicht viel Schönes zu Hause.

Der Nachmittag verging so schnell wie immer, und jetzt, in ihrer zweiten Pause, scrollte sie kurz durch Instagram. Freunde, Bekannte, Leute, zu denen sie den Kontakt verloren hatte, außerdem ein paar Promis. Lächeln, Sonnenbrillen, glückliche Kinder, Rosé und Cava, ein Vorgeschmack auf den Sommer und die Ferien, alles perfekt. Sie selbst postete nur selten etwas. Was konnte sie schon vorzeigen? Stacheldraht, Zäune, den Freistundenhof in der Anstalt oder ihre Bruchbude von Haus in Norra Storträsk. Der Garten war natürlich schön, die Natur ringsherum, die Mitternachtssonne, dafür bekam sie immer Kommentare, Daumen und Herzen. Aber sie fühlte sich nicht wohl dabei, sondern vielmehr hoffnungslos und abgehängt, als würde sie immer noch in abgelegten, unmodernen Klamotten herumlaufen und hätte nie die richtigen Sachen.

Langweilig. Arm. Unbedeutend.

Das Radio im Hintergrund verriet die Uhrzeit und kündigte die Lokalnachrichten an. Die Polizei in Haparanda hatte heute die Meldung herausgegeben, dass man in den Wäldern einige Kilometer nördlich der Stadt eine Leiche gefunden hatte. Sandra erstarrte und lauschte. Jetzt bat man um Hinweise aus der Bevölkerung, ob jemand zur betreffenden Zeit in diesem Gebiet einen dunkelblauen Honda CR-V gesehen hatte.

Als die nächsten Nachrichten kamen, erhob sich Sandra auf unsicheren Beinen. Sie log nicht einmal, als sie sagte, sie fühle sich krank und sei gezwungen, nach Hause zu fahren. Die Kollegen hatten Verständnis, und sie sah ja wirklich ein bisschen blass aus.

Als sie auf dem Hof parkte und aus dem Auto stieg, kam Kenneth aus dem Haus und begrüßte sie beunruhigt.

«Was machst du denn schon zu Hause? Hast du nicht die Zwölf-Stunden-Schicht?»

Sandra warf einen kurzen Blick zu den nächsten Nachbarn hinüber, ehe sie ein paar schnelle Schritte auf ihn zuging und die Stimme senkte.

«Sie haben ihn gefunden.»

«Woher weißt du das?»

«Es kam im Radio.»

Gemeinsam gingen sie ins Haus und in die Küche, wo die ganzen verschlissenen Details den Eindruck der verfallenen Außenfassade perfekt ergänzten. Dann zog sie sich im Schlafzimmer um. Die Uniform wurde durch Jeans und T-Shirt ersetzt, sie löste den strammen Arbeitspferdeschwanz, und ihr offenes Haar rahmte das breite sommersprossige Gesicht ein.

Im Spiegel blickte sie in ihre grünen Augen. Die Bedingungen hatten sich geändert, und sie, die schon viel zu weit gegangen war, musste gezwungenermaßen noch weiter gehen. Ehe sie das Schlafzimmer verließ, öffnete sie den Schrank, und dort lagen sie nachlässig hingeworfen, zwischen Schuhen, dem Wäschekorb und Kenneths Comics.

Sie erinnerte sich noch genau, wie sie sie das erste Mal gesehen hatte.

Sie war im Auto eingeschlafen, als sie von der Party zurückgefahren waren. Es war nett gewesen, aber spät geworden. Plötzlich hatte sie der Lärm von kreischendem Metall geweckt, das sich zusammenschob, von klirrendem Glas und von Kenneths Flüchen.

«Scheiße! Scheiße! Scheiße!»

«Was war das?» Trotz des Geräuschs dachte sie im ersten Moment an das Naheliegendste. «War das ein Ren? Oder ein anderes Tier?»

Kenneth war einige Sekunden mit fernem Blick sitzen geblieben, ehe er sich zu ihr umgedreht hatte. Seine Stimme war erstaunlich ruhig gewesen.

«Nein, das war kein Tier.»

Sie waren ausgestiegen und hatten den Mann auf dem Boden gesehen. Sandra hatte sich die Hand vor den Mund geschlagen und einen Schrei unterdrückt. Kenneth ging in die Hocke und legte einen Finger an den Hals des Mannes. Sie tastete die Taschen ihrer Jacke und Hose ab. Denn sie wusste, wozu sie nun gezwungen waren. Doch sie fand nicht, wonach sie suchte.

«Wo ist mein Handy?»

«Was willst du damit?», hatte Kenneth gefragt und sich wieder aufgerichtet.

Sie wusste noch, dass sie die Frage unglaublich dämlich

gefunden hatte. Was glaubte er denn? Vor ihrem Auto lag ein toter Mann.

«Wir müssen die Polizei rufen.»

Sie ging zurück zum Auto. Kenneth holte sie ein und hielt sie fest.

«Warte», bat er. «Warte nur kurz, lass uns nachdenken. Ich habe etwas getrunken, und ich habe doch meinen Lappen abgeben müssen.»

Wegen überhöhter Geschwindigkeit. Es war eine dumme Wette gewesen, an einem Nachmittag im Winter. Er sollte zweihundert Kronen kriegen, wenn er es schaffte, rechtzeitig vor der Schließung in den Systembolaget zu fahren und Alkohol zu besorgen. Mit hundertfünfundvierzig auf einer Landstraße. Der Führerschein war sofort eingezogen worden. Es war reines Glück, dass er nicht wieder im Gefängnis gelandet war.

Noch eine schlechte Entscheidung in einer langen Reihe von schlechten Entscheidungen, die er gefällt hatte. Sie war unglaublich wütend auf ihn gewesen.

«Das spielt keine Rolle. Wir müssen trotzdem anrufen.» Als der erste Schock nachließ, kämpfte sie mit den Tränen.

«Das werden wir auch», sagte er ruhig und wischte ihr mit dem Daumen über die feuchte Wange. «Aber warte nur noch ganz kurz.»

Er ging hinter dem Auto auf und ab und raufte sich die Haare. Sie sank auf den Weg, lehnte sich gegen den Kotflügel, umschlang ihre Knie mit den Armen und legte die Stirn darauf. Unsortierte Gedanken und Gefühle überschlugen sich hinter ihren geschlossenen Augenlidern, aber schließlich kristallisierte sich die Wut heraus. Das war so typisch Kenneth. Immer wieder in die Scheiße zu geraten. Und sie diesmal auch noch mit hineinzuziehen.

Sie wusste nicht, wie lange sie so dagesessen hatte, ehe er zurückkam und sich neben sie setzte.

«Wir vergraben ihn.»

Seine Stimme klang fest, entschlossen. Sandra blickte ihn verständnislos an, als hätte er gerade etwas in einer fremden Sprache gesagt.

«Wir vergraben ihn und nehmen das Auto mit.»

«Nein.»

«Niemand weiß, dass wir es waren. Niemand muss überhaupt wissen, was passiert ist.»

«Nein, wir müssen die Polizei rufen.»

«Ich gehe nicht noch mal in den Knast. Ich kann nicht da nicht noch mal hin. Bitte …»

Sie antwortete nicht, schloss nur erneut die Augen und legte wieder den Kopf auf die Knie. Dann weinte sie lautlos. Sie hasste ihn dafür, dass er sie in eine so ausweglose Lage brachte.

«Du …»

Vorsichtig legte er seine Hand auf ihre geballte Faust. Sie schüttelte sie ab, schlug ihm fest gegen die Brust und sah ihn mit ihren geröteten Augen vorwurfsvoll an.

«Wie konntest du ihn überfahren, verdammt noch mal?»

«Er stand einfach da, mitten auf dem Weg.»

«Es ist doch hell, wie konntest du ihn übersehen?» Sie schlug ihn abermals, und er kauerte sich zusammen und sah sie mit einem Blick an, den sie nur allzu gut kannte. So schaute er immer, wenn er zugeben musste, dass er etwas richtig Dummes getan hatte.

«Ich … ich habe nach deinem Handy gegriffen, ich wollte andere Musik, und dann ist es mir runtergefallen …»

Sie brauchte nicht mehr zu hören, es spielte ohnehin keine Rolle. Ihr Blick fiel auf den Honda, der hinter Kenneth halb im Graben stand. Plötzlich wurde sie von einer schrecklichen Ahnung befallen, die sie wie ein Fausthieb in den Bauch traf.

Was wäre, wenn.

Sandra stand auf und ging mit langsamen, fast schlafwandlerischen Schritten auf das Auto zu. Sie betete zu einem Gott, an den sie nicht glaubte, dass keine weiteren Menschen darin saßen. Verletzte oder tote. Und bitte, großer Gott, auf keinen Fall ein Kind.

Zögerlich spähte sie durch die Seitenscheiben. Zu ihrer großen Erleichterung war das Auto leer. Zumindest saßen keine Menschen darin. Auf der Rückbank lagen drei Sporttaschen. Ohne zu wissen, warum, riss sie die hintere Tür auf und beugte sich hinein. Öffnete den Reißverschluss der einen Tasche. Geldscheine. Mehr, als sie je in ihrem Leben gesehen hatte. Sie zog die nächste auf. Noch mehr Geld. Massenhaft Geld. Euro. Die dritte Tasche enthielt etwas, was nur Drogen sein konnten. Viele Drogen.

Kenneth war herbeigeeilt, stand jetzt hinter ihr und spähte ebenfalls in den Wagen. Er sah, was sie sah.

«Alles Kohle?»

Sie richtete sich auf und nickte, ohne den Blick von den Taschen lösen zu können. Von dem Geld.

Lebensverändernd vielem Geld.

«Was machen wir?»

Nach einer Weile drehte Sandra sich zu Kenneth um. Er sah so verletzlich aus, als würde er gleich zerbrechen. So klein und so ängstlich, wieder ins Gefängnis zu müssen. Sie war stärker als er. Physisch und psychisch. Er stützte sich auf sie, er brauchte sie.

Zärtlich legte sie die Hand auf seine bärtige Wange.

Es war so leicht, sich einzureden, dass sie es nur ihm zuliebe tat.

«Wir machen es so, wie du es sagst. Wir vergraben ihn und nehmen das Auto mit.»

Als sie jetzt die Taschen aus dem Schrank auf den Küchentisch stellte, ehe sie die Gardinen vorzog, sah Kenneth fast genauso erstaunt aus wie damals am Auto.

«Was sollen wir damit machen?»

«Genau darüber müssen wir reden», erwiderte sie und setzte sich zu ihm an den Tisch. «Was wir jetzt machen.»

«Wurde im Radio gesagt, ob die Polizei weiß, was passiert ist?»

«Nein, nur dass sie nach dem Honda suchen.»

«Haben sie irgendwelche Tatverdächtigen oder Zeugen?»

«Das wurde zumindest nicht erwähnt.»

«Verdammt, wir haben ihn weggeschleift.» Kenneth sprang von Stuhl auf und machte ein paar schnelle Schritte, von einer plötzlichen Erkenntnis getroffen. «Wir müssen DNA-Spuren auf ihm hinterlassen haben, oder?»

«Ich weiß es nicht.»

«Wenn sie meine DNA finden, bin ich im Arsch, sie haben mich im Register.»

«Wenn sie deine DNA finden, kommen sie her, und dann ist alles vorbei.» Sandra war selbst erstaunt, wie ruhig sie klang und wie ruhig sie tatsächlich war. Fokussiert. Sie durften jetzt keinen Fehler machen, es ging um ihre Zukunft. Ihre gemeinsame Zukunft, ergänzte sie schnell in Gedanken.

«Aber wenn sie nicht kommen, brauchen wir einen Plan.»

Kenneth nickte, tigerte aber weiterhin in der Küche auf und ab.

«Setz dich», sagte Sandra, und er gehorchte. «Wir fangen mit den Autos an.»

«Ja, daran habe ich auch gedacht», sagte er und verhaspelte

sich fast, weil er so froh war, endlich einen Beitrag leisten zu können. Sandra zweifelte daran, dass er denselben Gedanken gehabt hatte, nickte ihm aber auffordernd zu.

«Der Schaden am Volvo ist ziemlich groß. UW könnte das natürlich richten ...»

«Wir dürfen ihn da nicht mit reinziehen», unterbrach Sandra ihn sofort mit einem entschiedenen Kopfschütteln.

«Ich bin mir aber nicht sicher, ob ich das selbst hinkriege, also ... also habe ich gedacht, wir könnten doch genauso gut ein Neues kaufen.»

«Und von welchem Geld?»

Mit einem völlig irritierten Blick deutete er auf die Taschen. «Na, mit dem.»

Sandra verstand ihn zu gut. Es gab Geld. Viel Geld. Warum sollten sie nicht einfach alles kaufen, was sie brauchten und haben wollten? Niemand konnte das besser nachvollziehen als sie. Ihre ganze Kindheit über hatte sie sich danach gesehnt, wenigstens ein kleines bisschen von dem zu besitzen, was andere anscheinend als selbstverständlich ansahen. Aber zu Hause bei ihrer alleinerziehenden Mutter, die teilweise arbeitsunfähig war und schlecht verdiente, hatte es nie genug Geld für irgendetwas gegeben, abgesehen von Wein und Zigaretten vielleicht. Dafür hatte es seltsamerweise meistens gereicht.

Sie war es so dermaßen leid, arm zu sein.

Dabei wollte sie gar nicht so leben wie die Kardashians, sie war Realistin. Sie wollte sich nur ab und zu etwas gönnen, ohne sich dafür etwas anderes verkneifen zu müssen, nicht immer nach Angeboten suchen müssen, um das Haus renovieren können.

Kein Überfluss, nur das, was die meisten anderen auch zu haben schienen.

Ein gutes Leben, finanzielle Sicherheit.

Deshalb mussten sie klug vorgehen und dem Impuls widerstehen, sofort mit dem besseren Leben anzufangen. Haparanda war ein kleiner Ort. Sie arbeitete zwar ganztags in der Justizvollzugsanstalt, aber der Lohn war niedrig und Kenneth arbeitslos. Viel Geld würde viel Aufsehen erregen. Das durften sie nicht riskieren. Vor allem, wenn man bedachte, mit wem Kenneths Onkel verheiratet war.

«Erst schaffen wir uns den Honda vom Hals. Und die hier verstecken wir an einem Ort, wo sie niemand je finden wird», sagte sie bestimmt und deutete auf die drei Taschen. Sie sah Kenneth an, dass er nicht verstand, warum. «Selbst wenn du verknackt wirst – oder wir beide –, wird das alles noch da sein, wenn wir irgendwann wieder rauskommen.»

«Sollen wir die Drogen auch verstecken?»

«Was willst du denn sonst damit machen?»

«Verkaufen.»

«Nein! Auf keinen Fall.»

Das würde ein noch viel größeres Risiko bedeuten, als das Geld auszugeben. Sandra hatte eine Chance bekommen. Und die würde ihr niemand nehmen. Wenn sie schon mit dem Gedanken leben musste, dass sie daran beteiligt gewesen war, eine Leiche zu verstecken, sollte wenigstens etwas Gutes dabei herauskommen. Sie liebte Kenneth, aber er würde nie derjenige sein, der ihr Leben veränderte. Und auch nicht derjenige, der sie aus diesem verschimmelten Eternithaus in Norra Storrträsk herausholen und ihr die Möglichkeiten bieten würde, nach denen sie sich ihr ganzes Leben lang gesehnt hatte.

Die Taschen auf dem Tisch würden es sein.

Knapp 1 580 0000 Treffer. Das musste ein Scherz sein.

Hannah ergänzte «Kräuter» als Suchbegriff, erinnerte sich dunkel an Basilikum, vielleicht auch Thymian, und schon waren es nur noch 244 000 Treffer. Sie überflog die ersten beiden Google-Seiten, erkannte aber keines der Rezepte wieder. Die meisten schienen einwandfrei zu sein, und sie hätte einfach irgendeines wählen können, es ging ja doch nur um ein ganz normales Abendessen. Doch sie war fest entschlossen. Das Gericht war leicht zuzubereiten, und Thomas schmeckte es. Leise schimpfend schloss sie die Suchseite.

«Was machst du?»

Sie drehte sich zu Tür um, wo Gordon bereitstand, als wollte er gleich in den Feierabend aufbrechend.

«Ich habe nach einem Rezept für Pasta mit Hähnchenstreifen gesucht, das ich vor einem Monat einmal nachgekocht habe, aber ich finde es nicht mehr.»

«Wie wäre es, wenn wir stattdessen essen gehen?»

Das klang verlockend, aber die Pläne, die sie geschmiedet hatte, würden hoffentlich auch zu Sex führen.

«Ich habe Thomas versprochen, den Abend mit ihm zu verbringen, wir haben uns jetzt schon länger nicht mehr gesehen.»

«Dann ein anderes Mal», erwiderte Gordon achselzuckend. Falls er enttäuscht war, wusste er es gut zu verbergen.

«Ja.»

Hannah dachte, er würde sich verabschieden und gehen, doch stattdessen kam er herein und setzte sich auf seinen gewohnten Platz neben der Tür. Hannah warf einen Blick auf die Uhr. Umziehen, einkaufen, nach Hause fahren, etwas kochen. Sie gab Gordon fünf Minuten.

«Du glaubst also, jemand würde dreißig Millionen Euro im Klo hinunterspülen?»

«Ich habe nur gesagt, dass normale Leute nicht einfach Drogen verkaufen können.»

«Vielleicht hast du recht. Aber wie gehen wir jetzt vor?»

Hannah zögerte. Es gab da einen Gedanken, den sie während der Besprechung gehabt hatte, der aber noch nicht ganz ausgereift war.

«Vielleicht ist das eine idiotische Idee, aber was hältst du davon, wenn wir damit an die Öffentlichkeit gehen, dass wir wissen, was im Auto lag, Straferlass versprechen und man die Ware anonym abliefern darf?»

Gordon dachte einige Sekunden schweigend darüber nach. Letztes Jahr hatte es eine Waffenamnestie für das ganze Land gegeben. Drei Monate, in denen man jede Waffe abgeben konnte, ohne dass irgendwelche Fragen gestellt oder Nachforschungen eingeleitet wurden. Dieselbe Aktion gab es danach auch für Sprengstoff. Beides war ein Erfolg gewesen, aber bei Drogen hatte man dieses Mittel noch nie eingesetzt. Soweit Hannah wusste, gab es auch keine zentralen Pläne dafür. Sie war auch ganz und gar nicht sicher, ob man es ausgerechnet der Polizei in Haparanda erlauben würde, hier eine Ausnahme zu machen.

«Das Problem ist doch wohl, dass sie diesen Typen totgefahren haben, bevor sie an den Stoff kamen», sagte Gordon schließlich.

«Wir gewähren nur für die Drogen Amnestie, untersuchen aber weiter den Unfall.»

«Und sagen: Das Geld können Sie ruhig behalten?»

«Ich weiß es nicht», antwortete Hannah seufzend und bereute, dass sie nicht noch einen Tag gewartet und sich die Zeit gelassen hatte, die Mängel ihres Vorschlags selbst aufzuspüren. «Das war noch nicht zu Ende gedacht, sondern nur eine spontane Idee, um das Zeug von der Straße zu holen.»

«Dumm ist sie nicht», gab Gordon zu.

«Na, vielen Dank.»

«Ich werde das morgen mit X klären, falls du es nicht selbst tun willst. Vielleicht erlaubt uns die Führung ja irgendeine Variante davon.»

Hannah nickte, schaltete ihren Computer aus und stand auf. Gordon blieb sitzen und machte keinerlei Anstalten, sich zu erheben. Sie vermutete, dass er sie noch zur Umkleide begleiten würde. Es schien ihn nicht unbedingt nach Hause zu ziehen.

«Wie ist das eigentlich für dich, X hier zu haben?», fragte sie und fing an, ihre Sachen vom Schreibtisch zusammenzusuchen.

«Gut, warum fragst du?»

«Er ist immerhin gekommen, um deine Ermittlung zu übernehmen.»

«Er hat sie erst übernommen, nachdem wir die Leiche gefunden hatten.»

«Trotzdem ist es ja etwas anderes, ihn vor Ort zu haben.»

Es war das dritte Mal in Gordons Zeit als Chef, dass der Kollege aus Luleå tatsächlich zu ihnen gekommen war, um die Ermittlungen zu leiten. Und jedes Mal wurde für alle deutlich, dass Gordon dann nicht mehr der höchste Chef war, sondern in der Hierarchie heruntergestuft wurde. Eigentlich hatte

Hannah ohnehin vermutet, dass Alexanders Ankunft kein Problem für Gordon darstellte, aber es schadete nichts, nachzufragen und ein bisschen Interesse an den Tag zu legen.

«Es ist, wie es ist», sagte Gordon und zuckte mit den Schultern. «Außerdem ist es nicht das erste Mal und wird wohl auch nicht das letzte gewesen sein.»

Er warf einen Blick auf das Schwarze Brett an Hannahs Wand, wo neben der Karte jetzt auch ein Foto von einem jungen Mann mit exaktem Seitenscheitel hing, der ordentlich rasiert und mit festem Blick in die Kamera blickte. Sie hatte es aus dem Melderegister heruntergeladen, und für ein Passfoto war es gar nicht schlecht.

«Der Typ, den wir bei Hellgren gesehen haben», sagte Gordon, stand auf und trat ein paar Schritte näher heran.

«René Fouquier.» Hannah hörte selbst, dass der Nachname aus ihrem Mund eher wie *fucker* klang. «Das ist Französisch, keine Ahnung, wie man es richtig ausspricht.»

«Jedenfalls nicht so, das hoffe ich jedenfalls für ihn», erwiderte Gordon lachend. «Was wissen wir über ihn?»

«Geboren in Lyon, die Familie ist nach Göteborg gezogen, als er fünf Jahre alt war. Vor drei Jahren ist er hergekommen, arbeitet halbtags beim Schnellimbiss Max und absolviert daneben ein Fernstudium. Er ist noch jung, sechsundzwanzig.»

«Was hat er mit Hellgren zu schaffen?»

«Keine Ahnung», antwortete Hannah und warf einen letzten Blick auf den Schreibtisch. Nichts vergessen. «Er steht in keinem unserer Register, hat nicht einmal ein Knöllchen bekommen.»

«Ein vorbildlicher Bürger.»

«Mit Verbindungen zu Anton Hellgren.»

«Hat er einen Jagdschein?»

«Nein, und ich habe ihn auch nicht auf Facebook oder irgendwo sonst im Internet gefunden, ich weiß also nicht, was er von der Jagd und von Raubtieren hält.»

«Oder von älteren Herren in Flanellhemden.»

Sie warf ihm einen fragenden Blick zu, bevor sie das Licht löschte und sie gemeinsam das Büro verließen. Auf den Gedanken, dass es bei dem Besuch des jungen Mannes um Sexuelles oder Romantisches gegangen sein könnte, wäre sie gar nicht gekommen.

«Glaubst du, Hellgren ist schwul?»

«Er war nie verheiratet.»

«Du auch nicht.»

«Aber ich bekomme auch keinen Besuch von ordentlich gekämmten, geschniegelten jungen Männern in doppelreihigen Sakkos.»

«Du hast wirklich gar keine Vorurteile», erwiderte Hannah lächelnd.

Sie gingen an Gordons Büro vorbei und die Treppen hinab. Kurz blieben sie vor der Tür stehen, die zur Rezeption führte. Hannah musste rechts abbiegen, am Arrest vorbei und hinunter zur Umkleidekabine.

«Bis morgen», sagte Gordon, mit der Hand auf der Klinke.

«Was hast du heute Abend vor?»

«Nachdem ich nicht mit dir essen gehen darf?»

«Ja.»

«Nichts. Ich werde mal meinen Bruder fragen, ob er vorbeikommen will, ein bisschen FIFA zocken oder so.»

Wenn er solche Sachen sagte, fühlte Hannah sich viel älter, als sie in Wirklichkeit war. Natürlich wusste sie, worüber er sprach. Sie kannte das PlayStation-Spiel, ihr Sohn hatte immer mit seinen Kumpels davorgehockt, als er noch zu Hause wohnte. Wie Gordon mit seinem Bruder. Der war drei Jahre jünger als er. Geschieden mit zwei Kindern, die er jede zweite Woche bei sich hatte. Dazu ein Haus in Nikkala. Hannah war Adrian schon mehrmals begegnet und hatte keine Ahnung, ob er wusste, dass sie mit seinem großen Bruder ins Bett ging. Erzählten sich Geschwister so etwas?

Sie hatte nicht vor, Gordon danach zu fragen.

«Viel Spaß.»

«Dir auch.»

Damit ging er. Hannah blieb noch einige Sekunden stehen, ehe sie den Gang hinuntereilte. In Gedanken schon wieder ganz bei der Arbeit. Eine Sache wollte sie noch erledigen, bevor ihr Abend mit Thomas begann. Dann würde es eben ein spätes Essen werden.

Lovis schlief. Wie fast immer um diese Zeit.

Ein regelmäßiger Tagesrhythmus und abendliche Routinen waren wichtig. Vorhersehbarkeit bedeutete Sicherheit. UW saß auf dem Bett, das sie in ihr Zimmer gestellt hatten, und hörte leise auf dem Handy einen Podcast. Als er einen Snap bekam, gab das Telefon ein Signal von sich. Er war von Stina. Ihr halbes Gesicht und im Hintergrund das Wohnzimmer des Einfamilienhauses in Kalix erschienen auf dem Display. *Wie läuft's?* Er schickte ihr ein Bild von Lovis' Bett mit der eingeschalteten Nachtlampe und dem Mobile darüber. *Gut. Sie schläft. Alles ruhig.*

Er konnte sich kaum erinnern, wann Stina und er zum letzten Mal im selben Bett geschlafen hatten. Es musste zu der Zeit gewesen sein, in der sie auch nachts eine Pflegehilfe zur Unterstützung gehabt hatten. Jetzt verbrachte immer einer von ihnen die Nacht in Lovis' Zimmer, der andere meistens einsam im Doppelbett, und manchmal, wenn sie wirklich dringend Schlaf brauchten, bei Freunden oder, so wie Stina heute Abend, bei ihren Eltern. Für ihn war das keine Alternative. Ihre Familie hatte ihn nie leiden können, und als er wegen Verstößen gegen das Betäubungsmittelgesetz drei Jahre Gefängnis bekommen hatte, hatte sich der Status ihrer Beziehung von angestrengt zu irreparabel beschädigt verändert.

Was Lovis anging, waren Stinas Eltern auch keine große

Hilfe. Sie wussten nicht, wie sie sich ihr gegenüber verhalten sollten, und weil sie es nie gewagt hatten, die Verantwortung zu übernehmen und mit Lovis allein zu bleiben, kamen sie auch nicht als Unterstützung in Frage.

Stina hatte die Schwangerschaft bemerkt, als er im Gefängnis saß. In dem Moment, als sie den positiven Test auf den Tisch des Familienzimmers im Knast gelegt hatte, war seine Entscheidung gefallen, für immer mit all dem aufzuhören. Er hatte es einfach gewusst. Niemals wollte er es riskieren, wieder im Gefängnis zu landen. Es war schlimm genug, dass er in der ersten Zeit nicht für seine Familie da sein würde, aber danach wollte er sich definitiv kümmern, teilhaben, all das tun, was er sich selbst von seinem Vater gewünscht hätte.

Er bekam keinen Hafturlaub, um bei der Geburt dabei zu sein, aber am nächsten Morgen durfte er mit zwei Bullen ins Krankenhaus in Luleå fahren. Dort wurde er sofort in ein Zimmer gerufen, in dem ihm ein Arzt mit gedämpfter Stimme erklärte, es habe Komplikationen gegeben, ein Sauerstoffmangel während der Geburt, vieles deute aber auch auf eine Chromosomenmutation hin. Das Ausmaß der Beeinträchtigung könne man zum jetzigen Zeitpunkt noch nicht genau feststellen, aber die Situation sei ernst. Seine Tochter lag auf der Neugeborenen-Intensivstation.

Er erinnerte sich noch immer an die Trauer, die ihn überkam, als er Lovis zum ersten Mal sah. Dabei hatte er sich so nach diesem Augenblick gesehnt, seit er den positiven Test im Familienzimmer gesehen hatte. Nach dem Augenblick, in dem Stina und er ein Kind bekommen würden. Eine Familie werden würden. Doch statt ein Geschenk zu bekommen, hatte er das Gefühl, man hätte ihm etwas genommen.

Er stand neben dem Inkubator und trauerte um ein Kind, das am Leben war.

Alle Pläne für die Zukunft, alle Träume für das kleine Wesen, die ihn bereits so sehr beeinflusst, verändert, vielleicht sogar gerettet hatten – all das war wie weggeblasen.

Stina dagegen war einfach nur wütend gewesen.

Auf das Leben, auf das Schicksal.

Sie hasste die anderen Mütter mit ihren gesunden Kindern und wollte ihr Zimmer im Krankenhaus gar nicht verlassen. Nach einer Woche musste sie dann doch nach Hause fahren, allerdings ohne Lovis, es dauerte noch weitere vier Monate, ehe sie zu ihnen konnte. Da hatte UW drei Viertel seiner Strafe abgesessen und wurde auf Bewährung freigelassen.

Er war frei – und kam in ein völlig chaotisches Zuhause.

Stina kümmerte sich rund um die Uhr um Lovis, wurde aber auch von einem Gefühl der ständigen Unruhe und Unzulänglichkeit gelähmt. Irgendwie bewältigten sie trotzdem alles, all die Krankenhausbesuche, Untersuchungen, Operationen, Therapien, Medikamente, all die Anträge bei den Behörden und der Kommune. Sie erhielten unentbehrliche Hilfe von Pflegern. Von Menschen, die jeden Tag dafür sorgten, dass sie trotzdem die Möglichkeit hatten, auch Dinge zu tun, die andere, normale Eltern taten.

Das Leben hatte funktioniert.

Dann kam der neue Bescheid, die Pflegestunden wurden reduziert, und alles brach zusammen.

UW wurde aus seinen Gedanken gerissen, als es an der Tür klingelte. Ein kurzer Blick auf die Uhr, wer kam jetzt noch zu Besuch? Er hatte nie einen großen Bekanntenkreis gehabt, und im Laufe der Jahre waren Besucher immer seltener geworden. Mit einem Blick auf seine Tochter verließ UW das Zimmer, durchquerte schnell die Wohnung und öffnete die Haustür.

Die Bullen natürlich. Thomas' Frau, Hannah. Ein bisschen atemlos vom Treppensteigen und mit einer Einkaufstüte von ICA in der Hand.

«Entschuldigen Sie die späte Störung», sagte sie und klang tatsächlich, als würde sie es ernst meinen.

«Was wollen Sie?»

«Nur ein paar Dinge fragen, wenn das in Ordnung ist? Es geht schnell, versprochen.»

Nachdem diese Frau bei ihm gewesen war, die seiner Vermutung nach Russin war oder zumindest Verbindungen nach Russland hatte, hatte er schon geahnt, dass die Bullen auch bald wieder aufkreuzen würden. Obwohl er seine Strafe verbüßt hatte und, jedenfalls soweit die Polizei im Bilde war, ein Leben im Rahmen der Legalität führte.

Das machte ihn wütend, aber jetzt blieben ihm nur zwei Alternativen. Sie abzuwimmeln und das Risiko einzugehen, dass sie auf die Idee käme, er hätte etwas zu verbergen, sodass sie in seinem Leben und der Werkstatt herumschnüffeln würde. Oder sie davon zu überzeugen, dass er nichts anstellte und nichts wusste, und sie auf diesem Wege loszuwerden. Und dabei vielleicht sogar noch ein paar nützliche Informationen abzugreifen. Er entschied sich, nickte und trat zur Seite.

«Sie brauchen die Schuhe nicht auszuziehen.»

Weil er kein gutes Gefühl dabei hatte, Lovis länger als ein paar Minuten allein zu lassen, ging er jetzt durch die chaotische Wohnung zurück ins Kinderzimmer. Aufräumen und Putzen waren auf seiner Prioritätenliste schon lange weit nach unten gewandert.

«Wir müssen uns hier hinsetzen», sagte er und bat die Polizistin in Lovis' Zimmer. Hannah folgte ihm, blieb aber im Türrahmen stehen. Das höhenverstellbare Bett, das auf der einen Seite ein Metallgitter hatte, obwohl sich Lovis im

Schlaf gar nicht bewegen konnte, der Rollstuhl, die Hebehilfe, der Schleimabsauger, das Sauerstoffgerät, all die Hilfsmittel, Medikamente, Cremes, Gürtel, Seile. Man wähnte sich eher in einem Krankenhaus als in einem Kinderzimmer. Daran konnten auch die bunten Bilder, Mobiles und Stofftiere nicht viel ändern.

«Wecken wir sie denn nicht?», flüsterte Hannah.

«Nein», antwortete UW und setzte sich auf sein Bett. «Also, was wollen Sie?»

«Das blaue Auto, nach dem ich schon gefragt hatte ...», begann Hannah ein wenig zögerlich. Bildete er sich das nur ein, oder betrachtete sie ihn jetzt mit anderen Augen? Mitfühlend? Er brauchte ihr Mitgefühl nicht. Lovis war nicht das Problem.

«Ja?»

«Es war ein Honda, ein CR-V, Jahrgang 2015, ich weiß nicht, ob Sie das schon gehört haben?»

«Ich habe das Auto immer noch nicht gesehen.»

«Jedenfalls waren Drogen darin. Amphetamine.»

«Aha. Und was noch?»

«Wie, was noch?»

«Im Auto?»

Mit dieser Frage hatte sie nicht gerechnet, er sah, wie sie überlegte und zögerte, was ihm verriet, dass neben den Drogen sehr wohl noch mehr im Auto gewesen war, sie aber nicht vorhatte, ihm etwas darüber zu verraten.

«Warum fragen Sie das?»

«Wollten Sie denn nicht, dass ich mich danach umsehe? Mich vielleicht auch ein bisschen umhöre? Sind Sie nicht deshalb hier?»

«Doch», musste Hannah zugeben. «Haben Sie denn etwas gehört?»

UW spielte kurz im Kopf durch, ob er noch mehr aus dem Gespräch ziehen könnte. Etwas, woraus er eine Taktik würde ableiten können, aber er kam zu dem Ergebnis, dass er genug erfahren hatte.

«Ich habe aufgehört, wie Sie vielleicht schon wissen.»

«Niemand wird erfahren, dass Sie uns geholfen haben.»

Er wollte ihr gerade erklären, dass er nichts weiter für sie tun konnte, und sie bitten, wieder zu gehen, als er stutzte. Die Frau mit dem Audi hatte sich damit zufriedengegeben, als sie einen Namen bekommen hatte. Vielleicht bedurfte es auch nicht mehr, damit die Bullen ihn in Frieden ließen?

Er tat, als würde er einen Moment nachdenken, obwohl er sich schon längst entschieden hatte, und setzte eine Miene auf, die Hannah hoffentlich annehmen ließ, dass er ihr diese Information nur äußerst widerwillig überließ und ihr damit einen großen Gefallen tat.

«Kennen Sie Jonte Lundin?»

Die kleine Einzimmerwohnung roch muffig, nach Zigarettenrauch, Kippenstummeln, Schmutz und durchfeierten Nächten. Das Bett in der Ecke war nicht gemacht, und man konnte von weitem erkennen, wie schmutzig das Laken war. Auf dem Tisch vor dem durchgesessenen, fleckigen Sofa standen eine tote Zimmerpflanze in einem zum Aschenbecher umfunktionierten Übertopf und ein Teller mit etwas, das wie eingetrocknete Tomatensoße aussah. Katja hatte ausprobiert, ob man den Teller nur mit der Gabel anheben konnte, die darauf festklebte. Es funktionierte.

Die Küche sah noch schlimmer aus. Der Herd war mit angekokelten Essensresten übersät, in zwei Töpfen war der Inhalt schon vor mehreren Tagen zu einer festen Masse erstarrt. Konservenbüchsen, Flaschen, Reste von Fertigessen, Verpackungen: Alles stand oder lag dort, wo es zuletzt geöffnet oder verwendet worden war.

Es gefiel ihr ganz und gar nicht, hier warten zu müssen.

Sie hatte angefangen, die Bierdosen entlang der Schmalseite des Sofatischs in einer geraden Reihe aufzustellen, ehe sie entdeckte, dass in der Küche, neben dem Bett, ja sogar im Badezimmer weitere Dosen verteilt waren. Der Gedanke, auch nur einen Bruchteil dieses Chaos erfolgreich beheben zu wollen, sorgte bei ihr für eine noch größere Irritation, als alles so zu belassen.

Also stellte sie sich einfach mitten ins Zimmer.

Rührte nichts an. Tat nichts. Wartete.

Bis es an der Tür klingelte. Katja schlich in den winzigen Flur und starrte mit angehaltenem Atem durch den Spion. Draußen stand eine Frau um die fünfzig. Alltägliche Figur, Frisur und Kleidung. Sie trug eine Einkaufstüte von ICA in der Hand. Vielleicht Jonte Lundins Mutter, die gekommen war, um den Kühlschrank und die Küchenschränke aufzufüllen, damit der Sohn wenigstens nicht verhungerte.

Ob sie einen Schlüssel hatte und hereinkäme, falls die Tür nicht geöffnet wurde? Katja wollte gerade einen Schritt zurückweichen, als sie Stimmen im Treppenhaus hörte und erneut hinausspähte. Ein junger Mann, den sie als Jonathan Lundin erkannte, kam die Stufen herauf, und die Frau ging ihm entgegen. Katja hörte nicht, was die beiden redeten, aber Lundin schüttelte wieder und wieder den Kopf und versuchte, an der Frau vorbeizukommen. Die streckte den Arm aus, hielt ihn auf und redete weiter, anscheinend fragte sie ihn etwas. Lundin drückte das Kinn auf die Brust und schüttelte erneut den Kopf. Offenbar sah die Frau ein, dass sie nichts aus ihm herausbekommen würde, denn sie zog ihren Arm zurück. Mit einigen schnellen, aber unsicheren Schritten ging er zur Tür. Katja wich hastig in den Raum zurück. Sie hörte, wie der Schlüssel im Schloss umgedreht und die Tür geöffnet und geschlossen wurde und wie Lundin etwas Unverständliches vor sich hinmurmelte, ehe er ins Zimmer trat und schlaff auf das Sofa sank. Katja stand zwar mucksmäuschenstill, aber doch vollkommen sichtbar mitten im Raum, trotzdem schien er sie nicht zu bemerken. Aufgrund seiner Haltung, der geweiteten Pupillen und der schlafwandlerischen Bewegungen, mit denen er mühsam seine Schnürsenkel öffnete, vermutete Katja einen Mix aus Drogen und Alkohol.

«Hallo, Jonte», sagte sie ruhig.

«Hallo?», antwortete er lächelnd und in einem Ton, als würde er sich freuen, sie zu sehen, obwohl er sie nicht ganz einordnen konnte. Erst allmählich schien ihm zu dämmern, dass sie sich wahrscheinlich noch nie begegnet waren.

«Moment mal, bist du auch von den Bullen?»

«Wer denn noch?»

«Na, die Frau da draußen.»

«Ich bin keine Polizistin», erwiderte Katja, trat auf ihn zu und setzte sich auf die Armlehne des Sofas. Jonte nickte, schien sich mit der Antwort zufriedenzugeben und nicht weiter darüber nachzudenken, wie seltsam es war, dass eine fremde Frau in seiner Wohnung auf ihn wartete.

«Ich möchte gern mit dir sprechen», fuhr Katja fort und versuchte, seinen flackernden, glasigen Blick einzufangen. «Über Drogen.»

«Das wollte die andere auch.»

«Die Polizistin? Was hat sie denn gesagt? Erinnerst du dich noch?»

«Sie wollte wissen, ob ... ob jemand was verkauft. Oder wer gerade was kauft ...»

Wenn sie nach derselben Person suchte wie Katja, in denselben Kreisen, hatten sie Wadim identifiziert und die Verbindung nach Rovaniemi erkannt. Gut zu wissen.

«Und was hast du gesagt?»

«Nichts.»

«Weil du nichts weißt oder weil du niemanden an die Bullen verpfeifen willst?»

«Hä?»

Er sah sie an, als hätte der Satz einige Wörter zu viel enthalten, um verständlich zu sein. Katja musterte ihn, wie er dort saß. Wer konnte schon wissen, was er alles erlebt hatte und warum er so abgestürzt war. Wenn sein Leben nur halb so schlimm gewesen war wie die ersten acht Jahre ihrer Kindheit, verstand sie gut, warum er jede Chance nutzte, es zu vergessen und zu verdrängen. Natürlich konnte er auch in normalen, halbwegs glücklichen Verhältnissen aufgewachsen sein, Drogen cool gefunden haben und dann abgerutscht sein. Oder er hatte seine Suchtpersönlichkeit geerbt.

Was auch immer zutraf, er war eindeutig schwach. Und schwache Menschen konnte man gut ausnutzen.

Sie zog ein Bündel Geldscheine aus der Vordertasche ihrer Jeans und blätterte sie durch. Jonte folgte ihren Bewegungen wie ein hungriger Labrador. Sie breitete fünf Fünfhunderter auf dem Tisch aus. Als er sich danach strecken wollte, legte sie die Hand darauf.

«Erst musst du mir ein paar Fragen beantworten.»

Jonte nickte. Mit einer gewissen Anstrengung hob er den Blick von dem Geld, und sie konnte sehen, wie er nach Konzentration rang.

«Ist hier jemand aufgetaucht, der etwas verkauft? Ein Neuer? In der letzten Woche?»

«Nicht, dass ich wüsste...»

«Hast du irgendetwas von einer großen Lieferung Amphetamin gehört?»

Jetzt schüttelte er so heftig den Kopf wie ein Dreijähriger, dem man einen Teller Broccoli vor die Nase gesetzt hatte.

«Sicher?», fragte sie und legte noch einen Schein auf den Tisch. Er atmete tief ein und schien fest entschlossen, diese Herausforderung zu bestehen.

«Nein, ich habe nichts gehört», sagte er erstaunlich deutlich.

«Wer könnte denn etwas gehört haben? Von wem kriegst du deinen Stoff?»

«Ich weiß nicht.»

Zum ersten Mal wurde sie ungeduldig, beugte sich vor und kniff ihm mit Daumen- und Zeigefinger fest in die Wange.

«Doch, das weißt du.»

«Nein, es ist wahr», stammelte er und lispelte noch mehr als zuvor, weil sie nun seine Lippen zusammendrückte. «Seit UW ... oder jedenfalls jetzt ... ich hinterlege die Kohle, schicke eine Nachricht, und dann krieg ich eine Antwort ... wo ich das Zeug abholen kann.»

Katja ließ ihn wieder los, und Lundin lehnte sich zurück. Das könnte tatsächlich erklären, warum niemand zu wissen schien, wer in dieser Stadt den Markt beherrschte. Wenn alles vollkommen anonym lief, ohne persönlichen Kontakt.

«Schreib mal dieselbe Nachricht wie sonst auch, aber schick sie nicht ab.»

«Hä? Wie?»

«Du nimmst jetzt dein Handy, schreibst dieselbe Nachricht wie sonst, wenn du etwas kaufen willst, schickst sie aber nicht ab.»

Jonte zögerte, offenbar ahnte er tief in den Nebeln seines Bewusstseins, dass dies eine schlechte Idee war, ehe sein Blick wieder auf die Geldscheine vor ihm auf dem Tisch fiel. Dreitausend Kronen. Mit einem Seufzer holte er sein Handy aus der Tasche und brachte unter einer gewissen Anstrengung eine kurze Nachricht zustande, die er Katja zeigte.

«Gut. Und wo hinterlegst du das Geld?», fragte sie und nahm ihm das Telefon weg, ohne dass er protestierte.

«In dem Mülleimer an der Haltestelle. Hinter dem Hotel.»

«Dem Stadshotellet?»

Jonte nickte und lehnte sich erneut zurück. Eine Bushaltestelle hinter dem Hotel, die würde sie finden.

«Wer hat dir gesagt, dass du das so machen sollst?», fragte sie und stand auf.

«Ich erinnere mich nicht. Ist lange her.»

«Wie schade», sagte Katja achselzuckend und schnappte sich die Geldscheine. Jonte streckte die Hand aus, ein müder Versuch, sie aufzuhalten.

«Aber ... ich habe gehört ...», kam es leise vom Sofa, bis Jonte wieder den Faden verlor und ein paarmal hektisch blinzelte. Katja beugte sich über ihn und verpasste ihm zwei leichte Ohrfeigen.

«Komm schon.»

«Ein paarmal ... habe ich gehört ... es sei ein Franzose.»

«Ein Franzose? Gleichbedeutend mit jemand, der aus Frankreich stammt?»

«Ich weiß nicht ... der Franzose.»

Das war definitiv etwas, womit man weiterarbeiten konnte. Sollte es sich tatsächlich um einen Franzosen handeln, konnte es davon in Haparanda doch wohl nicht allzu viele geben? Und selbst wenn es nur ein Tarn- oder Spitzname war, bot er trotzdem einen Anhaltspunkt. Sie legte die beiden Fünfhunderterscheine wieder auf den Tisch, und Jonte gelang es, sich so weit vorzubeugen, dass er herankam.

«Sag nicht, dass ich es war», bat er und lehnte sich wieder zurück. Katja antwortete nicht, verließ die Wohnung und ließ ihn im Halbschlaf auf dem Sofa zurück, die Geldscheine in der Hand wie eine Schnuffeldecke.

Eine halbe Stunde später saß sie im Audi und observierte im Rückspiegel die Bushaltestelle hinter dem Hotel. Sie hatte einen Umschlag mit tausendfünfhundert Kronen in dem grünen Abfalleimer an der Bushaltestelle deponiert, sich ins Auto gesetzt und eine SMS von Jontes Handy verschickt.

Jetzt wartete sie.

Im Radio lief leise irgendein schwedischer Song über einen Mann, der eine große Nummer daraus machte, in einem Pulli herumzulaufen, den seine Exfreundin gehasst hatte. Das Lied gefiel Katja, sie trommelte mit zwei Fingern auf das Lenkrad, während sie ihren Blick weiterhin auf den Spiegel richtete.

Ein junger Mann, dessen dunkles Haar auf beiden Seiten abrasiert war, kam herbeigeschlendert, die Hände in den Taschen seiner bis oben zugeknöpften Windjacke vergraben. Er sah sich hastig in der menschenleeren Straße um und ging dann zu dem Abfalleimer. Katja streckte sich auf ihrem Sitz. Der Mann steckte die Hand in den Eimer, zog den Umschlag heraus, ließ ihn schnell in der Innentasche verschwinden und ging denselben Weg zurück, den er auch gekommen war.

Katja wartete, bis er hinter der Ecke eines verfallenen gelben Holzhauses verschwunden war, in dem alle Ladenlokale im Erdgeschoss traurig leer standen, ehe sie das Auto verließ und ihm folgte. Am Wasserturm vorbei, die Köpmansgatan entlang. Dann ging er rechts in eine Straße, die den Schildern nach Västra Esplanaden hieß, und schlenderte ohne große Eile auf dem rechten Bürgersteig weiter. Nicht ein einziges Mal drehte er sich um, offenbar rechnete er nicht damit, dass ihn jemand beschatten könnte. Aber Katja blieb auf Abstand, geradeaus weiter in Richtung Haus des Sports, und behielt ihn von der anderen Straßenseite aus im Auge.

Sie sah, wie er sich einigen Mehrfamilienhäusern näherte, das erste passierte, aber vor dem zweiten Haus in einen kleinen Weg einbog. Jetzt beschleunigte Katja ihre Schritte und eilte dem Mann nach, der für einen kurzen Moment aus ihrem Blickfeld verschwunden war.

Gerade noch rechtzeitig erreichte sie die Ecke, um zu sehen, wie die hintere der beiden Türen sanft ins Schloss fiel. Mehr konnte sie in diesem Moment nicht erreichen. Neben dem Haus lag eine Rasenfläche, die keinerlei Verstecke bot, ein Stück entfernt entdeckte sie jedoch einen kleinen Fußballplatz hinter einigen Bäumen, von wo aus sie die Tür beobachten konnte, ohne selbst entdeckt zu werden.

Die Mücken hießen sie sofort willkommen, als sie sich unter eine der Birken stellte, doch sie ignorierte es. Ein paar Mückenstiche störten sie nicht weiter, und hektische Bewegungen konnten unnötige Aufmerksamkeit erregen.

Sie brauchte nicht lange zu warten. Schon nach wenigen Minuten kam der junge Mann wieder heraus und ging denselben Weg zurück, den er auch gekommen war. Vermutlich würde er jetzt ihre Bestellung ausliefern. Wo er diese hinterlegen würde, interessierte sie im Moment nicht – wo er die Ware abgeholt hatte, dagegen sehr.

Um vollkommen sicher zu sein, dass er nicht zurückkommen würde, wartete sie ein paar Minuten, ehe sie zu der Haustür ging. Die Glasscheibe in der Tür ließ zwar etwas Tageslicht herein, aber Katja drückte trotzdem auf den orange leuchtenden Schalter an der Wand, als sie hineinging. Im Treppenhaus herrschte völlige Stille. Aus keiner der sechs Wohnungen drang irgendein Laut. Es waren zwei pro Stockwerk, wie die Übersicht mit den Namen der Mieter an der Wand besagte. Katja studierte sie und konnte sich ein zufriedenes Grinsen nicht verkneifen, als sie sah, wer im zweiten Stock wohnte.

René Fouquier. Das klang eindeutig Französisch.

Tut mir wirklich leid», sagte Hannah und fing an, den Tisch abzuräumen. «Eigentlich wollte ich mich heute selbst übertreffen.»

Nach ihrem spontanen Überfall bei UW und dem vollkommen nutzlosen Besuch bei Jonte Lundin hatte sie weder Zeit noch Lust gehabt, etwas zu kochen, und war stattdessen bei Leilani vorbeigefahren und hatte Essen zum Mitnehmen bestellt. Immerhin hatten sie nicht direkt aus der Packung gegessen, dachte sie, als sie die Teller unter den Wasserhahn hielt und anschließend in die Spülmaschine räumte.

«Macht doch nichts, es hat gut geschmeckt», versicherte Thomas, was ihr allerdings nicht ganz glaubwürdig vorkam, da er mehr als die Hälfte seines Schweinefilets mit Broccoli und Barbecuesoße übrig gelassen hatte.

«Möchtest du einen Kaffee?»

Er nickte, und sie bediente die Maschine. Während des Essens hatte sie von den Ermittlungen erzählt. Von X, der zu ihnen gekommen war, und von der Hilfe aus Finnland, um die keiner gebeten hatte. Thomas hatte zugehört, genickt und sporadisch nachgefragt.

Als ihnen die Gesprächsthemen ausgegangen waren – sein Job war wie immer schnell abgehandelt –, waren sie wieder einmal bei den Kindern gelandet.

Gabriel, der vor drei Jahren ausgezogen war und in Uppsala

eine Ausbildung zum Logopäden machte. Dieses Jahr war er dortgeblieben und jobbte den Sommer über, aber vielleicht würde er Ende August für ein oder zwei Wochen zu Besuch kommen. Für diesen Fall hatte Thomas Urlaub aufgespart und würde sich freinehmen.

Alicia, die seit September letzten Jahres mit dem Rucksack um die Welt zog und eigentlich schon an Weihnachten wieder hatte zu Hause sein wollen, das Ende ihrer Reise aber immer weiter nach hinten verschob. Anfang Juli würde sie wissen, ob sie einen der Ausbildungsplätze bekäme, um den sie sich beworben hatte, und dann würde sie entscheiden, ob sie heimkäme oder weiterreisen und sich neu bewerben würde.

Gabriel und Alicia. Ihre Kinder.

Nie Elin.

Deren Geburtstag näher rückte. Der 3. Juli. Dieses Jahr wäre sie achtundzwanzig geworden. Hätte es an jenem Nachmittag in Stockholm nicht diesen plötzlichen Gewitterschauer gegeben.

Hätte Hannah anders gehandelt.

Sie sprachen nie über sie. Nicht mehr.

Hannah wollte nicht, sie konnte nicht. Thomas wusste das und akzeptierte es.

Siebenunddreißig gemeinsame Jahre. Hannah war gerade erst siebzehn gewesen, als sie Thomas zum ersten Mal in der Raucherecke angesprochen hatte. Da war es drei Jahre her, dass sie eines Tages von der Schule nach Hause gekommen war, den Soundtrack von *Fame* in den Kassettenrecorder in der Küche geschoben hatte, tanzend die Tür zum Wohnzimmer aufgestoßen und ihre Mutter an dem Haken von der Decke hatte baumeln sehen.

Auch drei Jahre später war sie immer noch verzweifelt gewesen.

Thomas war ihr auf den Schulfluren aufgefallen, allerdings war er auch nur schwer zu übersehen gewesen mit seinen über 1,90 Metern und damals auch noch mindestens zwanzig Kilo zu viel auf den Rippen. Deswegen hatte sie ihn aber nicht bemerkt. Sondern es war seine ganze Art. Er war einfach nur da. Groß und schweigsam lief er durch die Gegend, ohne jede Mühe, sich anzupassen. Denn er pfiff darauf, was die anderen von ihm dachten. Er war einen Jahrgang über ihr, aber zwei Jahre älter, weil er erst später in die erste Klasse gekommen war, wegen mangelnder Schulreife. Jetzt machte er sein Wirtschaftsabi, hatte einen Führerschein und ein Auto und interessierte sich für eine Menge Sachen, die Hannah nicht mochte. Er war gern in der Natur unterwegs, angelte und saß schweigend am Lagerfeuer, doch weil sie sich in seiner Nähe wohlfühlte, kam sie mit.

Schwer zu sagen, wann genau sie ein Paar wurden, sie fingen einfach nur an, immer mehr Zeit miteinander zu verbringen und weniger mit anderen. Sie erinnerte sich aber noch daran, ab wann sie gewusst hatte, dass sie zusammengehörten.

Sie hatten auf dem Bett im Keller bei seinen Eltern in Kalix gesessen, aus den Lautsprechern war leise *Nebraska* erklungen, und er hatte sie zum ersten Mal gebeten, von ihrer Mutter zu erzählen. Sofort nahm sie eine Verteidigungshaltung ein.

«Warum das denn?»

«Weil es das Schlimmste gewesen sein muss, was dir je passiert ist, aber du redest nie darüber.»

«Ich will das nicht. Sie hat mein Leben zerstört.»

«Okay.»

«Sie war krank im Kopf und hat sich aufgehängt. Was soll ich groß dazu sagen?»

Er ließ es auf sich beruhen und schlug stattdessen vor, dass

sie nach Luleå fahren und im Kino *Die Rückkehr der Jedi-Ritter*
ansehen könnten. Noch etwas, das er mochte und sie nicht.
Science-Fiction. Aber sie kam mit. Anschließend brachte er
sie nach Hause, bremste vor dem Haus und hielt sie zurück,
als sie aussteigen wollte.

«Es war nicht deine Schuld.»

«Was?»

«Das mit deiner Mutter.»

«Das habe ich auch nie gedacht», log sie.

«Gut. Denn es war nicht deine Schuld.»

Erst viel später redeten sie wieder darüber. Damals war es
nur dieser kurze Wortwechsel gewesen.

Vorher hatte sie nicht verstanden, wie sehr sie es gebraucht
hätte, dass jemand dies ausspracht. Ihr Vater hatte lediglich
festgestellt, ihre Mutter habe keine Kraft mehr gehabt, ohne
auf die Gründe einzugehen. Nach der Beerdigung hatten sie
im Prinzip gar nicht mehr über sie gesprochen. Nichts wurde
besser, nur weil man sich den Kopf darüber zerbrach, wie
ihr Vater zu sagen pflegte. Er hatte nie zu verstehen versucht,
dass ihre aggressive, manchmal geradezu destruktive Art
vielleicht daher rührte, dass sie mit einem niederschmettern-
den Schuldgefühl herumlief.

Obwohl die letzten Jahre ihrer Mutter von Vorwürfen und
Wutausbrüchen geprägt gewesen waren.

Du raubst mir den letzten Nerv.

Ich ertrage dich nicht mehr.

Du bringst mich noch ins Grab.

Wie sollte sie da nicht glauben, dass es ihr Fehler gewesen
war. Wenn niemand das Gegenteil sagte. Bis Thomas es tat.
Ein kurzes und ganz selbstverständliches «Es war nicht deine
Schuld», das ihr nicht nur die Schuldgefühle nahm, sondern
auch zeigte, wie gut er sie kannte und verstand.

Seither waren sie immer zusammen. Ihre Beziehung war nie sonderlich leidenschaftlich, auch nicht aufregend, vielmehr wie eine Verlängerung ihrer Freundschaft, denn keiner von ihnen war besonders romantisch veranlagt. Dafür fühlten sie sich beide geborgen. Und Geborgenheit war genau das, was Hannah brauchte. Damals und auch später.

Nicht zuletzt nach der Sache mit Elin.

«Er ist gut für dich», hatte ihr Vater gesagt, nachdem Thomas einige Jahre im Haus ein und aus gegangen war. «Du musst an ihm festhalten.»

Und das hatte sie auch. Sie hatten beide aneinander festgehalten, allerdings den anderen vielleicht auch als gegeben hingenommen. Und als die Kinder ausgezogen waren, als sie frei über ihre eigene Zeit verfügen konnten, hatte Thomas sich entschieden, einen Großteil davon ohne sie zu verbringen. Sie hatte ihn nicht damit konfrontiert, nichts wurde besser, nur weil man sich den Kopf darüber zerbrach. Stattdessen war sie bei Gordon gelandet.

Jetzt trat sie hinter ihren Mann, während er Tassen aus dem Küchenschrank holte, und umarmte ihn.

«Wie wäre es, wenn wir uns hinlegen?», fragte sie und küsste ihn in den Nacken, während sie ihre Hand vom Brustkorb abwärts zu seinem Schritt gleiten ließ.

«Ich habe Kenneth versprochen, noch zu ihm rauszufahren und die Therme zu reparieren.»

Hannah hielt inne, bewegte ihre Hände wieder aufwärts, behielt aber die Umarmung bei. Sie war froh, dass sie hinter seinem Rücken stand und er ihren Gesichtsausdruck nicht sehen konnte.

«Jetzt, heute Abend?»

«Es wäre schon gut, das zu erledigen, sie haben gar kein warmes Wasser mehr.»

«Und es reicht nicht, wenn sie es morgen erst bekommen?»

«Ich habe es schon länger versprochen, also ...»

Hannah wollte immer noch mit ihm ins Bett, aber es gab auch Grenzen, sie hatte nicht vor, ihn um Sex anzubetteln, also ließ sie ihn los, nahm die Kanne aus der Kaffeemaschine und schenkte ihnen ein. Thomas trank seine Tasse mehr oder weniger in einem Zug, unter angestrengtem Schweigen, das zwischen ihnen entstanden war, dann stellte er sie in die Spüle.

«Dann sehen wir uns später. Ich denke, es wird eine Weile dauern.»

«Ja, so ist das wohl. Grüß schön.»

Mit einem Nicken ging er in den Flur und schlüpfte in seine Schuhe und eine dünne Windjacke.

«Bis später», rief er und ging hinaus, ohne eine Antwort zu erwarten oder zu bekommen.

Als sie allein in der Küche war, überlegte Hannah, ob sie Gordon anrufen sollte, ließ es dann aber sein. Sie redete sich ein, dass sie den Spieleabend der Brüder nicht stören wollte. In Wahrheit hatte sie Angst, auch er könnte ihr einen Korb geben.

K einer von ihnen wusste, wozu der kleine Schuppen einmal gedient hatte, der ein paar hundert Meter in den Wald hinein versteckt auf Thomas' und Hannahs Grundstück lag. Jetzt bestand er nur noch aus vier verfallenen Holzwänden ohne Fenster und Tür, einem eingesunkenen Fundament und einem eingestürzten Dach. Thomas hatte ihn Kenneth und Sandra bei einem ihrer ersten Besuche im Ferienhaus gezeigt und halb im Scherz gesagt, dass er überlege, etwas daraus zu machen, vielleicht ein Gästehaus. Trotz seiner handwerklichen Begabung schien das Gebäude aber schon damals nicht mehr zu retten zu sein. Jetzt war es eine Ruine, die bald gänzlich von der Natur erobert werden würde, und soweit Kenneth wusste, ließ Thomas sie einfach weiter verfallen.

Perfekt für Sandra und ihn.

Vor allem, weil es ganz hinten in der einen Ecke eine Luke zu einem kleinen Raum im Boden gab, der früher vermutlich als Vorratskammer gedient hatte. Jetzt lagen die drei Sporttaschen dort, in schwarze Müllsäcke eingewickelt. Kenneth wollte die Luke gerade schließen, da hielt er inne.

«Stell dir vor, es kommen Ratten? Und fressen die Kohle auf?»

«Doch wohl nicht unter der Erde.»

«Die gibt es doch auch in der Kanalisation und so.»

Er sah, wie sie daran zweifelte. Sie hatten geplant, dass

das Geld für mindestens drei Jahre dort liegen sollte, außer sie kämen ins Gefängnis, dann noch länger. Nach drei Jahren wollten sie ganz allmählich anfangen, es zu verwenden. Den Leuten würden sie sagen, sie hätten etwas gespart, vielleicht auch in einem der zahllosen Online-Casinos gewonnen, für die überall Werbung gemacht wurde. Hoffentlich würde Kenneth dann auch wieder einen Job haben, damit ihre Behauptung wahrscheinlicher klänge.

Drei Jahre. Sandra war sehr kategorisch gewesen.

Sie durften ihre Zukunft nicht durch Ungeduld und Unvorsichtigkeit aufs Spiel setzen. Aber sie würde es auch nicht verkraften, wenn sie zurückkämen und entdecken müssten, dass ihre dreihunderttausend Euro zu Futter und Baumaterial für eine Horde Nager geworden waren.

«Wir haben noch Rattengift zu Hause. Wir kommen noch mal her und legen es ringsherum aus», entschied sie. «Außerdem könnten wir ja auch ein paar Kisten aus Metall oder Hartplastik kaufen.»

Kenneth schloss die Luke, sie verließen den verfallenen Schuppen und gingen auf Thomas' und Hannahs Ferienhaus zu. Strenggenommen vor allem seins, es hatte seinen Eltern gehört, Kenneths Großeltern, die er fast nie gesehen hatte, weil sein Vater Stefan der Meinung gewesen war, sie würden einen schlechten Einfluss auf die Kinder ausüben. Als sie starben, kaufte Thomas seiner Schwester ihren Anteil ab. Das Ferienhaus war klein und sehr einfach. Ohne Strom und Warmwasser eignete es sich nicht dazu, hier mehrere Wochen Urlaub zu machen, und Thomas nutzte es nur zum Jagen und Angeln. Hobbys, an denen Hannah vollkommen desinteressiert war, wie Kenneth wusste.

Gerade als sie aus dem Wald hinter der rot gestrichenen Ferienhütte hervorkamen, fuhr Thomas auf den kleinen Vorplatz und parkte neben Sandras Auto. Sie wechselten einen nervösen Blick, ehe sie die Hand zum Gruß hoben und den Onkel mit einem – so hofften sie – entspannten Lächeln begrüßten. Thomas stellte den Motor ab und stieg aus, sichtlich überrascht, sie hier anzutreffen.

«Hallo, was macht ihr denn hier?»

«Wir ... wir sind nur gerade hier vorbeigekommen», antwortete Kenneth und warf Sandra einen unsicheren Blick zu. Sie hatten nicht damit gerechnet, eine Ausrede für ihre Anwesenheit erfinden zu müssen, und sich keine glaubwürdige Lüge zurechtgelegt.

«Wir haben eine Freundin in Övertorneå besucht, die gerade ein Kind bekommen hat», erklärte Sandra, die sofort begriffen hatte, dass es eigentlich keinen Grund für sie gab, bei der Hütte «vorbeizukommen», die zwar nur eine knappe Stunde von Haparanda entfernt lag, aber buchstäblich mitten im Nirgendwo.

«Ja, und dann sind wir auf dem Rückweg vorbeigefahren und haben einen Abstecher gemacht», verdeutlichte Kenneth.

«Wir dachten, vielleicht haben wir ja Glück, und einer von euch ist zufällig gerade in der Nähe», fuhr Sandra fort. Thomas sagte nichts, sondern registrierte nur mit leicht hochgezogenen Augenbrauen, wie sie sich gegenseitig ergänzten.

«Und was machst du hier?», fragte Kenneth in einem Versuch, das Gespräch in andere Bahnen zu lenken.

«Ich wollte ... nur ein paar Sachen holen. Die ich vergessen habe», antwortete Thomas mit einem Nicken in Richtung des Hauses, und Kenneth hatte den Eindruck, er würde ebenfalls lügen. Warum auch immer er sich einen Grund ausdenken musste, um hier zu sein. Vielleicht hatten Hannah und er sich gestritten?

«Tja, aber jetzt sollten wir wohl langsam mal nach Hause

fahren», sagte Sandra und sah Kenneth eindringlich an. «Ich muss ja morgen früh arbeiten ...»

«Na gut. Fahrt vorsichtig. War schön, euch zu sehen.»

Er bot ihnen nicht an, noch kurz mit hineinzukommen, wo sie schon einmal da waren. Eine Tasse Kaffee zu trinken.

Sie hätten die Einladung zwar sicher sowieso abgelehnt, aber dennoch. Irgendwie hatte Kenneth das Gefühl, Thomas wollte sie schnell wieder loswerden.

«Danke noch mal, dass du unsere Therme repariert hast», sagte Sandra, als sie beim Auto angekommen waren.

«Das war doch ein Leichtes.»

Thomas schien noch mehr sagen zu wollen, es sich aber zu verkneifen. Kenneth öffnete die Tür zum Beifahrersitz, hielt kurz inne und wandte sich noch einmal an Thomas.

«Wir haben gehört, dass man im Wald einen Toten gefunden hat. Arbeitet Hannah an dem Fall?»

«Ja.»

«Hat man herausgefunden, wer es ist?»

«Irgendein Russe wohl.»

«Und haben sie schon einen Tatverdächtigen?»

«Nein, sie suchen gerade nach einem Auto. Das Auto des Russen. Ein blauer Honda.»

Kenneth nickte vor sich hin und sah, dass Sandra ihm über das Autodach hinweg einen mahnenden Blick zuwarf. Doch er musste einfach mehr erfahren.

«Aber man weiß nichts über das Auto, das ihn überfahren hat?»

«Offenbar nicht.»

«Haben sie denn keine DNA oder so gefunden?»

«Keine Ahnung. Warum?»

Thomas kam einen Schritt näher, wieder mit hochgezogenen, fragenden Augenbrauen. Sandra räusperte sich diskret.

«Ach, nur so. Das war ja ganz bei uns in der Nähe, und da wird man natürlich neugierig.»

«Darüber könnt ihr euch doch ein anderes Mal ausführlicher unterhalten, jetzt spring schon rein, damit wir endlich loskommen», sagte Sandra mit einem etwas zu breiten Lächeln. «Mach's gut, Thomas, schöne Grüße an Hannah.»

«Werde ich ausrichten. Tschüs, ihr beiden.»

Als sie den schmalen Waldweg erreichten, trat Sandra aufs Gaspedal und starrte stumm durch die Windschutzscheibe. Sie brauchte gar nicht erst auszusprechen, wie gereizt sie war und warum.

«Ich habe zu viel gefragt», stellte Kenneth fest.

«Viel zu viel.»

«Tut mir leid, aber ich wollte herausfinden, was die wissen.»

Sandra erwiderte nichts. Er fand, er hatte alles Recht dazu gehabt, schließlich war er derjenige, der jeden Morgen mit einem Angstklumpen im Bauch aufwachte, der ihn den ganzen Tag über lähmte. Er war es, der in den Knast kommen würde, wenn sie seine DNA fänden. Er war es, der einen Menschen umgebracht hatte. Aber er wollte sich nicht mit ihr überwerfen.

«Entschuldigung», sagte er wieder.

Sie hatten sich an diesem Abend schon einmal gestritten, nachdem sie beschlossen hatten, was sie mit dem Geld machen würden, und sie direkt danach hinausgegangen war und eine neue Vase aus dem Auto geholt hatte.

«Aha, du darfst das Geld also ausgeben und ich nicht», hatte er gesagt und genau gehört, wie kindisch und trotzig er klang.

«Ich habe sechzig Euro genommen, du wolltest ein neues Auto kaufen.»

«Aber ein gebrauchtes.»

«Wenn du eines für sechzig Euro findest, darfst du es gerne kaufen.»

«Dafür kann ich nicht mal den Volvo reparieren lassen.»

«Dann, denke ich, sollten wir ihn verschrotten lassen.»

Das konnte sie doch wohl nicht ernst meinen? Er durfte kein neues Auto kaufen und das alte nicht reparieren lassen? Dann würde er den ganzen Tag im Haus festsitzen.

«Heißt das, ich soll ohne Auto sein? Wie soll ich denn dann von hier wegkommen?»

«Das kostet nur Geld, und wenn wir so tun wollen, als könnten wir etwas sparen, dann …», entgegnete sie, was aber keine Antwort auf seine Frage war.

«Wir haben doch aber Geld!», schrie er, ging zum Küchentisch, öffnete die eine Tasche und riss eine Handvoll Scheine heraus. «Wir haben einen Arsch voll Geld!»

«Wehe, du machst mir das alles kaputt, Kenneth», sagte sie leise und mit einer Schwärze im Blick, wie er sie noch nie bei ihr gesehen hatte.

«Was spielt es für eine Rolle, wenn wir ein paar Tausender ausgeben?»

«Wir rühren das Geld nicht an, wieso ist das so schwer zu kapieren?»

«Es sei denn, wir wollen eine vollkommen überflüssige Blumenvase haben!»

Er warf die Scheine zurück, stürmte hinaus und bereute seinen Ausbruch direkt. So unnötig. Vor allem, weil ihm bewusst war, wie viel ihr das bedeutete. Sich etwas Neues kaufen zu können, etwas Schönes. Sie hatte Blumen aus dem Garten in die Vase gestellt, das Arrangement vor dem hellen Himmel fotografiert und auf Instagram gepostet. Seit Wochen das erste Bild, das sie hochgeladen hatte. Er wusste, dass sie der Meinung war, sie hätte nichts vorzuzeigen. Und das lag zum Teil auch an ihm, weil er kein Geld hatte und nichts beisteuern konnte.

An schlechten Tagen überlegte er, wie lange sie das wohl noch ertragen würde.

Eine Stunde vor der Schließung saßen nur noch vereinzelt Gäste im Schnellrestaurant. Katja ging an den Selbstbedienungsautomaten vorbei zur Kasse, wo der junge Mann in seiner weißen Schürze mit dem Logo der Hamburger-Kette auf der Brust wartete. Das Namensschild darunter bestätigte, dass sie den Richtigen gefunden hatte.

«Hallo, René.»

«Hallo, was kann ich für Sie tun?»

«*Vous préferez parler français?*»

«Nein ...», antwortete er erstaunt. «Es sei denn, Sie bevorzugen es.»

«Ich dachte, du wärst *der Franzose*», fuhr sie mit einem vielsagenden Lächeln fort und sah ihm in die Augen, um zu erkennen, ob er auf diesen Spitznamen reagierte. Nein, vielleicht wusste er nichts davon.

«Mein Vater ist Franzose», erklärte er schulterzuckend.

«Hast du kurz Zeit zu reden?»

«Kommt drauf an, ich arbeite.»

«Es wird wohl ein Weilchen in Anspruch nehmen. Wann hast du denn Pause? Oder soll ich warten, bis ihr zumacht?»

René antwortete nicht, holte ein wenig tiefer Luft und versuchte, das Gespräch mit dem gleichen professionellen Lächeln wie zuvor wieder auf seine eigentliche Aufgabe zurückzulenken.

«Möchten Sie etwas essen?»

«Entscheide du, ich nehme dein Lieblingsessen.»

«Essen Sie Fleisch?»

«Ja.»

Er drehte sich zur Kasse um und gab schnell eine Bestellung auf dem Touchscreen ein.

«Das macht neunundsiebzig Kronen.»

Katja drückte ihm ein paar Scheine in die Hand und wehrte mit einer Geste seinen Versuch ab, ihr eine Krone zurückzugeben. Er steckte sie in die Spendenbüchse neben der Kasse.

«Machst du bald Pause?», fragte sie erneut.

«Nein, warum?»

Ohne ihre Antwort abzuwarten, drehte er sich um und holte eine Tüte Pommes, die neben den Fritteusen wartete. Offenbar hatte er allmählich die Nase voll von ihr. Als er zurückkehrte, stutzte er. Auf ihrem Tablett lagen die Überreste eines zertrümmerten Gartenzwergs.

«Ich dachte, wir könnten über den hier sprechen», sagte Katja mit gesenkter Stimme und stocherte mit dem Finger in den Scherben herum. René fegte sie hastig mit der Hand zusammen und ließ sie verschwinden, während er sich wachsam umsah. Keiner seiner wenigen Kollegen schien bemerkt zu haben, was sich an der Kasse mit der einzelnen Kundin abspielte.

«Also, wie sieht es jetzt mit der Pause aus?», fragte Katja erneut und tippte, dass sie diesmal eine Antwort bekommen würde.

«In zehn Minuten, okay?»

«Klar.»

Sie summte die Melodie der Musik mit, die aus den verborgenen Lautsprechern strömte, während sie wartete, bis er ihr Menü auf das Tablett stellte. Dann füllte sie den leeren Becher, den sie bekommen hatte, mit Cola Light, nahm sich Ketchup, Salz, Pfeffer und drei Servietten, ehe ihr auf dem Weg zu einem der Tische etwas einfiel und sie zur Kasse zurückging.

«Eine Sache noch», sagte sie und lehnte sich über den Tresen. «Ich bin nicht von der Polizei, also mach dich auf keinen Fall aus dem Staub. Ich werde dich überall finden.»

Mit einem kleinen Nicken, als wollte sie bestätigen, dass sie sich bestimmt einig waren, nahm sie erneut ihr Tablett und setzte sich so, dass sie das ganze Lokal im Blick hatte.

Als sie gerade ihren Burger verspeist hatte und ihre Pommes in den Ketchup tunkte, glitten die Türen auf, und zwei junge Männer kamen herein. Sie trugen Jeans und enge T-Shirts, unter denen sich ihre kräftigen Muskeln abzeichneten. Katja folgte ihnen mit dem Blick, während sie bei dem Mädchen, das René an der Kasse abgelöst hatte, einen Kaffee und Eisbecher bestellten. Sie setzten sich an den Tisch neben Katja und ignorierten sie angestrengt. Für einen kurzen Moment überlegte sie, ob sie den beiden Typen sagen sollte, wie offensichtlich es war, dass sie herbestellt worden waren. Vielleicht sollte sie ihnen anbieten, sich doch gleich zu ihr an den Tisch zu setzen, doch im nächsten Moment kam auch schon René, ließ sich vor ihr nieder und fixierte sie.

«Sie waren bei mir zu Hause», stellte er mit ruhiger Stimme fest.

«Ja, hübsche Wohnung. Es gefällt mir, dass es so ordentlich bei dir ist.»

René musterte sie eingehend, als wollte er einschätzen, ob sie einfach nur verrückt war oder ob es noch mehr zu wissen und vielleicht auch zu befürchten gab. Sie war überzeugt, dass er sie in irgendeiner Weise bedrohen, eventuell auch seine

Gorillas auf sie hetzen würde. Eventuell spielte er sogar mit dem Gedanken, sie umzubringen. Sie kannte ihn nicht und wusste nicht, wie weit er gehen würde und wozu er fähig war.

«Es war dumm von Ihnen hierherzukommen», sagte er, was ihre erste Annahme bestätigte.

«Aha.»

«Am besten wäre es, Sie würden jetzt gehen und sich nie wieder blicken lassen.»

«Das geht leider nicht», erwiderte Katja mit übertriebenem Bedauern. «Ich habe einen Auftrag zu erledigen.»

«Was könnte das für ein Auftrag sein?», fragte René mit einem angedeuteten Grinsen, als hätte er beschlossen, sich auf ein Spiel einzulassen, von dem er sicher war, es zu gewinnen. Katja entschied, dass es an der Zeit war, wieder die Kontrolle zu übernehmen. Sie beugte sich vor und senkte die Stimme.

«Ich interessiere mich weder für dich noch für deine Geschäfte, und ich möchte auch nicht dein Gebiet übernehmen oder dich vertreiben.» Dabei sah sie ihn ruhig und offen an. «Ich brauche lediglich ein paar Informationen. Wenn ich die habe, verschwinde ich auch wieder.»

«Informationen worüber?»

«Ob jemand dir in der letzten Woche eine große Lieferung Amphetamin angeboten hat oder ob du von so einer gehört hast. Richtig groß.»

«Wie haben Sie mich gefunden?» Sein Grinsen war plötzlich wie weggeblasen, als wäre er erst durch die Erwähnung des Rauschgifts daran erinnert worden, dass er bislang nicht aufgeflogen war. Die Erkenntnis, dass es in seinem System offenbar irgendwo eine Schwachstelle gab, schien ihn hart getroffen zu haben.

«Beantworte mir erst meine Frage.»

«Warum wollen Sie das wissen?»

«Willst du, dass ich dich in Ruhe lasse, oder nicht?»

René legte den Kopf schief, betrachtete sie einige Sekunden prüfend und zuckte dann unmerklich mit den Schultern.

«Nein, ich habe nichts von irgendwelchem Amphetamin gehört.»

«Wenn sich das ändern sollte, melde dich bei mir», erwiderte Katja, zog ein orangefarbenes Post-it mit ihrer schwedischen Handynummer hervor und legte es vor ihm auf den Tisch.

«Gut.» Er nahm den Zettel, faltete ihn sorgfältig zusammen und steckte ihn in die Tasche. «Wie haben Sie mich gefunden?»

«Das war nicht besonders schwer», antwortete Katja lächelnd, nahm ihre Tasche und wollte sich erheben. René beugte sich blitzschnell vor und packte ihr Handgelenk. Sie hätte binnen einer Sekunde das Messer von ihrem Fußknöchel ziehen und sich befreien können, doch sie blieb sitzen und warf ihm einen fragenden Blick zu.

«Verraten Sie es mir. Zu Ihrer eigenen Sicherheit.»

Sie betrachtete erst die Hand auf ihrem Handgelenk und dann René, sah ihm direkt in die Augen.

«Fass mich niemals an, wenn ich es dir nicht erlaubt habe.»

Sie maßen sich noch einige Sekunden mit den Blicken, ehe René ihr Handgelenk losließ, sich wieder auf dem Stuhl zurücklehnte und mit einem entwaffnenden Lächeln die Hände hob.

«Räumst du das Tablett ab?» Katja stand auf und hängte sich die Tasche über die Schulter. «Ansonsten kannst du ja auch einen deiner Freunde darum bitten», fuhr sie fort und legte die Hand auf die Schulter des einen Mannes am Nebentisch. Sie spürte, wie sich die Muskeln unter der Berührung anspannten. «Damit sie für eine Weile beschäftigt sind und nicht auf dumme Gedanken kommen.»

Mit diesen Worten trat sie hinaus ins Licht und in die Wärme. Bis zum Hotel waren es nur wenige Minuten zu Fuß, aber sie hatte es nicht eilig, dorthin zurückzukehren. Mit einem letzten Blick zurück zum Restaurant, wo die drei Männer jetzt ihre Köpfe zusammensteckten, ging sie in Richtung Fluss.

Es wird Zeit.»

Sandra drehte sich um und verschwand wieder ins Freie. Kenneth legte das iPad beiseite und stand auf. Er hatte sich wach gehalten, indem er ein bisschen Netflix geguckt hatte. Nachdem sie von Thomas' Hütte zurückgekehrt waren, war er hundemüde gewesen, aber sie hatten erst die Hälfte geschafft. Während er in den Flur hinausging und die Autoschlüssel von der Kommode nahm, dachte er, wie viel einfacher es wäre, so etwas im Dezember zu erledigen, wenn es rund um die Uhr dunkel war, aber ihnen blieb keine Wahl. Die Polizei suchte nach dem Honda, und sie durfte ihn nicht hier finden, also musste er verschwinden. Als Kenneth aus dem Haus trat, stand Sandra schon abfahrbereit neben ihrem Wagen. Die künftigen finanziellen Möglichkeiten schienen ihr eine unerschöpfliche Energie zu verleihen.

«In den Schlafzimmern sind die Gardinen zugezogen», sagte sie mit einem Blick zu ihrem nächsten Nachbarn. «Und alle Lichter sind aus. Jetzt fahren wir.»

Kenneth öffnete das Garagentor und parkte den Wagen aus. Er wusste, dass er es sich nur einbildete, aber er hatte das Gefühl, das kleine Auto wäre viel lauter als Sandras, und fürchtete, das ganze Dorf zu wecken. Während er die Straße hinunterfuhr, warf er einen Blick in den Rückspiegel. Sandra war nicht zu entdecken, und das war auch ihr Plan gewesen. Nicht zu dicht aufzuschließen. Sollte jemand den Honda sehen und wissen, dass die Polizei danach suchte, durfte derjenige auf keinen Fall eine Verbindung zu Sandras Wagen herstellen.

Er fuhr an dem See entlang, das dem Dorf seinen Namen verlieh, und dachte über die falschen Entscheidungen nach, die er in seinem Leben getroffen hatte.

So viele. So oft.

Die Schuld daran gab er seinem Vater, der ein Arschloch erster Güte gewesen war.

Unglaublich erfolgreich, allseits respektiert und bewundert. Aber ein Arschloch.

Kein guter Ehemann. Nie ein liebevoller Vater.

Er war der erfolgreiche Unternehmer, der zufällig auch Frau und Kinder hatte. Dabei ging er völlig in seiner Arbeit auf. Erfolgreich zu sein verlangte totale Konzentration und Kontrolle. Erlaubte keine Ablenkungen. In dem großen Haus in einem der besseren Vororte von Stockholm mussten Ordnung und Sauberkeit herrschen. Diese Begriffe hatten Kenneths Kindheit geprägt. Ordnung und Sauberkeit, Disziplin und Gehorsam. Fehler waren ein Zeichen von Schwäche, und wenn man wusste, wie schmerzhaft Schwäche war, stieg die Motivation, dagegen anzukämpfen.

So viel Schmerz, in all den Jahren. So viele falsche Entscheidungen.

Kenneth rebellierte, indem er sich konsequent für alles entschied, was sein Vater hasste. Er schuf Chaos. Er verlor, versagte, verbummelte, verpasste, versackte, kiffte, schnupfte und spritzte ... und stahl.

So war er vor fünf Jahren auch in Norrland gelandet.

Justizvollzugsanstalt Haparanda. Sicherheitsklasse zwei.

Drei Jahre und acht Monate für Raub. Sandra hatte dort gearbeitet, vier Jahre älter und einen halben Kopf größer als er.

Sie war immer freundlich und professionell gewesen, aber im Laufe der Monate hatte sie sich öfter mit ihm unterhalten, persönlicher. Bald waren sie verliebt. Beziehungen zwischen Insassen und Vollzugsbeamten waren natürlich verboten, also taten sie nichts, was seine Verlegung oder ihre Kündigung zur Folge gehabt hätte. Sie sehnten sich nacheinander, waren einander jeden Tag nah, doch nie zu nah, nie intim. Sie zählten die Tage. Als er nach zwei Jahren aus der Haft entlassen wurde, war er drogenfrei und blieb in Haparanda. Er hatte auch nichts und niemanden, zu dem er zurückkehren konnte. Also zog er in ihre Wohnung, und ein Jahr später kauften sie das Haus in Norra Storträsk.

Weg aus der Stadt, weg von den Versuchungen, die es dort im Überfluss gab.

Alles war gut. Besser als gut. Perfekt.

Aber nicht lange.

Jetzt bog er vor der Landzunge Grubbnäsudden ab und fuhr auf den kleinstmöglichen Schleichwegen nach Bodträsk. Dort wurde die Straße wieder breiter, aber er musste sie nur ein kurzes Stück befahren. Nach einem knappen Kilometer bremste er ab, um links in einen kleinen Weg einzubiegen. Ein entgegenkommendes Fahrzeug. Er stieß einen Fluch aus und wägte hastig ab, was weniger Aufmerksamkeit erregen würde: links abzubiegen, obwohl ihm ein Auto entgegenkam, oder abzuwarten, obwohl er es rechtzeitig schaffen würde.

Warten oder abbiegen?

Als er sich endlich entschieden hatte, war so viel Zeit vergangen, dass Warten ohnehin die einzige Alternative war. Kenneth senkte den Kopf und wandte sich ab, während der andere Wagen vorbeifuhr. Dann warf er einen nervösen Blick in den Rückspiegel. Die roten Rücklichter verschwanden, der

Fahrer bremste weder ab, noch machte er Anstalten zu wenden. Erleichtert fuhr Kenneth in den kleinen Kiesweg und weiter darauf entlang, den Wald auf der einen Seite und gelbe Sumpfwiesen auf der anderen. Als sich mit viel gutem Willen zwei Radspuren von irgendeiner Forstmaschine erahnen ließen, die schon fast zugewachsen waren, bog er erneut ab. Gras und Gestrüpp kratzten am Unterboden, während er sich im Schneckentempo dem Ziel näherte. Einige Minuten später war er angekommen, bremste und stieg aus. Vor ihm lag eine steinige Böschung, auf deren nährstoffarmem Boden nur vereinzelte Farne und Blaubeerbüsche wuchsen. Der Hang endete in einer fünf oder sechs Meter hohen, senkrechten Felswand, die sich aus dem dunklen Wasser erhob.

Der Plan sollte funktionieren. Keine Hindernisse im Weg, und der See war tief genug.

Kenneth beugte sich von außen über den Fahrersitz, legte den Leerlauf ein, richtete sich wieder auf und begann, den Wagen zu schieben. Als er das Auto die halbe Böschung hintergeschoben hatte, rollte es von allein, und er sprang zur Seite. Der Honda zuckelte auf den Abgrund zu und verschwand. In der stillen Sommernacht klang es wie eine Explosion, als das Auto in der nächsten Sekunde unten auf der Wasseroberfläche aufschlug. Kenneth ging vorsichtig bis zur Kante und spähte hinab. Das Wasser stand schon ein Stück über der Motorhaube, strömte durch die offene Fahrertür hinein und füllte den Innenraum. Das Auto versank schnell, bald ragte nur noch das vom Unfall zerknautschte Heck aus dem Wasser, dann war es ebenfalls verschwunden. Einige Luftblasen stiegen auf, doch nach einer Weile lag der ganze See wieder still und blank da.

Kenneth stieg die Böschung hinauf und machte sich auf den Weg zu der Stelle, wo Sandra mit dem Auto auf ihn warten würde. Zum ersten Mal seit dem Unglück fühlte er sich ein wenig hoffnungsfroh. Ja, der Mann war gestorben, das ließ sich nicht rückgängig machen, aber bisher war die Polizei nicht aufgetaucht. Anscheinend hatte er das irrsinnige Glück gehabt, keinerlei DNA-Spuren an der Leiche zu hinterlassen. Und jetzt war das Geld versteckt und das Auto versenkt.

Vielleicht würde doch alles glimpflich ausgehen.

In den Häusern und Wohnungen rüstet das Koffein im Morgenkaffee die Einwohner für einen weiteren Tag.

Einen von vielen. In Haparanda.

Man pendelt, beginnt oder beendet seine Schicht, man meldet sich krank, schiebt eine Schlüsselkarte in einen Schlitz, zieht eine Uniform an, eilt zu Kita und Vorschule. Geschäfte müssen geöffnet werden. Geschäfte müssen getätigt werden. Trotz allem.

Viele arbeiten. Viele nicht.

Sie erinnert sich an das Gefühl, als IKEA hier seine Tore öffnete. Das nördlichste Kaufhaus der Welt. Ingvar Kamprad persönlich war vor Ort, um es einzuweihen. Die Leute standen stundenlang im Schneematsch an. Die Hotels waren ausgebucht, schwedische und internationale Presse reiste an, Kameras liefen, sie wurde fotografiert, gefilmt, gesehen. Jetzt sollte sich alles ändern. Wenn IKEA kommt, kommen auch andere Unternehmen, Kunden, Arbeitsplätze, eine wachsende Stadt, eine blühende Region. Man redete stolz von Wachstum.

Die Kunden kamen – zu IKEA –, aber ihr früherer Glanz kehrte nie zurück. Nicht langfristig.

Vielleicht liegt die Antwort in dem Ausdruck, den sie allzu oft hört.

Ei se kannatte.

«Das lohnt sich nicht», auf Meänkieli. Tornedalfinnisch. Die kleinste der drei Sprachen, die hier gesprochen werden. Auch wenn es oft mit einem Lächeln ausgesprochen wird, mehr oder weniger scherzhaft, spürt sie doch, wie es sie zersetzt. Für viele ist das die erste selbstverständliche Reaktion, wenn sie von einer neuen Initiative hören, egal worum es geht, ob Sport, Geschäfte, Tourismus oder Politik.

Sie hat die niedrigste Wahlbeteiligung in ganz Schweden.

Ei se kannatte.

Schwer zu sagen, was Ursache und was Wirkung ist, aber viele Initiativen haben bei ihr tatsächlich keinen Erfolg gezeigt. Eine selbsterfüllende Prophezeiung, oder einfach nur ein ungewöhnlich schwieriges Klima. Ein bisschen von beidem, nimmt sie an. Woran auch immer es liegen mag – sie selbst kann nur wenig dagegen ausrichten.

Die Sonne wärmt bereits, obwohl es noch früh am Morgen ist.

Gordon Backman Niska wirft einen Blick auf die Pulsuhr an seinem Handgelenk. 142. Ein guter Wert nach dreizehn Kilometern in vierundfünfzig Minuten. Er trainiert sechs Tage die Woche. Ohne Ausnahme. Normalerweise haben die rhythmischen Laufschritte und der regelmäßige Atem eine fast meditative Wirkung auf ihn. Jetzt ertappt er sich dabei, an Hannah zu denken. Schon wieder. Eigentlich will er es sich nicht eingestehen, aber gestern hat er sie vermisst, sich nach ihr gesehnt, als er zu Bett ging. Er sehnt sich oft nach ihr. Rasch verdrängt er den Gedanken und erhöht das Tempo.

Als sie die Grenze nach Finnland überquert haben, betrachtet Ludwig im Rückspiegel die stille Siebenjährige. Seine Bonustochter. Helmi. Morgens fährt er sie zur Oma in Kemi, abends holt Eveliina sie wieder ab. Mit dem Mädchen allein zu sein strengt ihn an. Sie versteht sein Finnisch nicht –

oder will es nicht verstehen. Ludwig ist überzeugt, dass sie sich neue Wörter ausdenkt, wenn sie mit ihm redet, damit er sich dumm vorkommt. Und ziemlich sicher, dass sie ihn nicht mag. Tatsächlich hat er recht, doch in einigen Monaten, wenn Eveliina in eine Sekte eintreten und die Tochter mitnehmen wird, wird er ein noch viel größeres Problem haben.

Viggo miaut vorwurfsvoll, als Morgan Berg nach Hause kommt. Der Futternapf ist leer, und der dreijährige Russian-Blue-Kater hätte seine Zeit lieber draußen in der lauen Sommernacht verbracht, als in der Wohnung eingesperrt zu sein. Morgan schüttet ihm nachlässig ein bisschen Trockenfutter hin und füllt frisches Wasser in die Schüssel, ehe er gereizt im Bad verschwindet. Gestern Abend war er bei einem Pärchen in der Nachbarschaft zum Essen eingeladen, und sie landeten im Bett, wie es mitunter passiert, wenn die Lust sie überkommt. Anschließend schliefen sie ein. Das irritiert ihn, er möchte zu Hause aufwachen, hat seine festen Tagesabläufe, und jetzt schafft er höchstens noch eine blitzschnelle Dusche, ehe er wieder zur Polizeistation fahren muss.

Die Ermittlungen im Fall der verschwundenen jungen Frauen nehmen das gesamte Büro im Keller des Hauses in Beschlag. P-O Korpela hat an diesem Morgen bereits zwei Stunden dort verbracht. Der Fall ist zu einer Besessenheit geworden. Sie ist zu einer Besessenheit geworden. Lena Rask. Er verlor seine Unschuld mit ihr, als er siebzehn war. Vier Jahre später waren sie und ihre Freundin spurlos verschwunden. Sie wurden nie wieder gesehen, gaben keinerlei Lebenszeichen von sich. Seit vielen Jahren ist ihr Verschwinden ein Cold Case. P-O ahnt nicht, dass er regelmäßig dem Mann begegnet, der beide ermordet hat.

Allmählich wird es warm, weshalb Roger das Fenster einen Spalt öffnet und Nora betrachtet, die nach wie vor schläft. So glücklich er war, als sie sich kennenlernten, so groß ist jetzt seine Angst, sie zu verlieren. Schon seit einigen Jahren redet sie von Kindern. Roger tut so, als würde er ihren Wunsch teilen. Gestern Abend ging es zum ersten Mal um In-vitro-Fertilisation, und jetzt hat er Angst, enttarnt zu werden, denn bei einer Untersuchung würde garantiert herauskommen, dass sie nur deshalb nicht schwanger wird, weil er sich im Jahr nach ihrem Kennenlernen heimlich sterilisieren ließ.

Er zieht die Gardinen vor, dann verlässt er das Zimmer und sein Zuhause. Genau wie seine Kollegen, die sich alle in einer knappen Stunde auf dem Revier versammeln werden, rechnet er mit einem Tag wie jedem anderen.

Doch es wird anders kommen.

Hannah hatte nicht gehört, wie Thomas gestern Abend nach Hause gekommen und heute Morgen aufgestanden war. Dass er überhaupt zu Hause gewesen war, wusste sie nur, weil er in seinem Bett gelegen hatte, als sie gegen drei Uhr nachts vollkommen durchgeschwitzt wach wurde. Sie stand auf, zog die dünne Sommerdecke aus dem Bettüberzug und öffnete das Fenster sperrangelweit, ehe sie auf die Toilette ging und sich am Waschbecken kaltes Wasser ins Gesicht spritzte. Dann legte sie sich wieder hin und lauschte Thomas' ruhigen, regelmäßigen Atemzügen. Sie überlegte, ob sie zu ihm unter die Decke kriechen sollte und ganz nah bei ihm wieder einschlafen, aber der Gedanke an seine Körperwärme hielt sie davon ab.

Als ihr Wecker am Morgen geklingelt hatte, war er schon weg.

Sie stieg aus der Dusche und öffnete die Tür zum Badezimmer, um die Wärme herauszulassen, während sie sich vor dem Spiegel abtrocknete. Ihre Taille war nicht mehr unbedingt der schmalste Teil ihres Oberkörpers, und die Schwerkraft hatte ihre Brüste und Pobacken jetzt fester im Griff, das ließ sich nicht übersehen. Auch ihre Haut war nicht ganz so straff wie früher, vor allem am Hals und am Dekolleté. Sie war eben vierundfünfzig, und das sah man ihr auch an, aber sie fühlte sich wohl in ihrem Körper. Äußerlich. Nicht damit, wie er derzeit verrücktspielte. Sie würde sich nur wünschen, dass Thomas ihn auch mehr zu schätzen wüsste.

Da sie sowieso schon vor dem Spiegel stand, legte sie ein bisschen Make-up auf. Ein leichter Lidschatten über ihren warmen braunen Augen, etwas Wimperntusche und ein diskreter Lippenstift. Dann bürstete sie ihr Haar, dessen graue Haarsträhnen sie jeden dritten Monat überfärbte. Sie wählte einen frischen Slip und BH und zog sich an. Während sie die Zeitung überflog, genehmigte sie sich ein schnelles Frühstück.

Es war bereits warm, als sie aus dem einstöckigen roten Ziegelhaus in der Björnholmsgatan trat und in Richtung Zentrum spazierte. Ein paar Hausnummern weiter winkte sie einem Mann zu, der gerade sein Haus verließ, blieb aber nicht stehen, um einen Schwatz zu halten. Sie hatte nie großes Interesse daran gehabt, einen engeren Kontakt zu ihren Nachbarn zu pflegen.

Um das frische Gefühl nach der Dusche so lange wie möglich bewahren, verlangsamte sie ihre Schritte, während sie den Hang zur Kirche hinaufging und links in die Köpmansgatan einbog. Ihr Weg führte sie vorbei an der Tornedal-Schule, die sowohl Gabriel als auch Alicia besucht hatten, wenn auch mit einem unterschiedlichen Fächerschwerpunkt. Bald darauf hatte sie das Zentrum erreicht. Sie brauchte eine knappe Viertelstunde, um zur Arbeit zu laufen, und tat es jeden Tag, im Sommer wie im Winter. Daher kannte sie den Weg so in- und auswendig, dass sie ihre Umgebung kaum noch registrierte, es sei denn, ein neuer Laden hatte eröffnet oder, was leider wahrscheinlicher war, ein alter für immer geschlossen.

Zu ihrer Verwunderung warteten Gordon und Morgan draußen vor der Polizeistation, als sie ankam.

«Da bist du ja, ich wollte dich gerade anrufen», sagte Gordon, als er sie sah.

«Gibt es Neuigkeiten zu Tarasow?»

«Nein, aber du bist spät dran.»

«Wofür?»

«Für die Kompetenzprüfung.»

Hannah seufzte vernehmlich. Die hatte sie nicht vergessen, sondern eher verdrängt. Alle anderthalb Jahre musste jeder bewaffnete Polizeibeamte eine Schießprüfung bestehen, um seine Waffe behalten zu dürfen. Letzten Winter war sie mit Ach und Krach durchgekommen und hatte seither nicht ein einziges Mal geübt. Sie hatte nie das Bedürfnis danach gehabt. In all ihren Dienstjahren musste sie ihre Waffe nur dreimal ziehen, aber nie schießen.

«Kann das nicht noch ein bisschen warten?», bat sie.

«Nein, du hast es doch schon zweimal verschoben. Wenn du es jetzt durchziehst, hast du eine Woche Zeit, um es noch mal zu versuchen, falls du durchfällst.»

Hannah seufzte erneut, folgte Gordon jedoch widerstrebend zu dem niedrigen Gebäude auf der Rückseite der Polizeistation, die auf den Fluss hinausging. Morgan lief mit gesenktem Kopf ein paar Schritte vor ihnen.

«Wie war es denn gestern?», fragte Gordon im Plauderton.

«Was, gestern?»

«Na, das Essen, euer Abend zu Hause.»

«Gut», antwortete Hannah mit einem Achselzucken, das andeuten sollte, dass es nicht viel mehr zu diesem Thema zu sagen gab.

«Und, gab es Pasta mit Hähnchenstreifen?»

«Nein, wir haben was geholt.»

Sie überlegte, ob sie ihm erzählen sollte, warum sie zu spät nach Hause gekommen war, um etwas zu kochen, von ihren

Besuchen bei UW und Jonte, weil beide aber erfolglos gewesen waren, verzichtete sie darauf.

«Und du, wie lief das Spielen? Hast du gewonnen?»

«Da wurde nichts draus, mein Bruder hatte keine Zeit.»

«Ach, schade», sagte sie, und kurz ging ihr der Gedanke durch den Kopf, dass sie einen Teil der Nacht bei ihm hätte verbringen können.

Sie traten durch die Metalltür, Morgan schaltete die Leuchtstoffröhren an der Decke ein, und sie erhellten die einfache, aber funktionale Schießhalle. Fünf Pappen an der Schmalseite, die Umrisse eines Menschen mit einem Ring auf der Brust, der die Fläche markierte, die man treffen musste, um zu bestehen.

Gordon brachte ihnen Waffen, Magazine und Patronen. Hannah sammelte sich, setzte den Gehörschutz auf, nahm die Waffe, lud sie und stellte sich in Position. Präzisionsschuss aus zwanzig Metern Entfernung. Bei vier von fünf Treffern innerhalb des Rings hatte man bestanden. Im Schießstand nebenan feuerte Morgan mühelos seine Schüsse in einer schnellen Serie direkt in die Mitte des Kreises. Hannah holte tief Luft und atmete im selben Moment aus, in dem sie den Abzug betätigte. Vier im Kreis, wenn auch nicht so mittig wie bei Morgan.

Für die nächsten beiden Prüfungsteile gingen sie dreizehn Meter weiter vor: erhöhte Bereitschaft und Verteidigungsschuss. Morgan erzielte jeweils fünf von fünf Treffern. Hannah bestand den Bereitschafts-Teil, weil Gordon zwei Kugeln durchgehen ließ, die den Kreis lediglich gestreift hatten, obwohl sie zum größten Teil außerhalb lagen. Den Verteidigungsschuss – die Waffe ziehen, laden und innerhalb von drei Sekunden schießen – versiebte sie. Eine Patrone traf weit außerhalb des Rings, eine lag sogar außerhalb der Scheibe.

«Wir starten nächste Woche einen neuen Versuch, das wird schon», sagte Gordon tröstend, als er ihre Waffe entgegennahm.

«Ja, natürlich», erwiderte sie, zuckte mit den Schultern und verließ die Schießhalle. Sie brauchte keinen Trost und war weder enttäuscht noch nervös. Was war das Schlimmste, das passieren konnte? Dienst am Schreibtisch, bis sie bestand? Nein, sie musste lediglich ihre Dienstwaffe abgeben. Und die benutzte sie wie gesagt ohnehin nicht gerade täglich.

Nachdem sie sich umgezogen hatte und ihre Uniform trug, ging sie hinauf in ihr Büro und wäre fast mit der Putzfrau zusammengestoßen, die gerade im Gehen begriffen war. Hannah konnte sich nicht erinnern, sie schon einmal gesehen zu haben. Beide entschuldigten sich gleichzeitig, und Hannah sagte, sie könne ruhig weitermachen.

«No, no, I am done», antwortete die blonde junge Frau mit einem starken osteuropäischen Akzent. Der hohe Durchlauf an Frauen aus dem Osten wäre vermutlich ein Grund, einmal genauer die Arbeitsbedingungen bei der Firma zu prüfen, die die Ausschreibung gewonnen hatte, dachte Hannah und blickte der jungen Frau nach, die den Flur entlang in Richtung des nächsten Büros ging. Hannah betrat das ihre und weckte den Computer aus dem Stand-by-Modus, als das Telefon klingelte. Thomas. Ob er anrief, um sich für sein Weggehen gestern Abend zu entschuldigen? Sie hoffte es.

«Ja?» Sie sank auf ihren Stuhl und tippte ihr Passwort ein.

«Ich bin's», sagte Thomas.

«Weiß ich.»

«Dieser Honda, nach dem ihr sucht. Vielleicht habe ich eine Ahnung, wo ihr ihn finden könnt.»

Zehn Minuten später bog er auf den Parkplatz vor der Polizeistation. Hannah wartete bereits auf ihn.

«Warum hat diese Person dich angerufen?», fragte sie, sobald sie die Beifahrertür hinter sich zugezogen hatte.

«Sie weiß, dass ich mit dir verheiratet bin», antwortete Thomas und fuhr in Richtung E4.

«Warum hat sie dann nicht direkt bei uns angerufen?»

«Nicht alle wollen gern mit der Polizei sprechen.»

«Was habt ihr eigentlich für Kunden?»

Sie bekam lediglich ein Achselzucken zur Antwort. Hannah verstand es. Der Anrufer musste gar nicht unbedingt in irgendwelche illegalen oder kriminellen Machenschaften verwickelt sein. Das Misstrauen gegen die Staatsgewalt war in dieser Gegend weit verbreitet. Misstrauen und Widerwille.

«Lief denn alles gut mit der Therme?», fragte Hannah und lenkte das Gespräch auf den gestrigen Abend.

«Ja, sie ist repariert.»

«Schön.»

Mehr kam nicht. Keine Entschuldigung. Ob sie es sagen sollte? Dass sie ihn vermisst hatte. Sich abgewiesen gefühlt hatte, als er ging. Traurig gewesen war. Und dass ihr auffiel, wie sehr sie sich auseinandergelebt hatten oder, besser gesagt, er sich von ihr distanzierte. Auf Abstand ging.

Doch was würde sie damit erreichen?

Vielleicht würde er dann erklären, warum es so gekommen war, und mit dem herausrücken, wovor er vielleicht bisher zurückschreckte – dass er nicht mehr mit ihr zusammenleben wollte, dass er glaubte, ihre gemeinsame Zeit wäre vorbei.

Was hätte sie davon?

Besser, sie konfrontierte ihn erst gar nicht. Solange nichts ausgesprochen war, schien noch alles möglich, man konnte sich sogar einbilden, alles wäre wie immer oder könnte wieder so werden. Also erzählte sie stattdessen, dass sie gerade durch die Schießprüfung gefallen war. Er fragte nach den Konsequenzen, und sie erklärte, ihr Versagen habe lediglich gezeigt, was sie beide bereits wüssten: dass sie eine ziemlich miserable Schützin war. Anschließend fuhren sie schweigend weiter.

«Hier ist er abgebogen», erklärte Thomas, nachdem sie eine Weile gefahren waren, hielt am Straßenrand und deutete auf einen kleineren Weg, der rechts abzweigte.

«Und die Person ist sicher, dass es sich um das Auto handelt, nach dem wir suchen?», fragte Hannah und spähte in den Wald.

«Was heißt schon sicher, aber es war ein blauer Honda, zerknautscht und ohne Rücklicht.»

«Wann war das?»

«Gegen halb drei.»

«Was hat dein Kumpel um die Zeit hier gemacht?»

«Erstens ist er nicht mein Kumpel, und zweitens führen genau diese Fragen dazu, dass die Leute mich anrufen und nicht dich.»

Mit einem Lächeln, das Hannah innerlich wärmte, startete Thomas erneut den Motor und bog in den kleinen Weg ab. Er fuhr ihn langsam entlang, bis er nach einem knappen Kilometer an einem provisorischen Wendehammer endete. Hannah seufzte enttäuscht. Der Anruf bei Thomas hatte ihr Hoffnung gemacht. Jemand hatte den Honda vom Ort des Verbrechens weggeschafft und eine Zeitlang versteckt, ehe er gestern wieder damit gefahren war, oder besser gesagt heute früh. Es gehörte einiges dazu, dabei keine Spuren zu hinterlassen. Daher würden sie an dem Auto mit größter Wahrscheinlichkeit DNA und andere technische Beweise finden. Doch der Wagen war nicht hier. Vielleicht hatte sich derjenige nur verfahren, bemerkt, dass er in eine Sackgasse geraten war, und wieder gewendet. Oder der Informant hatte sich schlicht und ergreifend getäuscht.

Hier war das Auto jedenfalls nicht.

«Wir fahren zurück», entschied Hannah enttäuscht. Thomas musste mehrmals rangieren, ehe er das Auto wieder in Richtung der Schnellstraße steuern konnte. Nach nur einer Minute bremste er jedoch erneut. Hannah beugte sich vor.

«Warum halten wir an?»

«Guck doch mal.»

Thomas deutete durch das Fenster auf ihrer Seite. Sie sah es sofort. Die Vegetation hatte sich noch nicht wieder hinreichend aufgerichtet, um die beiden Reifenspuren zu verdecken. Einige abgeknickte Zweige, deren Bruchflächen weiß leuchteten, bestätigten, dass jemand genau dort quer durch den lichten Wald gefahren war.

Sie verließen das Auto und folgten der Spur. Nur sie beide. Zusammen. Hannah nahm Thomas' Hand. Für einen kurzen Moment hatte sie das Gefühl, er wollte sie zurückziehen, doch dann verschränkte er seine Finger mit ihren, und sie gingen Hand in Hand weiter. Bis sie zu der sandigen Böschung oberhalb des Sees gelangten. Die Spuren endeten ein Stück weiter abwärts, und jetzt bestand kein Zweifel mehr, wo das Auto geblieben war.

«Weißt du, was das hier für ein See ist?», fragte sie, ehe sie vorsichtig an den Abgrund trat und auf das dunkle Wasser darunter spähte.

«Keine Ahnung.»

Sie konnte unmöglich schätzen, wie tief das nahezu schwarze Wasser war.

«Wir müssen einen Taucher anfordern», sagte Hannah.

Obwohl er in der Nacht kein Auge zugetan hatte, war er nicht müde. Eine nervöse Energie trieb ihn an. Fragen kreisten in seinem Kopf. Derzeit waren es mehr Fragen als Antworten, und das gefiel René nicht.

Ganz und gar nicht.

Die Wichtigste war vermutlich, wie ihn diese Frau, die gestern an seinem Arbeitsplatz aufgetaucht war, eigentlich gefunden hatte. Denn wenn sie es konnte, konnten das auch andere. Trotzdem beschäftigte ihn genau diese Frage gerade am wenigsten.

Sie war bei ihm zu Hause gewesen.

Hatte den zerbrochenen Gartenzwerg gefunden, aber nicht die Drogen angerührt, soweit er feststellen konnte. Dennoch, bedeutete das etwa, dass er seine geniale Einfuhrmethode aufgeben musste?

Die Lieferanten kamen zu der Auktion, auf die sie sich geeinigt hatten, gingen zwischen den Gegenständen herum und stopften die Ware unbemerkt in einen Gartenzwerg, eine Porzellanfigur oder irgendeinen anderen Nippes in einer der kleinen Kisten mit Plunder, die im Gesamtpaket verkauft wurden und die es auf jeder Bauern- und Hofauktion in der Gegend gab. Dann schickten sie René eine Nachricht, in welcher Kiste der Stoff lag, und er fuhr hin und ersteigerte sie.

Das funktionierte reibungslos, kein Mensch ahnte etwas.

Bis jetzt. Bis sie kam.

I Learned From the Best, die fünfte Singleauskopplung seines unbestrittenen Lieblingsalbums, strömte aus dem teuren und avancierten Soundsystem in seine Wohnung. Mit Houston-Maßstäben gemessen, war es ein eher bescheidener Erfolg gewesen, und obwohl manche Kritiker den Song mit Klassikern wie *Saving All My Love For You* verglichen hatten, kam er in der amerikanischen Hitparade nicht höher als auf Platz siebenundzwanzig. In Schweden Platz dreiundzwanzig. Natürlich hätte sie etwas Besseres verdient gehabt. Obwohl die Remixe von Hex Hector und Junior Vasquez in den USA drei Wochen lang die Dance-Charts angeführt hatten, schien dieses kleine Meisterwerk trotzdem auf traurige Weise vergessen. René hatte es den ganzen Morgen auf Repeat gehört, aber nicht einmal Whitney konnte seine Gedanken zerstreuen und die kreisenden Fragen in seinem Kopf abstellen.

Was wollte diese Frau in Haparanda?

Ihrer eigenen Aussage nach war sie nicht daran interessiert, ihm das Revier streitig zu machen, seine Geschäfte zu übernehmen oder ihn aus dem Verkehr zu ziehen. Also, was wollte sie? Sie war auf der Suche nach einer Lieferung Amphetamin. Von wem und warum? Was hatte sie damit vor, wenn sie die Drogen fand? Würde sie einfach wieder verschwinden – oder doch in den Markt einsteigen? So viele Fragen, die eigentlich alle auf dieselbe Schlussfolgerung hinausliefen: Er wusste zu wenig, und sie wusste zu viel, deshalb stellte sie eine Gefahr dar.

Zum ersten Mal verstand er die anderen, die in einer ähnlichen Position waren wie er jetzt, und er begriff den Nutzen, gefürchtet und bewundert zu sein. Wenn er sich einen Namen gemacht oder den Ruf erworben hätte, gefährlich zu sein, hätte er jetzt einen anderen Stand. Dann hätte sie um eine Audienz bitten müssen, um ihn überhaupt treffen zu dürfen. Stattdessen war sie einfach so aufgetaucht, überraschend.

Er hasste Überraschungen.

Nur Idioten konnten es spannend finden, fremden Händen die Kontrolle über künftige Ereignisse zu überlassen, ohne jede Möglichkeit der Einflussnahme. Doch dass sie ihn so einfach hatte finden können und er so schutzlos wirkte, hatte andererseits den Vorteil, dass sie ihn vermutlich unterschätzte. Vielleicht konnte er die Sache zu seinen Gunsten wenden.

Das konnte er. Und er würde es auch.

Sobald sie gestern Abend gegangen war, hatte er seine Helfer beauftragt, sie zu finden. Die meisten Besucher kamen im Stadshotellet unter. Wenn sie dort nicht war, würden sie sich umhören und sie finden. Die Stadt war nicht groß. Ihre nächste Begegnung würde zu seinen Bedingungen stattfinden. Ohne weitere Überraschungen. Er würde Antworten auf seine Fragen erhalten und dann versuchen, an das Amphetamin heranzukommen, und dafür sorgen, dass sie verschwand.

Falls nötig, für immer.

Er hatte noch nie jemanden getötet. Mehreren Menschen Gewalt angetan, das ja, und einigen schon, als er noch außergewöhnlich jung gewesen war, aber er war nie bis zum Äußersten gegangen. Dafür gab es zwei Gründe.

Ein Toter bedeutete immer große Polizeiaktionen. Man konnte natürlich dafür sorgen, dass er nie gefunden wurde, aber die meisten Leichen tauchten früher oder später doch irgendwo auf.

Und zweitens war er sich ziemlich sicher – und beunruhigt darüber –, dass er Gefallen am Töten finden würde. Er liebte Kontrolle und Macht. Und was gab einem mehr Macht, als über Leben und Tod zu bestimmen? Gegenüber dem Leid und Schmerz anderer Menschen war er immer schon vollkommen gleichgültig gewesen. Er hatte es zwar nie genossen, andere zu verletzen, aber auch nie das Gefühl gehabt, dass es falsch war, oder Reue verspürt.

Schlicht und einfach, er hatte gar nichts dabei empfunden.

Man schlug ein Ei in die Bratpfanne und hatte ein Spiegelei, man drehte einen Schlüssel im Zündschloss eines Autos um, und der Motor startete, man rammte seine Faust in das Gesicht eines Achtjährigen, und die Lippe platzte auf und blutete.

Kausalität. Ursache und Wirkung.

Eine bestimmte Handlung führte zu dem erwarteten Ergebnis. Ohne dass Gefühle involviert waren. Mit der Zeit hatte er diesen Charakterzug als Stärke angesehen.

Er kümmerte sich nur um sich selbst.

Nach dem kurzen akustischen Gitarrensolo setzten die Bläser ein und näherten sich dem Crescendo, dem Schlagzeug und dann Whitneys gänsehauterzeugender Stimme mit dieser perfekten Mischung aus unbändiger Kraft und genau der richtigen Menge an Sehnsucht und Verletzlichkeit, wenn sie dem Mann, der sie verlassen hatte, klarmachte, dass sie nicht gedachte, ihn jemals zurückzunehmen. Dass sie wahrlich gelernt hatte, wie man ein Herz brach, von den Besten gelernt ...

Renés Handy summte in der Tasche, und er zog es hervor, ließ es jedoch eine Weile in seiner Hand vibrieren, ehe er sich meldete.

Sie hatten sie gefunden.

Die Stadt schien keine Eile zu haben, in Schwung zu kommen. Lange Abstände zwischen den vorbeifahrenden Autos, keine Kunden in den Läden, an denen sie vorbeikam, nur wenige Passanten auf dem Marktplatz oder auf dem Weg ins Zentrum.

Es war ein produktiver Start in den Tag gewesen. Ein guter Morgen. Nach der Drohung gegen seine Tochter hatte Stepan Horvat geliefert, was sie brauchte, und alles war nach Plan verlaufen. Katja war auf dem allerneusten Stand, als sie die hübsch geätzten Glastüren des Hotels aufschob und den Mann entdeckte, der in einem der Ledersessel neben dem Aufzug saß. Er tat sein Bestes, um keine Aufmerksamkeit zu erregen, aber sie erkannte ihn sofort. Vom gestrigen Abend.

Waren das wirklich solche Amateure?

Was hatten die sich gedacht? Dass sie sich bedroht fühlen würde? Dass ihr dieser junge Mann, der letzte Woche ein paar Stunden im Fitnessstudio verbracht hatte, Angst einjagen würde? Es war fast ein bisschen niedlich. Während sie die breite Marmortreppe hinaufstieg, überlegte sie, ob es ihr Sorgen bereiten müsste, dass die Kerle ihren Aufenthaltsort kannten, doch sie wischte den Gedanken beiseite.

Im obersten Stockwerk bog sie rechts in den Flur ab und entdeckte ein weiteres bekanntes Gesicht. Der zweite Mann von gestern Abend saß in einem der beiden geschnitzten

Rokokostühle, die auf halbem Weg den Flur hinab neben einem kleinen Tisch standen. Er blätterte in einer Touristenbroschüre, hob jedoch den Kopf und blickte in ihre Richtung, als er sie kommen hörte. Katja verlangsamte ihre Schritte, der Mann stand auf, ging ein paar Meter auf sie zu und versperrte ihr den Weg. Groß, genauso muskulös wie sein Kumpel im Foyer, breitbeinig für ein besseres Gleichgewicht, auf den ersten Blick aber nicht bewaffnet. Sie blieb stehen und fixierte ihn, als sie hinter sich schwere Schritte hörte. Der Mann, der an der Rezeption gewartet hatte, bog um die Ecke.

«Wollt ihr das wirklich?», fragte Katja und wich zurück, sodass sie mit dem Rücken zur Wand stand und beide im Blick hatte. Keiner der Männer antwortete, aber sie bewegten sich auch nicht. Standen einfach nur da und starrten sie an.

Nun war Katja gezwungen, die Sache möglichst schnell hinter sich zu bringen.

Es gab genügend Gäste im Hotel, und auch wenn sie ihnen nur selten begegnete, konnte jeden Moment jemand auftauchen. Oder Personal. Sollte sie um Hilfe rufen? Sie auf diese Weise vertreiben? Das hätte Louise Andersson getan, aber es würde nur unnötige Aufmerksamkeit auf sie lenken. Womöglich würde sogar irgendwer darauf bestehen, die Polizei zu rufen, und das wollte sie nicht. Die beiden umzubringen, war ausgeschlossen. Wenn sie ihnen etwas antat, mussten sie zumindest aus eigener Kraft von hier wegkommen. Im Idealfall unbemerkt.

«Was ist euer Plan?», fragte sie, beugte sich vorsichtig herunter, zog ihr Hosenbein hoch und löste das Messer, ließ die breite, leicht gebogene Klinge jedoch an ihrem Oberschenkel ruhen. Wieder erhielt sie keine Antwort. «Wie auch immer euer Plan aussah, ihr geht jetzt brav zurück zu René und sagt ihm, dass es nicht funktioniert hat.»

Die Männer sahen sich an, wechselten ein kurzes Nicken, ehe sie sich beide in Bewegung setzten. Katja entschied sich für den, der ihr am nächsten war, stieß sich von der Wand ab, war in einer einzigen schwungvollen Bewegung bei ihm und trat ihm in die Kniebeuge. Als er auf den Boden sackte, drehte sie ihm den Arm auf den Rücken und presste das Bowie-Messer gegen seinen Hals. Der andere Kerl blieb sofort stehen.

«Überlegt es euch gut», sagte sie leise. «Ich spiele in einer anderen Liga.»

Dies war eine denkbar ungünstige Situation für Louise Andersson, um entdeckt zu werden, also lockerte Katja sofort wieder den Griff und trat zwei Schritte zurück, das Messer jetzt wieder am Oberschenkel. Der Mann vor ihr rappelte sich hoch, warf einen erschrockenen Blick über die Schulter und stolperte dann zu seinem Kumpel. Er verpasste ihm einen Schubser, und eilig verschwanden sie die Treppe hinunter. Katja bückte sich und befestigte das Messer erneut in seinem Holster.

Sie würde wohl noch ein Wörtchen mit René Fouquier reden müssen.

Dann ging sie weiter zu ihrem Zimmer, bog um die Ecke am Ende des Korridors und konnte gerade noch aus dem Augenwinkel den dritten Mann sehen, der an die Wand gedrückt gewartet hatte, ehe sich ein brennender Schmerz von ihrer Brust hinab in den ganzen Körper ausbreitete. Hilflos zitternd kämpfte sie mit all ihrer Willenskraft darum, wieder die Kontrolle zu erlangen und sich auf den Füßen zu halten, doch vergeblich. Der gemusterte Teppich raste auf sie zu, als sie kopfüber umfiel. Am Boden gelang es ihrem guttrainierten Gehirn dennoch, den Schmerz zu verdrängen und ihre Muskeln kurzzuschließen, und sie streckte sich nach dem Messer an ihrem Bein. Doch bevor sie es erreichen konnte, spürte sie einen festen Griff um ihr Handgelenk. Die beiden anderen Männer waren zurückgekehrt und halfen nun dem dritten, der sie mit dem Elektroschocker außer Gefecht gesetzt hatte.

Sie unternahm einen letzten Versuch, sich zu befreien. Der Mann ließ sie los, allerdings nur, um auszuholen. Im nächsten Moment landete seine Faust mit voller Wucht in ihrem Gesicht, und sie verlor das Bewusstsein.

Jetzt ging es ihm etwas besser.
Frisch geduscht und mit einem Handtuch um die Hüften kam Kenneth in die Küche, schaltete die Kaffeemaschine ein, öffnete den Kühlschrank und nickte vor sich hin. Er bildete es sich nicht nur ein.

Es ging ihm etwas besser.

Zum ersten Mal seit dem Vorfall hatte er Hunger, und er hatte bis Viertel nach neun geschlafen. Sobald er die Augen geöffnet hatte, waren seine Gedanken zwar wieder dorthin zurückgewandert, aber auf andere Weise. Sie drehten sich nicht mehr in erster Linie um den Mann auf dem Weg, die starren Augen und die verdrehten Halswirbel. Die Angst, weil er jemanden getötet hatte und ins Gefängnis kommen konnte, war ein wenig gedämpft worden. Nun war es einfacher, sich einzureden, dass alles war wie gewohnt. Die Erleichterung, als er den Honda auf den Grund des Sees hatte sinken sehen, verspürte er noch immer. Sie konnten es tatsächlich schaffen.

Das fühlte sich richtig gut an.

Jetzt dachte er eher an Sandra. An sie beide. Sobald sie am frühen Morgen zurückgekommen waren, hatte Sandra sich hingelegt, noch immer wütend. Am Morgen musste sie um Punkt acht los und würde nur wenige Stunden Schlaf bekommen. Er schlug vor, sie könne sich doch wie üblich den Wecker stellen, dann aber krankmelden und noch einmal im

Bett umdrehen und zusammen mit ihm zu Hause bleiben. Da wurde sie erneut sauer. Alles solle wie immer sein, ob er das denn nicht kapiere?

«Du bist aber gestern früher gegangen, weil es dir nicht gut ging», entgegnete er vorsichtig. «Da würde sich doch wohl niemand wundern, wenn du immer noch krank bist?»

«Ich habe vor, zur Arbeit zu gehen», stellte sie klar und kehrte ihm den Rücken zu. Punkt, aus. Er überlegte, ob er sich an sie schmiegen sollte, ließ es aber lieber und starrte stattdessen an die Decke. Müde, aber gleichzeitig immer noch im Adrenalinrausch.

Sie hatte ihn gerettet.

Das klang dramatisch, aber es stimmte. Was hätte er nach dem Gefängnis getan, wenn sie nicht da gewesen wäre? Wohin hätte er gehen sollen? Bei seinen Eltern war er nicht mehr willkommen, und Thomas und Hannah waren nett, aber keine ernsthafte Alternative. Er wäre irgendwo gelandet, einsam, unglücklich und leicht zu beeinflussen. Sandra war seine Rettung geworden, sein Halt im Leben. Ihr wollte er alles geben, was sie sich wünschte, weil sie ein phantastischer Mensch war und es verdient hatte. Aber er konnte ihr so wenig bieten.

Er glaubte, dass sie gern heiraten würde. Nicht nur standesamtlich und danach schön essen gehen, ehe sie wieder nach Norra Storträsk fuhren. Sie wollte ein richtiges Fest. Mit vielen Leuten, Catering und Tanz. Einer Hochzeitsnacht im Hotel. Einer Reise. Sie wollte es so haben wie alle anderen. Deshalb hatte er ihr nie einen Antrag gemacht. Große Hochzeiten kosteten Geld. Kinder ebenfalls. Doch irgendwann wollte sie auch Mutter sein, das wusste er sicher, aber sie konnten es sich einfach nicht leisten.

In drei Jahren würde ein Teil ihrer Millionen sicher in die

Hochzeit und die Familie fließen. Im besten Fall hätte er dann auch einen Job, wie sie es sich immer gewünscht hatte. Damit sie das sorgenfreie Leben genießen konnten, das sie verdienten. Versonnen lächelte er vor sich hin.

Die Zukunft sah freundlicher aus. Das fühlte sich gut an.

Ein jähes Klingeln an der Tür zerriss die Stille im Haus. Kenneth erstarrte. Das mussten die Bullen sein. Er hatte doch Spuren hinterlassen. Er würde wieder in den Knast wandern. Alles war vorbei.

«Wer ist da?», fragte er, als er an der Tür angekommen war, und hörte, dass seine Stimme dünn und piepsend klang.

«Ich bin's», kam es von draußen. «UW.»

Kenneth entspannte sich und öffnete mit einem erleichterten Grinsen die Tür.

Sie kannten sich aus dem Gefängnis. UW war bereits dort gewesen, als Kenneth kam, und sie hatten sich häufiger unterhalten und gut verstanden und nach und nach beide beschlossen, ihr Leben zu ändern. In Freiheit hatten sie den Kontakt gehalten und sich anfangs regelmäßig getroffen, aber UW hatte seine Familie, die viel Zeit in Anspruch nahm, und Kenneth war aus der Stadt weggezogen, sodass sie sich immer seltener sahen. Das letzte Mal in jener schicksalhaften Nacht. Sie waren auf derselben Party gewesen, UW war gleichzeitig mit ihm und Sandra aufgebrochen.

«Willst du wirklich fahren?», hatte er gefragt, als Kenneth draußen sein Auto aufgeschlossen hatte.

«Klar, warum?»

UW antwortete nicht, zuckte nur leicht mit den Schultern und sagte damit alles.

«Ich habe doch nur ein paar Bier getrunken.»

«Na gut. Dann bis bald mal», erwiderte UW, winkte zum Abschied und ging los.

«Wir können dich mitnehmen», sagte Kenneth zu UWs Rücken, aber der hob erneut die Hand, diesmal zu einer Geste, die wohl bedeuten sollte: Danke, aber ich laufe lieber. Und spazierte weiter davon. Wenn er das Angebot angenommen hätte, wäre alles anders gekommen. Sandra und er wären nicht allein auf dem Waldweg gewesen, als sich der Russe die Beine vertreten wollte. Sandra wäre vielleicht früher eingeschlafen oder gar nicht, und er hätte nicht versucht, genau in dem Moment die Playlist zu ändern, das Handy fallen gelassen und den Blick von der Straße abgewendet.

So viele sinnlose *Wenns* und *Vielleichts*.

«Hallo», sagte UW freudlos, und Kenneth fiel auf, wie kaputt sein Freund aussah. Tiefe Augenringe, die Bartstoppeln länger als sonst, ein abstoßender Herpes an der Unterlippe.

«Hey, cool, dich zu sehen. Komm rein.»

Kenneth bemerkte, dass er immer noch nur ein Handtuch um die Hüfte trug, als er an UW vorbeiging, der im Flur stehen geblieben war, um sich die Schuhe auszuziehen.

«Ich werf mir nur schnell was über. In der Küche gibt's Kaffee.»

«Okay.»

Mit schnellen Schritten verschwand er ins Obergeschoss und zog sich an. Seine relativ gute Laune stieg durch den Besuch nur noch mehr. Er hatte nicht viele Freunde in Haparanda, eigentlich so gut wie keine, aber UW zählte definitiv dazu. Sein bester Freund. Er fand ein Zopfgummi und band das Haar zu einem losen Pferdeschwanz, ehe er wieder in die Küche ging. UW saß am Küchentisch und starrte aus dem Fenster in die Ferne. Kein Kaffeebecher auf dem Tisch.

«Willst du keinen Kaffee?», fragte Kenneth auf dem Weg zur Arbeitsplatte.

«Nee, danke.»

«Ein Brot vielleicht?»

«Hab zu Hause was gegessen.»

«Wie läuft's so, mit der Arbeit und allem?», fragte Kenneth über die Schulter hinweg, während er sich selbst ein Brot schmierte.

«Gut, ziemlich ruhig gerade.»

«Machst du überhaupt mal frei? Du siehst ein bisschen müde aus.»

UW antwortete nicht gleich, er seufzte nur. Kenneth sah, wie er sein Gesicht in die Hände legte und sich die Augen rieb. Irgendetwas bedrückte ihn.

«Die Pflegekasse hat uns die Stunden gekürzt, habe ich das erzählt?»

«Nein, ich glaube nicht.»

«Wir bekommen nur noch vierzig Stunden die Woche. Alles darüber hinaus müssen wir selbst zahlen.»

«Wie viele hattet ihr vorher?»

«Hundertzwanzig.»

«Scheiße, das ist ja weniger als die Hälfte. Wie schafft ihr das denn?»

«Gar nicht. Stina ist wieder krankgeschrieben.»

«Sag Bescheid, wenn ich irgendwas tun kann.»

Er sagte es eher, weil man das eben so sagte, ohne es richtig ernst zu meinen. Denn er fühlte sich immer ein bisschen unwohl mit Lovis, wusste nicht, wie er sich verhalten sollte, auch Stina und UW gegenüber, wenn sie ihre Tochter dabeihatten.

«Da wäre tatsächlich etwas ...»

Kenneth nahm den Teller mit seinem Frühstück und setzte sich auf den Platz UW gegenüber. Der blickte auf seine verschränkten Hände hinab, dann wieder zu ihm. Kenneth kannte diesen Blick. Von seiner Mutter, wenn sie gezwungen war, ihn für etwas zu bestrafen, obwohl sie es gar nicht selbst wollte und auch nicht der Meinung war, er hätte einen Fehler gemacht. Es war der Bitte-verzeih-mir-was-ich-gleich-tun-werde-Blick.

«Ja, worum geht es denn?», fragte Kenneth mit dem wachsenden Gefühl, dass ihm die Antwort nicht gefallen werde. UW zögerte erneut. Worum auch immer er Kenneth bitten wollte, es kostete ihn anscheinend große Überwindung.

Und es war *auf keinen Fall* etwas, das Kenneth gefallen würde.

«Vor ein paar Tagen bin ich hier vorbeigefahren. Eigentlich hatte ich vor, diese Ratschen abzuholen, die ich dir geliehen hatte.»

«Stimmt, verdammt, die hatte ich ganz vergessen. Sorry», sagte Kenneth und versuchte, möglichst unbeschwert zu klingen.

«Ihr wart nicht zu Hause.»

«Nein ...»

«Also bin ich in die Garage gegangen, um zu sehen, ob ich sie vielleicht irgendwo finden könnte.»

Ihre Blicke trafen sich über dem Tisch. Kenneth schwieg. Was sollte er sagen? Keine Ausrede der Welt würde ihn retten. Der Angstknoten, den er diesen Morgen nur noch als leises Nagen im Bauch verspürt hatte, donnerte jetzt wie ein Güterzug heran und raubte ihm fast die Luft. Er wusste, was UW gesehen hatte, und begriff, dass ihm klar war, was sie getan hatten. Aber das erklärte noch nicht seinen Blick. Warum lag kein Mitgefühl oder Verständnis darin, sondern eher Wehmut, vielleicht auch Scham?

Was wollte er eigentlich? Warum war er hier?

Kenneth konnte sich keinen Reim darauf machen.

«Es tut mir leid, Kenny, wirklich», sagte UW und brach das

Schweigen. «Aber du musst mich verstehen. Wir gehen sonst vor die Hunde, Stina und ich.»

Auch das half ihm nicht auf die Sprünge. Was hatte diese Sache hier mit der reduzierten Pflegehilfe zu tun? Was wollte UW von ihm?

«Nein, ich verstehe nicht, was ... was genau meinst du?»

«Ich will fünfundsiebzigtausend haben. Dann vergesse ich den Volvo und den Honda.»

Für einen kurzen Moment dachte Kenneth, UW würde nur einen Scherz machen, gleich in Gelächter ausbrechen, sich zurücklehnen und prustend sagen, Kenneth hätte mal seine eigene Miene sehen sollen. Doch nichts davon trat ein. Also versuchte er, seine Gefühle zu sortieren. Vermutlich hätte er ängstlich oder auch wütend sein müssen, doch zu seiner eigenen Verwunderung stiegen ihm Tränen in die Augen.

«Willst du mich verarschen?» Er versuchte, seine Stimme zu beherrschen. «Wo um alles in der Welt soll ich die fünfundsiebzigtausend hernehmen?»

«Indem du ein bisschen was von dem Stoff verkaufst. Nicht an mich, sondern an jemand anders.»

«Welchen Stoff?», fragte Kenneth aus Reflex und versuchte nicht einmal mehr zu begreifen, was gerade passierte. Sein bester Freund saß in seiner Küche, drohte ihm und wollte ihn um Geld erpressen.

«Der in dem Honda war.»

«In dem Honda war nichts.»

«Doch, da war was.»

«Woher willst du das wissen?»

«Jemand hat es mir erzählt.»

«Und wer?»

UW zögerte erneut, es sah aus, als läge ihm eine Antwort auf der Zunge, die er sich aber verkniff. Kenneth hatte das

Gefühl, er würde ihm nicht die Wahrheit erzählen – oder jedenfalls nicht die ganze. Doch das spielte auch keine Rolle mehr. Sein Verrat konnte sowieso kaum größer sein.

«Die Bullen», behauptete UW schließlich. «Sie konnten sich nur schwer vorstellen, dass ich aufgehört habe.»

«Aha ...»

Viel mehr gab es nicht zu sagen.

«Wir brauchen die Kohle wirklich», beteuerte UW in einem Ton, der wohl nicht nur alles erklären, sondern auch alles entschuldigen sollte. Dann schob sein Freund den Stuhl zurück und stand auf. Kenneth schwieg und sah ihn nicht einmal an, hielt ihn jedoch auf, als er in den Flur verschwinden wollte.

«Was passiert, wenn ich nicht bleche? Gehst du zu den Bullen? Dann bekommst du das Geld auch nicht.»

«Ist es dir denn gar nichts wert, nicht wieder in den Knast zu müssen?»

Es war eine rhetorische Frage. UW wusste das. Sie hatten mehrmals darüber gesprochen. Dass Kenneth nicht glaubte, noch eine Runde im Knast zu überleben. Er würde Sandra verlieren. Alles verlieren. Untergehen.

Das Vertrauen und die Offenheit, die er UW entgegengebracht hatte, verwendete der Freund jetzt gegen ihn.

Er hatte sich getäuscht, der Verrat konnte doch noch größer sein.

«Du hättest mich einfach darum bitten können.» Jetzt konnte er die Tränen nicht mehr zurückhalten, doch er kümmerte sich nicht darum, sondern ließ sie einfach laufen. «Ohne mir zu drohen. Ich hätte dir geholfen. Wir sind doch Freunde.»

UW drehte sich einfach nur um und ging. Was gab es schon zu sagen? Einige Sekunden später hörte Kenneth, wie die Haustür zuschlug und das Auto wegfuhr. Dann folgte eine Stille, die allen Sauerstoff aus dem Zimmer zu saugen schien. Er glitt vom Stuhl, legte sich auf den Boden und atmete heftig, während ihm die Tränen über die Wangen strömten.

Das Gefühl vom Morgen, dass es ihm besser ging, dass alles besser werden würde, war weg. So weit weg.

Seit fast fünf Minuten war sie wieder bei Bewusstsein. Dennoch bewegte sie sich nicht, atmete weiter ruhig und regelmäßig, das Kinn auf der Brust. Das Haar hing ihr ins Gesicht, aber sie wagte es trotzdem nicht, die Augen zu öffnen, wollte auf keinen Fall verraten, dass sie wach war.

Dennoch versuchte sie, sich zu orientieren. Die Luft roch moderig wie in einem Kartoffelkeller, aber durch ihre geschlossenen Augenlider drang eindeutig Tageslicht, weshalb sie eher auf ein Gebäude mit Feuchtigkeitsschaden tippte. Vier Stimmen waren zu hören. Die eine konnte sie René Fouquier zuordnen, die anderen drei gehörten vermutlich den Männern aus dem Hotel. Ihr Kiefer schmerzte, und sie gönnte sich einige Minuten, um sich selbst zu verfluchen.

Weil sie es zugelassen hatte, in diese Situation zu geraten.

Sich von ein paar verdammten Amateuren hatte überwältigen lassen.

Sie war nachlässig gewesen. Und sie wusste auch, warum.

Seit sie nach Haparanda gekommen war, war ihr alles so leicht von der Hand gegangen. UW hatte sie zu Jonte geführt, der sie zu René geführt hatte, der aussah wie ein Versicherungskaufmann, aber in einem Schnellrestaurant arbeitete und Drogen in Gartenzwergen schmuggelte. Sogar die schläfrige kleine Stadt selbst hatte sie in einer falschen Sicherheit gewiegt und sie unvorsichtig gemacht. Sie hatte ihn ganz einfach unterschätzt, und dafür musste sie jetzt büßen.

Genug der Selbstvorwürfe, jetzt wurde es Zeit, wieder von hier wegzukommen.

Sie saß, was schon mal besser war, als zu liegen. Ihre Hände waren auf den Rücken gefesselt, mit schmalen Bändern, die in die Haut an den Handgelenken schnitten. Kabelbinder oder etwas Ähnliches, eine schmale Plastikschnur oder Wäscheleine, definitiv kein Seil. Bedauerlich, denn ein Seil gab immer ein wenig nach. Ihre Beine waren über der Hose an die Stuhlbeine gebunden. Das Messer war natürlich weg. Am liebsten hätte sie mit den Fingern nachgefühlt, ob sie etwas gegen die Fesseln an ihrer Hand ausrichten konnte, aber sie wagte es noch immer nicht, sie zu bewegen. Keine der Stimmen, die sie bisher gehört hatte, war aus einer anderen Richtung gekommen, aber es konnte natürlich auch jemand da sein, der nicht redete.

«Weck sie», hörte sie René jetzt plötzlich sagen.

«Wie denn?»

«Mach's einfach.»

Katja bewegte sich langsam, um einem amateurhaften Weckversuch zu entgehen. Sie hob den Kopf mit einem leisen Stöhnen, das nicht vorgetäuscht war, ihr Nacken schmerzte, nachdem sie für eine unbestimmte Zeit in derselben Haltung gesessen hatte. In Zeitlupe öffnete sie die Augen und blinzelte angestrengt, damit sie angeschlagener wirkte, als sie es in Wirklichkeit war. Bei jedem Blinzeln drehte sie ein wenig den Kopf, um so viel wie möglich von dem Zimmer und von ihren Gegnern zu sehen.

Wie sich herausstellte, waren sie zu fünft.

In einem Raum, der früher einmal eine Küche gewesen sein musste.

Die beiden Gorillas aus dem Burgerrestaurant standen zusammen neben der Tür, die nur an der unteren Angel im Rahmen hing, und der Mann mit dem Elektroschocker lehnte an der Wand zu ihrer Rechten. René kam gerade auf sie zu, und dann war da noch der dunkelhaarige Kurier, der sie zu der Wohnung geführt hatte. Jetzt saß er entspannt auf einem Stuhl neben einem umgekippten rostigen Herd und trank Bier aus der Dose. Keine sichtbaren Waffen. Abgesehen von ihrem Messer, das in einem Holster auf einer Arbeitsfläche unter einer Reihe von Oberschränken lag, die alle leer und ohne Türen waren. In der einen Ecke war die Decke eingestürzt, vermutlich aufgrund eines nie behobenen Wasserschadens. An allen Wänden blätterte die Farbe ab, in den beiden Fenstern fehlten die Scheiben, und der wellige Linoleumboden war mit Müll übersät, den Mensch und Natur hereingetragen hatten.

Ein verfallenes, verlassenes Haus. Wahrscheinlich einsam gelegen. Gute Wahl.

«Wie heißt du?»

Katja sah René an und kniff die Augen zusammen, als müsste sie ihn erst scharfstellen.

«Hä?», stammelte sie, als hätte sie die Frage nicht gehört oder verstanden.

«Wie heißt du?», wiederholte er.

«Louise ... Louise Andersson.»

Die Ohrfeige kam ohne jede Vorwarnung. Ihr Kopf wurde zur Seite geworfen, und ihre Wange brannte. Für einen Sekundenbruchteil spürte sie den Zorn in sich aufwallen, zwang sich aber sofort wieder zurück in ihren benebelten Blick und ließ sogar ein paar Tränen kullern, das konnte nie schaden.

«Ich habe so meine Kontakte. Es gibt eine Louise Andersson mit deiner Personennummer, aber ich habe sie angerufen, und sie ist gar nicht hier. Sondern in Linköping.»

Er wollte ihr also nicht nur unter die Nase reiben, dass er ihre Lüge aufgedeckt hatte, sondern musste auch noch erklären, wie. Wollte prahlen und zeigen, wie schlau er war. Schlauer als sie.

«Also, wer bist du?»

Katja entschied sich für eine Strategie. Sie wollte ihnen ein Gefühl der Überlegenheit geben, ohne allzu viel Schwäche zu zeigen, zu kooperativ zu sein. Nach ihrem gestrigen Auftritt im Schnellimbiss würde er schnell durchschauen, dass sie nur schauspielerte.

«Ich heiße Galina Sokolowa.»

«Russisch?»

«Wie klingt es denn? Да русский.»

Sie glaubte, ein gewisses Zögern zu erkennen. Die russische Mafia war schon in so vielen Büchern, Filmen und Fernsehserien als vollkommen skrupellos dargestellt worden. Katja vermutete, dass René gerade diese Verbindung in seinem Hirn herstellte und überlegte, worauf er sich eingelassen hatte und ob er tatsächlich weitermachen sollte. Er deutete mit dem Kopf auf einen der Männer vom Hotelflur.

«Theo hat gesagt, du seist ziemlich gut im Nahkampf.»

«Ja, bin ich.»

«Aber jetzt sitzt du nur da.»

Sollte heißen: Ich bin besser. Was ihr ausgezeichnet passte. Sie musste ihr eigenes Können herunterspielen und ihm schmeicheln.

«Schlau von dir, die Sache im Hotel.»

«Danke.»

«Ich habe dich wohl unterschätzt.»

«Ja, hast du. Erzähl mir von dem Amphetamin.»

«Was willst du wissen?»

«Was du weißt.»

Also erzählte sie von Rovaniemi, dem geplatzten Geschäft, von Wadim und was ihm wahrscheinlich da draußen auf dem Waldweg zugestoßen war, und dass die ursprünglichen Besitzer jetzt zurückhaben wollten, was man ihnen genommen hatte. Das war mehr, als sie ihnen eigentlich hatte mitteilen wollen, aber sie hatte keine Ahnung, was sie bereits wussten oder sich denken konnten. Die Wahrheit sorgte dafür, dass sie sich entspannten. Sie bekamen Informationen und hatten die Situation im Griff, glaubten sie. Allerdings war es egal, wie viel sie erfuhren, denn sie hatte sowieso nicht vor, auch nur einen von ihnen am Leben zu lassen.

«Und dafür haben sie dich geschickt? Nur dich?»

Zu ihrer Freude hörte Katja ein gewisses Misstrauen in seiner Stimme. Als wäre es undenkbar, dass eine Frau allein das schaffen könnte. Oder jedenfalls sie allein.

«Ja.»

«Wie hast du mich gefunden?»

«Sorry, das kann ich nicht sagen.»

Der Schlag kam sofort. Ihr Kopf wurde zur Seite geworfen. Sie biss sich fest auf die Innenseite ihrer Wange und ließ den blutigen Speichel aus ihrem Mundwinkel rinnen, als sie sich wieder aufrichtete. Sie sollten nicht nur glauben, dass sie im Vorteil waren, sondern auch, dass ihr Vorteil größer wurde.

«Hat das weh getan?»

«Ja.»

Sie sah ihn an. Irgendetwas lag in den Augen aller Männer, die es genossen, anderen Schmerz zuzufügen. Etwas, das sich tief dort drinnen regte wie ein dunkler Tümpel, schwarz und ölig. Lebendig. Das hatte sie schon so oft beobachtet, nicht zuletzt bei dem Mann, den sie ihren Vater genannt hatte. Bei René Fouquier sah sie gar nichts. Keine Lust, keine Freude oder Befriedigung, keinen Trieb, der seine Urteilskraft außer Gefecht setzen würde. Sie hatte den Eindruck, dass er überhaupt nichts fühlte. Und das machte ihn viel gefährlicher.

«Wie hast du mich gefunden?»

Katja blickte erst ihn an, dann die anderen. Der eine beschäftigte sich mit seinem Handy. Der Mann, der offenbar Theo hieß und anscheinend nur schwer mit ansehen konnte, wie eine gefesselte Frau misshandelt wurde, sah eher durch die offene Tür als zu ihr. Der Dunkelhaarige auf dem Stuhl trank sein Bier. Sie fühlten sich nicht bedroht.

Die Zeit zum Handeln war gekommen.

«Erinnerst du dich noch, dass ich dir gesagt habe, du sollst mich niemals anfassen, wenn ich es dir nicht erlaubt habe?»

Ihr Blick war entschlossen. Offen trotzig. Sie forderte ihn heraus. Vor den anderen. Wenn sie ihn richtig einschätzte, wusste sie schon, was als Nächstes kam. So war es auch. Er holte weiter aus, ballte die Faust, schlug noch viel fester zu als beim letzten Mal. Sie ging mit dem ganzen Körper mit, verlagerte das Gleichgewicht, stieß sich ab, so gut es ging, damit der Stuhl umkippte. Als die vorderen Stuhlbeine vom Boden abhoben, streckte sie die Beine blitzschnell und spürte, wie die Kabelbinder im selben Moment von den Stuhlbeinen glitten, als sie auf dem Boden aufkam. Sie achtete darauf, die Beine wieder in ihre ursprüngliche Position zurückzubringen und hoffte, dass niemand ihr kleines Manöver bemerkt hatte. René ging neben ihr in die Hocke.

«Wie hast du mich gefunden?»

«Einer deiner Junkies hat mir erzählt, wie die Geschäfte ablaufen, ich habe eine SMS von seinem Telefon verschickt und gesagt, dass ich etwas kaufen wollte. Dann bin ich dem da drüben gefolgt, als er mit dem Geld zu dir nach Hause gegangen ist.»

Sie deutete mit dem Kopf auf den biertrinkenden Typen auf dem Stuhl. René bedachte ihn mit einem Blick, der ausdrückte, dass er diese Sache nicht auf sich beruhen lassen würde.

«Welcher Junkie?»

«Irgendein Jonte soundso.»

«Jonte Lundin», erklärte der Mann mit der Bierdose, eifrig darum bemüht, den Fehler jemand anderem in die Schuhe zu schieben. «Hat gestern was gekauft. Er muss es gewesen sein.»

René stand wieder auf und nickte in Richtung der beiden Türen. Sie hoffte, er würde nicht sofort jemanden losschicken, um Lundin eine Abreibung zu verpassen, denn sie wollte sie alle an einem Ort versammelt haben.

«Helft ihr hoch.»

Die beiden Muskelpakete gingen zu ihr. Der eine packte ihre Oberarme, während der andere den Stuhl aufstellte. Sie presste ihre Waden fest gegen die Stuhlbeine, ein kritischer Moment, wenn sie nur ein bisschen aufmerksam waren, würden sie sehen, dass sie nicht länger gefesselt war. Doch sie bemerkten es nicht. Jetzt saß sie wieder, und die zwei Kerle gingen zu ihren Plätzen zurück. René trat erneut vor.

«Hast du eine Ahnung, wo dieses Amphetamin ist?»

«Ja», antwortete sie und räusperte sich. Sie hustete, spuckte ein wenig Blut. «Kann ich ein bisschen Wasser haben?»

«Wir haben kein Wasser.»

«Habt ihr irgendetwas anderes zu trinken?», fragte sie mit einer schwachen und rauen Stimme und blickte zu dem Mann auf dem Stuhl. René winkte ihn herbei, und er hielt die Dose an ihre Lippen.

Im selben Moment schnellte sie vom Stuhl hoch, sprang, so hoch sie konnte, und zog ihre gefesselten Hände vom Rücken unter den Füßen durch nach vorn. Als sie wieder auf dem Boden aufkam, war sie mit ausgestreckten Armen und einem Satz bei dem Dunkelhaarigen, ehe der überhaupt reagieren konnte. Sie stülpte die Arme über ihn und umklammerte ihn so, dass er sich nicht mehr bewegen konnte. Erschrocken ließ er die Bierdose fallen, was die Lähmung der anderen zu brechen schien. René schrie, dass sie sie wieder schnappen sollten, und zwei der anderen näherten sich, eher zögerlich, denn sie hatten im Hotel gesehen, wozu sie fähig war.

Katja musste Zeit gewinnen. Sie hielt den anderen Mann wie einen Schutzschild vor sich und schlug ihre Zähne tief in seinen Hals. Dann biss sie sich fest und riss den Kopf zurück. Der Mann schrie laut auf vor Schock und Schmerz, und das Blut sickerte seinen Hals hinab und breitete sich schnell auf dem weißen T-Shirt aus. Die plötzliche Attacke und das Brüllen ihres Kameraden hatten den gewünschten Effekt, die anderen erstarrten und warfen sich schnelle Blicke zu. Was zum Teufel passierte hier gerade? Katja spuckte den Brocken aus, den sie aus dem Hals des Mannes herausgebissen hatte, und ging zum nächsten Angriff über. Diesmal erreichte sie, was sie schon beim ersten Mal bezweckt hatte. Ihre Zähne rissen die Halsschlagader auf, und das Blut pumpte in einem dicken Strahl hinaus bis auf den Boden. Das Opfer schrie noch lauter, und Katja schleifte den Mann rückwärts mit sich. Da sie seine Arme noch immer umklammerte, hatte er keine Chance, die Blutung zu stoppen. Katja spuckte erneut aus, dann starrte sie die anderen im Zimmer an, die immer noch unter Schock standen, und fletschte ihre Zähne zu einem blutigen Grinsen.

Als sie bei einem der Fenster angekommen war, zog sie die Arme hoch und ließ den Mann los, der vor ihr auf den Boden sackte. Mit der Gewissheit, dass er verbluten würde, hechtete sie rücklings aus dem scheibenlosen Fenster. Sie fiel einen knappen Meter tief, und der Aufschlag nahm ihr für einen kurzen Moment den Atem. Aber sie bewegte sich, als wäre sie programmiert, rollte sich auf die Seite, kam auf die Beine und sprintete hinter die nächste Hausecke. Dort blieb sie stehen, holte tief Luft und prüfte kurz, wo sie war und welche Möglichkeiten sie hatte.

Wie schon geahnt, sah sie keine anderen Gebäude in der Nähe. Es war ein rotes zweistöckiges Haus mitten im Nirgendwo. Auf dem kleinen Hof davor parkte ein Auto. Eine grüne, verwilderte Wiese auf der einen Seite, Wald auf der anderen. Man konnte leicht flüchten, sich verstecken, den nächsten Schritt planen, aber sie wollte nicht, dass die vier Übriggebliebenen sich aufteilten und vielleicht von hier entwischten, zu Fuß oder mit dem Auto.

Von innen hörte sie, wie René seine Schergen anschrie, dass sie endlich losrennen und sie fassen sollten, sie dürfe auf keinen Fall entkommen. So oft, wie er sich wiederholen musste, waren die drei nach ihrer Darbietung in der Küche anscheinend nicht ganz so erpicht darauf, in ihre Nähe zu kommen.

Sie scheuerte die Kabelbinder mit aller Kraft über die Hausecke, und schon nach ein paar Versuchen waren sie durch. Jetzt war sie frei und kehrte an den Ort zurück, den sie gerade verlassen hatte. Sie ging davon aus, dass René oder einer der anderen aus dem Fenster geschaut und gesehen hatte, dass sie nicht mehr da war. Dementsprechend rechneten sie genau dort am wenigsten mit ihrer Rückkehr. Katja zog sich an der Wand hoch. Ein schneller Blick durch das Fenster verriet ihr, dass die Küche leer war. Geschmeidig, lautlos und kontrolliert glitt sie hinein. Überall Blut. Der Mann, dem sie den

Hals durchgebissen hatte, lag einige Meter weiter im Zimmer. Offenbar war er in dem aussichtslosen Versuch, irgendeine Rettung zu finden, dorthin gekrabbelt. Sie stieg über ihn hinweg und ging zu der Bank, wo ihr Bowie-Messer zu ihrer großen Erleichterung noch lag. Sie zog es aus dem Holster und schlich weiter.

Der nächste Raum, der seinerzeit vermutlich als Esszimmer gedient hatte, war in einem genauso miserablen Zustand wie die Küche. Katja durchquerte ihn so leise, wie es das feuchte faulige Parkett zuließ. Zwischendurch blieb sie stehen und lauschte. Dabei hatte sie das Gefühl, dass niemand mehr im Haus war. Weiter geradeaus kam sie in einen kleineren Flur, wo sich die Tapete über die morsche Wandtäfelung herunterrollte. Die Reste einer zersplitterten Garderobe, eine heruntergerissene Hutablage und ein auseinandergenommener Automotor lagen zusammen mit Tannennadeln, Laub und Schmutz auf dem Boden verstreut. Sie setzte ihren Weg fort zu dem Rahmen, in dem die Hintertür fehlte, und spähte vorsichtig hinaus. Einige Schritte weiter links stand der junge Mann, der am Morgen im Hotelfoyer auf sie gewartet hatte, mit dem Rücken zu ihr. Wie sie geahnt hatte, rechneten sie nicht damit, dass sie aus dem Inneren des Hauses kommen würde.

«Siehst du sie?», rief er, und Katja entdeckte in zehn Metern Entfernung Theo, der sich mit einem längeren Rohr bewaffnet vorsichtig auf einige dichte Beerenbüsche zubewegte. Katja zückte das Messer, schnellte lautlos heran und packte den jungen Mann von hinten. Sie ließ zu, dass er einen verwunderten kleinen Schrei von sich gab, woraufhin Theo sich umdrehte. Katja hob den Arm und warf das Messer. Kein perfekter Treffer, aber es bohrte sich direkt unterhalb des Brustbeins in Theos Bauch und dürfte damit die Leber verletzt und die Galle durchstoßen haben. Theo brüllte und ging rücklings zu Boden, während Katja dem jungen Mann, den sie fest im Griff hatte, von hinten die Füße wegkickte, sodass er ungebremst auf dem Boden landete. Sie sammelte Kraft und trat ihm brutal auf den Hals, zertrümmerte seinen Adamsapfel und die Luftröhre, drehte den Fuß noch einmal herum und lauschte dem aussichtslosen Röcheln des Mannes, ehe sie zu Theo hinüberrannte, der auf dem Rücken lag, die blutigen Händen am Schaft des Messers. Er wimmerte leise und wortlos und sah sie flehend an, als sie sich über ihn beugte und das Messer herauszog. Dann hieb sie es noch einmal in seinen Brustkorb, diesmal direkt ins Herz.

Drei erledigt, zwei übrig.

Sie richtete sich auf, schlich zurück zum Haus und verschwand wieder hinein. Schnell und lautlos bewegte sie sich durch das Gebäude, bis sie zu dem Fenster kam, das zur Vorderseite hinausging. Der Mann, der sie auf dem Hotelflur mit dem Elektroschocker überfallen hatte, schloss gerade mit einem Knall die Kofferraumklappe des Autos. Er hatte ein Gewehr in der Hand, das er mit zwei Patronen lud, ehe er mit der schussbereiten Waffe vor sich ums Haus ging. Katja lief durch den Flur und von dort die Treppe hinauf ins Obergeschoss.

Sie hatte ein Messer. Er hatte ein Gewehr.

Also musste sie nah an ihn herankommen. Das wusste er.

Im Obergeschoss gab es drei kleine Zimmer und eine Toilette, in der sämtliches Porzellan in Scherben auf dem Boden lag. Sie orientierte sich hastig und lief in eines der Zimmer, das einmal ein Schlafzimmer gewesen war. Abgesehen von einem fleckigen, verschimmelten Bett in der einen Ecke stand es leer, die Matratze war aufgeschlitzt und an mehreren Stellen angenagt. Katja trat ans Fenster und lugte vorsichtig hinaus. Wie sie es sich gedacht hatte, saß der Mann mit dem Gewehr in einer Ecke unter dem Dach der Vortreppe. Schwer zu entdecken, aber mit guter Sicht über weite Teile des Vorplatzes. Würde sie jetzt versuchen, das Auto zu erreichen, hätte sie keine Chance.

Sie zog sich vom Fenster zurück und überlegte. Erster Stock. Dreieinhalb bis vier Meter. Vielleicht sogar mehr. Aber kontrollierbar, und es gab etwas, beziehungsweise jemanden, der den Fall dämpfte. Sie entschied sich, ging wieder zum Fenster und stellte den Fuß auf den Fensterrahmen. Der hielt und gab, auch als sie den zweiten Fuß aufsetzte, kein Geräusch von sich.

Sie war sich sicher, dass sie vollkommen lautlos war, aber der Mann dort unten musste irgendetwas gespürt haben, denn er drehte sich genau in dem Moment um und blickte hinauf, als sie oben den Fensterrahmen losließ. Er war schnell, und wäre sie aus einer größeren Höhe gesprungen, hätte er es geschafft, sein Gewehr auf sie zu richten. So hatte er es mit einem wütenden Brüllen jedoch nur angehoben, ehe sie auf ihm landete und das Messer mit beiden Händen in eines seiner schreckgeweiteten Augen bohrte. Für einen Moment blieb sie rittlings auf ihm sitzen und ging mental ihren eigenen Körper durch, um etwaige Verletzungen ausfindig zu machen. Sie fand keine und sprang auf. In einer einzigen Bewegung schnappte sie sich das Gewehr und wich zurück an die Wand. Routiniert machte sie sich mit der Waffe vertraut.

«René! Jetzt bist nur noch du übrig!»

Sie horchte. Nichts. Lediglich die Natur und hin und wieder Motorengeräusche, die der Wind von einer weit entfernten Straße herantrug. Für einen kurzen Moment erlaubte Katja es sich zu entspannen. Sie war sich ziemlich sicher, dass René keine Schusswaffe besaß und zu intelligent war, um sie ohne eine solche anzugreifen. Und definitiv zu intelligent, um zu glauben, er könnte mit ihr verhandeln und sich freiquatschen.

Er wusste, dass er sterben würde.

Seine einzige Chance war die Flucht. Schnell und weit.

Es bestand eine winzige Möglichkeit, dass er schon entkommen war, sie hatte ihn nicht gesehen oder gehört, seit er seine Befehle geschrien hatte, nachdem sie aus dem Fenster gesprungen war. Seit er die Kontrolle und Initiative verloren hatte. In dem Fall konnte er nicht weit gekommen sein. Wahrscheinlich würde er nach Haparanda zurückkehren. Sie hatte allerdings ein Auto. Prüfend blickte sie auf die Uhr und hinauf zur Sonne. Zwar wusste sie nicht, wo sie war, konnte aber immerhin die Himmelsrichtung ausmachen.

Früher oder später würde sie ihn finden. Es spielte keine Rolle, wenn es etwas länger dauerte.

Warten konnte sie gut.

Sie war schon lange nicht mehr da gewesen.

Die Wohnung in der Råggatan.

Eine große, geräumige Dreizimmerwohnung. Die dunklen Wolken vor den Fenstern. Doch sie kann sie nicht sehen, nicht vom Flur aus, wo sie gerade damit kämpft, Elin den Overall anzuziehen.

Sie weiß nicht, dass sie da sind.

Aus dem Wohnzimmer dringt Bruce Springsteen.

Anfangs hatte sie ihre Zweifel, ob sie in einer Wohnung leben konnte. Noch dazu in einer Großstadt. Der größten Schwedens. Aber es gefällt ihr. Das Leben, das sie in Stockholm leben. Elin will nicht ohne ihren Vater losgehen. Ein richtiges Papakind. Das ist auch kein Wunder, sie verbringt viel mehr Zeit mit ihm. Doch heute hat er ein Vorstellungsgespräch. In Anzug und Krawatte. Elegant. Deshalb muss Elin, die gerade zwei geworden ist, mit Hannah mitgehen. Es soll ein schöner Tag werden, nur Mutter und Tochter. Denn sosehr es Thomas auch gefiel, zu Hause zu sein, fängt er allmählich doch an, ein anderes Leben zu vermissen, ein erwachsenes Leben. Außerdem können sie ein zusätzliches Gehalt gut gebrauchen.

Wenn das Kind nur endlich seine Sachen anziehen würde.

Hannah besticht die Tochter. Du darfst die roten Lackschuhe anziehen. Obwohl sie sich eigentlich nicht für draußen eignen. Und Elin dürfe auch ein Eis haben, wenn sie nachher einkaufen gingen, ob das nicht gut klinge? Endlich schlüpft das Mädchen in Beine und Ärmel. Sie werden es schön zusammen haben. Verabschiede dich von Papa. Zum letzten Mal.

Auch das weiß Hannah nicht.

Thomas singt im Wohnzimmer mit.

Young lives over before they got started. This is a prayer for the souls of the departed.

Endlich sind sie auf der Straße. Nachdem sie Elin im Kindersitz angeschnallt hat und zum Fahrersitz geht, blickt sie in den Himmel hinauf. Jetzt sieht Hannah sie. Die dunklen Wolken.

Wird es anfangen zu regnen? Soll sie noch einmal kurz hochrennen und einen Regenschirm holen?

Sie hat keine Lust, Elin wieder abzuschnallen, und hofft einfach, dass es aufklart. Also setzt sie sich ins Auto und fährt los.

«Hallo, wir sind da.»

Hannah schlug die Augen auf, blinzelte und sah sich etwas benommen um. Sie standen vor der Polizeistation. Der Motor war ausgeschaltet.

«Du bist eingeschlafen», erklärte Thomas überflüssigerweise.

«Ich hab heute Nacht schlecht geschlafen», sagte Hannah und streckte sich auf dem Sitz.

Sie waren am See geblieben, bis X und Gordon hinzukamen und feststellten, was Hannah längst wusste und gesagt hatte: dass sie einen Taucher brauchten. Es würde dauern, bis einer vor Ort war, und das mussten sie nicht alle gemeinsam abwarten. Hannah bot schnell an zurückzufahren. Oft kam das nicht vor, aber sie war immer ein wenig angespannt, wenn Thomas und Gordon aufeinandertrafen.

Sie nahmen denselben Weg zurück, wieder schweigend. Nach zehn Minuten hatte Hannah sich zurückgelehnt und war offenbar eingeschlafen.

Jetzt warf sie einen Blick auf ihre Uhr und wandte sich fragend ihrem Mann zu.

«Was hältst du davon, wenn wir mittagessen gehen?»

«Können wir machen.»

Hatte er kurz gezögert, oder bildete sie sich das nur ein? Er ließ den Motor wieder an, fuhr langsam durch das fast menschenleere und verkehrsarme Zentrum bis zu Leilani und parkte vor dem Restaurant. Sie gingen hinein.

An einem der Tische ganz hinten saß Sami Ritola mit einem Mann, den Hannah nicht kannte. Der Kollege saß mit dem Rücken zu ihr, und Hannah wollte auch nicht zu ihm gehen und ihn begrüßen. Sie war ein wenig überrascht, ihn hier zu sehen, da sie gedacht hatte, er wäre nach ihrer Besprechung wieder zurück nach Rovaniemi gefahren. X hatte deutlich gemacht, dass seine Dienste nicht mehr benötigt würden, und wenn im weiteren Verlauf noch Fragen auftauchen sollten, seien sie schließlich nicht mehr als ein Telefonat voneinander entfernt.

Sie gingen hinter dem Bartresen an der riesigen weinroten Buddhastatue vorbei und setzten sich. Nachdem sie bestellt hatten, holte Hannah ihr Handy hervor, öffnete eine Karte und legte das Telefon zwischen ihnen auf den Tisch. «Diesen See zu kennen, den zugewachsenen Weg dorthin zu finden und von der Böschung zu wissen ... wir hatten recht, es ist jemand, der sich hier in der Gegend auskennt.»

«Kann sein», antwortete Thomas und schenkte sich ein Glas Wasser ein.

«Er wurde hier angefahren, und der See liegt da.» Sie zog die Karte auf dem Display mit zwei Fingern größer. «Wenn wir uns an dieses Gebiet halten – Vitvattnet und ein Stück hinüber bis Norra Storträsk, Grubbnäsudden, Bodträsk –, vielleicht hat dort irgendjemand etwas beobachtet?»

Thomas trank von seinem Wasser, während er den Blick auf das Handy richtete und aussah, als würde er über etwas grübeln.

«Dein Nicht-Kumpel, der dich angerufen hat. Hat der den Fahrer gesehen?», fragte Hannah.

«Davon hat er jedenfalls nichts gesagt.»

«Könntest du ihn fragen?»

«Ja, klar.»

«Danke.»

Sie steckte das Telefon wieder in die Tasche, streckte die Hand über den Tisch und legte sie auf seine. Behutsam fuhr sie mit dem Daumen über seine Knöchel.

«Es war schön, heute mit dir unterwegs zu sein. Etwas zusammen zu unternehmen.»

«Ja ...»

«Auch wenn es nur beruflich war.»

«Ja.»

«Ich habe dich gestern vermisst, als du zu Kenneth gefahren bist.»

«Wirklich?»

«Ja, ich habe mich ein bisschen ... abgewiesen gefühlt, wenn ich ehrlich bin.»

Da. Sie hatte es gesagt. Sich selbst überrascht. Eigentlich hatte sie geplant, es gar nicht anzusprechen. Vielleicht hatte die Situation sie dazu verleitet. Dass sie auf neutralem Boden waren. Beim Mittagessen, wie ein ganz normales Paar. Das nahm der Aussage die Dramatik. Damit war es keine große

Sache, nur etwas, das sie kurz besprachen, während sie auf das Essen warteten. Ein Gesprächsthema unter vielen.

Jetzt lag der Ball in seiner Spielfeldhälfte.

Er antwortete nicht direkt. Stattdessen sah er sie mit einem Ernst an, den sie ihrer Erinnerung bisher nur ein einziges Mal bei ihm gesehen hatte.

Vor vierundzwanzig Jahren. In Stockholm.

Als er gesagt hatte, sie hätten nur zwei Möglichkeiten: untergehen oder weitergehen.

Der Blick machte ihr Angst. Sie überkam das Gefühl, was auch immer er sagen würde, es wäre schlimmer als alles, was sie sich ausgemalt hatte. Schlimmer, als sie es sich vorstellen konnte. Thomas holte tief und unheilverkündend Luft, schien dann aber innezuhalten, schüttelte wie unbewusst den Kopf und stieß die Luft in einem langen Seufzer wieder aus. Als er sie wieder ansah, war all der schwere Ernst wie weggeblasen.

«Das habe ich nicht gewollt, ich wusste nicht, dass ... ich wusste das nicht.»

Sie beugte sich über den Tisch und senkte die Stimme. Wenn sie schon bis hierher gelangt war, konnte sie genauso gut weitergehen.

«Ich hatte im Prinzip schon die Hände in deiner Hose, das hätte dir einen kleinen Anhaltspunkt geben können.»

«Entschuldige.»

«Ehrlich gesagt habe ich schon seit längerem das Gefühl, du versuchst ... mir aus dem Weg zu gehen.»

«Entschuldige, das war keine Absicht.»

Er sah so aufrichtig traurig und schuldbewusst aus, dass sie ihm sofort glauben wollte. Ihm war nicht klar gewesen, dass er sie verletzt hatte, als er sich, wie sie es empfand, so deutlich von ihr distanziert hatte. War es wirklich so einfach? Dass sie die Situation einfach nur unterschiedlich aufgefasst und nicht besprochen hatten, was der andere dachte und fühlte?

«Du könntest es jetzt wiedergutmachen», sagte sie lächelnd.

«Jetzt, also jetzt?»

«Nicht hier, aber meine beiden Chefs werden noch ein paar Stunden draußen am See sein, wir könnten also nach Hause fahren.»

«Ich muss zur Arbeit», sagte er und zog seine Hand ein kleines Stückchen zurück, als wollte er sie nicht wieder enttäuschen, aber trotzdem einen Abstand markieren.

«Ich dachte, du hättest gerade wenig zu tun», entgegnete Hannah und machte es ihm leicht, ihre Hand ganz loszulassen. Länger überdauerte die Lüge nicht, die sie tatsächlich hatte glauben wollen.

«Es ist auch ziemlich ruhig, aber ein bisschen was gibt es trotzdem noch zu erledigen. Und Perka hat nächste Woche Urlaub, deshalb ...»

«Schon gut.»

«Aber vielleicht heute Abend.»

«Ja. Vielleicht.»

Das Essen kam, und sie aßen schweigend. Dankend lehnten sie den Kaffee ab, der ihnen angeboten wurde, bezahlten und gingen zusammen hinaus. Auf dem Bürgersteig blieben sie stehen. Thomas knöpfte seine dünne Jacke zu und nickte zum Auto.

«Soll ich dich mitnehmen?»

«Nein, ich laufe lieber.»

«Dann sehen wir uns heute Abend.»

«Ja, das werden wir.»

Sie sah ihn die Straße überqueren, ins Auto steigen und davonfahren. Er winkte ihr zu, als er an ihr vorbeikam, und sie hob auch kurz die Hand, ehe sie wieder zurück in Richtung Polizeistation ging. Nach ein paar Schritten holte sie das Handy aus der Tasche, zögerte dann aber kurz. So war sie normalerweise nicht, so wollte sie nicht sein. Egal. Sie brauchte es. Wollte es. Wählte eine Nummer und wartete, bis sich jemand meldete.

«Wie lange brauchst du denn noch draußen am See?»

René! Jetzt bist nur noch du übrig!»
Ihre Stimme durchschnitt die Stille. Und erreichte ihn, während er eingeklemmt unter einem umgefallenen Baum ein paar Meter weiter im Wald lag. Durch die Äste und das Gestrüpp konnte er weder sie noch das Auto oder das Gebäude sehen. Das Gesicht auf Wurzeln und Moos gepresst, tat er sein Bestes, um so ruhig und lautlos wie möglich zu atmen. Er hatte Angst, sich zu verraten in der völligen Stille, die eingekehrt war, nachdem Marcus' Brüllen vor einer halben Minute erschreckend plötzlich verstummt war. Dann ertönte ihr selbstsicheres: *René! Jetzt bist nur noch du übrig!*

Er zweifelte keine Sekunde daran, dass es der Wahrheit entsprach. Aber was wollte sie? War dies nur eine Demonstration ihrer Überlegenheit, um ihm Angst einzujagen, oder eine Mahnung, dass er hervorkommen sollte, da sie sich seines Fußvolks entledigt hatte und jetzt wieder zum Geschäft übergehen wollte? Wohl kaum. Hätte er das Amphetamin gehabt oder gewusst, wo es war, hätte er mit ihr verhandeln können. Ohne diese Basis gab es jedoch keine Chance auf irgendeinen Kompromiss. Er würde nichts gewinnen, wenn er sich zu erkennen gäbe. Sobald sie ihn entdeckte, war er tot.

Seine einzige Chance war die Flucht. Schnell und weit.

Als sie gesagt hatte, sie heiße Galina, hatte er einen Moment gezögert. Keinesfalls wollte er in die Geschäfte der

Russen verwickelt werden, entsprechende Angebote hatte er bereits in der Vergangenheit abgelehnt. Doch diesmal hatte er die schrillenden Alarmglocken überhört und geglaubt, er hätte die Oberhand. Weil sie ihn in dieser Meinung bestärkt hatte. Unter anderen Umständen wäre er neidisch und beeindruckt gewesen. Sie war ihm dermaßen überlegen. Er hielt zu Recht viel von sich selbst und wusste, dass er schlauer und besser war als alle anderen, aber im Vergleich zu ihr war er nur ein dressiertes Äffchen. Als sie Norman in den Hals gebissen hatte – das Unglaublichste und Verrückteste, was er je gesehen hatte – und rücklings durch das Fenster gehechtet war, hatte er trotzdem noch gedacht, sie hätten eine Chance, sie würden gewinnen. Sie waren noch immer vier gegen eine. Alle auf der Hut, sie würden sich nicht so leicht überrumpeln lassen wie Theo auf dem Gang des Hotels oder Norman in der Küche. Dachte er. Dann hörte er die Schreie, spürte die Panik, wurde von der wachsenden Stille überrollt, und jetzt war nur noch er allein übrig.

Seine einzige Chance war die Flucht. Schnell und weit.

Also wartete er unter dem entwurzelten Baum. Aus dreißig Minuten wurden fünfundvierzig, eine Stunde, anderthalb. Die Kälte und Feuchtigkeit drangen in seine Kleidung, und er versuchte, sich abzulenken, damit er nicht mit den Zähnen klapperte, änderte aber seine Position nicht, bewegte sich keinen Millimeter. Mücken und Gnitzen summten um seinen Kopf herum, und er spürte, wie sie auf seiner Stirn und im Nacken landeten, doch er ließ sie gewähren. Er würde keinen Laut von sich geben, keine Regung zeigen. Er würde das hier überleben. Natürlich wäre er dann gezwungen, von hier wegzuziehen, oder besser gesagt zu flüchten, aber das bedeutete nicht die Welt. Abgesehen von seinen Geschäften hielt ihn in Haparanda nichts. Diese Stadt war ein verschlafenes Nest, das es ihm erlaubte, zu brillieren und Geld zu verdienen. Er müsste nicht einmal in seiner Wohnung vorbeigehen. Dort lagen noch Drogen im Wert von mehreren Tausend, aber das richtig große Geld würde er überall machen können. Er könnte weit reisen, ins Ausland, eine Weile untertauchen, ja sogar mehrere Jahre. Diese Killerin war nicht seinetwegen in Haparanda. Ihr Auftrag bestand darin, die Drogen und das Geld zu finden. Sie würde keine große Zeit und Mühe darauf verwenden, ihn zu finden, da war er sich sicher. Wenn er das hier überlebte, würde er durchkommen.

Er musste nur schlau sein, und schlau war er.

Als er zwei Stunden lang nichts anderes als die Geräusche der Natur gehört hatte, kroch René langsam aus seinem Versteck hervor und robbte zum Waldrand. Er hoffte, das Gestrüpp und die hohen Äste würden ihn schützen. Behutsam bewegte er sich weiter vorwärts, bis er das Haus und den Vorplatz sehen konnte. Draußen, rechts vom Eingang, lag Jari, die anderen sah er nicht. Viel wichtiger war aber, dass er auch sie nicht sah. Er spähte in beide Richtungen, schob die Hand unter das Moos und fand einen faustgroßen Stein. Dann hob er den Oberkörper weit genug an, um den Brocken in einem weiten, hohen Bogen werfen zu können. Mit einem vernehmlichen Plumpsen schlug der Stein auf der Kiesfläche vor dem Haus auf. René presste sich so flach auf den Boden, wie er konnte, und lauerte. Nichts und niemand. Offenbar glaubte sie, er wäre in Panik geflohen und sie könnte sich später um ihn kümmern. Vermutlich wartete sie in genau diesem Moment in seiner Wohnung auf ihn. Um auf der sicheren Seite zu sein, warf er noch einen Stein und harrte weitere zehn Minuten aus, ehe er tief Luft holte und langsam und ziemlich steif auf die Beine kam. Er hielt inne und schloss die Augen in der Annahme, dass gleich ein Messer oder irgendetwas anderes auf ihn zuflöge. Er war sich sicher, dass sie im Prinzip alles zu einer Waffe umfunktionieren konnte. Doch nichts geschah.

Vorsichtig trat er einen ersten Schritt aus dem Wald. Gänzlich ungeschützt, vollkommen sichtbar. Sein Körper streikte noch immer, als er langsam und mit allen Sinnen in Bereitschaft auf das Haus zuging. An der Hauswand blieb er stehen und sah sich um. Noch immer war alles ruhig und still. Er umrundete die Hausecke. Das Auto stand noch da. Sah verlassen aus. Er schob die Hand in die Tasche und ertastete den Schlüssel. Behutsam löste er sich von der Hauswand und schlich auf das Auto zu. Er spürte, wie sein Atem schwerer ging. Wie nah es jetzt war.

Als er das Metalldach mit der Hand berührte, schluchzte er vor Erleichterung auf. Er würde es schaffen. Entkommen. Davonfahren und nicht wieder anhalten, bis er weit weg von hier war, sehr weit weg. Er stolperte zur Fahrertür und wollte sie gerade öffnen, als er etwas Hartes an seinem Bein fühlte und nach unten sah. Doch er konnte das Gefühl der Erleichterung nicht mit dem Gewehrlauf an seiner Fessel in Einklang bringen, ehe ihm die Schrotkugeln fast den gesamten rechten Fuß wegrissen. Brüllend vor Schmerz, taumelte er zurück und fiel zu Boden. Aus dem Augenwinkel sah er, wie Louise oder Galina oder wie zum Teufel sie hieß unter dem Auto hervor auf ihn zurobbte. Wie ein Geist aus einem dieser japanischen Horrorfilme. Ihr schwarzes Haar klebte wirr an ihren Wangen, ihr Gesicht war mit Schmutz und Schweiß verschmiert und vom Mund abwärts mit Blut. Dazu diese Augen, mit denen sie ihn anstarrte. Sie sah vollkommen durchgeknallt aus. Panik stieg in ihm auf, er wollte nicht sterben, und der Schmerz in seinem Bein war höllisch. Im nächsten Moment saß sie auf ihm.

«Bitte ...», war das Einzige, was er hervorbrachte. «*Bitte ...*»

Katja zog das Messer hervor und stieß es ihm mit beiden Händen unterhalb des Adamsapfels in den Hals. René gurgelte hilflos, riss die Augen auf, Tränen liefen ihm die Schläfen herab. Seine Hände griffen noch einige Male lahm in die Luft, ehe sie erstarrten. Nach einer Minute war er tot.

Katja stand auf und streckte sich. Nachdem sie stundenlang unter dem Auto ausgeharrt hatte, war ihr Körper ganz steif. Immerhin hatte sie genügend Zeit gehabt, um darüber nachzudenken, wie es jetzt weiterging. Sie war gezwungen, die Leichen verschwinden zu lassen. Die Blutspuren und alles andere waren uninteressant. Wenn jemand entdeckte, dass hier ein Gewaltexzess stattgefunden hatte, war das nicht weiter schlimm, denn ohne die Opfer würde man nie genau feststellen können, was passiert war. Am leichtesten wäre es, sie alle ins Auto zu verfrachten, davonzufahren und sowohl das Auto als auch die Toten verschwinden zu lassen. Dann müsste sie nur noch zurück in die Stadt kommen und weiter an dem arbeiten, weshalb sie eigentlich vor Ort war.

Diese ärgerliche Angelegenheit kostete sie einen ganzen Tag.

Ohne den Drogen oder dem Geld auch nur eine Spur näher gekommen zu sein.

Allein der Gedanke ließ sie schäumen, doch sie musste nichtsdestotrotz ans Werk gehen. Also begab sie sich zurück zum Haus, um die anderen Leichen zum Auto zu verfrachten, als sie innehielt. Motorengeräusche. Nicht weit entfernt. Und sie kamen näher.

Katja huschte hinter die Hauswand und spähte hervor. Ein schwarzer Range Rover rollte langsam auf den Vorplatz. Sie konnte nicht genau erkennen, wie viele Leute darin saßen, aber es waren mindestens zwei. Sollte sie auch die töten?

Noch ein Auto und noch mehr Leichen, die man loswerden musste.

In dem Moment, als sie auf den Hof hinaustreten und sich zeigen wollte, tauchte ein zweites Auto auf. Zu viele, zu viel Arbeit. Ohne die Konsequenzen abschätzen zu können, wich Katja langsam zurück, drehte sich um, schlich unentdeckt um das Haus herum und verschwand lautlos im Wald.

Sie lagen in Gordons breitem Bett. Ein Doppelbett, obwohl er allein lebte. Eigentlich zu groß für das Schlafzimmer, das aufgrund der dunklen unmodernen Tapeten und der Schranktüren aus dunklem Holz ohnehin kleiner wirkte, als es war. Hannah lag auf dem Rücken und sah zur Decke, Gordon neben ihr auf der Seite, den einen Arm auf ihrem nackten Bauch, das Gesicht an ihren Hals geschmiegt. Er atmete ruhig und rhythmisch, sie wusste nicht, ob er schlief.

Es war ziemlich leicht gewesen, ihn zu überreden, X am See zurückzulassen und herzukommen, um mit ihr ins Bett zu gehen. Er hatte sich nicht einmal gewundert, dass sie ihn mitten am Tag während der Arbeit anrief, sondern war einfach mit ihr in die Wohnung gefahren, wo sie angefangen hatte, ihn zu küssen, sowie er die Tür hinter sich geschlossen hatte.

Sie hatte sich an ihn gepresst und gespürt, wie er sofort steif wurde.

Sie haben wollte.

Im Zimmer war es zu heiß, und sie trat die Decke beiseite, die sie bis zum Bauchnabel gezogen hatte. Sie spürte, wie klebrig die Innenseiten ihrer Oberschenkel von Gleitgel und Gordons Sperma waren. Verhütung war nicht nötig, der Schwangerschaftszug war längst abgefahren, aber Gleitmittel waren ein absolutes Muss, denn ihre Schleimhäute waren trocken und empfindlich. Hannah musste lachen, als sie daran dachte, wie eine Stand-up-Comedian, bei deren Auftritt Thomas und sie vor ein paar Jahren in Luleå gewesen waren, gesagt hatte, die Hälfte aller Waldbrände entstünden dadurch, dass Frauen mittleren Alters versuchten, ohne Gleitgel im Sommer Sex in der Natur zu haben.

Funny cause it's true.

«Was ist?» Gordon hob fragend den Kopf.

«Ach, ich musste nur an etwas denken.»

«Was denn?»

«Nichts, wenn ich es nacherzähle, ist es nicht mehr witzig.»

«Na gut.» Er stützte sich auf den Ellenbogen und strich ihr eine Haarsträhne aus der Stirn. «Vielleicht sollten wir wieder zurück an die Arbeit.»

Ehe sie antworten konnte, fing sein Telefon an zu klingeln. Als er sich über sie streckte, um es vom Nachttisch zu nehmen, hörte sie, dass auch ihr Handy in der Hosentasche auf dem Boden klingelte. Sie konnte ein großes X auf Gordons Display erkennen, ehe er sich räusperte und den Anruf annahm.

«Ja, hier ist Gordon.»

Hannah hörte nicht, was X am anderen Ende sagte, das brauchte sie auch nicht, denn sie konnte Gordon ansehen, dass es etwas Ernstes war.

Auf dem ungepflegten Kiesweg parkten bereits mehrere Autos. Gordon fuhr an die Seite und hielt hinter dem letzten, sie stiegen aus, und während Hannah einen schnellen Blick zurück zum Wagen warf, begannen sie, auf das Gebäude zuzugehen, das ihnen das GPS anzeigte. Ein Stück weiter vorn war der Weg mit blau-weißem Polizeiband abgesperrt. Morgan stand auf der anderen Seite und hob es an, als sie sich näherten.

«Was ist denn hier passiert?», fragte Gordon, während er sich unter der Absperrung hindurchduckte.

«Wenn ich das wüsste.»

«X hat von fünf Toten gesprochen.»

«Bisher, ja.»

Gordon richtete sich auf, atmete tief ein und stieß die Luft mit einem langen Seufzer wieder aus.

«Scheiße.»

«Ja.»

«Ist er hier?»

Morgan deutete auf das andere Ende des Vorplatzes. Drüben am Waldrand lief X mit dem Handy am Ohr auf und ab. Gordon steuerte auf ihn zu. Hannah blickte zu dem ehemals schönen, roten zweistöckigen Haus hinüber, das jetzt aussah, als könnte es jeden Moment in sich zusammenfallen. An einigen Stellen fehlte das Dach, der Schornstein war eingestürzt, alle Scheiben eingeschlagen, die Regenrinnen baumelten an der Fassade herab, die Farbe war abgeblättert. Irgendwann einmal hatte eine Familie hier ihr Zuhause gehabt, ihr Leben gelebt und voller Stolz dieses Haus geliebt und gepflegt. Vermutlich waren die Eltern nach dem Auszug der Kinder dort wohnen geblieben, und als sie gestorben waren, hatte die jüngere Generation kein Interesse daran gehabt, es zu behalten. Sie hatten sich anderswo ein Leben aufgebaut, in der Stadt, wahrscheinlich im Süden. Vermutlich war es nur schwer zu verkaufen gewesen oder nicht der Mühe wert, deshalb ließ man es einfach verfallen. Haparanda bildete keine Ausnahme. Sobald man aus den großen Städten hinausfuhr, fand man in ganz Norrland Häuser wie dieses.

Hannah sah zu dem Auto hinüber, das auf dem Vorplatz parkte, einige Meter daneben lag eine Leiche unter einer Decke.

«Was passiert denn jetzt?», fragte sie Morgan.

«X hat die Techniker, die Rechtsmedizin und Hunde angefordert. Ludwig und Lurch drehen gerade eine Runde durch den Wald, falls da noch mehr Leichen liegen, und einige der Kollegen, die eben in Övre Bygden die Anwohner befragt haben, sind jetzt auf dem Weg hierher, um uns zu helfen.»

«Leitet X denn immer noch die Ermittlung?»

«Soweit ich weiß, schon.»

Hannah nickte vor sich hin. Es war ganz und gar nicht sicher, dass der Fall bei ihnen blieb.

Fünf Tote. Ermordet. Das war ein Massenmord.

So etwas hatte es ihres Wissens in Haparanda noch nie gegeben, deshalb bestand das Risiko, dass sich die höchsten Stellen in Umeå einschalten werden würden oder sogar die Kollegen von der NOA in Stockholm, der Abteilung für Nationale Operationen.

«Wo liegen die anderen?», fragte sie mit einem Blick zu der zugedeckten Leiche neben dem Auto.

«Einer im Haus, die anderen rings ums Haus verteilt.»

«Alles Männer?»

Morgan nickte bestätigend.

«Erschossen?»

«Nein, überwiegend mit dem Messer erstochen, scheint es.»

«Fünf Personen, die mit dem Messer erstochen wurden?» Die Skepsis in ihrer Stimme war nicht zu überhören. Morgan zuckte leicht mit den Schultern.

«Mindestens drei jedenfalls, bei zweien ist es anscheinend schwer zu sagen, ich habe nicht so genau hingesehen.»

Hannah verstummte und ließ die Information sacken. Fünf Männer. Mit einem Messer ermordet. Einer Nahkampfwaffe. Sie mussten im Haus und auf dem Gelände verteilt gewesen sein, und der Mörder hatte sich angeschlichen und sie der Reihe nach umgebracht. Still und effektiv. Ansonsten hätte es dem einen oder anderen doch wohl gelingen müssen, von dort zu fliehen? Noch war das natürlich schwer zu sagen, wenn man nicht exakt wusste, wo die Leichen lagen und in welcher Reihenfolge sie gestorben waren, aber fünf erwachsene Männer, von denen zumindest drei mit einer Stichwaffe getötet worden waren – das klang ungewöhnlich. Es sei denn …

«Mehrere Täter?», fragte sie Morgan, obwohl sie eigentlich nicht mit einer Antwort rechnete. Sie dachte eher laut.

«Wenn ich das wüsste», antwortete Morgan erwartungsgemäß. Hannah begriff, dass es derzeit einfach keinen aktuelleren Stand gab. Eigentlich hatte sie keine Lust, die Opfer zu sehen, es würden noch genug Fotos und detaillierte Obduktionsberichte kommen. Also wandte sie sich lieber zu den schwarzen Autos, die in einiger Entfernung vor dem Haus standen, und den vier Personen, die darin saßen oder daran lehnten und mit P-O sprachen.

«Waren das diejenigen, die sie gefunden haben?»

«Ja.»

«Und was hatten sie hier zu suchen?»

«Die da …» Morgan deutete auf die einzige Frau in der Gruppe, jung, vielleicht zwanzig Jahre alt, die bei geöffneter Tür auf dem Vordersitz des einen SUVs saß. «Das ist eine sogenannte Influencerin. Sie wollten hier irgendwas fotografieren, haben sie gesagt.»

«Warum?»

«Anscheinend hat die Kommune sie dafür bezahlt, zehn Beiträge zu posten.»

«Im Ernst?»

«‹Um dieses Kaff ein bisschen bekannter zu machen›, wie sie es ganz diplomatisch ausgedrückt hat.»

Hannah teilte Morgan nicht mit, was sie von Influencern hielt. Auf dem Gymnasium hatte Alicia eine kurze Phase gehabt, in der sie unbedingt auch eine werden wollte. Doch die hielt nur ein paar Monate an, weil der große Durchbruch und das große Geld ausblieben. Hannah hatte nichts gegen Influencer an sich, sie waren jung, smart und geschäftstüchtig genug, um Kapital zu schlagen aus der heutigen Faszination des oberflächlichen Narzissmus und dem Bedürfnis, seine Bildschirme mit Fremden zu füllen, die einem sagten, was man tun, denken, meinen und vor allem kaufen sollte. Aber allein die Tatsache, dass es sie gab, dass dies als Beruf galt, zu dem man sich ausbilden lassen konnte, war ein Zeichen dafür, dass sie in der bestmöglichen Welt zur schlimmstmöglichen Zeit lebten.

Die Sonne brannte unbarmherzig auf den Vorplatz herab, als Hannah zu einem der beiden großen schwarzen Autos ging und ihr auffiel, dass sie gar nicht gefragt hatte, wie lange die Leichen schon dort lagen, sondern lediglich davon ausgegangen war, dass die Morde erst vor kurzem geschehen waren. Falls sie bei diesem Wetter schon ein paar Tage hier lagen, war sie umso glücklicher über ihren Beschluss, sie sich nicht näher anzusehen.

P-O warf ihr einen kurzen Blick zu, als sie neben ihn trat, ehe er sich wieder seinem Notizblock widmete.

«Sie haben aber niemanden gesehen, hier oder auf dem Weg hierher?»

Die drei durchgestylten, gepflegten Männer in ihren dünnen und sicherlich teuren Sommerklamotten und Sneakers blickten einander an und schüttelten den Kopf.

«Nein», antwortete die Frau, deren Gesicht, wie Hannah jetzt sah, vollkommen glatt war. Keine einzige Pore, kein Schatten, nur ein leichter Glanz, der aber auf keinen Fall von Schweiß herrührte. Ihre künstlichen Wimpern und ihre Lippen ragten fast genauso weit hervor wie die schmale Nase. Das kurze, schwarze Haar, das ihr kleines Gesicht einrahmte, und ihr dürrer Körper verstärkten den puppenhaften Eindruck, in den sie eindeutig viel Zeit und Geld investiert hatte.

«Wer sind Sie?», fragte sie an Hannah gerichtet.

«Hannah Wester», antwortete Hannah und widerstand dem Impuls, ihr die Hand entgegenzustrecken. Sie nahm an, dass es diese Frau lieber nicht riskieren wollte, einen ihrer langen künstlichen Nägel einzubüßen, nur um eine rot angelaufene und verschwitzte Ordnungshüterin aus der Provinz zu begrüßen. «Und wer sind Sie?»

«Nancy Q», antwortete die in einem Ton, als müsste spätestens jetzt bei Hannah der Groschen fallen, wenn sie Nancy schon nicht erkannt hatte.

Hannah hörte, wie ein weiteres Auto herannahte, drehte sich um und sah zwei Männer aus einem dunkelgrünen Renault springen und auf die Absperrung zueilen, der eine mit einer Kamera vor der Nase, auf dessen Auslöser er ununterbrochen drückte.

«Hey, hey, hey», hörten sie Morgan rufen, der abwehrend die Hände hochhielt, als würde er sie dadurch am Knipsen hindern können.

«Sind wir dann fertig?», fragte Nancy und winkte den neu eingetroffenen Journalisten zu. «Die beiden sind hier, um mit mir zu sprechen.»

«Sie haben die Presse angerufen?», fragte Hannah, und selbst Nancy musste gehört haben, wie eisig ihre Stimme klang, wirkte aber vollkommen verständnislos.

«Ja, natürlich.»

Hannah blickte zu den beiden Männern hinüber, die in ein hitziges Gespräch mit Morgan verwickelt waren. Sie kamen garantiert nicht vom *Haparandabladet*. Nancy hatte offenbar ein überregionales Medium informiert. Mit längerem Anfahrtsweg für die Journalisten.

«Sie haben die Medien angerufen, ehe Sie uns informiert haben», stellte Hannah fest.

«Nicht ich, das hat Tom übernommen.» Nancy blickte zu einem der bärtigen Männer hinüber, ungewiss, zu welchem, ehe sie aus dem Auto sprang.

«Sind wir jetzt durch?»

«Sie können nicht mit den Journalisten darüber sprechen, was Sie hier gesehen haben», erklärte P-O.

«Doch, das kann ich», antwortete Nancy und wollte gerade auf die Absperrungen zugehen, als Hannah den Arm ausstreckte und sie aufhielt.

«Haben Sie fotografiert oder gefilmt, bevor wir kamen?»

«Vielleicht, warum?»

«Geben Sie mir Ihre Handys.»

«Nein, dazu haben Sie kein Recht.»

Nancy warf ihr einen herausfordernden Blick zu, der Hannah verriet, dass sie es nicht gewohnt war, dass man ihr widersprach. Aber einmal musste immer das erste Mal sein. Als sie einfach weitergehen wollte, packte Hannah die weiche Wolle ihres dünnen Rollkragenpullovers und hielt sie zurück.

«Wenn Sie Bilder oder Filme haben, ist das Beweismaterial. Und wenn Sie versuchen, Beweismaterial vom Tatort zu entfernen, werden Sie noch viel länger hierbleiben, als Ihnen lieb ist. Und Sie dürfen mit niemandem darüber sprechen. Verstehen Sie, was ich Ihnen sage?»

«Ja.»

«Dann geben Sie mir jetzt Ihre verdammten Handys, sonst lasse ich Sie alle auf der Stelle festnehmen.»

Zum ersten Mal wirkte Nancy ein klein wenig verunsichert

und drehte sich zu den drei anderen um, die schon die Hände in den Taschen hatten, um ihre Smartphones herauszugeben. Ihre unzufriedene Grimasse verriet, wie sehr sie das als Verrat auffasste, ehe sie selbst mit einem lauten Seufzer ihr Handy aus ihrem Handtäschchen hervorholte.

«Darf ich jetzt gehen?»

«Ja, bitte tun Sie das, damit ich Sie nicht länger sehen muss.»

Hannah beobachtete, wie Nancy mit schnellen Schritten zur Absperrung ging, unter dem Plastikband hindurchtauchte und auf die beiden Männer mit den Kameras zueilte. Dann wandte sie sich an P-O, der immer noch mit seinem aufgeschlagenen Notizblock in der Hand dastand.

«Tut mir leid. Warst du mit ihr durch?»

«Ich glaube schon. Wenn nicht, wird sie wohl irgendwann wieder zurückkommen.»

«Doofe Kuh», murmelte Hannah leise vor sich hin und spürte, wie ihre wachsende Irritation sie zwang, sich zu bewegen. Sie ging einige Schritte auf und ab, legte die Hände in den Nacken und holte mehrmals tief Luft.

«Alles in Ordnung?»

Sie drehte sich um. Gordon kam auf sie zu.

«Ich bin stinksauer.»

«Auf wen?»

«Auf die Welt im Allgemeinen, auf Nancy Q im Besonderen.»

Er konnte ihr eindeutig nicht folgen, fragte aber auch nicht weiter nach, denn er hatte Wichtigeres auf dem Herzen.

«Ich habe mir die Leichen angesehen … Der Typ neben dem Auto ist René Fouquier.»

Im ersten Moment dachte Hannah, sie hätte sich in der Adresse geirrt und die Zweizimmerwohnung wäre eine Art Vorführobjekt, in dem niemand wohnte. Eine einzelne Jacke, die ordentlich auf einem Bügel an der Hutablage im Flur hing, die Haken dahinter waren leer. Zwei Paar ordentlich geputzte Schuhe auf dem Gestell darunter. Die Fußmatte lag exakt Kante an Kante mit der Türschwelle. Ein Holzstuhl an der einen Wand, daneben ein kleiner Flurtisch, auf dem eine Fusselrolle stand, sonst nichts.

Nachdem ihnen der Schlosser Zutritt verschafft hatte, waren sie in einfache, weiße Schutzanzüge geschlüpft, hatten Schuhüberzieher und Handschuhe übergestülpt und das Haar mit einer weißen, duschhaubenähnlichen Mütze bedeckt, die kein Mensch auf der Welt mit Würde tragen konnte. Sie sahen aus, als würden sie ihre Schicht in einem russischen Atomkraftwerk antreten, und zwar in den achtziger Jahren, dachte Hannah, als sie so im Flur der Zweizimmerwohnung in der Västra Esplanaden 12 standen und sich im Wandspiegel betrachteten, der natürlich nicht den kleinsten Fleck oder Fingerabdruck aufwies.

«Reinlich und ordentlich», stellte Hannah fest und trat den ersten Schritt in das sterile und bislang vollkommen unpersönliche Apartment.

«Was sagst du? Ich übernehme das Schlafzimmer, du das

Wohnzimmer, und dann kümmern wir uns gemeinsam um die Küche?», schlug Gordon vor.

«Gut.»

Hannah bog in das kleine Zimmer ab, das direkt auf der rechten Seite lag. Wie war es möglich, eine solche Sauberkeit zu wahren? Selbst wenn die Räume bei ihr zu Hause gerade frisch aufgeräumt und geputzt worden waren, hatten sie einen solchen Zustand nie auch nur ansatzweise erreicht. Nicht einmal jetzt, wo Thomas und sie allein waren. Sie kam sich vor wie in einem Möbelkatalog, weil alles so anonym war und die Einrichtung eher nach Funktionalität ausgewählt schien denn nach persönlichem Geschmack. Auf dem Sofatisch vor dem grauen Zweisitzersofa lagen sechs Untersetzer in einer ordentlichen Reihe entlang der Kante, nach Farben sortiert, abwechselnd schwarz und rot, aber das war alles. Keine Zeitungen oder Zeitschriften, nichts, was auf besondere Interessen hindeutete. Außer vielleicht Heimelektronik. An der Wand hing ein riesiger Flachbildschirm. Darunter stand eine Spielkonsole, auf der fein säuberlich die Fernbedienung lag. Hannah zählte sieben Lautsprecher und vermutete daher, dass es sich um ein 7.1-Surroundsystem handelte. Neben dem Sofa stand eine Musikanlage, mit der man Vinyl, CDs und Kassetten abspielen konnte. Der einzige Hinweis darauf, dass sich tatsächlich jemand im Raum aufgehalten, hier gelebt hatte, war eine LP-Hülle, die auf dem schweren Plexiglasdeckel des Plattenspielers lag. Hannah hob die weiße Innenhülle an, die das Cover verdeckte. Whitney Houston, in hockender Position in einem dunkelblauen Rollkragenpullover und mit Stiefeln. Sie legte die Innenhülle zurück und fing an, das Bücherregal zu untersuchen, das an der einen Wand stand, und die wenigen Schränke zu öffnen. Viel war nicht darin zu finden, obendrein waren es ausschließlich nützliche Gegenstände, keinerlei Nippes oder Liebhaberobjekte, abgesehen von drei großen Eiern auf einer Art Gestell, in dem sie aufrecht auf dem Regal standen. Hannah bekam das Gefühl, dass René Fouquier eine sehr spezielle Person gewesen war.

«Hannah.»

Sie verließ das Wohnzimmer und ging ins Schlafzimmer, wo ebenfalls eine vorbildliche Ordnung herrschte. An der einen Wand in der Mitte stand das gemachte Bett, daneben ein Nachttisch mit einem Wecker, einem Handyladekabel und einer Leselampe. An der Wand hingen zwei gerahmte Poster.

Gordon stand vor dem geöffneten Schrank. Drei Fächer mit akkurat zusammengelegter Kleidung und darüber ebenso viele ausziehbare Plastikkörbe. Im oberen Fach lagen zwei gut sortierte Reihen von kleinen, verschließbaren Plastiktüten. Verschiedene Pillen und Tabletten in der einen, Pulver in der anderen. Ganz außen befand sich in größeren Tüten etwas, das nur Cannabis sein konnte.

«Was für ein arroganter Dreckskerl. Er hat nicht einmal versucht, es zu verstecken.»

«Warum sollte er, wir wussten ja gar nicht von seiner Existenz.»

«Stimmt.»

Gordon zog den Korb darunter heraus. Darin befanden sich unter anderem eine Küchenwaage und ein altmodisches Haushaltsbuch mit einem festen blauen Umschlag und einem unbeschrifteten Etikett auf der Vorderseite. Hannah nahm es heraus und schlug die erste Seite auf. Gordon beugte sich vor, um ihr über die Schulter schauen zu können. Sie nahm ihren eigenen Duft an ihm wahr. In exakten Spalten waren die Lieferungen verzeichnet worden. Eingang und Ausgang.

Wer, wann, was und wie viel. In mindestens drei verschiedenen Handschriften.

«Jetzt wissen wir immerhin, wer die Stadt in der letzten Zeit mit Drogen versorgt hat», sagte sie und blätterte um. An jedem Tag waren mehrere Transaktionen vermerkt. Seitenlang. Über Wochen, Monate.

«Das erklärt aber nicht, warum er da draußen sterben musste.»

«Vor einer Woche ist Amphetamin im Wert von dreißig Millionen von der Straße verschwunden. Ritola hat gesagt, dieser Russe würde jemanden schicken, um danach zu suchen.»

«Du glaubst, René hatte es?»

«Hier steht allerdings nichts davon, dass er es verkauft hat», sagte Hannah und deutete auf das Notizbuch. «Aber wir haben fünf Mordopfer, und eines hatte definitiv mit Drogen zu tun. Irgendwie ist es doch unwahrscheinlich, dass das nicht zusammenhängt.» Sie wandte sich wieder dem Schrank zu und zog die letzte Schublade heraus. Leere Tüten, dünne Mundschutze und eine größere Kasse. Hannah versuchte, sie zu öffnen. Abgeschlossen.

«Wir müssen Ritola anrufen und ihn fragen, ob er eine Ahnung hat, wen sie geschickt haben könnten», sagte Gordon.

«Er ist noch in der Stadt, ich habe ihn in der Mittagspause gesehen. Bei Leilani.»

«Warum ist er denn noch da?», fragte Gordon und schien ehrlich überrascht.

«Keine Ahnung, ich habe ihn nicht angesprochen.»

Sie stöberte weiter nach einem Schlüssel, fand jedoch keinen. Also nahm sie die Kasse heraus und untersuchte sie. Auf der einen Seite klebte ein orangefarbenes Post-it mit einer Handynummer, das sie abriss.

«Was ist das?»

«Eine Telefonnummer.»

Hannah kramte mit einer gewissen Anstrengung ihr eigenes Handy unter der Schutzkleidung hervor, öffnete eine Internetseite und tippte die Nummer ein.

«Ich bekomme nur den Anbieter angezeigt, nicht den Abonnenten.»

«Nimm sie mit, wir setzen jemanden darauf an.»

Sie holte ein Tütchen zur Beweissicherung hervor, legte den Zettel hinein und ließ beides in ihrer Tasche verschwinden. Gordon schob die Schubladen wieder hinein und schloss die Schranktür. Den Rest überließen sie der Spurensicherung.

«Vielleicht ist René irgendwie an das Amphetamin gekommen und hatte vor, es wieder an die Russen zurück zu verkaufen», schlug Gordon vor, während sie das Zimmer verließen und zur Küche gingen.

«Jemandem etwas zu verkaufen, was ihm eigentlich schon gehört, ist eine richtig dumme Idee.»

«Deshalb mussten sie sterben.»

«Er ist seit mehreren Jahren hier und hat sich vollkommen unauffällig verhalten. Schau dir nur mal diesen Ort an. René war weder unvorsichtig noch dumm.»

«Aber was um alles in der Welt ist da draußen passiert?»

«Ich weiß es nicht, aber wir könnten ja mal damit anfangen herauszufinden, was er bei Hellgren zu suchen hatte.»

Er stand auf dem Hof, die Schachtel mit dem Rattengift in der einen Hand, die Autoschlüssel in der anderen. Ehe er losgegangen war, hatte er die Sache noch einmal genau durchdacht und war zu dem Schluss gekommen, dass er keine andere Wahl hatte. Als er die Garage öffnete, zögerte er dennoch. Es war ein großes Risiko, zu groß, im schlimmsten Fall würde er alles kaputt machen, aber was konnte er sonst tun? Selbst wenn er in der Stadt jemanden kennen würde, den er um Schutz bitten könnte, wäre das auch keine Alternative. Es wäre zu riskant. Die Leute, die ihm in Haparanda einfielen, waren Bekannte, keine Freunde, und er vertraute keinem von ihnen genug. Wenn er andererseits wartete, bis Sandra nach Hause kam, und sich ihr Auto lieh, würde sie fragen, was er vorhabe, und er war sich nicht sicher, ob er dann mit der Wahrheit hinter dem Berg halten konnte.

Er war so schlecht darin, sie anzulügen.

Mangelndes Training wahrscheinlich. Bisher hatte er es nie getan. Aber was er jetzt vorhatte, sollte sie nie erfahren. Was blieb ihm da für eine Wahl? Keine. Er musste es einfach wagen.

Kenneth zog das Garagentor auf. Dort stand der Volvo. Die Schäden waren umfangreicher, als er es in Erinnerung gehabt hatte. Für einen kurzen Augenblick befand er sich wieder auf dem Waldweg.

An diesem Ort, zu dieser Zeit. Als sich sein Leben verändert hatte.

Es hatte sich sogar mehr verändert als damals, nach seinem Raub in Stockholm. Als er verhaftet wurde und im Gefängnis landete und seine Familie ihn verstoßen hatte. Er verdrängte den Gedanken, für Zweifel war keine Zeit. Ob er die schlimmsten Beulen und die kaputten Scheinwerfer irgendwie verbergen könnte? Er sah sich in der Garage um, doch was auch immer ihm einfiel, würde vermutlich nur noch mehr Aufmerksamkeit erregen, also warf er den kleinen Rucksack ins Auto und fuhr los.

Er wählte die kleinsten, am wenigsten befahrenen Wege zu Thomas' Ferienhaus, die er kannte. Und ertappte sich dabei, schon wieder an seine Familie zu denken. Eigentlich vermisste er sie nicht und war nicht daran interessiert, sie wieder in sein Leben zurückzuholen. Doch in drei Jahren, wenn Sandra und er offiziell Millionäre sein würden, sollten sie es trotzdem erfahren.

Dass er seinen Weg gegangen war.

Dass ohne sie alles gut war. Besser sogar.

Dass sie geheiratet und ein phantastisches Fest gefeiert hatten, ohne sie einzuladen, und dass Rita und Stefan nie ihre süßen Kinder kennenlernen würden, nie eine Bedeutung im Leben der Enkel haben würden. Stattdessen würden die Kinder Hannah und Thomas Oma und Opa nennen.

Doch vorher war er gezwungen, sich aus dem Schlamassel zu befreien, das er sich eingebrockt hatte. *Das ihm UW eingebrockt hatte*, korrigierte er sich, als er an den Rand des schmalen Kieswegs fuhr und den Motor abstellte. Er war noch ein gutes Stück vom Ferienhaus entfernt, wagte es aber nicht, näher heranzufahren. Man konnte nie wissen, ob Thomas da war.

Mit schnellen Schritten setzte er sich in Bewegung. Fünfzig Meter vor dem Haus bog er ab. Die Mücken umschwärmten ihn, sobald er in die schattige, windstille Vegetation trat, und er verscheuchte sie, so gut es ging. Als er das kleine Haus zwischen den Bäumen sah, blieb er stehen. Kein Auto in der Einfahrt, niemand, der sich auf dem Grundstück bewegte, soweit er es erkennen konnte. Halb hinter den Bäumen verborgen, setzte er seinen Weg zu dem verfallenen Schuppen fort. Drinnen ging er zu der Luke im Boden und öffnete sie. Zunächst fing er damit an, das mitgebrachte Rattengift um die drei Taschen zu verteilen. Wenn Sandra aus irgendeinem Grund entdeckte, dass er hier gewesen war, würde er sagen, er habe nur das Gift streuen wollen, um ihr Geld zu schützen. Und das stimmte ja auch. Es war nur nicht die ganze Wahrheit.

Nicht alles zu erzählen war nicht dasselbe wie lügen.

Nachdem er sämtliches Gift aus der Schachtel verstreut hatte, zog er die eine Tasche heraus und öffnete sie. Er wusste genau, welcher Anblick ihn erwartete, und trotzdem stockte ihm der Atem.

So viel Geld. Ihr Geld.

Ein Euro entsprach ungefähr zehn Kronen, also brauchte er rund siebentausendfünfhundert und nahm sich zehntausend. Für die letzten zweitausendfünfhundert hatte er einen Plan. Doch vor der geöffneten Tasche, mit dem Geld in der Hand, zögerte er. Er würde tagelang allein im Haus sein, ohne Auto, ohne die Möglichkeit, irgendwo hinzufahren. Allmählich langweilte er sich gewaltig. Eine PlayStation 4 kostete ungefähr viertausend Kronen. Das waren insgesamt gesehen Peanuts. Hastig schnappte er sich noch vierhundert Euro dazu. Wenn er ein schlaues Versteck fand und halbwegs diszipliniert war, würde Sandra das nie erfahren. Sie würde gar nichts von seiner Aktion hier erfahren. Zwar hatte sie das Geld gezählt, als sie an jenem Abend nach Hause zurückgekehrt waren, aber würde sie sich an die exakte Summe erinnern? Und entdecken, dass ein kleines bisschen fehlte? Falls ja, würde er es wohl erzählen müssen. In der Zwischenzeit wären allerdings drei Jahre vergangen, und da konnte sie ihm doch wohl nicht mehr allzu böse sein? Außerdem wollte er den Großteil des Geldes investieren, um ein akutes Problem zu lösen, eine Gefahr abzuwenden: das Risiko, dass sie aufflogen.

Er stopfte das Geld in den Rucksack, schloss die Tasche und knotete den Müllsack sorgfältig wieder zu, ehe er ihn zurückstellte und die Klappe zufallen ließ.

Zehn Minuten später war er wieder beim Auto. Davor blieb er stehen und untersuchte den Schaden ein wenig genauer. Die Schleichwege hier draußen waren eine Sache, aber nach Haparanda hinein konnte er damit unmöglich fahren. Der Volvo musste verschwinden. Vor allem, weil die Gefahr bestand, dass UW nicht aufhören würde, sie zu erpressen. Er hatte bereits bewiesen, dass ihm ihre Freundschaft einen Dreck bedeutete, deshalb war es durchaus denkbar.

Ein Schrottplatz wäre das Einfachste, aber was, wenn die Polizei dort nachfragte? Und die Händler bat, nach einem Unfallwagen Ausschau zu halten? Möglich, ja sogar wahrscheinlich. Blieb also die Idee, das Auto zu verbrennen. Wahrscheinlich würde das Feuer die DNA-Spuren vernichten, aber gleichzeitig bestand das Risiko, dass der Wagen sofort gefunden werden würde. Und selbst wenn er die Nummernschilder abschraubte, gab es doch wohl eine Motorennummer und irgendwelche anderen Sachen, mit denen man ein Auto identifizieren konnte, oder war das nur ein Mythos? Nicht zuletzt konnte er obendrein einen veritablen Waldbrand auslösen, denn es hatte schon seit Wochen nicht geregnet.

Nein, das Auto sollte am besten nie gefunden werden.

Derselbe Ort, an dem sie den Honda versenkt hatten?

Das wäre relativ leicht zu bewerkstelligen, und Kenneth kannte den Weg. Aber es wäre ungünstig, wenn die Polizei beide Autos auf einmal finden würde.

Plötzlich kam ihm eine Idee.

Es lag so sehr auf der Hand, dass er sich selbst dafür verfluchte, nicht eher darauf gekommen zu sein. Markku, einer der Typen aus dem Knast, der wegen Brandstiftung und fahrlässiger Tötung einsaß, hatte etwas erzählt, oder besser gesagt einen Tipp gegeben, als sie eines Abends im Gemeinschaftsraum zusammensaßen.

Wenn du mal etwas loswerden willst, was auch immer ... kann ich die Pallakka-Grube empfehlen.

Dort hatte Markku schon das ein oder andere für Leute versenkt, die ihn aus unterschiedlichen Gründen dafür bezahlt hatten, es loszuwerden. Anscheinend war er selbst nicht der Einzige gewesen. Oder ein gefragter und vielbeschäftigter Mann. Vor einiger Zeit hatte Kenneth in einer Reportage gelesen, dass jemand eine Unterwasserkamera in die Grube herabgesenkt und gefilmt hatte. Mindestens achtzehn Autos, drei Motorräder, ein Boot und eine ganze Menge Fässer mit unbekanntem Inhalt waren gefunden worden. Die Kommune war zu dem Schluss gekommen, dass die Kosten, alles zu bergen, zu hoch wären, genau wie das Risiko, dass eines der Fässer leckschlagen würde. Also hatte alles dort bleiben dürfen.

Wenn du mal etwas loswerden willst, was auch immer ...

Die Grube war 1672 eröffnet worden, von hier wurden Zink- und Kupfererz zum Fluss und von dort aus weiter nach Süden transportiert. Ende des 19. Jahrhunderts war sie geschlossen und geflutet worden. Sie lag nicht weit entfernt, aber isoliert, und war nie eine Touristenattraktion geworden wie die

Kupfergruben in Falu – oder ein beliebter Badeort wie andere Baggerseen. Hier gab es nichts als ein paar tiefe, mit Wasser gefüllte Löcher. Keine Gebäude, keine Informationsschilder, kein Kulturdenkmal. Nur Löcher. Acht mal zehn Meter breit vielleicht. Einige größer, andere kleiner. Aber alle tief. Das tiefste zweihundertsechzig Meter, hatte Markku behauptet, wenn Kenneth sich richtig erinnerte.

Glücklich über seinen Plan, gab er Gas und war in weniger als einer halben Stunde dort. Der Lack und das Fahrgestell knirschten vorwurfsvoll und grell, als er das Auto über das karge Gestrüpp bis zu dem kleinen Gewässer zwang. So dunkel und still, wie es dort lag, umgeben vom Sommerwald, sah es aus wie ein Gemälde von John Bauer.

Kenneth fuhr so nah heran, wie er es wagte, stieg aus und holte alle Dinge aus dem Auto, die er brauchte. Viele waren es nicht. Am wichtigsten war der Rucksack. Dann setzte er sich auf den Fahrersitz, ließ den Motor an, legte den ersten Gang ein und löste die Kupplung und die Handbremse, während er rasch ausstieg. Der Volvo hatte den Schleifpunkt erreicht und rollte auf den kleinen See zu, den man niemals für so abgrundtief gehalten hätte. Er fuhr weiter bis über die Kante und kippte hochkant, als die Vorderreifen keinen festen Boden mehr unter sich hatten. Der Motor erstarb, als das Wasser hereinströmte, und das Auto sank innerhalb von wenigen Sekunden.

Kenneth beobachtete den Vorgang mit dem gleichen Glücksgefühl, das er auch empfunden hatte, als er den Honda versenkt hatte, wie damals in der Küche, bevor UW gekommen war.

Alles würde sich regeln. Er würde das schaffen.

Nachdem der Volvo verschwunden war, gab es keine Beweise mehr dafür, dass Sandra und er je etwas mit dem Unfall zu tun gehabt hatten. Mit dem Rucksack auf dem Rücken ging er zurück zu dem größeren Weg. Bis zu diesem Punkt hatte er einen Plan gehabt. Aber wie sollte er jetzt bloß nach Haparanda kommen? Er zog sein Handy aus der Tasche.

«Ich hab die Kohle. Du musst mich abholen», sagte er, als sein ehemaliger Kumpel ans Telefon ging.

«Kannst du nicht einfach herkommen?»

«Nein, wenn du das Geld haben willst, musst du mich abholen.»

«Bist du zu Hause?»

«Nein ...» Kenneth rechnete schnell alles im Kopf durch. Er wollte die Grube nicht erwähnen, damit sich der Freund nicht ausmalen konnte, wo das Auto war. UW würde eine gute Stunde brauchen, um herzufahren, und in der Zeit würde er es zu Fuß bis Koutojärvi schaffen.

«Wie bist du denn hier gelandet?», fragte UW sofort, als er Kenneth eine Stunde später an der einzigen Kreuzung des Orts einsammelte.

«Mein Käufer hat mich hier abgesetzt.»

Kenneth sah, dass er ihm nicht glaubte, aber das war ihm egal. Wenn UW dachte, sie hätten die Beute aus dem Honda hier versteckt, konnte er ja zurückfahren und danach suchen. Er würde sie nie finden. Und das Auto auch nicht. Zu seiner Freude stellte er fest, dass die Tränen des Vormittags in weite Ferne gerückt und von Zorn und Verachtung abgelöst worden waren. Er zog den Reißverschluss des Rucksacks auf und zeigte den Inhalt.

«Euro?», fragte UW, sobald er das Geld sah.

«Ich hab an einen Finnen verkauft», antwortete Kenneth mit fester Stimme. Er hatte schon damit gerechnet, dass UW auf die Scheine reagieren würde. Und sich eine Lüge ausgedacht. Weit hergeholt war das nicht, UW hatte alle seine

Kontakte im Nachbarland gehabt, als er selbst noch aktiv gewesen war.

«An wen?»

«Das spielt doch wohl keine Rolle.»

UW saß eine Weile schweigend da, trommelte auf das Lenkrad, schien zu zögern, aber dann fragte er doch.

«Lag in dem Auto auch Geld?»

«Nein.»

Kam die Antwort zu schnell? Zu eifrig?

UW blickte immer noch misstrauisch drein, schien der Sache aber nicht weiter nachgehen zu wollen, sondern nickte nur vor sich hin.

«Es sind zehntausend», sagte Kenneth.

«Das ist zu viel.»

«Ich will ein neues Auto haben.»

«Ich hab gerade keines zu verkaufen.»

«Dann besorg mir eines.»

Er klang hart. Bestimmt. Ganz anders als noch heute Morgen. UW wandte sich ihm zum ersten Mal zu, seit er sich in das Auto gesetzt hatte. Anscheinend fiel es ihm auch auf. Er konnte Kenneth nur schwer in die Augen sehen.

«Ich verstehe, dass du stinksauer bist.»

«Gut.»

«Ich hätte das nie gemacht, wenn wir nicht ...»

«Das interessiert mich nicht», unterbrach Kenneth ihn und behielt die Härte in der Stimme bei. «Kannst du ein Auto organisieren?»

UW schien nachzudenken. Kenneth sah, wie müde er war, er verstand, wie sehr die Situation an seinem Freund zehrte. Er sah es, verstand es, und es war ihm gleichgültig.

«Ja, ich kann ein Auto organisieren. Dauert nur ein bisschen», antwortete er schließlich.

«Gut.»

Kenneth warf den Rucksack auf die Rückbank, lehnte sich im Sitz zurück und starrte aus dem Seitenfenster, um deutlich zu machen, dass ihr Gespräch jetzt beendet war. Schweigend fuhren sie zurück nach Haparanda.

Er hatte fünf Minuten gewartet. Mindestens. Doch das Handy schwieg. Sami sah auf den Bildschirm, um zu prüfen, ob die Leitung noch stand. So war es.

Sie ließen ihn einfach nur warten.

Er ging weiter den Fluss entlang und knöpfte seine dünne Jacke auf. Auf der anderen Seite des still dahinfließenden Gewässers ragte der Turm der Kirche von Alatornio majestätisch über den Baumwipfeln auf. Er war schöner als der schwarze Kasten, den sie hier in der Stadt Kirche nannten, dachte er und setzte sich auf eine der Bänke am Ufer. Was war in Finnland nicht schöner und besser? Nichts. Es war der stabilste und sicherste Staat der Welt, mit der glücklichsten Bevölkerung, und es hatte eine reinere Luft, niedrigere Einkommensunterschiede, ein höheres Bildungsniveau. Die Liste konnte man endlos fortführen. Selbst die schwedischen Zeitungen schrieben darüber, dass das Nachbarland die Nase in fast allen Bereichen ein Stückchen vorn hatte.

Sami wurde aus seinen Heimatträumen gerissen, als es aus dem Handy knisterte. Er trat seine Zigarette aus und richtete sich unwillkürlich auf.

«What do you want?», fragte die dunkle Stimme. Keine Begrüßung, keine Entschuldigung dafür, dass er hatte warten müssen.

Immerhin sprach er mit keinem Geringeren als Waleri Zagorni selbst.

Sami arbeitete seit ein paar Jahren für ihn. War zum ersten Mal kontaktiert worden, als die Organisation des Russen anfing, Geschäfte mit der Motorrad-Gang, dem Sudet MC, zu machen, und jemanden brauchte, der ihm Tipps über bevorstehende Razzien oder Konkurrenz auf dem Markt gab. Zagorni wollte ganz einfach die Lage im Blick haben. Und zahlte dafür sehr gut.

Nach dem Massaker in Rovaniemi hatten der Chef des Sudet MC, Matti Husu, und zwei seiner engsten Vertrauten Zagorni in Sankt Petersburg besucht und ihr Geld zurückgefordert. Wadim Tarasow hatte schließlich für Waleri gearbeitet, deshalb sahen sie sich im Recht.

Nach diesem Treffen hatte Zagorni Sami kontaktiert. Er hatte sich eingebildet, in Wirklichkeit würden die Finnen hinter allem stecken. Hätten ihre eigenen *und* seine Männer im Wald von Rovaniemi getötet, Wadims Leiche verschwinden lassen, um alles auf ihn zu schieben, und sich die Drogen und das Geld selbst unter den Nagel gerissen. Und jetzt verlangten sie auch noch eine Entschädigung von zusätzlichen dreihunderttausend.

Es gab vieles, das gegen Zagornis Theorie sprach. Erstens waren die Finnen nicht ehrgeizig genug. Keiner in ihrer Organisation hatte genügend Geschäftssinn, um einen solchen Plan auszuhecken, vier der eigenen Leute umzubringen und damit eventuell einen Krieg anzuzetteln, den sie unmöglich gewinnen konnten.

So etwas erforderte Gerissenheit, Mut, Visionen.

Keine dieser Eigenschaften traf auf die Mitglieder des Sudet MC zu.

Zweitens hätten sie das nie gewagt. Denn sollte Zagorni

auch nur den kleinsten Beweis für so eine Aktion finden, würden sie vernichtet werden. Ausgerottet. Und nicht nur sie, sondern auch ihre Familien und Freunde.

Sami äußerte keinen seiner Einwände, auch nicht, dass der Heckenschütze, den man tot aufgefunden hatte, eindeutig darauf schließen ließ, dass Wadim Tarasow selbst hinter allem gesteckt hatte. Stattdessen versicherte er Zagorni, die Sache zu prüfen. Sich bei den Leuten vom Sudet umzuhören.

Als Matti auf der Beerdigung zu Sami gesagt hatte, er werde den Mann niemals finden und solle die Sache vergessen, weil Tarasow tot sei, hatte er für einen Augenblick gedacht, Zagorni hätte mit seiner Einschätzung doch recht gehabt, dass Matti gierig und verrückt genug wäre, ihn abzuziehen. Dann riefen die Schweden an, weil sie Tarasow im Wald außerhalb von Haparanda gefunden hatten.

Zagorni wollte, dass sich Sami stattdessen an den schwedischen Ermittlungen beteiligte. Er würde auch noch eine andere Person schicken, die sich voll und ganz darauf konzentrieren sollte, das Geld und die Waren zu finden, aber es sei dennoch gut, einen Maulwurf bei der Polizei in Haparanda zu haben, falls diese sich selbst übertraf und seinen Besitz fand.

Also fuhr Sami über die Grenze, gab den schwedischen Kollegen alle Informationen aus den finnischen Ermittlungen, informierte sie aber auch darüber, dass Zagorni jemanden schicken würde. Es war eine einfache Möglichkeit, die Aufmerksamkeit der Kollegen in eine andere Richtung zu lenken. Das konnte wichtig werden, wenn er später gezwungen wäre, auf Grundlage von Informationen zu handeln, die nur die Polizei besaß, und davon ablenken musste, dass es möglicherweise eine undichte Stelle gab.

«Hast du denn das, was verschwunden war, inzwischen

zurückbekommen?», fragte er Waleri jetzt, senkte seine Stimme und sah sich um, aber es war kein Mensch weit und breit zu sehen.

«Nein, wieso?»

«Ich hatte nur gedacht, du hättest dafür extra jemanden geschickt?»

«Nein.»

Mehr nicht. Nur eine undurchdringliche, unangenehme Stille, die Sami nervös machte und unsicher, ob es richtig gewesen war, den Kontakt zu suchen.

«Hier sind ein paar Leute ermordet worden, die anscheinend mit Stoff gehandelt haben. Und da habe ich gedacht, vielleicht wäre die Person das gewesen und du hättest deine Sachen zurückbekommen», erklärte er weiter, obwohl Waleri nicht danach gefragt hatte.

«Nein.»

«Okay, dann ... dann mache ich mich wohl mal wieder an die Arbeit.»

Abermals herrschte Stille, doch diesmal klang sie anders als zuvor. Waleri Zagorni hatte aufgelegt. Sami steckte sein Handy ein, nahm sich eine neue Zigarette und merkte, dass seine Hände ein wenig zitterten. Er blieb im Sonnenschein auf der Bank sitzen. Versuchte, das Wetter, die Wärme und das Wasser zu genießen, kam aber nicht umhin, sich zu fragen, ob der Anruf ein Fehler gewesen war. Er hoffte nicht, denn wenn es jemanden gab, mit dem es sich Sami auf keinen Fall verscherzen wollte, dann war das Zagorni.

Als die Techniker aus Luleå eingetroffen waren, hatten Hannah und Gordon René Fouquiers Wohnung verlassen und waren losgefahren, um Anton Hellgren abzuholen. Die erste Meldung in den Radionachrichten waren die fünf Leichen, die außerhalb von Haparanda gefunden worden waren, viel mehr wisse man zum derzeitigen Zeitpunkt allerdings nicht. Als anschließend ein Telefoninterview mit der Influencerin Nancy Q gesendet wurde, die sich derzeit in der Stadt aufhalte, schaltete Hannah das Radio ab. Sie wollte nie wieder etwas von dieser jungen Frau hören, aber gleichzeitig fiel es ihr auch schwer, den Nachrichtenwert solcher Augenzeugenberichte zu erkennen. Es waren fast immer Variationen von «schrecklich», «natürlich hat man Angst» und «es ist wirklich unheimlich, wenn so was ganz in der Nähe passiert». Der Erkenntnisgewinn für die Hörer blieb unklar.

«Das wird eine große Sache», stellte Gordon fest, nachdem das Radio verstummt war.

«Ja.»

Genau wie bei ihrem letzten Besuch stand Hellgren vor der Tür und wartete auf sie, als sie zum Haus gingen. Dieselbe Freizeithose und dasselbe Flanellhemd – oder jedenfalls sehr ähnlich. Dagegen definitiv derselbe missbilligende Blick unter der Baseballmütze.

«Was wollt ihr?»

«Mit Ihnen reden», antwortete Gordon.

«Ich bin leider beschäftigt.»

«Was auch immer Sie gerade so beschäftigt, muss leider ein bisschen warten. Unser Anliegen ist wichtiger.»

«Sagen Sie.»

«Wir wollen Sie im Zusammenhang mit einem Mordfall befragen, also ja, das sage ich.»

«Wen hat es denn erwischt?»

«Darüber sprechen wir auf der Polizeistation», erklärte Gordon und machte eine einladende Geste zum Auto. Hellgren zuckte mit den Schultern, nahm seine Jacke von einem Haken hinter der Tür und folgte ihnen.

Vor der Polizeistation hatten sich mehrere Reporter mit Handys und Kameras versammelt. Als sie in die Garage fuhren, folgten sie ihnen, so weit es ging, und riefen Fragen, was natürlich vollkommen sinnlos war, weil man von außen sowieso nicht hören konnte, was jemand im Auto antwortete.

Dem Anschein nach gänzlich unbeeindruckt von der ganzen Aufregung, ließ Hellgren sich im Verhörraum auf der einen Seite des Tischs nieder, Hannah und Gordon auf der anderen. In Filmen sahen Vernehmungszimmer immer sehr trostlos aus. Klein und finster, oft fensterlos und schlecht beleuchtet. Doch das war nichts gegen den Verschlag auf der Polizeistation in Haparanda. Er kam Hannah vor, als wäre man erst nach der Einrichtung der Station auf die Idee gekommen, dass sie ja auch einen Vernehmungsraum bräuchten, hätte eine Abstellkammer im Untergeschoss leer geräumt und eine hässliche Textiltapete an die Wand geklatscht. Hier war es eng, sauerstoffarm und mit all den Rohren an der niedrigen Decke klaustrophobisch. Die Ausstattung bestand aus einem einfachen weißen Küchentisch mit einer laminierten Spanplatte und vier Plastikstühlen, auf einem Metallgestell am Boden festgeschraubt, um nicht als Waffe eingesetzt werden zu können. Kein Einwegspiegel, keine festen Aufnahmegeräte, nur leere graue Wände, zwei Türen und das kalte, unbarmherzige Licht zweier surrender Leuchtstoffröhren an der Decke. Man bekam das Gefühl, dass jeder Mensch, den man lange genug hier einsperrte, alles Mögliche gestehen würde, nur um aus diesem Raum rauszukommen.

Hannah hasste diesen Ort.

Gordon legte sein Handy auf den Tisch, startete die Aufnahme, erklärte, welche Personen anwesend waren, und nannte die Uhrzeit. Hannah nahm sich einen Block und machte sich bereit für Notizen. Als Gordon ihr Chef geworden war, hatte er eingeführt, dass alle Vernehmungen nicht nur aufgezeichnet, sondern auch von Hand protokolliert wurden, um das Risiko zu minimieren, dass ein Angeklagter in einem eventuellen Prozess gegen ein fehlerhaftes Vernehmungsprotokoll Widerspruch einlegte.

«Können Sie uns erzählen, in welcher Beziehung Sie zu René Fouquier stehen?»

Hellgren antwortete nicht, begegnete mit seinen eisblauen Augen nur ruhig Gordons Blick.

«Wir wissen, dass Sie einander kennen», fuhr Gordon fort. «Wir haben ihn bei Ihnen gesehen.»

«Wir kennen einander.»

«Wie?»

«Was heißt hier wie? Wir sind Bekannte, wie soll man sich sonst kennen.»

«Wie haben Sie sich kennengelernt?»

«Über gemeinsame Freunde.»

«Können Sie uns die Namen dieser Freunde nennen?», fragte Hannah.

Hellgren schien nachzudenken, schüttelte dann aber langsam den Kopf.

«Tut mir leid, ich erinnere mich nicht.»

«Warum war er bei Ihnen?»

«Weil er mich besuchen wollte.»

«Um was zu tun?»

«Mich zu besuchen.»

Hannah hätte schwören können, dass ein selbstzufriedenes kleines Grinsen über Hellgrens Gesicht huschte. Offenbar amüsierte es ihn sehr, auf ihre Fragen zu antworten, ohne dabei irgendetwas von Belang zu sagen.

«Wir haben Anlass zu glauben, dass Sie gemeinsam strafbare Handlungen durchgeführt haben», fuhr Gordon fort, ohne sich provozieren zu lassen.

«Was für Handlungen sollten das sein?»

«Verstöße gegen das Betäubungsmittelgesetz, in Ihrem Fall vielleicht auch Mord.»

«Wie kommen Sie darauf?», fragte Hellgren und wirkte jetzt ehrlich interessiert.

«Wissen Sie, ob René für den heutigen Tag ein Treffen mit einer oder mehreren Personen plante?», fragte Gordon und ignorierte Hellgrens Frage.

«Nein.»

«Haben Sie etwas darüber gehört, mit wem er Geschäfte macht?»

«Wäre es nicht einfacher, wenn Sie ihn das alles selbst fragen würden?», entgegnete Hellgren genervt und mit einem Blick auf die Uhr, um deutlich zu machen, dass er die Vernehmung jetzt schon leid war.

«René Fouquier ist tot», erwiderte Gordon trocken und

sachlich. «Er und vier weitere Personen wurden heute Vormittag ermordet. Deshalb müssen wir Sie auch im Zusammenhang mit einem Mordfall befragen.»

Für einen Moment waren nur das Surren der Leuchtstoffröhren und das Rauschen der Rohre an der Decke zu hören, während Hellgren die neue Information verarbeitete. Dann richtete er sich in dem unbequemen Stuhl auf.

«Darüber weiß ich nichts», sagte er klar und deutlich.

«Nicht einmal, *warum* sie ermordet wurden?»

«Warum sollte ich das wissen?»

«Können Sie uns erzählen, in welcher Beziehung Sie zu René Fouquier standen?», wiederholte Gordon. Hellgren antwortete nicht direkt. Hannah glaubte zu erkennen, wie das Gehirn hinter den blauen Augen fieberhaft arbeitete.

«Wir kannten uns», antwortete er schließlich mit einem Schulterzucken. «Das ist alles.»

«Wussten Sie, womit er sein Geld verdiente?»

«Er hat bei Max gejobbt und studiert, glaube ich.»

«Das heißt, dieser junge Mann, mit dem Sie eigentlich rein gar nichts gemeinsam haben, kam Sie ab und zu besuchen, und Sie haben einfach nur … Zeit miteinander verbracht?» Es war nicht zu überhören, dass Gordon keine Sekunde an diese Erklärung glaubte. Er lehnte sich zurück und überlegte. Hannah meinte zu ahnen, zu welchem Schluss er kommen würde – dass es jetzt für Hellgren endlich an der Zeit wäre, die Wahrheit zu sagen –, überließ es jedoch ihm, diese Botschaft zu vermitteln. Noch immer in Gedanken, stand Gordon auf und fing an, so weit auf und ab zu gehen, wie es der winzige Raum zuließ.

«Haben Sie von dem Russen gehört, der in der Nähe von Vitvattnet überfahren wurde? Er hatte Amphetamin im Wert von dreißig Millionen dabei, die jetzt verschwunden sind.

Wir wissen, dass René Fouquier mit Drogen handelte, aber wir wissen nicht, wer den Russen überfahren und sich den Stoff angeeignet hat. Deshalb kamen wir auf die Idee, dass Sie es gewesen sein könnten.»

«War René deshalb bei Ihnen? Um etwas zu kaufen?», fügte Hannah hinzu.

«Warum glauben Sie, dass ich es war?», fragte Hellgren.

«Ich weiß nicht. Warum nicht?», entgegnete Gordon grinsend. «Aber wenn Sie uns erzählen, warum Fouquier bei Ihnen war, können wir Sie im Idealfall ganz ausschließen.»

Hellgren schwieg, den Blick starr auf die gegenüberliegende Wand gerichtet. Was auch immer er jetzt sagen würde – Hannah war sich sicher, dass es nicht die Wahrheit sein würde.

«Wir haben zusammen Geschäfte gemacht», gab Hellgren nach seiner Bedenkzeit zu. «Aber nichts mit Drogen.»

«Was für Geschäfte denn?»

«Er hat Fleisch, Felle, Horn von mir gekauft und weiterverkauft.»

«An wen?»

«Keine Ahnung, ich habe ihn nicht gefragt. Alles, was ich ihm verkauft habe, war vollkommen legal.»

«Warum haben Sie das dann nicht gleich gesagt?»

Hannah glaubte, die Antwort bereits zu kennen. Hellgren gehörte definitiv zu den Bewohnern der Stadt, die die Polizei als Feind betrachteten. Jetzt sah sie, wie er trotz allem zögerte, dann aber beschloss weiterzureden.

«Es gab keine Quittungen und Papiere. Alles schwarz.»

«Dann war es also doch nicht vollkommen legal», stellte Hannah fest.

«Ich habe nichts Illegales verkauft, das meinte ich.»

Hannah schrieb mit. Irgendetwas stimmte da nicht. In all den Jahren, in denen sie mit Anton Hellgren konfrontiert gewesen war, hatte er noch nie freiwillig eine Straftat gestanden. Wenn er es jetzt tat, konnte das nur den Grund haben, dass er damit ein schwereres Verbrechen vertuschen wollte.

In dem Moment klopfte es kurz an der Tür, und Roger steckte den Kopf hinein. Aufgrund der niedrigen Deckenhöhe sah er noch lurchähnlicher aus als sonst.

«Gordon ...», sagte er mit seiner tiefen Stimme und einer Kopfbewegung in Richtung des Gangs.

«Wir machen eine kleine Pause», erklärte Gordon, stoppte die Aufnahme und verließ das Zimmer. Hannah legte den Stift beiseite, lehnte sich zurück und betrachtete Hellgren, der mit gestrecktem Rücken vor ihr saß, die Unterarme auf dem Tisch abgestützt, den Blick noch immer fest auf die gegenüberliegende Wand gerichtet. Falls er sich wegen der Konsequenzen sorgte, die sein Geständnis haben würde, zeigte er es jedenfalls nicht.

«Sie haben es sich wirklich selbst zuzuschreiben, dass Sie in diese Sache hineingeraten sind», sagte sie, nachdem sie eine Weile geschwiegen hatten. Hellgren warf ihr einen kühlen Blick zu. «Wenn Sie diese Wölfe nicht vergiftet hätten ...»

«Welche Wölfe?»

«Wussten Sie, dass sie in der Gegend waren, oder haben Sie die Köder auf gut Glück ausgelegt?»

Noch ehe Hellgren etwas antworten konnte, falls er das überhaupt vorgehabt hatte, kam Gordon mit einem kleineren Papierstapel in der Hand zurück. Es waren überwiegend ausgedruckte Fotos, wie Hannah erkennen konnte, als er sich setzte. Gordon holte wieder sein Handy hervor, startete die Aufnahme und legte es auf den Tisch. Er verkündete, dass die Vernehmung weitergeführt werde und zu welchem Zeitpunkt, ehe er sich vorbeugte und die mitgebrachten Bilder vor Hellgren auf dem Tisch ausbreitete.

«Wir haben gerade unsere Hausdurchsuchung bei Ihnen begonnen ...»

Hellgren warf einen Blick auf die Fotos, stieß einen tiefen Seufzer aus und sank auf seinem Stuhl zusammen.

„Der Stand ist wie folgt», begann X, sowie er durch die Tür hereingekommen war, nachdem er die zusätzlich einberufenen Beamten aus Luleå und Umeå eingewiesen und nach Hause geschickt hatte. Es gab keinen Grund dafür, allen den gesamten Stand der laufenden Ermittlungen zu erzählen, vor allem, wenn man das aufflammende Medieninteresse bedachte. Deshalb waren jetzt nur der feste Stab aus Haparanda und Sami Ritola im Besprechungsraum versammelt.

«Umeå stellt uns so viel Personal zur Verfügung, wie wir brauchen, zurzeit sind zusätzliche Techniker draußen bei dem Haus und in Fouquiers Wohnung, die Rechtsmedizin hat alle verfügbaren Mitarbeiter einberufen und arbeitet im Prinzip rund um die Uhr. Die NOA steht auf Abruf bereit, wenn wir sie brauchen. Ich behalte die Leitung», fuhr er fort, zog einen Stuhl heran und setzte sich.

Alle am Tisch nickten. Nichts davon war überraschend. Der Personalmangel, der sonst ein wiederkehrendes Problem im ganzen Land war, ließ sich in Fällen wie diesen meist doch beheben, zumindest vorübergehend. X blickte in seinen Notizblock und richtete sich an Gordon.

«Anton Hellgren. Wie weit sind wir mit dem?»

«Wir können ihm Wilderei nachweisen», antwortete Gordon. «Wir haben Tierfelle, Eier und einige illegale Fallen bei ihm gefunden, und er hat gestanden, die Waren an Fouquier weiterverkauft zu haben.»

«René hatte drei Raubvogeleier zu Hause», ergänzte Hannah. «Alles andere hatte er vermutlich schon weiterverkauft.»

«Gut, aber was ist mit unserem Fall?»

«Keinerlei Verbindung zu Wadim Tarasow und dem Honda, soweit wir das herausfinden konnten», sagte Gordon mit einem unzufriedenen Kopfschütteln. «Wir haben einen Hund vom Zoll hingeschickt, und es gibt keine Hinweise darauf, dass Hellgren bei sich zu Hause Drogen aufbewahrt hat.»

Gordon glaubte, einen enttäuschten Seufzer von Ritola zu hören, der unter dem Polizeiwappen neben dem leise übersetzenden Morgan saß.

«Wir konnten auch keine Schäden an seinen Fahrzeugen feststellen, und es fehlt auch keines von denen, die auf ihn zugelassen sind», schloss Hannah.

«Dann hat Hellgren ab sofort eine niedrige Priorität, es sei denn, wir stoßen auf etwas, das doch noch auf ihn hindeutet», hielt X fest und richtete sich an die anderen. «Was ist mit der Handynummer, die Hannah und Gordon gefunden haben?»

Ludwig räusperte sich und blickte in die Papiere, die vor ihm lagen.

«Die gehört zu einer Prepaidkarte, die mit dem Tele-2-Netz verbunden ist. Ich habe dort angerufen und sie gebeten herauszufinden, welcher Laden diese Nummer herausgegeben hat, falls derjenige, der sie gekauft hat, mit Karte bezahlt hat.»

«Was nicht gerade wahrscheinlich ist», sagte P-O laut genug, dass es alle hören konnten.

«Es ist eine neue Nummer, die in keiner früheren Ermittlung auftaucht», fuhr Ludwig fort, ohne auf die Bemerkung einzugehen. «Sie wurde am gleichen Tag aktiviert, an dem wir Tarasow identifiziert haben, was für einen Zusammenhang sprechen könnte.»

«Nächster Schritt?», fragte X, während er sich Notizen machte.

«Wie gesagt, wir versuchen herauszufinden, in welchem Laden die Karte gekauft wurde, und versuchen, das Handy zu orten, aber derzeit ist es abgestellt oder zerstört. Jedenfalls ist es mit keinem Mast verbunden. Wir bleiben weiter dran.»

Mit einem Achselzucken schloss Ludwig, dass er im Moment nicht mehr beizutragen habe, und P-O übernahm das Wort.

«Nancy Q, oder Ellinor Nordgren, wie sie mit bürgerlichem Namen heißt, und ihr Team haben niemanden vor Ort beobachtet und kein anderes Fahrzeug gesehen. Nichts.»

«Falls es so gewesen wäre, hätten wir schon längst etwas darüber gelesen», brummelte Morgan sauer.

Vermutlich lag er damit richtig. Nancy hatte wirklich alles aus der Geschichte herausgeholt. Wie sich herausstellte, hatte sie als Erstes das *Aftonbladet* angerufen. Doch nicht nur die Boulevardpresse, sondern auch die anderen Medien berichteten über die «Influencerin im Morddrama». Wahrscheinlich, weil es sonst nicht viel zu schreiben gab. Die Polizei hatte sich noch nicht offiziell zu dem Fall geäußert, und Nancy konnte den Medien alles über die Position der Leichen und die Art der Verletzungen erzählen und wie die Opfer vermutlich gestorben waren – mit zitternder Stimme und Tränen in den Augen, als wäre sie von allen Involvierten am meisten zu bedauern, weil sie das Ergebnis der Gräueltaten hatte ansehen müssen. Ganz so traumatisierend schien das Erlebnis aber doch nicht gewesen zu sein. Wie der Inhalt der beschlagnahmten Handys enthüllte, waren die vier noch eine Weile ungerührt am Tatort umherspaziert und hatten fotografiert und gefilmt, ehe sie auf die Idee gekommen waren, die Polizei zu alarmieren. X überlegte, ob er die Sache juristisch verfolgen sollte und wenn ja, wie.

Doch darum würden sie sich später kümmern.

«Ich weiß, dass es ein langer Tag für euch war», fuhr er jetzt fort und betrachtete seine Kollegen, die alle, bis auf Sami Ritola vielleicht, von den Ereignissen des Tages mitgenommen schienen. «Aber wir haben fünf Morde, und wenn wir einmal davon ausgehen, dass sie mit Wadim Tarasow und den Drogen zusammenhängen und uns vor Augen führen, was René Fouquier offenbar trieb ... also, was denkt ihr? Raus damit. Alle Ideen sind willkommen.»

Niemand wollte den Anfang machen, bis Morgan das Wort ergriff und berichtete, dass sie die fünf Toten vor dem einsamen Haus identifiziert hatten, die Angehörigen informiert und auch kurze, einleitende Befragungen mit ihnen durchgeführt hatten. Eines der Opfer hatte einen Eintrag im Strafregister. Autodiebstahl und Körperverletzung. Zwei hatten keinen Führerschein, was im Grunde dagegen sprach, dass sie Auto fuhren, und René und die anderen besaßen zwar Wagen, doch an keinem davon waren Unfallschäden festgestellt worden.

«Nichts von dem, was wir bisher herausgefunden haben oder in den Handys an Daten wiederherstellen konnten, deutet darauf hin, dass einer von ihnen Tarasow überfahren und getötet hat», schloss Morgan seine kleine Zusammenfassung.

«Sie könnten Prepaidhandys benutzt haben», gab P-O zu bedenken.

«Schon, aber auf ihren Telefonen haben wir doch einiges gefunden, was mit Drogenhandel zu tun hatte, es scheint also eher nicht so.»

«Glauben wir, dass sie da draußen waren, um etwas zu kaufen oder zu verkaufen?», warf Lurch ein.

«Warum sollte René an jemand anderen verkaufen?», fragte P-O. «Wäre doch besser, seine Kunden zu bedienen, wenn er den Stoff denn wirklich hatte.»

«Nichts deutet darauf hin, dass er den Stoff hatte», gab Morgan zu bedenken.

«Also wollten sie kaufen?», fuhr Lurch fort. «Und wenn ja, von wem?»

«Außerdem: Wie groß ist die Chance, dass Tarasow von jemandem angefahren wurde, der außerdem noch darüber im Bilde war, was René trieb?», fragte Hannah. «Nicht einmal wir wussten das.»

«Falls sie Käufer waren, warum wurden sie dann ermordet?»

«Sami, du hast gesagt, dieser Zagorni würde jemanden schicken», sagte Gordon und wandte sich an seinen finnischen Kollegen am Tischende. «Könnte dieser Jemand dahinterstecken?»

«Definitiv.»

«Wen könnte er geschickt haben? Eine Person oder mehrere? Nach wem suchen wir? Hast du eine Ahnung?»

«Nein. Ich könnte mich umhören, mache mir aber keine großen Hoffnungen.»

Bloß kein Risiko eingehen, dachte X und betrachtete den Kollegen, der wieder lässig zurückgelehnt auf seinem Stuhl saß. Die Arme verschränkt und diesen irritierenden Zahnstocher an seinem üblichen Platz im Mundwinkel. Ohne irgendetwas beizutragen.

«Warum bist du eigentlich noch hier?», fauchte er und begriff, dass er in seiner Wut einen Gedanken ausgesprochen hatte, den er eigentlich erst einmal für sich hatte behalten wollen.

«Hab's nicht eilig zurückzukommen. Ich habe gestern ein nettes Mädel kennengelernt ...», antwortete Sami achselzuckend und scheinbar vollkommen unbeeindruckt von dem Vorwurf, der in dieser Frage mitschwang.

«René und seine Typen fahren also los, um etwas zu kaufen, doch mitten in dem Geschäft tauchen die Russen auf, machen alle kalt und verschwinden», sagte Ludwig in einem Versuch, das Gespräch wieder auf das ursprüngliche Thema zurückzulenken.

«Woher wussten die Russen, wo sie waren?», fragte Gordon.

«Und wenn sie es wussten, wo sind dann die Verkäufer abgeblieben? Alle, die wir da draußen gefunden haben, hatten nachweislich irgendeine Verbindung zu Fouquier», gab Morgan zu bedenken.

«Das mag eine dumme Frage sein, aber sind wir denn sicher, dass die Drogen nicht mehr im Honda liegen?», fragte Lurch.

«Noch konnte er nicht geborgen werden, aber die Taucher sagen, er sei leer», antwortete Gordon.

Eine kurze Pause entstand. X vermutete, dass alle etwas Ähnliches dachten. So viele Variablen, so viele Möglichkeiten und so viele Unbekannte. Sie wussten nichts, wenn sie ehrlich waren.

«Wenn das meine Ermittlungen wären», sagte Sami mit einem Blick zu X am anderen Ende des Tischs. «Sie sind es nicht, aber wenn ... würde ich weiterhin breit angelegt arbeiten und davon ausgehen, dass die Drogen und das Geld noch hier in der Nähe sind.»

«Warum?»

«Weil wir nicht wissen, was da draußen wirklich passiert ist. Wir wissen weder, wer dahintersteckt, noch, warum. Und wir können die Russen auch nicht auf überzeugende Weise mit diesem Ort in Verbindung bringen.»

Die Diskussion ging noch einige Minuten weiter, doch als sie sich immer stärker im Kreis drehten, unterbrach X sie und fasste zusammen.

«Unsere erste Priorität sind die fünf Ermordeten, aber wir werden weiter nach den Drogen und dem Geld suchen und davon ausgehen, dass sie sich noch im näheren Umkreis befinden.» Er sah, wie Sami selbstgefällig nickte, ehe er die Besprechung beendete, damit alle nach Hause gehen und ein paar Stunden schlafen konnten.

Er selbst blieb noch, wollte darüber nachdenken, welche der besprochenen Informationen er auf der Pressekonferenz preisgeben sollte, die er wohl oder übel bald würde abhalten müssen. Niemand in der Öffentlichkeit hatte die Ereignisse des Tages mit der Leiche im Wald oder den sieben Toten in Rovaniemi in Verbindung gebracht. Bisher. Aber vermutlich war das nur eine Frage der Zeit.

Erst als sie in ihr Büro zurückkehrte, spürte Hannah, wie müde sie war. Kein Wunder, ein Blick auf die Uhr verriet ihr, dass sie seit bald sechzehn Stunden auf den Beinen war. Sie unterdrückte ein Gähnen, nahm einen der Filzstifte, die in einer exakten Reihe an der Kante ihres Schreibtischs ausgerichtet lagen, und ging zu der Pinnwand an der Wand, wo nach wie vor das Foto von René Fouquier hing. Sie kreiste dasselbe Gebiet auf der Karte ein, das sie bei dem gemeinsamen Mittagessen mit Thomas ausgewählt hatte, und trat einen Schritt zurück.

«Was ist das denn?»

Hannah drehte sich um. Gordon stand in seiner dünnen Sommerjacke in der Tür, zum Gehen bereit.

«Wenn wir tatsächlich mehr Leute zur Verfügung haben und davon ausgehen, dass sich die Drogen und das Geld noch in diesem Gebiet befinden, bin ich der Meinung, wir sollten hier danach suchen», antwortete sie und deutete auf die Karte.

«Und warum?»

«Wegen der Leiche im Wald und dem Honda im See. Nur ein Ortskundiger weiß von all diesen Schleichwegen und Stellen, an denen man etwas versenken kann. Jedenfalls sollten wir dort anfangen und den Umkreis dann erweitern.»

Gordon nickte anerkennend. Sie ging zurück zum Schreibtisch, nahm ihre Jacke und wollte sie sich gerade überziehen, als sich die Hitze völlig ohne Vorwarnung in ihr ausbreitete.

«Verdammt!»

Ein ganzer Tag ohne das kleinste Anzeichen. Nach dem Sex mit Gordon war ihr zwar heiß gewesen, aber das hatte am Sex mit Gordon gelegen und nicht am Klimakterium. Vor einer Stunde hatte sie schon geglaubt, ihr wäre womöglich der Luxus von ein oder zwei Tagen ohne Hitzewallung vergönnt, doch da war sie natürlich zu zuversichtlich gewesen. Sie spürte, wie sie rot anlief, wie ihr auf dem Rücken und im Gesicht der Schweiß ausbrach und zwischen die Brüste rann. Rasch ging sie zum Schreibtisch, zog die oberste Schublade auf und holte ein Päckchen Taschentücher hervor.

«Hitzewallung?»

«Wie sieht es denn aus?»

«Als wärst du gerade einen Halbmarathon gelaufen.»

Sie konnte sich nicht einmal ein Lächeln abringen, tupfte sich das Gesicht und den Hals trocken, warf das Taschentuch in den Papierkorb und holte ein neues hervor.

«Bist du mit dem Auto da?», fragte Gordon.

«Nein, wieso?»

«Draußen sind überall Journalisten, es besteht das Risiko, dass sie dich verfolgen, wenn du zu Fuß gehst.»

Hannah seufzte nur und sah auf die Uhr. Ob sie Thomas anrufen und ihn bitten sollte, sie abzuholen? Es war spät, aber sie glaubte, dass er noch nicht schlief. Sie hoffte es, denn sie wollte das Gespräch fortsetzen, das sie beim Mittagessen begonnen hatten.

«Ich kann dich fahren, wenn du willst.»

«Das wäre toll. Danke.»

Sie griff an den Ausschnitt ihrer Bluse und fächerte sich

Luft zu, ehe sie das Licht ausschaltete und Gordon die Treppe hinunter folgte.

Kaum hatten sie die Tür geöffnet, wurden sie auch schon umringt. Gordon antwortete höflich, sie könnten jetzt keine Stellungnahme abgeben. Alexander Erixon werde aber entweder noch am heutigen Abend oder morgen früh eine Pressekonferenz einberufen, teilte er der aufgeregten Meute mit, während Hannah und er zu seinem Auto eilten. Sie hielt den Mund, verteilte nur böse Blicke, wenn sie fand, dass ihr jemand zu nah kam. Sie stiegen ins Auto und schafften es, rückwärts auszuparken und loszufahren, ohne einen Reporter umzunieten.

Als sie auf die Köpmansgatan kamen, sahen sie eine Menschenmenge, die sich auf dem Marktplatz in der Nähe des Rathauses und des Stadshotellet versammelt hatte. Hannah schätzte, dass es knapp fünfzig Personen in größeren und kleineren Gruppen waren, einige hielten sich in den Armen, manche weinten. Sie hatten Fackeln angezündet, deren Effekt in der taghellen Nacht aber nicht ganz so dramatisch ausfiel. Auf dem Boden lagen Blumen oder lehnten an der niedrigen Mauer, dazwischen einige Stofftiere und handgeschriebene und bemalte Karten sowie Fotos in Plastikhüllen.

«Sind wir schon mit den Namen der Toten rausgegangen?», fragte Hannah, als sie sah, dass es alles Bilder von jungen Männern waren.

«X wollte sie bei der Pressekonferenz nennen, aber anscheinend haben sie sich schon über die sozialen Medien verbreitet.»

Ein paar Minuten später hielt Gordon vor dem Einfamilienhaus in der Björnholmsgatan. Hannah spähte an ihm vorbei zum Haus. Kein Licht, und nur eines ihrer beiden

Autos stand in der Einfahrt. Thomas war nicht zu Hause. Das brauchte Gordon aber nicht zu wissen.

«Danke fürs Mitnehmen.»

«Keine Ursache.»

Sie öffnete den Anschnallgurt und spürte den plötzlichen Impuls, ihn zu umarmen oder auf die Wange zu küssen, verkniff es sich aber.

«Tschüs. Bis morgen», sagte sie, schlug die Tür zu und sah ihn davonfahren, noch ehe sie die Straße überquert hatte und zum Briefkasten ging. Leer. Entweder hatten sie heute keine Post bekommen, oder Thomas war während des Nachmittags zu Hause gewesen und hatte sie rausgeholt. Sie betrat das Grundstück und bemerkte, dass der Rasen gemäht werden musste, obwohl es so trocken war.

Heute hatte sie etwas aufs Tapet gebracht. Das sah ihr eigentlich nicht ähnlich. Normalerweise ergriff Thomas die Initiative und redete über Probleme, nicht oft, aber häufiger als sie, wenn es nötig war. Doch jetzt tat er es nicht, hatte es schon lange nicht mehr getan, vor allem nicht, was das hier betraf.

Was auch immer «das hier» war.

Sie begriff, dass sie gezwungen war, es herauszufinden. Dieser Blick, den er ihr beim Mittagessen zugeworfen hatte. Die Schwere darin. Der Ernst. All das machte ihr Angst, und sie konnte es unmöglich noch länger verdrängen.

Es war besser, etwas zu wissen, als nur zu raten und sich das Schlimmste auszumalen.

Sie ging ins Haus, um den Autoschlüssel zu holen, und rief gar nicht erst nach ihm oder sah im Schlafzimmer nach, ob er schlief. Sie wusste, dass er nicht da war. Wusste hingegen nicht, wo er war, kannte aber immerhin ein paar Orte, an denen sie suchen konnte.

Einige Wochen nach dem Datum, das sie zu ihrem achtzehnten Geburtstag auserkoren hatte, war Onkel zu ihr gekommen und hatte gesagt, sie müsse die Akademie verlassen. Sie sei bereit. Es sei an der Zeit, erste Aufträge zu übernehmen.

Doch vorher habe er eine Überraschung für sie.

Sie setzten sich ins Auto. Onkel fuhr. Lang und weit. Zurück in die Vergangenheit. Obwohl sie zehn Jahre lang keinen Gedanken mehr an diesen Ort und die Menschen verschwendet hatte, erkannte sie alles sofort wieder, als sie sich näherten. Sie merkte, wie ihr der Atem stockte. Und ihr Puls anstieg. Angestrengt konzentrierte sie sich darauf, ihn zu kontrollieren, sich zu mäßigen, zu fokussieren. Es gelang ihr. Als Onkel bremste, blickte sie ruhig und kühl durch das Seitenfenster.

«Was machen wir hier?»

«Was *möchtest* du hier machen?»

Verständnislos drehte sie sich zu ihm um. Was sie oder ihre Kollegen wollten, war untergeordnet. Unwichtig.

«Das ist dein Examensgeschenk.»

Katja sah erneut hinaus, zu dem Mann, der auf dem Rasen vor dem kleinen, weiß gestrichenen Haus am Fuß des Hügels stand. Zehn Jahre älter, aber doch unschwer zu erkennen. Tatjana existierte nicht mehr, aber Katja erinnerte sich dennoch, was er ihr angetan hatte.

Sie war ausgestiegen, Onkel hatte sich wieder auf den Weg gemacht.

Der Mann auf dem Rasen blickte erst zu dem davonfahrenden Auto hinüber, dann zu ihr. Nichts deutete darauf hin, dass er sie erkannte. Sie blieb stehen und sah vor ihrem inneren Auge, wie sie langsam den Hügel hinabstieg, die Straße überquerte, das Grundstück betrat und zu ihm ging. Dafür sorgte, dass er sie wiedererkannte, ehe sie ihm ohne große Anstrengung das Nasenbein bis ins Gehirn hineinschlug.

Oder mit einem schnellen Schnitt die Oberschenkelarterie durchtrennte und zusah, wie er hilflos auf seinem Rasen verblutete.

Oder seinen Kehlkopf zertrümmerte und sich über ihn beugte, während er langsam erstickte.

Doch sie würde nichts davon tun. Es war mitten am Tag, sie wusste nichts über die Umgebung, die Nachbarn, wer noch im Haus war. Vorbereitung und Geduld waren der Schlüssel zum Erfolg. Gefühle durften nie die Oberhand gewinnen.

Mit einem zufriedenen kleinen Lächeln ging sie weiter die Straße entlang und verschwand.

Zwei Wochen später würde man ihn im Fluss finden. Er hatte sich während eines Angelausflugs unter Alkoholeinfluss in der Ankerkette verheddert, war über Bord gegangen und ertrunken.

Ein Unglück kommt selten allein, denn einen Monat später kam seine Frau bei einem Kabelbruch ums Leben, infolgedessen der Herd und die Spüle plötzlich Strom führten. Katja stand ein Stück entfernt mit ein paar anderen Schaulustigen und sah zu, wie der Rettungswagen kam, um sie zu holen. Als er ohne Sirenen und Blaulicht wieder abfuhr, holte sie ihr

Handy hervor und verschwand. Eine Viertelstunde darauf holte Onkel sie ab.

Jetzt stand er am Fenster. Jener Mann, der ihr die Rache ermöglicht hatte. Der ihr ein neues Leben ermöglicht hatte. Von den rot geblümten Gardinen eingerahmt, blickte er auf die kleine Menschenmenge unten auf dem Platz und nippte ab und zu an seinem heißen Getränk. Katja saß schweigend in einem der Sessel und beobachtete ihn, sie wartete darauf, dass er die Initiative ergriff.

Onkel.

Er hatte angeklopft und sich höflich erkundigt, wie es ihr gehe, als sie ihn hereingelassen hatte. Nachdem er sich anerkennend in ihrem Zimmer umgesehen hatte, bat er sie um eine Tasse Tee. Katja fragte nicht, warum er hier war, weil er noch früh genug damit herausrücken würde. Außerdem konnte sie es sich ungefähr denken.

«Fünf Tote also», sagte er auf Russisch, den Blick noch immer aus dem Fenster gerichtet.

«Ja.»

«Und hast du das bekommen, weshalb du hier bist?»

Katja zögerte kurz. Mit Sicherheit kannte er die Antwort bereits, aber es widerstrebte ihr, sie laut auszusprechen. Ihn zu enttäuschen.

«Nein, noch nicht.»

«Aber du bist deinem Ziel näher gekommen.»

Wieder dauerte es einen Moment, ehe sie antwortete. Eine Lüge würde das restliche Gespräch erleichtern und es schneller zu einem Abschluss zu bringen, aber er war der einzige Mensch, den sie nie anlügen würde.

«Nicht direkt», gab sie leise zu.

Onkel nahm noch einen Schluck von seinem Earl Grey und warf einen letzten Blick auf die Trauernden auf dem Marktplatz, ehe er sich ihr zum ersten Mal zuwandte, seit sie ihm den Tee gereicht hatte.

«Warum mussten sie dann sterben?»

«Sie wussten zu viel.»

«Worüber?»

«Über alles. Über mich. Außerdem haben sie mich angegriffen.»

«Sie haben dich angegriffen? In diesem Haus? Was hast du da gemacht?»

Für einen Außenstehenden hätte es wie höfliches Interesse wirken können, doch Katja wusste, dass sie gerade verhört wurde. Noch einmal schoss ihr der Gedanke durch den Kopf, dass sie jetzt lügen könnte, und noch einmal verdrängte sie ihn. Wer log, um seine eigene Haut zu retten oder besser dazustehen, war nicht verlässlich, und die Organisation, für die sie arbeitete, gründete auf Vertrauen.

«Es war ihnen gelungen, mich zu entführen», antwortete sie leise und zwang sich, ihm in die Augen zu blicken. Sie sah, wie er erstaunt die Augenbrauen hob, ob gespielt oder nicht, konnte sie nicht erkennen.

«Also mussten sie sterben, weil du schlampig gearbeitet hast.»

«Verzeihung.»

Onkel nickte still vor sich hin und drehte sich wieder zum Fenster, zu den Menschen auf dem Platz.

«Wird es jetzt nicht schwerer? Die Polizei ist wachsamer, und in der Stadt wimmelt es von Journalisten. Es scheint, als würden alle ihre Augen hierherrichten.»

Zu jedem anderen hätte sie gesagt, der Auftrag sei ohnehin schon schwer genug, wenn nicht an der Grenze des Unmöglichen. Sie hatten sie nach Schweden geschickt, um drei Taschen zu finden, die jeder beliebige Mensch hätte an sich nehmen und damit an jeden beliebigen Ort hätte fahren können. Mit über einer Woche Vorsprung konnte dieser Jemand jetzt schon am anderen Ende der Welt sein.

«Ich werde das schaffen», sagte sie stattdessen mit fester Stimme.

«Davon gehe ich sowieso aus, aber Waleri ist etwas ungeduldig.»

«Es sind doch erst ein paar Tage vergangen.»

Onkel antwortete nicht, er lächelte sie nur kurz an. Hatte das zu sehr nach einer Ausrede geklungen? Ausreden hatte man ihr schon früh ausgetrieben.

«Ich weiß, ich weiß.»

Er stellte die Teetasse auf dem Schreibtisch ab, trat in den kleinen Vorraum vor der Tür und nahm seinen dünnen Porkpie-Hut von dem Haken. Katja stand auf. Er war im Aufbruch begriffen, der kurze Besuch war fast vorbei. Aber sie musste es wissen.

«Warum bist du eigentlich gekommen?»

«Ich wollte nur sehen, ob es dir gut geht. Und du alles unter Kontrolle hast.»

Ohne ein weiteres Abschiedswort verließ er das Zimmer. Als die Tür hinter ihm zugefallen war, trat Katja einen Schritt vor und schloss ab, ehe sie sich wieder in ihren Sessel setzte. Das war nicht die Antwort, die sie hatte hören wollen. Bis zu diesem Punkt war sein Besuch eine zurückhaltende, aber dennoch unmissverständliche Demonstration seiner Enttäuschung gewesen. Sie hatte gehofft, er würde ihr zum Abschluss neue Informationen geben, die ihr weiterhelfen. Dass er deshalb gekommen wäre. Oder im schlimmsten Fall einen Kollegen zur Verstärkung schicken.

Eine milde Zurechtweisung. Eine gewisse Erniedrigung.

In all den Jahren, die sie für Onkel tätig gewesen war, hatte er es nie für notwendig befunden, sie zu besuchen, um zu prüfen, ob es ihr gut ging und sie alles unter Kontrolle hatte. Und das war auch diesmal nicht der wahre Grund. Seine Stippvisite sollte ihr eine Erinnerung und eine Warnung sein. Sie hatte einen Auftrag zu erledigen, und in diesem Moment sah es so aus, als würde sie scheitern.

Doch Onkel duldete kein Versagen.

Irgendwann war er eingeschlafen.
Sandra lag dagegen noch wach, sah die wichtigen Stunden ihrer Nachtruhe schrumpfen, spürte, wie ihre Irritation und Wut wuchsen, während der Stundenzeiger auf den nächsten Tag zuwanderte. So hatte sie das auf keinen Fall geplant, ab sofort sollte doch alles glattgehen. Relativ glatt zumindest. Sie hatten einen Menschen getötet – *Kenneth* hatte einen Menschen getötet, korrigierte sie sich –, das ließ sich nicht rückgängig machen. Was sie anschließend getan hatten, war unmoralisch, unethisch, in jeder Hinsicht falsch, aber es war ihr erstaunlich leichtgefallen, damit zu leben. Tatsächlich dachte sie kaum noch an jenen Abend oder an den Mann im Wald. Die Erinnerung an das, was passiert war, verschwamm jeden Tag ein kleines bisschen mehr und wurde auf ein kaum noch wahrnehmbares Unbehagen reduziert, das irgendwann ganz verschwinden würde.

Alles würde sich regeln. Alles würde so viel besser werden.

In ihrer Mittagspause war sie in der Stadt gewesen, hatte Läden und Boutiquen besucht und sich im Kopf einen Wunschzettel mit schönen Sachen erstellt, ganz aufgekratzt von dem Gedanken, dass es nicht mehr lange dauern würde, bis ihre Wünsche in Erfüllung gingen. Drei Jahre. Heute hatte sie allerdings mit dem Gedanken gespielt, ob zwei oder zweieinhalb Jahre nicht auch reichen könnten. Auf der Storgatan hatte sie vor einem der Nagelstudios angehalten. Noch nie hatte sie sich eine Maniküre gegönnt. Das war für sie der Inbegriff von Geldverschwendung. Geld, das sie nicht hatten. Aber so abgekaut und rissig und entzündet, wie ihre Nägel waren, brauchten sie Liebe und Pflege. Und würden sie auch bekommen. Aber nicht jetzt.

Als sie sich abgewandt hatte, um weiterzugehen, war sie Frida in die Arme gelaufen. Frida Aho, wie sie seit einigen Jahren hieß, nachdem sie Harri Aho geheiratet hatte, dem zwei der größten Tabakläden in der Stadt gehörten. Wenn die Boulevardzeitungen Listen mit dem Titel «Die reichsten Menschen in Ihrer Kommune» veröffentlichten, war Harri Aho immer mit dabei. Ganz weit oben. Frida hatte Hunderte Follower mehr auf Instagram als Sandra. Und erneuerte fast täglich ihren Status.

«Ach, hallo!», sagte sie lächelnd und nahm ihre Sonnenbrille ab, als sie den letzten Schritt auf sie zuging. Sandra wich ein Stück zurück, damit Frida nicht auf die Idee kam, sie zu umarmen. «Wir haben uns ja schon ewig nicht mehr gesehen.»

«Ja.»

Sandra setzte ein kurzes, falsches Lächeln auf und wusste nicht genau, wo sie hinschauen sollte. Frida sah so entspannt und natürlich aus. Trug helle, neue und moderne Kleidung. Teure Schuhe, die richtige Frisur, ein dezentes, aber passendes Make-up. Sie selbst war ungeschminkt und hatte eine alte Windjacke über ihre Justizvollzugsuniform gezogen. Wieder fühlte sie sich so, wie sie sich in Fridas Nähe schon immer gefühlt hatte.

Arm, hässlich, unbedeutend.

«Wie geht's dir?», fragte Frida und erkundigte sich, ob Sandra noch in der Anstalt arbeite (*ja*), wie es ihrer Mutter gehe (*gut*) und ob sie immer noch mit, wie hieß er noch, Konrad zusammen sei? (*Kenneth, ja.*)

Als wären sie befreundet. Als würde es sie wirklich interessieren.

War es tatsächlich möglich, dass sie alles vergessen hatte?

Wie sie jahrelang jede Gelegenheit genutzt hatte, Sandra bloßzustellen und zu demütigen, wie sie auf ihre Kosten Witze gemacht hatte.

Wie oft sie dafür gesorgt hatte, dass Sandra weinend nach Hause gekommen war und nie wieder in die Schule gehen wollte.

Wie sie in der neunten Klasse die abgelegten Klamotten ihres kleinen Bruders mitgebracht und sie Sandra vor der ganzen Klasse überreicht hatte, weil sie neuer seien als alles, was sie besitze, und noch dazu perfekt passen würden, weil sie sowieso keine Oberweite habe.

Sandra antwortete, stellte ein paar Gegenfragen und wurde über gemeinsame Bekannte auf den neusten Stand gebracht, ehe Frida im Nagelstudio verschwand. Immerhin hatte sie so viel Anstand besessen, Sandra nicht ins Gesicht zu lügen, dass sie «unbedingt mal was ausmachen müssten». Den restlichen Nachmittag über hatte Sandra schlechte Laune gehabt, die sich nicht gerade besserte, als sie nach Hause kam und in die Einfahrt bog.

«Wo kommt der Mercedes her?», hatte sie gefragt, kaum dass sie in die Küche kam, wo Kenneth gerade die letzten Vorbereitungen für das Abendessen traf, irgendein Nudelgericht.

«Den hat mir UW ausgeliehen.»

«Wo ist der Volvo?»

«Hab ich verschwinden lassen.»

«Wo?»

«In einem tiefen Baggersee in Pallakka.»

Das klang wie ein geeigneter Ort. Sie war nie da gewesen, hatte nur davon gehört, und der Volvo war das letzte Glied, das sie noch mit dem Honda verband, der sie wiederum mit dem toten Russen verband. Ein weiterer Schritt, der sie zu einem besseren Leben führen würde. Dann hielt sie inne. Kenneth war immer noch Kenneth, und sie liebte ihn wirklich, aber überlegtes Handeln war nie seine große Stärke gewesen. Sie sah ihn auffordernd an.

«Und wie hast du das Auto dorthin bekommen?»

«Ich ... ich bin gefahren.»

«Willst du, dass man uns schnappt?», fauchte sie und sah, wie er wegen ihres harten Tons in sich zusammensank. «Wie um alles in der Welt kannst du mitten am Tag damit durch die Gegend fahren?»

«Weißt du ...», begann er und sah sie an, als hätte er bereits mit der Frage gerechnet und hielte eine passende Erklärung bereit. «In Wirklichkeit ist es viel verdächtiger, um drei Uhr morgens durch die Gegend zu fahren. So war der Volvo nur eines von vielen schrottreifen Autos da draußen.»

Das war natürlich nicht verkehrt. Der Gedanke war ihr sogar selbst gekommen, als sie in ihrem Wagen gesessen und darauf gewartet hatte, dass er zurückkam, nachdem er den Honda versenkt hatte. Dass man sich leichter daran erinnerte, welchen Autos man unterwegs begegnet war, wenn es nur ein oder zwei gewesen waren.

«Und es war deine Idee, das Auto loszuwerden», fuhr Kenneth mit defensiver Stimme fort. «Ich habe nur das gemacht, was du wolltest.»

Auch das stimmte. Wie immer. Er war so sehr darauf bedacht, ihr alles recht zu machen, sie glücklich und zufrieden zu stimmen. Wie ein Hund. Was auch passierte, einer Sache konnte sie sich sicher sein: Kenneth würde sie nie im Stich lassen, sie nie verraten oder ihr in den Rücken fallen. Eigentlich sollte sie das mehr zu schätzen wissen. Jemand wie Harri Aho ging sicher in der ganzen Stadt fremd und hatte Frida garantiert auch gezwungen, einen Ehevertrag zu unterschreiben.

«Du hast recht», sagte sie sanft, ging zu ihm und küsste ihn. «Entschuldige.»

Sie konnte sich das Lächeln nicht verkneifen, als sie sah, wie froh und erleichtert er war. Wäre er ein Hund gewesen, er hätte sicher mit dem Schwanz gewedelt. Sie gab ihm noch einen Kuss, ehe sie sich an den Küchentisch setzte.

«Wie bist du zurückgekommen?», fragte sie und schenkte ihnen Wasser ein.

«Ich habe UW angerufen, er hat mich in Koutojärvi abgeholt.»

«Und dann hat er dir ein Auto geliehen.»

«Ja.»

«Was hast du ihm über den Volvo gesagt?»

«Kaputt.»

Sandra musterte ihn, während er konzentriert das Nudelwasser abgoss. Irgendetwas war passiert. Etwas anderes. Sie hatte es aus diesem einen kurzen Wort herausgehört. Irgendetwas, das er ihr nicht erzählte.

«Wollte er sich den Volvo denn nicht ansehen? Das ist doch sein Job. Und wie bist du ohne Auto nach Koutojärvi gekommen?»

Statt einer Antwort seufzte er nur tief, und dann sah sie, wie er die Augen schloss, als wollte er verhindern, dass sie seine Tränen bemerkte. Er konnte sie so schlecht anlügen. Und er wusste, dass sie das wusste. Wahrscheinlich versuchte er es deshalb erst gar nicht.

Deswegen konnte sie jetzt nicht schlafen, nicht abschalten.

Verdammter Kenneth. Verdammter UW. Verdammtes Leben. Warum funktionierte nicht einmal etwas so, wie sie es wollte? Warum musste alles so irrsinnig schwer sein? Sie war gezwungen, die Dinge wieder in Ordnung zu bringen.

Wenn das Schlimmste passierte.

Wenn sie erwischt wurden. Aus irgendeinem Grund.

Wenn die Polizei kam.

Ob es irgendeine Möglichkeit für sie gab, ihre Haut zu retten? Kenneth hatte den Russen überfahren. Was hatte die Polizei eigentlich gegen sie in der Hand? Strafvereitelung. Unterschlagung vermutlich. Störung der Totenruhe vielleicht. Aber wenn sie behauptete, Kenneth hätte sie gezwungen, ihm zu helfen und anschließend den Mund zu halten. Hätte ihr gedroht. Hätte die Beute versteckt und ihr nicht verraten, wo. Ob man ihr das glauben würde? Wohl eher nicht. Die Leute, die sie besser kannten, wussten, wer in ihrer Beziehung die treibende Kraft war und die Hosen anhatte.

Thomas wusste es. Hannah auch. Und Hannah war Polizistin.

Aber sie konnte Kenneth dazu überreden, dass er behauptete, er sei ihr gegenüber gewalttätig gewesen, habe sie bedroht. Ihr zuliebe. Dann spielte es gar keine so große Rolle, zweifelsfrei zu beweisen, ob es stimmte. Im besten Fall konnte sie auf freiem Fuß bleiben, und Kenneth käme hinter Gitter.

Das klang falsch.

Im besten Fall würden sie natürlich beide davonkommen. Aber wenn der schlimmste Fall eintreten würde, wäre es für sie der beste Fall, wenn er für fahrlässige Tötung hinter Gitter käme und ein paar Jahre absäße. Dann würde sie die Taschen mit dem Geld holen und irgendwo hinziehen, wo sich niemand über ihr Vermögen wundern würde. Kenneth könnte dann nachkommen, sobald er wieder auf freiem Fuß wäre. Natürlich war das nicht ihr Wunschszenario. Auf keinen Fall. Mehrere Jahre, in denen sie getrennt wären. Es war ihr Plan B, wenn alles zum Teufel ging.

Sie drehte sich um und trat die Decke beiseite. Es war warm im Zimmer, stickig, und sie fragte sich, ob sie in dieser Nacht überhaupt noch ein Auge zutun würde. Wahrscheinlich nicht. Plan B. Wenn UW nicht wäre, müsste sie sich jetzt auch keinen Plan B ausdenken.

UnterWelt.

Vielleicht glaubte er inzwischen selbst schon daran. Kenneth hatte ihr erzählt, wofür die Buchstaben eigentlich standen. Als Dennis zehn Jahre alt gewesen war, hatte er bei einem Radioquiz angerufen und auf die Frage, mit welchen Buchstaben man Schwarzlicht abkürze, geantwortet: «UW. Das kommt von UltraWiolett.» Am nächsten Tag hatte man ihn in der Schule UW genannt, und er war den Spitznamen nie wieder losgeworden.

Dieser miese kleine Dreckskerl.

Sie hatte ihn immer nett behandelt, als er im Knast gesessen hatte. Kenneth bewunderte ihn wie einen großen Bruder. Und dann erpresste er sie, sobald er eine Chance dazu bekam. Trotzdem hatte Kenneth sogar noch versucht, ihn in Schutz zu nehmen. Hatte von der Entscheidung der Versicherungskasse erzählt, von Lovis, wie sehr sie sich abstrampelten, auch finanziell. Sandra kümmerte das nicht, wer hatte es schon leicht? Deshalb erpresste man noch lange nicht seine Freunde. Den ganzen Abend war sie wütend auf Kenneth gewesen, aber was hätte er eigentlich anderes tun können? Er beschützte sie. So gut er konnte. Vor UW. Wenn der den Ermittlern einen Hinweis gäbe, würden die sich festbeißen. Würden so lange suchen, bis sie etwas fanden. Also mussten

Sandra und Kenneth dafür sorgen, dass er sie nicht ans Messer lieferte.

Im Grunde war die Lösung einfach, wenn man erst einmal darauf gekommen war.

Sandra warf einen kurzen Blick auf ihren schlafenden Freund, ehe sie das Bett und das Schlafzimmer verließ und leise die Tür hinter sich schloss. Dann öffnete sie die Luke in der Decke, deren ungeölte Federn quietschend protestierten, klappte die Leiter zum Dachboden runter, stieg hinauf und schaltete das Licht ein. Der Raum war ziemlich leer, sie hatten nicht viele Dinge, die sie aussortieren konnten, weshalb ihr Blick sofort auf einen blauen Karton auf der linken Seite fiel.

Eine PlayStation. Kenneth musste sie sich gekauft haben. Von dem Geld, das sie nicht anrühren wollten.

Die Enttäuschung überkam sie wie eine Woge, und plötzlich hatte sie kein ganz so schlechtes Gewissen mehr angesichts ihres Plan B. Mit seiner Unvorsichtigkeit brachte er alles in Gefahr. Darüber müssten sie definitiv noch sprechen, aber Kenneth war das geringste Problem, ihn würde sie schon wieder auf Kurs bringen. Vielmehr war sie gezwungen, sich auf UW zu konzentrieren. Er war eine echte Bedrohung, und wenn es eine Lehre gab, die sie aus ihrem Job gezogen hatte, dann die, dass man sich einer solchen Bedrohung nie beugen durfte. Sie betrat den Dachboden und fand problemlos, was sie suchte. Thomas hatte Kenneth zum fünfundzwanzigsten Geburtstag einen Jagdschein geschenkt. Und dazu etwas, das Sandra nicht unten im Haus haben wollte. Jetzt nahm sie es in die Hand und untersuchte es.

Ein gebrauchtes Jagdgewehr.

Sie konnte einen weiteren Ort abhaken. Bei einem seiner Arbeitskollegen war Thomas auch nicht. Keiner von ihnen hatte ihn gesehen, seit er das Büro am Nachmittag zur üblichen Zeit verlassen hatte.

Hannah konnte sich nicht vorstellen, dass er irgendwo ein Bier trinken gegangen war. Sie hätte zwar schnell eine Kontrollrunde drehen können, es gab nicht viele mögliche Orte zur Auswahl, um diese Uhrzeit sogar so gut wie keinen, wenn sie es sich genau überlegte. Das Angebot an Bars und Kneipen vergrößerte sich über den Sommer zwar ein wenig, wenn sich auch einige Touristen hierher verirrten, war aber immer noch sehr begrenzt, und Thomas ging selten aus. Jedenfalls nicht allein, und weil sie bereits mit all seinen Kollegen gesprochen hatte, blieben auch nicht mehr viele Menschen übrig, die ihm Gesellschaft hätten leisten können. Sein Bekanntenkreis war eher klein. Größer als ihrer, aber dennoch nicht riesig.

Erneut kam ihr der Gedanke, er könnte bei einer anderen Frau sein. Dann würde sie ihn nie finden. Allerdings deutete nichts darauf hin, abgesehen vielleicht von seiner merklichen Distanz in der letzten Zeit. Sie hatte keine Spuren an seiner Kleidung oder im Auto bemerkt. Kein fremdes Parfüm. Keine unerklärlichen Abbuchungen von ihrem gemeinsamen Konto. Allerdings wusste Hannah nicht, ob es irgendwelche SMS oder E-Mails gab, in seinem Handy oder seinem Laptop hatte sie nicht nachgeschaut und würde auch nie auf die Idee kommen, das zu tun.

Sie überlegte, ob sie ihn anrufen sollte, entschied sich aber dagegen. Er blieb auf Abstand, wollte auf Abstand bleiben, und wenn sie ihn anrief, würde er auch nicht erzählen, wo er war, sondern nur sagen, dass er nach Hause kommen würde, irgendwann, später, bald.

Vielleicht war er zu Kenneth und Sandra gefahren. Er setzte sich wirklich sehr für seinen Neffen ein, seit dessen Familie ihn im Stich gelassen hatte. Hannah hatte Stefan nie gemocht und wurde aus Rita nicht schlau. Nicht das beste Verhältnis zu seinen Kindern zu haben war eine Sache, damit konnte sie sich identifizieren. Aber so zu tun, als hätte ein Sohn nie existiert? Bei Stefan wunderte sie das nicht, doch Rita? Das lag nicht daran, dass er ein Mann war und sie eine Frau, sondern weil Stefan ein eiskalter kontrollsüchtiger Psychopath war und Rita nicht.

Sandra musste früh aufstehen und hatte einen weiten Arbeitsweg, deshalb schlief sie sicher schon, aber Kenneth war arbeitslos und konnte lange wach bleiben. Manchmal fragte Hannah sich, was aus ihm werden sollte. Seit er aus der Haft entlassen worden war, hatte er nicht einen einzigen Tag gearbeitet, aber auch keinen Willen gezeigt, sich in irgendeiner Weise weiterzubilden. Er zeigte überhaupt keine Eigeninitiative. Sandra hatte ein schweres Päckchen zu tragen. Zwar hatte Hannah schon immer das Gefühl gehabt, dass Sandra fast alles im Leben meisterte, aber irgendwann musste doch wohl auch bei ihr eine Grenze erreicht sein. Wie lange würde sie es noch ertragen, die ganze Last allein zu schultern?

Hannah bremste vor dem heruntergekommenen Haus in Norra Storträsk. Auf dem Grundstück stand ein Mercedes, den sie nicht kannte, vielleicht hatten die beiden Besuch, obwohl die Fenster dunkel waren und sie dahinter auch keine Bewegungen erkennen konnte. Thomas' Auto war jedenfalls nicht da, weshalb sich Hannah gar nicht erst die Mühe machte, auszusteigen und zu klingeln. Sie fuhr weiter. Es gab nur noch einen möglichen Ort, der ihr einfiel. Wenn er dort nicht war, musste sie aufgeben. Nach Hause fahren, ihn anrufen und einsehen, dass er vermutlich jemanden kennengelernt hatte.

Wie würde sie reagieren, wenn sie das erführe? Würde sie um ihn kämpfen? War das überhaupt möglich? Wenn es so wäre, wenn er eine andere, Bessere gefunden hätte, dann hatte er sich doch deshalb darauf eingelassen, weil er ihre Beziehung längst leid war. Wie groß wäre dann die Chance, «wieder zueinanderzufinden»? Gering, glaubte sie. Minimal. Allerdings hinge das natürlich auch davon ab, was er bei der anderen suchte. Wenn es nur Sex war, so wie bei ihr und Gordon, wenn es nur um Intimität und Körperlichkeit ging, wäre es vielleicht möglich. Doch im Unterschied zu ihm hatte Hannah Thomas genau das angeboten. Viele Male. Und war abgewiesen worden. Nein, wenn er eine andere hatte, ging es um mehr.

Zu ihrer Erleichterung erwiesen sich all diese Gedanken als überflüssig. Thomas' Auto parkte vor der Ferienhütte, die Hannah nie gemocht hatte. Als Rita kein Interesse daran zeigte – oder besser gesagt, Stefan nicht wollte, dass sie das Haus behielt –, hatte Hannah insgeheim gehofft, sie könnten es verkaufen. Doch stattdessen hatte Thomas seiner Schwester ihren Anteil abgekauft. Hannah hatte das nie kommentiert, weil ihr bewusst geworden war, wie viel ihm das Häuschen bedeutete. Aber es war sein Ferienhaus, nicht ihr gemeinsames.

Als sie hinter Thomas' Auto parkte, sah sie ihn mit irgendetwas in der Hand aus dem Geräteschuppen kommen. Er hielt inne, schien überrascht über ihren Anblick, aber nicht unbedingt erfreut. Hannah stieg aus dem Auto und ging auf ihn zu. Als sie näher kam, bemerkte sie, dass vor dem Schuppen weitere Werkzeuge und Geräte verteilt lagen.

«Hallo, was machst du denn hier?», fragte er zur Begrüßung.

«Nach dir suchen. Ich dachte, du wärst zu Hause.»

«Nein, ich bin hierhergefahren.»

«Das sehe ich. Und was machst du hier?», fragte sie und deutete mit dem Kopf auf die Sachen auf dem Rasen.

«Ich miste ein bisschen aus.»

«Warum das denn?»

«Es wurde mal Zeit. Ich habe so viel Schrott, den niemand braucht.»

Hannah ließ ihren Blick über die Angelausrüstung, das Werkzeug und die Gartengeräte schweifen. Sie war schon lange nicht mehr hier gewesen, meinte sich aber zu erinnern, dass Thomas manche Sachen vor noch gar nicht allzu langer Zeit gekauft hatte. Sie kommentierte es nicht, schließlich war sie nicht deshalb gekommen.

«Du scheinst dich nicht besonders darüber zu freuen, mich zu sehen.»

«Doch, doch.»

«Doch, doch?»

Hannah ging zu ihm, nahm einen der Campingstühle, die an der einen Wand lehnten, klappte ihn auseinander und setzte sich. Thomas blieb stehen, folgte ihr aber mit dem Blick, noch immer mit einem Kescher und einem Gaff in der Hand. Hannah beugte sich vor, stützte sich mit den Ellbogen auf die Knie und sah zu ihm auf.

«Was passiert gerade? Mit uns?»

Thomas antwortete nicht, seufzte nur schwer und blickte in den gelborangefarbenen Himmel. Es war vollkommen still.

Keine Autos, keine menschlichen Laute, sogar die Insekten schienen sich aus dem Staub gemacht zu haben, damit sie beide ihre Ruhe hatten. Als Thomas sie jetzt erneut ansah, packte der Ernst in seinem Blick sie mit einer körperlichen Wucht, ihr Magen krampfte sich zusammen. Da bemerkte sie, dass er nicht nur mit den Worten kämpfte, sondern auch mit den Tränen. Die Erkenntnis traf sie wie ein Schlag.

Plötzlich wusste sie es.

Sie konnte sich nicht erklären, weshalb. Doch als ihr der Gedanke kam, lag er plötzlich auf der Hand. Er würde sie verlassen, aber nicht für eine andere. Sie betrachtete die ausgebreiteten Gegenstände, während ihr Gehirn fieberhaft versuchte, die neue Einsicht zu verarbeiten.

«Das sind alles Sachen, an denen die Kinder und ich nicht interessiert wären.»

Thomas antwortete nicht, sondern atmete so tief aus, dass er dabei fast in sich zusammenzusinken schien. Die Tränen strömten lautlos seine Wangen hinab.

«Du bist krank.»

Thomas nickte. Mit hochgezogenen Schultern und hängenden Armen, das Angelgerät noch immer in der einen Hand, als müsste er all seine Konzentration und Energie dafür aufwenden, sich auf den Beinen zu halten.

«Ich wollte nicht, dass du es auf einem solchen Weg erfährst.»

«Wie lange weißt du es schon?»

Wenn sie genauer nachdachte, kannte sie die Antwort wohl längst. Als sie das erste Mal begriffen hatte, dass zwischen ihnen nicht mehr alles beim Alten war?

«Ein Jahr ungefähr.»

Das passte genau, zu dieser Zeit hatte er angefangen, sich zurückzuziehen, auf Abstand zu gehen.

«Wie viel Zeit bleibt dir noch?»

Sie hörte die Wörter über ihre Lippen kommen, konnte aber nur schwer begreifen, was sie da aussprach. Dass sie auf einem Campingstuhl auf dem Rasen vor der Hütte saß und ihren Mann fragte, wann er sterben würde.

«Ein paar Monate, wenn ich Glück habe.»

Hannah bekam kaum noch Luft, und ihr Herz fühlte sich an, als würde es gleich explodieren. Sie konnte nicht mehr klar denken, wusste nicht, was sie sagen sollte, und schon gar nicht, was sie empfinden sollte. So viele Gefühle. Ihr war gar nicht bewusst gewesen, dass sie überhaupt derart viele besaß.

Was sollte sie tun?

Schreien, wütend werden, weinen? Sich enttäuscht, betrogen, panisch fühlen?

Sie hörte mehr, als dass sie es fühlte, wie ihr Atem schwerer wurde, in ihrem Kopf rauschte es, die Stille wurde dumpfer, gedämpft, als hätte jemand einen Deckel über ihre Ohren gelegt. Ein winziger Teil von ihr schien noch immer normal zu funktionieren und wollte ihr erklären, dass sie unter Schock stand, aber mit dieser Information wusste sie nichts anzufangen.

Die einzige Lösung, die ihr einfiel, war, aufzustehen und zu gehen.

«Hannah!», hörte sie ihn hinter sich, doch sie drehte sich nicht einmal um. Hob nur abwehrend die Hand, um zu verhindern, dass er ihr folgte, während sie weiterging.

Als sie sich ins Auto setzte, sah sie jedoch, dass er immer noch neben dem Schuppen stand. Gebrochen, schwach und genauso unfähig, mit der Situation zurechtzukommen, wie sie. Hilflos musste er zusehen, wie sie den Motor anließ und davonfuhr.

Der Wind, der durchs offene Autofenster hereindrang, übertönte beinahe den hämmernden Puls in ihren Schläfen. Aber nur beinahe. Ihre Gedanken überschlugen sich noch immer, fliehend, flüchtig, unmöglich greifbar. Sie glaubte, dass sie weinte, denn ihre Wangen waren feucht, dabei empfand sie die Trauer oder Verzweiflung nicht stärker als ihre anderen Gefühle.

Als sie in einer schwachen Kurve fast von dem schmalen Weg abkam, von dem sie nicht einmal wusste, ob er sie auch wirklich nach Hause führte, wurde sie wieder in die Wirklichkeit zurückgeholt. Sie hielt am Rand, blieb sitzen, die Hände am Steuer, den Blick starr geradeaus gerichtet, auf die beiden Reifenspuren, die den Wald durchschnitten wie eine Wunde. Vom warmen Motor angelockt, schwärmten die Mücken herbei und fanden ihren Weg ins Wageninnere. Hannah bemerkte es kaum. Obwohl sie das Fenster heruntergelassen hatte, bekam sie schwer Luft. Also öffnete sie den Sicherheitsgurt, war überrascht darüber, dass sie sich überhaupt angeschnallt hatte, denn sie hatte keinerlei Erinnerung daran, stieg aus dem Auto und fing an zu gehen, direkt in den Wald hinein.

Ihr Atem klang keuchend, im Grenzbereich, als würde sie gleich hyperventilieren.

Sie wusste nicht, wie lange sie schon gegangen war, als sie sich auf einen umgestürzten Baumstamm setzte, die

Handflächen an ihren Hosenbeinen rieb und vor und zurück schaukelte. Ganz langsam zwang sie sich, wieder die Herrschaft über sich selbst zu erlangen, das Erlebte zu bearbeiten und zu sortieren.

Das erste Gefühl, was sie greifen konnte, war Verwirrung. Verwirrung und Ratlosigkeit.

Wie damals mit vierzehn. Und während des ganzen Gymnasiums. Nachdem sich ihre Mutter das Leben genommen hatte. Als sie den Boden unter den Füßen verloren hatte, die Welt unbegreifbar geworden war und Hannah nicht mehr wusste, wo sie hingehörte. Thomas war derjenige gewesen, der sie später aufgefangen hatte. Sie wieder auf die Beine gestellt hatte. Nicht mit großen Gesten oder tiefschürfenden Gedanken. Er hatte einfach nur etwas an ihr bemerkt, das er mochte, und war für sie da gewesen. Mit seiner Ruhe, seiner Selbstverständlichkeit und seiner Geduld. Er war das Fundament, auf dem sie ganz langsam wieder ihr Leben aufbaute. Er ermöglichte es ihr, eine Zukunft zu sehen, ihre Noten zu verbessern, sich an der Polizeischule zu bewerben, und er zog mit ihr nach Stockholm. Auch nach der Sache mit Elin war er es gewesen, der sie dazu gebracht hatte, wieder nach vorn zu schauen.

Wer sollte ihr diesmal die Kraft geben?

Die Kinder. Bisher hatte sie nicht eine Sekunde an Gabriel und Alicia gedacht. Sie würden jenen Elternteil verlieren, zu dem sie die engste Bindung hatten und der sich am meisten um sie kümmerte.

Das war keine Übertreibung. Kein Selbstmitleid.

So war es, und so war es immer schon gewesen.

Thomas stand den Kindern viel näher als sie. Trotz seiner stillen, ein wenig zurückhaltenden Art hatte er sich stets mehr für sie interessiert und eingesetzt als Hannah. Er war stets für sie da, wann immer und wofür auch immer sie ihn brauchten.

Genau wie er für Hannah da gewesen war.

Vielleicht hatte sie sich unbewusst davor gefürchtet, eine zu enge Bindung mit den Kindern einzugehen, sie zu bedingungslos zu lieben. Das hatte sie schon einmal getan. Ihre Mutter hatte sie geliebt, jedenfalls bis zu einem gewissen Grad, aber vor allem Elin. Doch Elin war verschwunden. Das hatte sie beinahe zerstört. Sie erinnerte sich, dass sie das schon gedacht hatte, als sie mit Gabriel schwanger war. Ob sie es wagen würde, noch einmal so sehr zu lieben? Noch einen solchen Verlust würde sie nicht überleben. Also hatte sie Gabriel und Alicia ein wenig auf Abstand gehalten.

Aber hatte sie nicht schon genug gelitten? Wen wollte man ihr noch alles wegnehmen? Ihre Mutter, Elin und jetzt Thomas.

Das war zu groß. Zu viel.

Sie schrie. Schrie in die Stille hinaus. Füllte ihre Lunge mit Luft und schrie abermals. Und noch einmal. Erst als sie Blutgeschmack im Mund hatte und spürte, dass sie erneut weinte, verstummte sie. Schluchzend blieb sie unter dem Baumstamm sitzen und ließ alles aus sich heraus.

Sie wusste nicht, wie lange sie schon dort saß.

Nahm sich die Zeit, die sie brauchte, ehe sie aufstand und wieder zum Auto ging. Wo sollte sie jetzt hin? Nach Hause wollte sie wirklich nicht. Das konnte sie nicht.

Thomas würde jetzt dort sein oder später auftauchen. Ihm momentan zu begegnen würde sie nicht verkraften. Sie brauchte mehr Zeit. Wenn sie sich jetzt sähen, würde nichts Gutes dabei herauskommen. Vermutlich wusste er das auch. Seit sie von der Hütte weggefahren war, hatte er sie nicht angerufen und auch keine Nachrichten geschickt.

Eine Dreiviertelstunde später fuhr sie auf der 99 aus nördlicher Richtung nach Haparanda herein, auf die Västra Esplanaden, vorbei an René Fouquiers Wohnung. Es kam ihr vor wie eine Ewigkeit, dass Gordon und sie hier gewesen waren.

Trotz der Helligkeit und Wärme waren die Straßen menschenleer. Hannah kam am Markt vorbei. Vereinzelt brannten noch Fackeln zwischen Blumen und Kerzen, ansonsten war der Platz verwaist. Sie fuhr Richtung Süden weiter, am Bahnhof vorbei und am zweiten Wasserturm der Stadt, dem hässlichen, der aussah, als hätte jemand drei blaue Container auf mehrere Betonpfeiler aufgespießt. Dann bog sie in den Movägen ein und parkte vor einem der identischen Häuser am Ende der Straße. Ob das eine gute Idee war? Es spielte keine große Rolle. Ihr blieben nicht viele andere Ideen zur Auswahl. Keine, wenn sie ehrlich war.

«Darf ich heute Nacht hier bleiben?», fragte sie, als Gordon verschlafen die Tür öffnete. Wortlos trat er zur Seite und ließ sie herein.

Onkels Besuch hatte sie aus der Fassung gebracht. Mehr, als sie gedacht hätte, und definitiv mehr, als ihr lieb war. Sein wahres Anliegen war deutlich gewesen: Er hatte sie warnen wollen, sie daran erinnern, dass man seine Aufträge nicht vermasseln durfte. Aber warum ausgerechnet jetzt? Sie hatte schon bedeutend wichtigere Jobs gehabt, für die sie um einiges länger gebraucht hatte.

Ohne nächtliche Visiten.

Kollateralschäden, der Tod unschuldiger Menschen, waren auch nichts Neues. Natürlich galt es, sie zu vermeiden, aber sie kamen vor. Fünf Opfer auf einmal waren natürlich extrem und unglücklich, aber es kam nicht das erste Mal vor.

Was war also diesmal anders? Und warum war diese Angelegenheit so wichtig, dass sie Onkels direktes Eingreifen erforderlich machte? War Waleri Zagorni mehr als nur ein krimineller Auftraggeber mit zu viel Geld? Gab es irgendeinen anderen Grund, ihn zufriedenzustellen, als die Bezahlung? Onkels Auftauchen in ihrem Zimmer in Haparanda deutete darauf hin. Eigentlich war es Zeitverschwendung, überhaupt in solchen Bahnen zu denken. Denn sie erfuhren alles, was sie brauchten. Auf eigene Faust Informationen über die Auftraggeber oder deren Wahl der Opfer herauszufinden, wurde sogar hart bestraft. Dennoch konnte sie es nicht lassen, darüber nachzugrübeln, während sie langsam auf dem schmalen Weg am See entlangfuhr, der trotz der späten Uhrzeit blau hinter den Birken glänzte. Die Ruhe und die Idylle der scheinbar zufällig verstreuten Häuser in all dem grellen Grün standen in einem scharfen Kontrast zu ihrer eigenen Rastlosigkeit. Nach allem, was passiert war, und den Fehlern, die sie begangen hatte, kam es ihr allmählich so vor, als hätte sich dieser Ort gegen sie verschworen.

Sie hatte noch nie versagt. Nicht im Ernstfall.

Haparanda und Wadim Tarasow sollten nicht das erste Mal werden.

Katja glaubte, sich im richtigen Gebiet zu befinden. Sicher konnte sie nicht sein, aber alle Informationen, die sie dank Stepan Horvat gesammelt hatte, führten in diese Richtung. Nördlich von Vitvattnet, im Umkreis des Storträsk.

Im nächsten Moment entdeckte sie es. Es dauerte einige Sekunden, bis sie verstand, was sie gesehen hatte, und bremste. Sie setzte ein paar Meter zurück und blickte in die Einfahrt des Hauses, das sie soeben passiert hatte. Eternitplatten und ein Mansardendach. Fassade, Fenster und Farbe, die schon lange Wind und Wetter ausgesetzt und renovierungsbedürftig waren. Vor allem aber das, was ihre Aufmerksamkeit erregt hatte. Ein Mercedes auf dem Hof. Nur wenige Jahre alt, in einem sehr guten Zustand. Im Neuzustand ein Vermögen wert. Gebraucht natürlich weniger, aber vor dem heruntergekommenen Haus stach er trotzdem ins Auge.

Den nächsten Schritt musste sie gut überdenken, wenn er überhaupt nötig war. Sie notierte die Adresse in ihrem Telefon und kehrte ins Hotel zurück.

Eine halbe Stunde später klappte sie ihren Laptop wieder zu und lehnte sich in dem unbequemen Sessel zurück. Ihre Recherche hatte ergeben, dass unter der Adresse zwei Personen gemeldet waren. Ein jüngeres Paar. Er schien überhaupt nicht zu arbeiten. Irgendeine Firma war zwar auf ihn eingetragen, aber die schien inzwischen geschlossen oder hatte in den letzten Jahren jedenfalls keinen nennenswerten Umsatz erwirtschaftet. Sie hatte einen Vollzeitjob in Haparanda. Im Öffentlichen Dienst, aber trotzdem extrem schlecht bezahlt. Das Auto war importiert. Nur für einen kurzen Zeitraum zugelassen. Unklare Eigentumsverhältnisse. Anscheinend erst vor kurzem gekauft. Der junge Mann schien nicht in den sozialen Medien aktiv zu sein. Der Instagram-Account der Frau war privat. Auch auf Facebook konnten nur Freunde ihr Profil sehen. Katja versendete auf gut Glück eine Anfrage von einem ihrer falschen Konten, die jedoch erst einmal nicht beantwortet wurde. Inzwischen war es auch schon spät, wahrscheinlich schlief sie.

Katja blickte hinüber zu dem Bett, das sie heute Morgen gemacht hatte. Sie hatte schon früh gelernt, an jedem Ort und zu jeder Zeit zu schlafen, auch wenn sie unter Druck stand, aber sie kam länger als die meisten anderen Menschen ohne Schlaf oder nur mit kurzen Ruhepausen aus.

Also traf sie einen Entschluss. Und fuhr zurück.

Sie trat auf die Bremse, als sie das Haus passierte, und nahm es näher in Augenschein. Der Garten war leer. Abgesehen von dem Mercedes in der Einfahrt deutete rein gar nichts auf ein Vermögen hin. Das war tatsächlich ein dürftiger Hinweis. Es konnte eine Vielzahl an Gründen geben, warum das Auto dort stand. Vielleicht gehörte es ihnen nicht einmal.

Aber es konnte auch die winzige Veränderung sein, die eingetreten war, nachdem sie dreihunderttausend Euro gefunden hatten und sich etwas gönnen wollten.

Katja fuhr ein paar Kilometer weiter, bog in den erstbesten kleineren Weg ein und parkte am Rand. Sie prüfte, ob das Messer am richtigen Platz saß, kontrollierte die Walther, schraubte den Schalldämpfer auf, steckte die Waffe in die Tasche ihres dunklen Mantels und verließ das Auto. Dann ging sie mit schnellen Schritten zurück zum Haus. Sie durchquerte ein dichteres Waldstück und nahm eine Abkürzung über das Grundstück des Nachbarn, um sich von der Rückseite her durch den verwilderten Garten zu nähern. Dort versteckte sie sich hinter ein paar Büschen.

Es war ein richtiger Schuss ins Blaue. Sie ging in sich. Wenn Onkel nicht aufgetaucht wäre, mit seinen Fragen, die ihren Zweifel ausgelöst hatten, würde sie dann auf der Grundlage von so wenigen Informationen agieren? Eigentlich war die Frage vollkommen irrelevant.

Onkel *war* gekommen. Die Fragen und der Zweifel ließen sich nicht mehr verdrängen.

Welche Risiken gab es? Dass sie am falschen Ort war natürlich. Dass das Paar in diesem Haus nichts mit Zagornis Drogen oder dem Geld des Sudet MC zu tun hatte. Im schlimmsten Fall würde sie gefährliche Zeugen oder weitere unschuldige Opfer hinterlassen. Aber wenn sie nichts unternahm und die beiden Wadim tatsächlich überfahren hatten? Irgendeiner dieser zahlreichen Journalisten, die aus Haparanda berichteten, würde früher oder später Rovaniemi und Wadim Tarasow mit den fünf Männern in Verbindung bringen, die sie getötet hatte. Das würde die Diebe warnen. Sie würden rechtzeitig fliehen, wenn sie noch mehr Zeit mit der Recherche verbrachte.

Onkel verlangte Ergebnisse. Schnelle Ergebnisse.

Da konnte sie sich zumindest eine Meinung darüber bilden, ob dieses Paar es wert war, näher untersucht zu werden. Das schadete nie.

Sie verließ ihren Platz hinter den Büschen und ging zu dem dunklen Haus.

Etwas ist anders, als sie heute erwacht.

Der Fluss schlängelt sich träge dahin, die Sonne scheint, wie sie es in den letzten Wochen immer getan hat, der Verkehr staut sich an der Grenze, weil Leute zu ihr kommen und sie wieder verlassen. Doch auf ihr lastet eine gedrückte Stimmung. Sie hat es im Gefühl. Alle sprechen darüber, mit gedämpften Stimmen und leisen Worten. Ganz im Unterschied zu den Schlagzeilen, die sie gerade macht, und die mit Großbuchstaben und aufgeladenen Vokabeln herausschreien, was passiert ist. Fünf junge Männer sind gestorben. Sie ist klein genug, dass alle jemanden kennen, der jemanden kennt, der zumindest wusste, wer sie waren.

Der Sohn der Schwester eines Arbeitskollegen.

Der Exfreund einer Babysitterin.

Einer, dessen Vater einmal ein Auto an einen Bekannten verkauft hat.

Betagt, wie sie ist, hat sie schon einiges an erloschenen Leben gesehen. Cholera und Paratyphus wechselten sich ab. Mehr als zweihundert der invaliden Kriegsgefangenen, die während des Ersten Weltkriegs ausgetauscht wurden, blieben für immer. Menschen ertrinken im Fluss, fahren gegen einen Baum, verbrennen. Sie ist eine Stadt. Menschen sterben in ihr, so wie überall sonst auch. An Alter, Krankheit, Selbstmord, Überdosen, Unglücken, Ursachen gibt es viele.

Aber selten Gewalt. Noch seltener Mord.

Resigniert stellt sie fest, dass so ein Vorfall anscheinend notwendig ist, damit jemand sie in diesen Tagen überhaupt noch beachtet. Tragödien und plötzliche Todesfälle.

Dennoch strahlt die Sonne vom Himmel.

Henrietta Stråhle ist früh auf den Beinen. Sie macht sich zurecht. Möchte frisch und ordentlich sein, wenn der Fahrdienst kommt, um sie abzuholen. Heute werden sie unterschreiben. Nach vielen Jahren kann sie endlich den alten verfallenen Hof ihrer Eltern verkaufen. Für eine anständige Summe. Sie wird ihn nicht vermissen. Ihre Kindheit war schrecklich, ihre Eltern und Großeltern waren schlechte, gewalttätige Menschen. Henrietta weiß es noch nicht, als sie die Brosche an ihrer Brust zurechtzupft, aber die neuen Besitzer werden keinen Deut besser sein. Im Gegenteil. Diesmal wird ganz Haparanda unter ihnen leiden.

Stepan Horvat betrachtet seine dreijährige schlummernde Tochter. Er selbst hat in der Nacht kaum geschlafen. Stattdessen hat er, er weiß nicht, zum wievielten Mal, darüber nachgedacht, die Polizei anzurufen. Auszupacken. Aber was sollten sie anschließend machen? Umziehen? Wie weit weg ist weit genug? Vor seinem inneren Auge sieht er erneut die Bilder. Den roten Punkt des Laservisiers auf dem kleinen Körper. Er erinnert sich an die Warnung und an den Befehl, und genau wie die anderen Male beschließt er, nichts zu unternehmen.

Lukas hasst seine Einzimmerwohnung. Und Frauen, Mädchen, Girls. Alle benutzen ihre Anziehungskraft und ihre Sexualität lediglich als Mittel zur Machtausübung. Tun interessiert, nur um dann abzuhauen und stattdessen die Gutaussehenden, Erfolgreichen zu wählen. Verweigern ihm das Recht, mit ihnen ins Bett zu gehen. Haben Aufwind bekommen durch diesen beschissenen Feminismus, der schon fast zur Staatsreligion geworden ist. Er hasst sie. Voller Inbrunst. Tief und fundamental. Doch damit ist er nicht allein. Als er seinen Laptop öffnet und vom gestrigen Tag berichtet, an dem er wieder mal gedisst und verschmäht wurde, bestätigen ihm mehrere andere Typen sofort, was er schon weiß. Es ist sein gutes Recht, die Weiber zu hassen. Und er sollte etwas gegen das Problem unternehmen.

Stina liegt in ihrem alten Mädchenzimmer im Bett. Ausgeschlafen nach mehreren Nächten ohne Unterbrechungen. Sie denkt an Dennis, der die ganze Verantwortung übernommen hat, der alles dafür tut, dass sie ihren Alltag bewältigen. Er, den sie immer vor ihren Eltern verteidigen muss, die in ihm nur den Dealer, Hehler, Knastbruder sehen. Sie vermisst ihn. Ihn, aber nicht Lovis. Nicht ihre Tochter. Normalerweise würde sie von diesem Eingeständnis sofort Bauchschmerzen bekommen, aber gestern hatte sie die Erkenntnis. Lovis war der erste Pfannkuchen. Der nie so wird, wie man ihn sich vorgestellt hat. Misslungen. Beim nächsten Versuch wird der Pfannkuchen perfekt sein.

Auf dem Campingplatz am Kukkolafors öffnet ein Mann, der sich Björn Karhu nennt, die Tür seines Wohnwagens und tritt hinaus in den Sommer. Die beiden Frauen, die ihn auf der Reise begleiten, schlafen noch. Barfuß und lediglich in Unterhosen schlendert er unbekümmert hinab zu den Stromschnellen, die wild und reißend sind. Er hofft, einen etwas ruhigeren Platz zu finden, wo er nackt sein morgendliches Bad nehmen kann. Dabei hat er keine Eile. Erst in zwei Stunden muss er in Haparanda sein und den Strohmann treffen, der den Hof von Henrietta Stråhles Eltern gekauft hat.

Thomas sitzt in der Küche, er hat nicht geschlafen, sondern wartet. Ihm fällt eine Frage ein, die man ihm in der Schule gestellt hat oder vielleicht auch während des Militärdienstes, die er aber definitiv irgendwo gelesen hat.

Was würdest du machen, wenn du wüsstest, dass du bald sterben musst?

Was will man noch schaffen? Die *Bucket List*. Er hat keine. Ist zufrieden. Nicht damit, bald sterben zu müssen, das hätte er lieber noch um viele Jahre in die Zukunft verlegt. Aber damit, wie er gelebt hat. Er steht auf und holt sich eine neue Tasse Kaffee. Noch ist Hannah nicht aufgetaucht. Aber sie wird kommen. Ängstlich und wütend. Weil sie einsam sein wird und weil er es vor ihr geheim gehalten hat. Dabei hat er noch ein Geheimnis. Aber davon wird sie erst nach seinem Tod erfahren.

Der Rasen wird allmählich gelb von der Trockenheit. Der Wetterbericht sagt weiter schönes Wetter voraus. Aber er täuscht sich. Das Unwetter rückt näher.

Thomas' Auto stand in der Einfahrt. Für einen Sekundenbruchteil dachte Hannah daran, einfach weiterzufahren und allem zu entfliehen, doch dann bog sie trotzdem ein, parkte hinter ihm und blickte zum Haus. Ihrem Zuhause. Als Alicia auf Reisen gegangen war, hatten Thomas und sie darüber gesprochen, dass es eigentlich zu groß für sie beide war. Was würde Hannah damit tun, wenn sie allein war? Es verkaufen wahrscheinlich. Irgendwo eine kleinere Wohnung finden. Sie verdrängte den Gedanken, so weit waren sie noch nicht. Im Grunde wusste sie ja gar nichts. Vermutlich war es jetzt an der Zeit, dies zu ändern. Nach einem tiefen Atemzug stieg sie aus. Sie ahnte, dass er dasitzen und auf sie warten würde, und sie hatte recht. Sowie sie die Haustür hinter sich schloss, rief er aus der Küche nach ihr. Er saß am Tisch. In derselben Kleidung wie gestern. Hannah nahm an, dass er die ganze Nacht dort ausgeharrt und auf sie gewartet hatte. Zögernd blieb sie in der Tür stehen, verunsichert, über sich und darüber, wie es weitergehen sollte.

«Hallo. Setz dich», sagte er und deutete mit dem Kopf auf den Küchenstuhl gegenüber.

«Ich bin so wütend auf dich.»

«Ich weiß. Setz dich trotzdem.»

Sie konnte ihm und dem Thema nicht ewig aus dem Weg gehen. Das Ungeheuer war losgelassen worden, und es gab keine Chance, es wieder einzusperren, deshalb würde sie sich nun damit konfrontieren, auch wenn das Timing denkbar ungünstig war.

Ganz Haparanda schien seit dem gestrigen Tag unter einer fiebrigen Glocke zu liegen. Es war eine beinahe physische Veränderung, die Hannah aufgefallen war, als sie nach der schlaflosen Nacht bei Gordon zurückgefahren war. In der Stadt herrschte eine seltsam gedämpfte Stille. Die Leute versammelten sich in kleinen Grüppchen, die Kerzen auf dem Marktplatz und vor der Kirche waren zahlreicher geworden, die Menschen schienen unterwegs zu sein, ohne ein richtiges Ziel zu haben, nur um einander zu sehen und ein paar Worte zu wechseln.

Doch all das trat in den Hintergrund, als Hannah in die Küche kam und sich setzte. Sie hatte ihre eigenen Probleme, in ihrer eigenen Welt, wo die Dinge dort draußen keine größere Rolle mehr spielten.

Thomas stand auf, ging zur Kaffeemaschine und schenkte eine Tasse ein.

«Hast du schon gefrühstückt?», fragte er.

«Nein, aber ich habe keinen Hunger.»

Thomas nickte, gab sich damit zufrieden und wollte zu ihrer Erleichterung nicht wissen, wo sie die Nacht über gewesen war. Er stellte den Kaffee vor sie auf den Tisch und setzte sich gegenüber, weiterhin schweigend. Offenbar war er nicht willens oder nicht in der Lage, das Gespräch zu eröffnen.

«Du wirst also bald sterben», sagte sie. Es hatte keinen Zweck, um den heißen Brei herumzureden, worüber hätten sie sonst sprechen sollen?

«Ja. Krebs.»

«Wie ist die Prognose? Was sagt die Ärztin?»

«Sie sagt, dass ich daran sterben werde.»

«Und was unternimmst du, um gesund zu werden? Oder was hast du unternommen? Bestrahlung? Chemo? Kann man den Krebs operieren?» Sie wusste, dass er nur ungern zu Ärzten ging und davon überzeugt war, dass der Körper die meisten Krankheiten selbst in den Griff bekam, wenn man ihm nur genügend Zeit gab und vielleicht auch Paracetamol. Über Krebs dachte wohl selbst er anders, aber es war durchaus möglich, dass er anfangs auf einer sanfteren Behandlung bestanden hatte, um zu sehen, wie sie anschlug. «Du hast jedenfalls noch all deine Haare, und du spuckst dir nicht die Seele aus dem Leib, soweit ich es mitbekomme.»

«Das Zytostatikum greift die Haarwurzeln nicht an, aber mir ist oft schlecht. Die meiste Zeit fühle ich mich einfach nur müder, schwächer ...»

«Zytostatikum, ist das eine Art Chemo?»

«Ja.»

«Wann musst du das nächste Mal hin? Ich würde gern mal mit deiner Ärztin sprechen.»

«Ich habe damit aufgehört. Es hilft nicht mehr, der Krebs hat gestreut.»

Er streckte sich über den Tisch und griff nach ihrer Hand. Hannah konnte sehen, wie traurig er war, wie sehr er litt. Nicht seinetwegen, sondern ihretwegen. Weil er sie nicht vor all dem beschützen konnte. Weil er derjenige war, der ihr Schmerz zufügte.

«Ich wollte nicht, dass du dir Sorgen machst oder mich bemitleidest.»

«Ich werde es dir nie verzeihen, dass du nichts gesagt hast.»

«Das war meine Entscheidung. Alle haben ihre Art, mit ...»

«Deine Art war falsch», hielt sie fest und kämpfte mit den Tränen. «Wir stehen die Sachen gemeinsam durch.»

«Nicht das hier.»

«Warum nicht das hier?»

Sein Blick flackerte, er holte tief Luft und drückte ihre Hand noch fester.

«Ich dachte, es würde etwas leichter werden, anschließend, später, wenn ich ein bisschen Abstand hielte.»

«Was sollte leichter werden?»

«Auf mich zu verzichten.»

«Hast du sie nicht alle?!» Jetzt schrie sie und ließ seine Hand los. Sie konnte es nicht fassen, was sie gerade gehört hatte. «Du glaubst, wenn du weniger zu Hause bist und wir nicht mehr so viel unternehmen und ein Jahr lang keinen Sex haben, werde ich dich nach deinem Tod nicht so vermissen? Nach dreißig Jahren? Das war dein Plan? Was geht nur in deinem Kopf vor?»

«Vielleicht habe ich einen Fehler gemacht ...»

«Ja, das hast du.»

«... aber ich habe ihn dir zuliebe gemacht.»

Hannah verstummte, atmete schwer und unterdrückte den hastig aufflammenden Zorn. Sie konnte seine Gedanken nachvollziehen. Er wollte den Schmerz eine Armlänge von ihr fernhalten, solange es nur ging. Deshalb hatte er sich zurückgezogen, um den Verlust, wenn das überhaupt möglich war, ein wenig abzumildern. Er dachte an sie. Wie immer. Sie hatte ihn nicht verdient.

«Ich weiß», sagte sie schließlich und nahm erneut seine Hand.

«Damit du weiterleben kannst. Ohne mich. Du musst.»

«Ich glaube, das kann ich nicht», sagte sie ehrlich.

«Du hast Gordon.»

«Ach, das ist nichts Ernstes», antwortete sie reflexmäßig und wurde sofort von schlechtem Gewissen gepackt. «Das mit ihm ist wirklich nichts Ernstes», wiederholte sie hastig.

«Es ist in Ordnung», sagte er ruhig und schien es so zu meinen. Hannah runzelte die Stirn. Das beschämende Gefühl, enttarnt worden zu sein, wich Erstaunen. In diesem Zusammenhang war es natürlich unwichtig, wie er es herausgefunden hatte und wie lange er es schon wusste, aber seine Reaktion führte schließlich doch dazu, dass ihre Neugier siegte.

«Wie lange weißt du das schon?»

«Ein paar Monate.»

«Und du hast nichts gesagt?»

«Ich habe dich abgewiesen. Also habe ich selbst dazu beigetragen, und außerdem habe ich gedacht, es wäre gut, wenn du jemanden hast. Der dir helfen kann. Später.»

«Du bist echt nicht ganz richtig im Kopf.»

Die Krankheit zu verschweigen war eine Sache, aber Hannahs Untreue einfach so hinzunehmen, war schlicht zu viel. Zu absurd. Es gab doch Grenzen für das, was er tun durfte, um sie zu beschützen, für seine Gutmütigkeit und Selbstaufopferung. Und dies überschritt jede Grenze bei weitem.

«Du hast nicht so viele Vertraute, und du wirst jemanden brauchen», fuhr er sachlich fort. «Das weiß ich, und Gordon ist ein guter Mensch.»

«Hör auf, über ihn zu sprechen!»

Hannah wurde fast schlecht, wenn sie darüber nachdachte. Wieder spürte sie, wie der Zorn in ihr aufwallen wollte, aber von einer Stimme der Vernunft in ihrem Hinterkopf gebremst wurde. Thomas hatte sie schließlich nicht gezwungen, ja nicht einmal dazu ermuntert, mit ihrem eigenen Chef ins Bett zu gehen. Er hatte sie nicht damit konfrontiert, als es passiert war, ihr keine Vorwürfe gemacht. Sie war selbst dafür verantwortlich, dass sie in diese Lage geraten war, und viel war dafür nicht nötig gewesen. Die Wut schlug erneut in schlechtes Gewissen um. Sie war gezwungen, das Thema zu wechseln.

«Wissen die Kinder, dass du krank bist?»

«Natürlich nicht.»

Das war doch eine kleine Erleichterung, sie war immerhin nicht die Einzige, die nichts erfahren hatte. Er und die Kinder hatten also kein gemeinsames Geheimnis gehabt. Und sie außen vor gelassen.

«Wann hattest du vor, es ihnen zu erzählen?»

«Später. Gabriel muss sich auf sein Studium konzentrieren, und Alicia fühlt sich so wohl in Australien.»

«Du wolltest also eines Tages einfach weg sein, oder wie hast du dir das gedacht?»

«Ich hatte gedacht, es so zu erzählen, dass noch Zeit bleibt, um ... um Abschied zu nehmen.» Zum ersten Mal versagte seine Stimme, und er schluckte und räusperte sich. Hannah spürte, wie ihr sofort die Tränen in die Augen stiegen. «Aber ich wollte nicht hier zu Hause herumsitzen und mir monatelang den Kopf darüber zerbrechen.»

«Nichts wird besser, nur weil man sich den Kopf darüber zerbricht.»

«Ganz genau.»

«Ich werde sie auch verlieren.»

Sie bereute ihre Worte, kaum dass sie sie ausgesprochen hatte. Es ging nicht um sie. Nicht sie war bemitleidenswert. Jedenfalls noch nicht. Es würde ein Tag kommen, eine Zeit, in der es so sein würde, aber noch nicht jetzt.

«Unsinn.»

«Nein, sie besuchen uns und melden sich deinetwegen.»

«Das stimmt nicht.»

«Doch, es stimmt. Ich bin ja selbst schuld ... Ich habe sie auf Abstand gehalten.»

«Du bist eine gute Mutter. Das weißt du. Du bist ein guter Mensch.»

So sehr sie sich auch bemühte, jetzt konnte sie die Tränen doch nicht zurückhalten. Wieder wurde sie übermannt: Es war zu viel, zu groß. Dabei gab es so vieles, worüber sie sprechen mussten und sprechen würden, aber jetzt brauchte sie etwas anderes. Ein Psychologe hätte sicher abgeraten, aber sie war gezwungen, ihre Gefühle eine Zeitlang beiseitezuschieben. Zu verdrängen. Ihr Dasein auf etwas Bekanntes und Normales zu stützen, da alles andere zusammenzubrechen drohte.

Die Arbeit. Eine einfache Wahl. Sie hatte nur die Arbeit.

Die Journalisten warteten immer noch vor der Polizeistation. Seit gestern schienen es sogar mehr geworden zu sein. Fragen, Kameras und Handys verfolgten Hannah den ganzen Weg bis ins Gebäude. Sie nickte Carin am Empfang zu, die einen vielsagenden Blick auf die Uhr an der Wand warf. Die wichtigste Ermittlung, die es in Haparanda je gab, und Hannah meinte, ausschlafen zu müssen. Kommentarlos zog Hannah ihre Schlüsselkarte durch das Gerät und ging an den Zellen vorbei zur Umkleidekabine der Damen. Sie wollte so schnell wie möglich in ihre Uniform schlüpfen.

Die zivile Hannah, Thomas' Frau, hinter sich lassen.

Zu Hannah, der Polizistin, werden.

Nachdem sie sich umgezogen hatte, ging sie die Treppen hinauf und den Flur entlang zu ihrem Büro. Alle anderen Räume, an denen sie vorbeikam, waren leer. Wahrscheinlich steckten die Kollegen immer noch in der Morgenbesprechung, die allerdings jeden Moment vorbei sein dürfte. Es hatte keinen Sinn, sich jetzt noch hineinzuschleichen und unnötig Aufmerksamkeit auf sich zu ziehen.

Die neue junge Putzfrau stand in ihrem Büro, als Hannah hereinkam, und war gerade dabei, mit einem Lappen die niedrige Ablage unter der Pinnwand abzuwischen.

«Sorry, done now», sagte sie entschuldigend, als sie Hannah sah.

«Nur keine Eile.»

«No, no, done now», wiederholte sie, und Hannah hätte schwören können, dass sie sich sogar leicht verbeugte, ehe sie den Raum verließ.

Hannah setzte sich wieder hinter den Schreibtisch, weckte den Computer aus dem Stand-by-Modus und loggte sich ein. Doch eine Weile blieb sie wie gelähmt sitzen und starrte auf die Ordner und Icons. Wo sollte sie anfangen? Was würde sie jetzt genügend herausfordern, um ihre Gedanken zu vertreiben? Den Fokus zu verlagern. Sie glaubte, die Antwort zu kennen.

Nichts. Heute würde sie sich wirklich anstrengen müssen, um sich auf ihre Arbeit zu konzentrieren. Gleichzeitig war sie dazu gezwungen. Also, womit sollte sie beginnen? Zum Glück wurde ihr die Entscheidung vorerst erspart, denn Gordon klopfte an ihre Tür und kam im selben Moment herein.

«Da bist du also», stellte er fest, während er die Tür hinter sich zuzog. Hannah wusste genau, was er meinte, und seufzte leise. Sie konnte nicht einfach mitten in der Nacht auftauchen, am Morgen wortlos wieder verschwinden und dann davon ausgehen, dass er es nicht ansprach, sobald sie sich sahen.

«Wie geht es dir?», fragte er auch tatsächlich und setzte sich auf seinen üblichen Platz.

«Gut», antwortete Hannah und konnte sich ein Lächeln abringen. «Oder jedenfalls besser.»

«Du siehst müde aus. Müde und traurig.»

«Ich bin müde.»

«Willst du immer noch nicht darüber reden?»

«Nein, und es tut mir leid, dass ich heute Nacht einfach so aufgetaucht bin.»

«Das ist okay.»

«Und wir können uns nicht mehr sehen.»
«Nicht mehr sehen ...»
«Nicht mehr vögeln. Kein Sex mehr. Das ist jetzt vorbei.»
Damit hatte er offensichtlich nicht gerechnet. Für einen Moment wirkte er schockiert. Er schluckte, während er vor sich hinnickte. Bildete sie sich das nur ein, oder waren seine Augen ein wenig feucht, als er sie wieder ansah?
«Warum?»
«Es geht einfach nicht mehr.»
«Hat das etwas mit Thomas zu tun? Weiß er es? Liegt es daran?»
Seine Stimme hatte etwas Flehendes, als bräuchte er unbedingt einen Grund. Aber sie schaffte es jetzt nicht, ihm das Ganze zu erklären.
«Ich möchte es nicht mehr, es spielt keine Rolle, warum.»
«Okay.» Jetzt zitterte seine Stimme definitiv, und er konnte seine Enttäuschung nicht verbergen, als er aufstand und die Tür öffnete. «Wir ... wir müssen das später klären, vielleicht. Aber, ja ... wir haben zu tun.»
Damit ging er. Hannah blickte ihm verwundert nach, schob den Vorfall aber beiseite. Was auch immer dieser Auftritt bedeuten sollte, sie konnte sich nicht auch noch damit beschäftigen. Wahrscheinlich interpretierte sie zu viel hinein. Sie war aus dem Gleichgewicht geraten. Deshalb war sie hier. Um es wiederzuerlangen. Mit Hilfe ihres Jobs. Sie würde arbeiten. Also stand sie auf und ging links über den Flur zu Morgans Büro. Er saß mit der Lesebrille auf der Nasenspitze vor seinem Computer und tippte. Nahm sie ab und drehte sich zu ihr um, als sie hereinkam und sich an den Türrahmen lehnte.
«Hallo. Warst du in der Besprechung?», fragte sie.
«Ja, wo warst du denn?»

«Probleme zu Hause.»

Bei ihm konnte sie so etwas guten Gewissens sagen, Morgan würde nie fragen, was passiert war oder ob sie darüber reden wollte. Er war weder neugierig noch sonderlich interessiert.

«Du hast nicht viel verpasst», sagte er dann auch nur mit einem leichten Schulterzucken. «Sie konnten den Honda bergen und haben ihn nach Luleå geschickt.»

«Was ist mit der Handynummer, die wir bei Fouquier gefunden haben?»

«Wir haben es heute Morgen wieder mit der Ortung versucht. Immer noch ausgeschaltet. Bis jetzt haben wir nichts in den Handys und Laptops der Opfer gefunden, das erklären würde, was sie draußen bei dem verlassenen Haus wollten oder warum sie getötet wurden.»

«Also hat auch keiner von ihnen Tarasow überfahren?»

«Anscheinend nicht. Bisher haben wir auch keine Spur von dem Amphetamin gefunden. Niemand, der etwas kaufen will, niemand, der etwas anbietet.»

Hannah überlegte, was das alles bedeuten sollte. Die Handynummer, die sie gefunden hatten und die aktiviert worden war, nachdem man die Leiche identifiziert hatte. René Fouquier, der nachweislich mit Drogen gehandelt hatte. Irgendwie musste das doch zusammenhängen.

«Aber wir glauben nach wie vor, dass es etwas mit Tarasow zu tun hat, oder?», fragte sie.

«Wir ermitteln in alle Richtungen und schließen nichts aus», entgegnete Morgan und grinste über das abgenudelte Pressekonferenzklischee. «Aber ja, worum sollte es sonst gehen.»

«Also, was haben wir jetzt zu tun?»

«Die Vernehmungen fortsetzen, weiter die Bewohner in

dem Gebiet befragen, auf die Ergebnisse der Spurensicherung warten, auf Zeugen hoffen.»

«Hat Ritola etwas darüber gesagt, wen die Russen geschickt haben könnten?»

«Er war auch nicht bei der Besprechung.»

«Wo war er denn dann?»

«Wer weiß das schon», antwortete Morgan.

Hannah hatte das Gefühl, sie hätte alles erfahren, was sie wissen musste, und ging wieder zurück. Sie warf einen Blick zu Gordons Büro am Ende des Gangs.

Die Tür war geschlossen.

Er schloss sonst nie seine Tür.

Sie betrat ihr Büro, das ihr heute noch kleiner vorkam als sonst. Betrachtete ihren Computer, wusste aber nicht, was sie tun sollte. Sicher gab es irgendwelche Berichte von den Rechtsmedizinern oder Technikern, die sie lesen könnte. Vielleicht sollte sie etwas Zeit darauf verwenden, eine Art Ablaufschema zu erstellen, um einen Überblick zu erlangen. Es war so viel passiert, aber nichts schien miteinander zusammenzuhängen. Irgendwelche Berührungspunkte musste es doch geben? Sie blieb vor der Pinnwand stehen, blickte auf die Karte und auf den Kreis. Norra Storträsk lag innerhalb des Kreises.

Sandra fuhr täglich zur Arbeit und wieder zurück.

Kenneth war den ganzen Tag zu Hause.

Irgendwo musste sie anfangen, warum nicht dort, bei ihnen. Außerdem würde es ihr vielleicht guttun. Es fiel ihr nicht so leicht wie erhofft, einen ganz normalen Arbeitstag zu gestalten. Die gestrigen Nachrichten und das morgendliche Gespräch lasteten schwer auf ihr. Ihr wurde bewusst, dass Thomas' Tod auch Kenneth treffen würde. Schwer treffen. Ob sie es ihm erzählen sollte? Weiter kam sie mit der Überlegung nicht, denn es klopfte an der Tür. Sie rechnete mit einem neuerlichen Besuch von Gordon, aber es war Morgan.

«Störe ich?»

«Nein, überhaupt nicht.»

«Einer der Typen, die wir tot aufgefunden haben, Jari Persson ...»

«Was ist mit ihm?»

«Anscheinend war er gestern im Stadshotellet. X hat seinen Namen veröffentlicht, und die Rezeptionistin rief an und fragte, was wir wissen wollten.»

«Was hat er dort gemacht?»

«Unklar. Wollen wir versuchen, es herauszufinden?»

Derzeit hatte er nicht allzu oft das Gefühl, dass es ein guter Tag werden würde, heute aber schon, und deshalb genoss er seinen Spaziergang zur Werkstatt. Er fühlte sich ausgeschlafen. Hatte nachts eine Pflegehelferin zur Unterstützung in der Wohnung gehabt, die sich um Lovis kümmerte und noch geblieben war, sodass er ein wenig länger schlafen und in Ruhe frühstücken konnte, ja sogar eine Folge von *Rick and Morty* auf dem Handy gucken. Jahre, nachdem er die ersten gesehen hatte. Aber normalerweise reichten seine Zeit, seine Kraft und sein Interesse einfach nicht dafür aus.

Stina würde am Nachmittag von ihren Eltern zurückkommen. Gestern Abend hatten sie lange telefoniert. Zu seiner Verwunderung hatte sie gesagt, sie wünsche sich noch ein Kind. Sie brauche es, hatte sie gesagt. Wollte bedingungslose Liebe für jemanden empfinden. Wollte miterleben, wie ihr Kind anfing, zu krabbeln, aufrecht zu sitzen, die Arme nach ihr auszustrecken, zu sprechen.

Alles, wonach sie sich immer gesehnt und was sie doch nie bekommen hatte.

Wenn sie ein zweites Kind hätten, würde sie all das nicht mehr so sehr bei Lovis vermissen, meinte sie. Er verstand sie, fragte sich aber, ob sie das schaffen würden. Was passierte, wenn das zweite Kind auch behindert wäre? Ihr Alltag und ihre Beziehung litten ja jetzt schon viel zu sehr unter der Belastung. Aber Stina war sich so sicher gewesen, dass ein Kind sie glücklicher machen und ihnen das Leben erleichtern würde. Sie würde neue Kraft schöpfen, zufriedener sein, eine bessere Mutter für Lovis. Wenn es tatsächlich so war, wollte UW der Sache nicht im Wege stehen.

Er hatte erzählt, dass – aber nicht, wie – er an eine größere Geldsumme gekommen war, mit der sie für eine Weile flüssig wären. Stina war natürlich klar, dass es keine legale Aktion gewesen sein konnte, sie hatte aber nichts einzuwenden gehabt, solange sie keine Details erfuhr. Selbst spürte er immer noch ein leises schlechtes Gewissen, wenn er an den gestrigen Tag zurückdachte. Er mochte Kenneth wirklich, aber wenn er die Informationen richtig deutete, die er von der Russin und der Polizistin bekommen hatte, war die Zahlung an UW kein großer Verlust für ihn. Die beiden hatten mehr als genug übrig, um gut davon leben zu können. Außerdem hatte Kenneth den Mercedes bekommen, der einiges mehr wert war als die zusätzlichen fünfundzwanzigtausend. Streng genommen besaß er ihn jedoch nicht, er durfte ihn sich nur eine Weile ausleihen. Früher oder später würden die Brüder Pelttari nach ihrer Bestellung fragen, aber bis dahin hätte er hoffentlich schon ein anderes Auto gefunden, das er Kenneth leihen konnte. Alles würde gut werden. Kenneth war nicht nachtragend, und mit der Zeit würde UW ihre Freundschaft wieder ins Lot bringen.

Mit Sandra wäre das nicht so leicht, falls sie jemals davon erfuhr.

Aber es war Kenneths Wagen gewesen, mit dem der Mann überfahren worden war. Sein Fehler, dass man sie ertappt hatte und nun erpresste. Kenneth hatte UW einmal anvertraut, dass er manchmal fürchte, Sandra könne die Nase voll haben, von ihm, seiner Trägheit, seiner allgemeinen Hoffnungslosigkeit, all den schlechten Entscheidungen, die er traf. Deshalb schien es wenig wahrscheinlich, dass er ihr erzählen würde, was passiert war.

UW bog in die Einfahrt ein und stellte fest, dass in der Werkstatt Licht brannte. Gut. Raimo war da. Er war achtzehn Jahre alt, hatte im Frühjahr die Schule kurz vor dem technischen Abitur geschmissen, aber er war ein Ass in Sachen Autos. Wenn er denn kam. In letzter Zeit war es mit seiner Zuverlässigkeit nicht so weit her gewesen, und UW musste dringend mit ihm reden und ihm klarmachen, dass er nicht einfach kommen und gehen konnte, wie er wollte, weil UW auf ihn zählte. Er schob die Tür auf und hatte kaum einen Fuß in den Raum gesetzt, als Raimo vor ihm stand.

«Hast du es schon gehört?»

«Was denn?»

«Na, von Theo und den anderen.»

«Ja, habe ich.»

Das ließ sich auch kaum vermeiden. Es hatte für große Schlagzeilen gesorgt und war überall Thema gewesen. Anfangs hatte UW die Sache noch in den sozialen Medien verfolgt, aber dann schlugen die Hypothesen über das Ereignis in die wildesten Spekulationen um. Jemand hatte irgendetwas gehört, Gerüchte wurden zu Wahrheiten, die zu Unrecht Verdächtigten wehrten sich mit Drohungen und neuem Hass, und am Ende war UW ausgestiegen aus diesem Karussell der Informationen, Desinformationen und Gerüchte, das sich immer schneller gedreht hatte.

«Ich habe Theo gekannt. Kanntest du ihn auch?»

«Ich weiß, wer er war.»

«Anscheinend war er in irgendein White-Pride-Zeug verwickelt.»

«Wirklich?»

«Das steht jedenfalls überall. Ein Typ, der den Ex von Theos Schwester kennt, hat es erzählt.»

UW gab Raimo einen Klaps auf die Schulter und ging auf die kleine Umkleidekabine zu.

«Jetzt arbeiten wir.»

«Im Büro wartet jemand auf dich.»

UW hielt inne und warf einen kurzen Blick auf die geschlossene Bürotür, als könnte er hindurchsehen und erkennen, wer auf der anderen Seite saß.

«Wer denn?»

«Kenneths Freundin, die Gefängniswärterin.»

Also hatte Kenneth es doch erzählt. Verdammter Mist. UW überlegte, ob er einfach wieder abhauen sollte. Er könnte Raimo bitten, ein paar Minuten zu warten und dann hineinzugehen und zu sagen, dass sein Chef heute gar nicht mehr komme. Dass er krank sei. Aber dann würde sie zu ihm nach Hause fahren. Es spielte keine Rolle, was er sagte und wohin er ging. Sandra würde nicht aufgeben. Besser, er brachte es gleich hinter sich.

Also schob er die Tür zum Büro auf, wo ein klobiger Aktenschrank und der Schreibtisch mit dem alten Computer und Drucker dafür sorgten, dass der enge Raum übermöbliert wirkte. An den dunkelgrünen Wänden hingen Reklameposter, Autobilder und ein Wandkalender von 2012. Sandra saß mit geradem Rücken auf der anderen Seite des Schreibtischs, ihre Silhouette wurde von hinten durch die Sonne erleuchtet, die sich mühsam ihren Weg durch das einzige, stark verschmutzte Fenster gebahnt hatte.

«Hallo, Sandra.»

«Hallo, Dennis.»

«Womit kann ich dir helfen?», fragte er so entspannt wie

möglich und ließ sich auf seinen alten, ölbefleckten Bürostuhl fallen.

«Was glaubst du?»

Er sah sie über den Tisch hinweg an. Ihr Blick wich dem seinen keinen Millimeter aus. Er erinnerte sich noch an den Knast. Als er neu gewesen war, hatte er manchmal versucht, sie kleinzukriegen, hatte gedacht, sie wäre leichter einzuschüchtern und zu kontrollieren, weil sie ein Mädchen war. Ein großer Irrtum, wie ausnahmslos alle früher oder später erfahren hatten.

«Das Geld», antwortete er.

«Das Geld.» Sie nickte.

«Du kannst es nicht zurückhaben.»

«Es gehört dir nicht.»

«Dir auch nicht.»

«Mehr als dir.»

UW stützte die Ellbogen auf dem Tisch ab und sein Kinn in die Hände, während er sie weiter fixierte. Was wusste er? Was konnte er gegen sie einsetzen? Er musste dieses Problem irgendwie lösen, aber wie?

«Leg dieses Ding weg.»

«Bekomme ich dann mein Geld?»

«Leg dieses Ding weg», wiederholte UW ruhig. Sandra zuckte nur leicht die Achseln, rückte ein wenig auf dem Stuhl zurück und lehnte das Gewehr an den Tisch.

«Ich hatte nicht vor, dich zu erschießen.»

«Gut zu wissen.»

«Jedenfalls nicht hier.»

UW suchte nach irgendeinem Anzeichen dafür, dass sie scherzte, fand aber keines.

«Heißt das, wenn ich dir das Geld nicht zurückgebe …», fragte er und nickte in Richtung der Waffe.

«Du wirst es mir geben», erwiderte sie voller Überzeugung.
«Aber wenn nicht, erschießt du mich?»

«Oder die Polizei bekommt einen anonymen Tipp, dass sie hier Drogen findet.» Sie öffnete die Arme und schaute sich im Raum um, ehe sie ihn erneut ansah. «Und vielleicht werden sie dann auch einiges finden.»

UW betrachtete sie schweigend. Was wusste sie? Was konnte sie gegen ihn einsetzen? Und was sollte er tun? Er ging davon aus, dass der Volvo inzwischen verschwunden war, also hatte er keine Beweismittel mehr, die ihm einen Verhandlungsvorteil geboten hätten. Er verfluchte sich selbst dafür, damals in der Garage kein Foto gemacht zu haben.

Im Grunde kannte er sie nicht. Im Knast hatte sie immer eine gewisse professionelle Distanz zu ihm gewahrt, und wenn er und Kenneth sich trafen, war sie meistens nicht dabei. Hatten sie sich ein seltenes Mal doch gesehen, war sie nie persönlich geworden, sondern eher zurückhaltend gewesen.

Aber er war genau wie sie in Haparanda geboren und wusste, wie sie aufgewachsen war. Hatte von ihrem Leid in der Schule gehört, dem Mobbing, ihrer trinkenden Mutter. Hatte von anderen gehört, dass sie immer den Wunsch gehabt hatte, weiterzukommen, aufzusteigen. Er hoffte, dass es stimmte. Denn dann könnte er seine Sorgen im Nu loswerden, jedenfalls die finanziellen. Es wäre einen Versuch wert.

«Die Polizistin hat gesagt, im Auto seien auch Drogen gewesen. Amphetamin. Sie hat mich gebeten, danach Ausschau zu halten», begann er und ging davon aus, dass Kenneth ihr von dem Besuch schon erzählt hatte. Sandra schwieg. «Wie viel ist es?»

Sie neigte den Kopf ein wenig zur Seite und musterte ihn, vermutlich überlegte sie, was er vorhatte und ob er sie in irgendeiner Weise übers Ohr hauen wollte.

«Ich weiß nicht», sagte sie schließlich. «Ziemlich viel, glaube ich. Eine ganze Tasche voll.»

«Was habt ihr damit vor?»

«Nichts. Das Risiko ist zu groß.»

UW holte tief Luft, jetzt kam es darauf an. Die nächsten Sekunden würden über ihre Zukunft entscheiden. Nicht nur über Sandras, Kenneths und seine. Sondern auch über die seiner kleinen Familie.

«Ich kann es für euch verkaufen. Mit meinen alten Kontakten reden.»

Sandra glaubte sicher, dass sie kühl und unbeeindruckt wirkte, aber ihre Körpersprache verriet sie. Sie drückte den Rücken noch stärker durch, lehnte sich ein Stückchen weiter vor, und in ihren Augen blitzte Interesse auf. Sie war in Versuchung geraten. Er hatte sie doch richtig eingeschätzt.

«War in dem Auto auch Geld?», fuhr er fort, sie schien ohnehin schon angebissen zu haben, aber das reichte nicht, er musste sie mitsamt dem Köder an Land ziehen.

«Ja.»

«Wie viel?»

«Warum willst du das wissen?»

Das Misstrauen war wieder da. Sie war in Versuchung, aber nicht überzeugt. Noch. Er erklärte ihr, was er wusste und zu wissen glaubte. Dass die Taschen etwas mit Rovaniemi zu tun hätten, der Drogen- und Geldübergabe, die schiefgelaufen sei – sie müsse davon gehört haben –, und dass der Fahrer des Wagens, mit dem sie zusammengestoßen seien, vorher mit dem Geld und den Drogen abgehauen sein müsse. Dass die Drogen einen Straßenwert hätten, der ungefähr zehnmal so hoch sei wie die Summe, die sie im Auto gefunden hätten. Deshalb noch einmal: Wie viel?

«Dreihunderttausend Euro», antwortete sie, nachdem sie

tief durchgeatmet hatte. UW stieß einen Pfiff aus, das war mehr, als er zu hoffen gewagt hatte.

«Also ist der Stoff ungefähr drei Mille wert.»

«Dreißig Millionen schwedische Kronen?»

«Auf der Straße. Im Idealfall könnte ich ihn für zehn verkaufen.»

Vielleicht war es ihr nicht einmal selbst bewusst, aber Sandra lächelte. Ein breites, verträumtes Lächeln. Jetzt war er ganz nah dran, deshalb musste er auf der Hut sein.

«Ich will zwanzig Prozent haben», erklärte er. «Also zwei von zehn. Du darfst acht behalten.»

«Ich kann rechnen.»

UW nickte nur und ließ sie nachdenken. Er wollte nicht zu eifrig wirken, sondern ihr das Gefühl geben, er würde ihnen einen Gefallen tun und ihr seine Dienste ihretwegen zur Verfügung stellen, nicht zu seinem eigenen Vorteil. Zu seiner Freude konnte er ihr ansehen, dass sie sich entschieden hatte, noch bevor sie etwas sagte.

«Fünfzehn. Du bekommst fünfzehn Prozent.»

«Einverstanden.»

Die Zeit zog sich wie ein Kaugummi.

Was sollte sie jetzt tun, um sich zu beschäftigen? Ihr Besuch im Stadshotellet hatte nichts ergeben. Zwar hatte die Rezeptionistin tatsächlich gesehen, wie Jari Persson am Vormittag in der Lobby Platz genommen hatte. Sie hatte ihn wiedererkannt, weil sein Vater in derselben Floorballmannschaft spielte wie ihr Mann. Allerdings war sie zwischenzeitlich hin- und hergelaufen, weil sie noch anderes im Hotel erledigen musste, und hatte außerdem auch im Büro hinter dem Empfangstresen gearbeitet, weshalb sie nicht wusste, wann er gegangen war und ob er jemanden getroffen hatte. Leider. Irgendwann war er einfach nicht mehr da gewesen, als sie wieder in die Lobby gekommen war, und ihr fiel auch kein Hotelgast ein, den er hätte treffen oder erwarten können.

Ehe Hannah und Morgan wieder gingen, fragten sie, ob sie eine Auflistung der derzeitigen Hotelgäste bekommen könnten. Sie ahnten schon, wie die Antwort ausfallen würde. In der Tat, sie musste erst ihren Chef fragen.

Um die Mittagszeit bekamen sie die Liste. Achtundsiebzig der zweiundneunzig Zimmer waren belegt. Hannah verbrachte einen Großteil des Nachmittags damit, die Gäste durchzugehen, entdeckte auf den ersten Blick aber niemand Auffälligen. Keine der Personen, die jetzt im Hotel wohnten, war bereits da gewesen, als Tarasow überfahren und zu

Wolfsfutter geworden war. Einige hatten um den Zeitpunkt herum eingecheckt, als er gefunden wurde, die meisten waren aber inzwischen wieder abgereist. Unter denen, die noch dort wohnten, gab es nach Hannahs ersten Recherchen keinen, bei dem sich eine eingehendere Überprüfung lohnte.

Es war eine anspruchslose und ziemlich langweilige Tätigkeit, doch sie erfüllte ihren Zweck und beschäftigte sie fast den ganzen Nachmittag. Hielt die Gedanken fern. Mehr verlangte sie gar nicht.

Als sie damit fertig war, ging sie zu P-O und bot ihm ihre Hilfe an.

Inzwischen konnten sie sich vor Hinweisen kaum noch retten. Zusätzlich einberufenes Personal, das vor allem aus Polizeimeistern und dem ein oder anderen Polizeimeisteranwärter bestand, saß in einer provisorischen Telefonzentrale unten in der Schießhalle und nahm die Anrufe entgegen, um sie dann an eine Einsatzgruppe unter der Leitung von P-O weiterzugeben, dem analytischsten – und, wie viele auch meinten, langweiligsten – Mitarbeiter der Station. Seine Gruppe ging die Informationen durch, sortierte sie nach Wichtigkeit und schickte dann gegebenenfalls Kollegen los, um den Hinweisen weiter nachzugehen.

Soweit Hannah wusste, hatte das bisher allerdings noch nicht zu brauchbaren Ergebnissen geführt. Einige Informationen würden sie morgen weiterverfolgen, aber bisher schien es nicht so, als würde die Öffentlichkeit den Fall für sie lösen.

Jetzt gab es nicht mehr viel für sie zu tun, aber nach Hause wollte sie auch nicht. Noch nicht. Vielleicht gar nicht. Sie streckte sich auf ihrem Stuhl, stand auf und trat ans Fenster. Am Himmel brauten sich zum ersten Mal seit Wochen grauschwarze Wolken zusammen. Hannah unterdrückte ein Gähnen und ging los, um sich eine Tasse Kaffee zu holen. Die Tür zu Gordons Büro stand wieder offen. Nach ihrem Besuch im Stadshotellet hatte sie kurz ein paar Worte mit ihm gewechselt, doch er hatte sie an X verwiesen. Das war alles gewesen.

Sie öffnete die Tür zur Büroküche. Er saß auf dem blauen Sofa.

«Du bist also auch noch da», stellte sie fest und ging zur Kaffeemaschine. Große Tasse, extra stark, ohne Milch. Sie wartete, bis die Maschine ihren Dienst getan hatte, nahm dann ihren Kaffee, ging zum Sofa und sank neben Gordon. Sie hatte beinahe damit gerechnet, dass er aufstehen und gehen würde, aber er blieb sitzen.

«Hast du irgendeine Aufgabe für mich?», fragte sie und trank einen Schluck. Er blickte zur Uhr, die an der Wand über der Tür hing.

«Du kannst nach Hause gehen. Wie die anderen es auch längst getan hatten.»

«Ich will aber nicht.»

«Ist er wütend?»

Hannah holte tief Luft, sie wusste, dass sie sich nicht für immer vor einem Gespräch drücken konnte, und wenn er es suchte, musste sie wohl oder übel darauf eingehen. Bis zu einem gewissen Punkt. Das hatte er verdient. Sie stellte ihre Tasse ab und wandte sich ihm zu.

«Nein, er ist nicht wütend.»

«Aber er weiß es.»

«Ja, er weiß es. Schon seit einiger Zeit, wie sich herausgestellt hat.»

Gordon nickte vor sich hin, schwieg aber. Sicher glaubte er, er hätte den Grund erfahren, die Bestätigung seiner Vermutung, warum sie nicht mehr mit ihm ins Bett wollte.

Ihr Mann wusste es. Das war Ursache genug, ein ebenso guter Auslöser wie jeder andere.

Jetzt hätte sie ihm die ganze Wahrheit erzählen können. Er hätte es verstanden. Mehr noch, er hätte sie unterstützt, wo er nur konnte, sie gefragt, wie es ihr gehe, ob sie etwas brauche. Sich um sie gekümmert. An und für sich klang das verlockend, aber bisher hatte sie ja nicht einmal herausgefunden, wie sie selbst mit der Situation umgehen sollte. Noch ein Beteiligter wäre zu viel. Gordon würde es früh genug erfahren. Dann würde er jemand sein, den sie brauchte. Genau wie Thomas es gesagt hatte. Aber das lag noch in der Ferne, in einer allzu nahen Ferne, aber dennoch. Jedenfalls durfte die Arbeit keineswegs auch zu einem Ort werden, an dem sie sich unwohl fühlte und den sie am liebsten meiden würde. Sie brauchte Gordon. Als Chef, als Freund. Die Tür zur Küche war geschlossen, das Haus mehr oder weniger leer, aber sie senkte dennoch die Stimme.

«Ich möchte nicht, dass das irgendwie zwischen uns steht.»

«Das kann ich verstehen.»

«Du warst heute so komisch.»

«Ich weiß. Ich war so überrascht, deshalb konnte ich nicht gut damit umgehen.» Er hob entwaffnend die Hände und zwang sich zu einem Lächeln, das nicht ganz echt aussah. «Es wird nicht zwischen uns stehen. Versprochen.»

«Gut.»

«Wie geht es denn jetzt weiter? Zu Hause?»

«Wir werden uns wieder zusammenraufen», log sie unbeschwert. «Irgendwie.»

«Und trotzdem willst du nicht nach Hause.»

«Noch nicht, nein. Hast du irgendwas für mich zu tun?»

Als sie die Hälfte des Weges zurückgelegt hatte, bereute sie es. Genau das hatte sie nicht gewollt.

Allein im Auto zu sein. Mit zu viel Zeit für Grübeleien.

Über Thomas natürlich. Trotzdem wanderten ihre Gedanken auch immer wieder zu Gordon zurück. Sie wurde nicht richtig schlau aus ihm. Andere Menschen einzuschätzen war ihr schon immer schwergefallen, was man angesichts ihres Berufs nicht hätte denken sollen. Aber sie konnte sich auf seine heutige Reaktion einfach keinen Reim machen. Er war nicht der Typ, der sich erniedrigt fühlte. Verletzte Männlichkeit steckte also wohl nicht dahinter. Aber wie er am Morgen ihr Zimmer verlassen hatte …

Dieser Blick. Traurig, nicht wütend. Seine Miene. Enttäuscht. Das schale Lächeln in der Küche.

Hannah wusste, dass er ihre Treffen mindestens genauso genossen hatte wie sie, aber hatte er mehr darin gesehen als Sex? War er dabei gewesen, sich in sie zu verlieben? Ein idiotischer Gedanke. Gordon war ein sechsunddreißigjähriger Mann, der gerade Karriere machte, sie eine verheiratete Frau mit zwei erwachsenen Kindern und Hitzewallungen, die in weniger als zehn Jahren in Pension gehen würde.

Warum dachte sie mehr an ihn als an Thomas?

Warum musste sie überhaupt die ganze Zeit nachdenken?

Sie trat aufs Gaspedal, um so schnell wie möglich anzukommen. Weiterzuarbeiten.

Zwanzig Minuten später hielt sie in einer Einfahrt, wo bereits ein Hyundai parkte und ein Mann in ihrem Alter, vielleicht auch etwas älter, auf sie wartete. Hannah warf einen Blick hinüber zu dem verfallenen Haus. Mit seinen Eternitplatten, seiner Mansarde und dem Anschein von Verfall erinnerte es stark an Kenneths und Sandras Haus auf der anderen Seite des Sees.

Sie stieg aus, und der Mann eilte ihr aufgeregt entgegen.

«Mikael Svärd. Hallo.»

«Hannah Wester. Guten Tag.»

«Ich bin so froh, dass Sie mich zurückgerufen haben. Der Polizist, mit dem ich heute Nachmittag gesprochen habe, sagte, sie hätten nicht vor, jemanden zu schicken.»

«Aber jetzt bin ich ja doch da.» Hannah zückte ihren Notizblock und blätterte zu einer leeren Seite vor. «Sie möchten also Ihre Tochter und deren Mann als vermisst melden», stellte sie fest, während sie auf das renovierungsbedürftige Haus zuging.

«Ihr Lebensgefährte, sie sind nicht verheiratet.»

«Wie heißen die beiden?»

«Anna. Also Svärd, und Ari Haapala. Meine Frau und ich waren heute Nachmittag hier und wollten Marielle zurückbringen, aber die beiden waren nicht hier, und wir können sie nicht erreichen.»

«Und Marielle ist Ihre Enkelin?»

«Ja.»

«Wie alt ist sie?»

«Sie ist im Mai zwei Jahre alt geworden, und wir nehmen sie ab und zu, damit Anna und Ari ein bisschen Zeit für sich haben.»

Zeit für sich. Das hatte es bei ihr und Thomas nie gegeben. Ihr Vater konnte gut mit Kindern umgehen, aber stets nur für kurze Zeit. Deshalb hatte er keinerlei Interesse daran gehabt, sie zu entlasten und Verantwortung zu übernehmen. Thomas' Vater war nach seiner Scheidung nach Frankreich gezogen, und als sie Gabriel bekamen, war seine Mutter bereits fünfundsiebzig und litt unter leichter Demenz. Keine Person, der man ein Kind überlassen hätte. Bei Elin war das sowieso nie in Frage gekommen, weil sie damals in Stockholm gewohnt hatten.

«Warum glauben Sie, dass etwas passiert ist?», fragte Hannah, verdrängte ihre Erinnerungen und fing an, das Haus zu umrunden.

«Sie wussten, dass wir kommen würden, sie gehen nicht ans Telefon, und das Auto ist weg.»

«Um was für ein Auto handelt es sich?»

Hannah blieb stehen und beugte sich herab. Eines der Kellerfenster war kaputt. Auf dem Boden lagen Glasscherben. Die man wahrscheinlich wegräumen würde, wenn man eine zweijährige Tochter hatte, die auf dem Grundstück herumsprang.

«Ein Mercedes. Sie haben ihn gerade neu gekauft. Und den alten Wagen verschrottet. Sie haben Geld in irgendeiner Lotterie gewonnen.»

«Kennzeichen?»

«Ich weiß es nicht, er war ganz neu.»

Hannah richtete sich wieder auf und setzte ihre Wanderung um das Haus fort. Alles schien in Ordnung zu sein. Bis auf das Fenster.

«Haben Sie einen Schlüssel?», fragte sie und deutete auf die Haustür. Mikael Svärd nickte und zog ein Schlüsselbund aus der Tasche.

«Wir waren heute Nachmittag schon drinnen, meine Frau und ich, aber das Haus ist leer», erklärte er, als sie zusammen die Vortreppe hinaufgingen.

«Können sie nicht einfach irgendwo hingefahren sein? Und ihre Telefone abgeschaltet haben? Um mehr Zeit für sich zu haben.»

«Sie wussten, dass wir Marielle heute zurückbringen würden. Und sie wären nie ohne sie gefahren.»

Nein, welche Eltern ließen schon ihr Kind allein, dachte Hannah, während sie durch die Tür in den Flur traten. Die Jacken hingen auf Bügeln entlang der Wand, die Schuhe standen im Schuhregal und auf dem Boden. In einer Reihe, säuberlich der Größe nach geordnet.

«Anna! Ari!», rief Mikael ins Haus. Hannah ließ ihn gewähren, sie hatte seine nervöse Energie schon gespürt, als sie ihn draußen im Garten gesehen hatte. Natürlich hoffte er, dass sie zurückgekommen waren. Plötzlich wieder aufgetaucht. Dass die Stunden der Sorge und Qualen bald vergessen wären. Doch es kam keine Antwort. Keine Erleichterung.

Gemeinsam gingen sie weiter in die Küche. Hannah fiel auf, wie sauber und ordentlich es war. Zwar gab es nur ein Kind im Haus, aber immerhin eine Zweijährige. Doch hier war alles akkurat aufgeräumt, abgetrocknet, sortiert. Das Spielzeug stand in Reih und Glied, alle Flächen waren krümelfrei, die Messer hingen an einer Magnetleiste an der Wand, vom kleinen zum größten hin ansteigend. Sogar die Fotos und Zettel am Kühlschrank waren exakt in geraden Reihen an ihren Kanten ausgerichtet, mit runden Kühlschrankmagneten in drei verschiedenen Farben. Diejenigen, die nicht in Gebrauch waren, hingen in einer schnurgeraden Linie am linken Rand.

Rot, grün, blau. Rot, grün, blau.

«Anna! Ari!», rief Mikael erneut, und Hannah hörte, wie er

die Treppe hinaufstieg und wieder nach ihnen rief. Sie wollte ihm gerade folgen, als ein Geräusch dafür sorgte, dass sie sich umdrehte. Erst glaubte sie, jemand hätte etwas geworfen, doch dann sah sie es. Regen, der gegen Scheiben und auf Fensterbleche fiel. Erst einzelne, schwere Tropfen, die jedoch rasch an Stärke zunahmen und bald laut gegen das Glas prasselten.

Hannahs Blick fiel auf ein gerahmtes Foto, das auf der Fensterbank zwischen zwei Grünpflanzen stand. Sie ging hin und nahm es in die Hand. Es musste irgendwann im Winter aufgenommen worden sein. Marielle natürlich. Lachend mit erhobenen Armen und geröteten Wangen auf einem Schlitten, der einen Hügel hinabfuhr. Wie Elin, wenn sie aus der Kälte hereingekommen war. Der warme, kleine Körper, die kalten Wangen. Einer von zwei Wintern, die sie gemeinsam erleben durften. Hannah starrte aus dem Fenster in den verwilderten Garten. Die Konturen verschwammen hinter dem Regen, der in breiten Rinnsalen am Fenster hinabströmte.

Es schüttet wie aus Eimern.

Die Scheibenwischer arbeiten auf höchster Stufe und müssen dennoch kämpfen, um das Wasser abzuhalten. Überall rennen Menschen die Straße entlang, um vor dem plötzlichen Wolkenbruch Schutz zu suchen, ziehen die Schultern hoch und halten sich irgendetwas über den Kopf. Die Gullys verkraften das viele Wasser in so kurzer Zeit nicht. Die Straßen werden überschwemmt, die Wasserkaskaden spritzen von den Reifen auf und durchnässen die vorüberhastenden Fußgänger zusätzlich.

Ich hätte doch den Schirm einpacken sollen, denkt sie, während sie an der Reihe parkender Autos an dem kleinen Park in Söder vorbeifährt. Sie hält zu nah an dem Zebrastreifen, ist sich jedoch sicher, dass die Politessen keine Lust haben, dem

Wetter zu trotzen. Es sind ja nur fünf Minuten. Höchstens. Sie stellt den Motor ab. Der Regen pladdert auf das Blech und übertönt das Radio, in dem gerade *Cotton Eye Joe* von Rednex läuft. Wenigstens eine positive Eigenschaft dieses Unwetters. Der Plattenladen liegt einige Meter entfernt die Straße hinab. Weit genug, um völlig durchnässt zu werden. Soll sie den Regenguss abwarten? Sie wirft einen kurzen Blick zum Himmel. Durch und durch schwarz. Keinerlei Hinweis darauf, dass der Regen wenigstens nachlassen wird. Ein Blick auf die Rückbank. Elin schläft in ihrem Kindersitz, der Schnuller ist ihr weit aus dem Mund gerutscht. Hannah schiebt ihn wieder an seinen Platz, und die Kleine saugt mehrmals zufrieden daran wie der König in der Disneyversion von Robin Hood an seinem Daumen. Sie wird definitiv aufwachen, wenn Hannah sie bei diesem Wetter heraushebt. Erneut schaut sie zu dem Laden hinüber, dessen Inhaber ihr versprochen hat, ein Bootleg von Bruce Springsteen für sie zu organisieren. Nicht legal, aber auch nicht illegal genug, als dass sie ein Problem damit hätte. Es würde einfach so gut passen, wenn sie es heute bekäme und Thomas schenken könnte. Um seinen neuen Job zu feiern, den er mit Sicherheit bekommt. Sie entscheidet sich und macht sich bereit. Öffnet erst ihren Anschnallgurt und dann die Tür, zieht ebenfalls die Schultern hoch, sobald der Regen sie trifft, und schließt die Tür, so leise es geht, ehe sie gebückt über die Straße rennt.

Im Laden angekommen, schüttelt sie sich wie ein Hund. Vor ihr an der Kasse steht nur ein Kunde, der offenbar bloß plaudern will. Er ist mit dem Inhaber in eine Diskussion über Stax Records verwickelt. Hannah hat keine Ahnung, ob es sich um eine Band, einen Musikstil oder eine Plattenfirma handelt. Sie blickt hinaus zum Auto, das in der beginnenden Dämmerung und im strömenden Regen kaum noch zu erkennen ist. Dann wird sie bedient. Der Mann hinter dem Tresen erinnert sich an sie und holt das hervor, was sie haben wollte. Sie bezahlt und macht sich mit der Platte in einer Plastiktüte bereit, wieder in den Regen hinauszulaufen.

Schon in dem Moment, als sie vor die Tür tritt, begreift sie, dass etwas nicht stimmt, aber ihr ist nicht klar, was. Etwas steht auf der anderen Seite des Autos ab. Etwas, das nicht so sein sollte.

Eine geöffnete Tür.

Elin kann keine Türen öffnen.

Hat Hannah nicht abgeschlossen? Doch, hat sie. Sie hatte es eilig, durch den Regen zu kommen, aber sie hat doch wohl abgeschlossen? Sie muss es getan haben. Dennoch steht die Tür offen. Eine kalte Hand schließt sich um Hannahs Herz, als sie über die Straße rennt, es ist reines Glück, dass in diesem Moment kein Auto kommt, sie hat nur eines vor Augen. Die zum Park hin geöffnete Autotür und die Bäume dahinter. Sie erreicht ihr Ziel, rutscht fast aus, findet das Gleichgewicht wieder und rast um das Auto.

Es ist leer. Der Kindersitz ist leer.

Sie dreht sich auf dem Bürgersteig im Kreis. Elin muss hier sein. Alles andere scheint undenkbar. Aber sie ist nicht da. Panik ergreift sie. Hannah weiß, was passiert sein muss, kann es aber nicht verstehen, will es nicht. Sie ruft Elins Namen. Schreit ihn heraus. Sieht, wie die anderen Passanten anhalten. Es ist ein Laut, der aus der Tiefe ihrer Verzweiflung und Angst hervorbricht. Ein Laut, an dem man nicht einfach vorbeigehen kann. Sie nimmt wahr, wie die Passanten näher kommen, aber keiner hat ihr Kind gesehen. Erneut ruft sie Elins Namen. Dann entdeckt sie ihn. Auf dem Bürgersteig. Einen kleinen roten Lackschuh. Da tragen ihre Beine sie nicht mehr. Sie sinkt auf die Knie. Ringt nach Luft. Glaubt, dass sie den Schuh aufhebt, aber sie weiß es später nicht mehr. Erinnert sich nicht.

Der rote Schuh sorgt dafür, dass alles vor ihren Augen schwarz wird.

«Sie sind nicht hier», sagte Mikael Svärd, als er wieder in die Küche kam. Bei ihrem Anblick blieb er verwirrt stehen, und Hannah wurde bewusst, dass sie weinte. Ihr wurde auch bewusst, dass Mikael Svärd angesichts ihrer Tränen mit dem Schlimmsten rechnete.

«Was ist? Was haben Sie gefunden?», fragte er beunruhigt.

«Nichts. Bitte entschuldigen Sie, Ihre Enkelin hat mich an jemanden erinnert. Es tut mir leid.»

Sie wischte ihre nassen Wangen ab. Verfluchte sich selbst. Verfluchte Thomas. Das war seine Schuld. Er hatte sie geschwächt, sie verletzlich gemacht. Sie erlaubte es sich sonst nie, an Elin zu denken.

«Sie sind nicht hier», wiederholte Mikael, und seine Augen flackerten nervös, weil ihn der Anblick der weinenden Polizistin beunruhigte.

«Das habe ich gehört.»

«Was werden Sie jetzt unternehmen?»

Sie wusste, was sie jetzt unternehmen würde. Von hier verschwinden. So schnell wie möglich. Rasch stellte sie das Foto wieder auf die Fensterbank, räusperte und sammelte sich, um wieder zu einer offiziellen Respektsperson zu werden.

«Wir können nicht viel unternehmen. Das meiste deutet darauf hin, dass sie freiwillig nicht zurückgekommen sind, und in so einem Fall leiten wir frühestens vierundzwanzig Stunden später weitere Maßnahmen ein.»

«Ihnen ist etwas zugestoßen. Sie würden nie einfach so wegbleiben. Es muss etwas passiert sein!»

«Tut mir leid.»

«Sie könnten doch wenigstens nach dem Wagen suchen, eine Suchmeldung herausgeben oder irgendwas?»

«Ja, das können wir machen», antwortete Hannah und verließ die Küche, das Haus und einen verzweifelten Mikael Svärd, als sie zurücksetzte, wendete und nach Haparanda zurückfuhr.

Nachdem sie die Hälfte des Wegs zurückgelegt hatte, verspürte sie das Bedürfnis, mit jemandem zu sprechen. Sie hatte gedacht, sie müsste das alles allein verarbeiten, aber die Erinnerung war so stark und lebendig gewesen, dass sie sich nun wie eine klebrige Haut über sämtliche andere Gedanken legte, in sie eindrang und sie beschmutzte.

Sie überlegte, Thomas anzurufen, wie sie es normalerweise getan hätte, aber sie konnte es nicht. Nicht jetzt. Noch nicht. Noch brauchte sie Distanz. Wie so oft bei Problemen. Bei großen Gefühlen. Trotzdem war sie gezwungen, eine andere Stimme zu hören als die eigene, die in ihrem Kopf alles wieder aufleben ließ.

Sie rief Gordon an. Er meldete sich sofort, erkundigte sich, wie es gelaufen war, und sie berichtete. Von Svärd, dem Haus, der zerbrochenen Scheibe im Kellerfenster, von allem außer dem Regen und der Erinnerung.

«Ich finde, wir sollten trotzdem jemanden von der Spurensicherung hinschicken», schloss sie.

«Aber warum?»

Sie zögerte kurz. Nachdem sie das Haus verlassen hatte, war ihr eine Theorie in den Sinn gekommen. Erst hatte sie versucht, sie als reines Wunschdenken abzutun, eine Rechtfertigung, um ihrem Ausflug größere Bedeutung beizumessen, aber die Idee hatte sich festgesetzt und ließ Hannah nicht mehr los. Jetzt testete sie, ob sie auch schlüssig klang, wenn sie laut ausgesprochen wurde.

«Wir sollten uns näher ansehen, ob die beiden Tarasow überfahren haben könnten.»

«Wie kommst du darauf?»

«Sie wohnen im richtigen Umkreis, beide stammen aus der Gegend, und sie haben gerade ihr Auto verschrotten lassen und sich ein neues gekauft. Ich habe es im Register gefunden: ein Mercedes, der fast eine halbe Million gekostet hat.»

«Das ist eine Menge Geld.»

«Der Vater hat gesagt, sie hätten in irgendeiner Lotterie gewonnen, aber vielleicht haben sie das nur behauptet, um zu erklären, warum sie sich plötzlich dieses Auto leisten konnten.»

Gordon schwieg. Sie sah genau vor sich, wie er mit dem Telefon in der Hand versuchte, in ihren Bahnen zu denken, um die richtigen Folgefragen zu stellen.

«Und wenn es so wäre, wo sind sie dann jetzt?»

«Ich weiß es nicht.»

«Sie würden doch wohl nicht freiwillig ohne die Tochter wegfahren?»

«Vielleicht wollten sie für einige Zeit untertauchen und sie später holen, immerhin wissen sie ja, dass sie in guten Händen ist.»

«Kann sein.»

«Oder ...»

Sie zögerte, den Satz zu vollenden. Diese These war noch weiter hergeholt als ihre erste, und es gab noch weniger Indizien, die darauf hindeuteten, dass sie richtiglag. Genau genommen gar keine.

«Oder?», hakte Gordon nach.

«*Falls* sie es sind, könnten sie vielleicht einen Fehler begangen haben.»

«Sodass?»

«Sodass der oder diejenigen, die Fouquier und seine Jungs aus dem Weg geräumt haben, auch ihnen auf die Schliche gekommen sind.»

Sie hörte ihn seufzen, konnte aber nicht ausmachen, ob es daran lag, dass er ihre Theorie zu gewagt fand, oder fürchtete, es würden noch mehr Leichen auftauchen.

«Gab es denn darauf irgendwelche Hinweise?», fragte er mit einer vagen Hoffnung in der Stimme, dass sie es verneinen würde.

«Eigentlich nicht», gestand sie ein. «Dennoch könnte ein Techniker vielleicht trotzdem Blutspuren oder anderes finden.»

«Ich bespreche das mit X, viele Anhaltspunkte haben wir allerdings wirklich nicht.»

«Ja, ich weiß, aber ausnahmsweise steht uns ja mal genug Personal zur Verfügung.»

«Ich kümmere mich sofort darum, mach dir nur nicht zu große Hoffnungen.»

«Ist er immer noch im Büro?»

«Er redet gerade mit den Journalisten und informiert sie über den aktuellen Stand.»

«Gibt es was Neues?»

«Nichts, was du nicht schon wüsstest.»

«Bist du auch noch auf der Station?»

«Ja.»

«Ich werde in zehn Minuten da sein, spätestens in einer Viertelstunde.»

Das bereute sie direkt und biss sich auf die Zunge. Warum sagte sie das? Aus alter Gewohnheit vermutlich. Er könnte es als Einladung auffassen und denken, sie wollte, dass er blieb und auf sie wartete. Vielleicht wollte sie es ja wirklich.

Sie wusste es nicht. Aber jetzt war es zu spät, gesagt war gesagt.

«Dann sehen wir uns wahrscheinlich.»

«Ja, bis dann», antwortete sie knapp, beendete das Gespräch und fuhr weiter durch den Regen.

Der ist für dich», sagte die Frau aus Russland oder wo auch immer sie herkam, als sie aus dem Auto stieg. Zuvor hatte sie darauf bestanden, den Wagen in die Werkstatt zu fahren. UW sah sie verständnislos an. «Du darfst ihn haben. Geschenkt.»

«Und warum?»

«Weil ich will, dass du mir hilfst, und weil ich bei meinem letzten Besuch ein bisschen gemein zu dir war.» Sie legte die Hand auf die Motorhaube des silbergrauen Mercedes. «Eine Friedensgabe», erklärte sie aufrichtig und streckte ihm die Hand entgegen. «Ich heiße übrigens Louise.»

«Danke», sagte UW und schüttelte ihr gelassen die Hand. «Aber ich kann dir nicht helfen.»

Das stimmte nicht. Es war schon bei ihrem letzten Besuch die Unwahrheit gewesen. Damals hatte er gewusst, dass der blaue Honda in Kenneths Garage stand, und sie stattdessen zu Jonte geschickt. Er hatte mehr erfahren wollen, ehe er sich entschied, was er mit den Informationen anstellen sollte, die er besaß. Jetzt wusste er es genau.

Das Lügen fiel ihm nicht schwer. Er war gut darin. Je wichtiger es war, dass die Wahrheit nicht herauskam, desto besser gelang es ihm. Und wichtiger als jetzt war es nie gewesen. Nach Monaten der Aufopferung, der Angst, Tränen und Erschöpfung hatte er jetzt die Chance bekommen, dieses große

Problem zu lösen. Es war das berühmte Licht am Ende des Tunnels, auf das er nie zu hoffen gewagt hatte.

Deshalb war es undenkbar, ihr zu helfen.

Also log er hemmungslos.

«René ist weg», sagte sie im Plauderton und lehnte sich unbekümmert an das nasse Auto.

«Wer ist René?»

«René Fouquier. Bist du denn gar nicht auf dem Laufenden?»

Seine Alarmglocken fingen an zu schrillen und mahnten ihn zur Vorsicht. Obwohl sie einen gelassenen, beinahe desinteressierten Eindruck machte, hatte er das starke Gefühl, sie würde ihn testen. Er erkannte den Namen wieder und war insgeheim froh, dass Raimo heute so früh gegangen war.

«Den Namen habe ich irgendwo schon mal gesehen, aber ich weiß nicht, wer das ist.»

Und das stimmte, UW hatte noch nie von einem René gehört, ehe er heute von ihm in den Medien gelesen hatte. Erst jetzt wurde ihm bewusst, was die Frau vor ihm eigentlich sagen wollte. Sie war der Grund dafür, dass René «weg» war. Er und vier weitere Männer. Sie war gefährlich, gefährlicher, als er es bei ihrer ersten Begegnung realisiert hatte, gefährlicher als jeder andere Mensch, dem er je begegnet war.

«Er war dein Nachfolger.» Sie drehte sich wieder zu ihm um. «Ich habe gedacht, wenn dein Nachfolger weg ist, gehen die Leute vielleicht wieder zurück zum Vorgänger?»

UW antwortete nicht sofort. Was wusste sie? Mehr, als sie sagte? Wenn sie etwas über Kenneth und Sandra und ihren Deal gehört hätte, wäre sie nicht zu ihm gekommen, sondern sofort zu ihnen gefahren. Hätte sich die Drogen und das Geld geholt. Und UW bestraft. Anstatt ihm ein Auto zu schenken und ihn um Hilfe zu bitten. Die Schlussfolgerung beruhigte ihn, aber er war sich dennoch bewusst, dass er auch weiterhin aufpassen musste. Je mehr er sie auf Abstand halten konnte, desto besser.

«Ich habe damit aufgehört», sagte er, wusste aber, dass sie das nicht so einfach überzeugen würde.

«Du wirst wieder anfangen.»

«Wie meinst du das?»

«Du musst die Nachricht streuen, dass du zurück im Geschäft bist.»

«Das kann ich nicht.»

Sie ging ein paar Schritte auf ihn zu. UW musste den Reflex unterdrücken, vor ihr zurückzuweichen. Ganz dicht vor ihm blieb sie stehen und sah ihm direkt in die Augen, schien jedoch kurz zu zögern, wie sie jetzt weiter vorgehen sollte.

«Weißt du noch, dass ich dich letztes Mal nach Amphetamin gefragt habe, Dennis?», sagte sie schließlich. «Nach einer großen Partie.»

«Ja.»

«Ich muss es haben. Das ist sehr, sehr wichtig für mich. Du wirst mir dabei helfen, denjenigen aus der Reserve zu locken, der es hat.»

Täuschte er sich, oder lag da ein Hauch von Verzweiflung in ihrer Stimme? Sie sah verbissen und ehrlich aus. Oder war das nur eine neue Taktik, um ihn dazu zu bringen, mit ihr zusammenzuarbeiten?

«Inzwischen ist das aber doch schon ein Weilchen her. Wenn dieser René es nicht geschafft hat, wie sollte ich es dann schaffen?»

«Niemand kannte ihn. Nicht einmal wir. Du musst verbreiten, dass du wieder zurück bist und große Geschäfte machen willst. Und zwar schnell. Du willst wieder anfangen ... deiner Tochter zuliebe.»

Selbst wenn dies nicht als Drohung gemeint gewesen sein sollte, klang es doch eindeutig so. Am einfachsten wäre es, Kenneth und Sandra ans Messer zu liefern. Also der Russin das zu geben, was sie wollte, damit sie für immer aus seinem Leben verschwand.

Aber sie würde die Millionen mitnehmen.

Ihrer aller Zukunft.

Das war also keine Alternative. Er musste aus dieser Sache herauskommen. Diese Frau loswerden. Ohne es noch komplizierter zu machen. Er würde sagen, dass er Sandras Drogen an die Finnen verkaufen würde, ein paar Tage verstreichen lassen und sich dann bei «Louise» melden und behaupten, bisher hätte niemand angebissen.

Was sollte sie dagegen ausrichten können? Schließlich war er ein ausgezeichneter Lügner.

Der Plan klang gut, so würde er wenigstens Zeit gewinnen, alles noch einmal zu durchdenken.

«Was habe ich davon?», fragte er, um sich nicht zu leicht geschlagen zu geben und damit sie nicht misstrauisch wurde. «Du hast gerade ein Auto geschenkt bekommen.»

Er sah erst sie an, dann den Mercedes. Tat so, als würde er überlegen, und zuckte schließlich mit den Schultern.

«Gut, ich bin dabei ... »

In dem Moment war draußen ein Auto zu hören, das beim Eingang parkte. UW warf einen Blick aus dem Fenster und erkannte es sofort wieder. Von allen Menschen, die gerade ungelegen kamen, ausgerechnet ...

Ein paar Sekunden später ertönte *Für Elise*, als Sandra die Tür öffnete und mit einer großen schwarzen Tasche in der Hand hereinkam. UW versuchte angestrengt, sich zu entspannen, doch er spürte seinen Puls in den Schläfen hämmern, während er den Arm zum Gruß hob.

«Hallo! Geh doch schon mal ins Büro, ich komme gleich nach.» Seine Stimme klang wie immer. Er würde das schaffen.

«Klar.» Sandra blickte kurz zu der anderen Frau hinüber, lächelte und nickte ihr zu. «Louise» erwiderte das Lächeln und folgte der Besucherin interessiert mit dem Blick.

«Deine Geliebte?», fragte sie, als Sandra im Büro verschwunden war und die Tür hinter sich geschlossen hatte.

«Was? Nein, verdammt, nein.» UW lachte reflexartig, vielleicht auch ein bisschen zu eifrig.

«Du hast nervös ausgesehen, als sie hereinkam.»

«Ach ja? Nein. So was ist es nicht.»

Sie sah ihn nur auffordernd an und wollte anscheinend wissen, was «so was» dann war. Es wäre leichter gewesen, ihr zu erzählen, er würde fremdgehen. Aber jetzt brauchte er eine andere Lösung. Er blickte zu der verschlossenen Tür hinüber, hinter der Sandra verschwunden war, und senkte die Stimme.

«Wir machen da so ein kleines ... Versicherungsgeschäft.»

«Na, dann viel Glück dabei. Aber vergiss nicht, worauf wir uns geeinigt haben.»

«Nein, nein, ich werde sofort mit ein paar Leuten reden.»

«Danke.»

Ein Lächeln zum Abschied, dann ging sie zur Tür. Er atmete erleichtert aus.

«Dennis ...»

Sie war mit der Hand auf der Klinke stehen geblieben.

«Den solltest du schnell wieder loswerden», sagte sie und zeigte auf den Mercedes.

«Und warum?»

«Früher oder später wird jemand danach suchen.»

Für Elise begleitete sie hinaus, während UW zu dem Auto hinüberblickte. Verdammter Mist. Sie hatte ihm Hehlerware geschenkt. Oder Schlimmeres. Immerhin war der Mercedes von der Straße aus nicht zu sehen, und er konnte später entscheiden, was er damit machte.

Sandra wartete im Büro.

Die Kerzen brannten noch immer auf dem Marktplatz, als Hannah vorbeifuhr. Noch mehr Blumen, kleine Stofftiere und persönliche Karten und Grüße, nachdem inzwischen alle wussten, wer gestorben war. Es waren mehr Leute unterwegs als sonst, trotz des Regens, der etwas nachgelassen hatte, aber noch immer als feiner, nieselnder Nebel über allem lag. Viele waren auf dem Weg zur oder aus der Kirche, die den ganzen Abend ihre Pforten geöffnet hatte. Überall versammelten sich kleine Grüppchen von Alten, Jungen und Kindern. Nur wenige schienen mit dieser kollektiven Trauer allein sein zu wollen. Sie hatten das Bedürfnis, ihre Gefühle zu teilen, und sei es mit einem Fremden. Hannah verstand nicht, wozu das gut sein sollte.

Die Straßen wurden zunehmend leerer, während sie sich dem Fluss und der Polizeistation näherte, und als sie dort ankam, saß nur noch ein einsamer Journalist auf der Bank neben dem Eingang. Die anderen hatten wohl schon aufgegeben, weil sie wussten, dass sie im Moment nicht mehr erfahren würden. Jetzt, da die Namen der Opfer offiziell bekannt waren, kam es darauf an, einen persönlichen und gefühlsmäßigen Zugang zu dem Thema zu finden, damit die Leser mit ihnen und ihren Angehörigen mitfühlen konnten. Es gab Eltern, Lehrer, Arbeitskollegen und Freundinnen, mit denen man sprechen konnte. Die man fragen konnte, ob sie eine Ahnung hätten, warum dieses tragische Schicksal ausgerechnet ihren Sohn, Schüler, Kollegen oder Freund ereilt hatte. Von denen man ein paar gute Zitate über Verlust, Freundschaft und geplatzte Träume bekäme.

Als Hannah auf dem Weg zum Personalparkplatz an der Bank vorbeifuhr, sah sie, dass die Person dort gar kein Journalist war. Sie bremste.

Thomas. Allein im andauernden Regen.

Er hatte sie auch gesehen, blieb aber sitzen und hob nur die Hand zum Gruß. Hannah schloss kurz die Augen, sammelte sich und stieg aus.

«Was machst du hier?», fragte sie, als sie ihn erreicht hatte.

«Auf dich warten. Ich wusste nicht, ob du vorhast, nach Hause zu kommen.»

«Hatte ich. Irgendwann später. Aber wir haben gerade mit diesen fünf Morden zu tun, weißt du ...»

Doch das war nur ein Teil der Erklärung, warum sie immer noch arbeitete. Und das begriff er. Sie setzte sich neben ihn, spürte, wie die Nässe durch ihre Uniformhose drang, doch es war ihr egal.

«Wie lange sitzt du schon hier?»

«Eine Weile. Hast du was gegessen?»

«Ist schon länger her», stellte sie fest. Er holte einen Wrap mit Käse und Schinken aus dem kleinen Rucksack, der neben ihm auf der Bank stand, und reichte ihn ihr. Sie schälte die Alufolie herunter und nahm einen hungrigen Bissen.

«Ich habe dich wirklich nicht verdient.»

Er lächelte nur und legte den Arm um ihre Schulter. Plötzlich hatte sie einen Kloß im Hals und konnte kaum noch schlucken.

«Wie geht es dir?»

Sie hätte fast gelacht. Typisch er. Machte sich Sorgen um sie.

Zwar waren nicht einmal vierundzwanzig Stunden vergangen, seit sie von seinem Krebsleiden erfahren hatte, aber dennoch, er fragte nach ihr. Wie es ihr ging? Sie wusste es wirklich nicht.

«Ich habe heute an Elin gedacht», sagte sie und registrierte im selben Moment, dass das einiges über ihren Zustand verriet.

«Warum?»

«Ich weiß nicht. Ich habe ein Foto gesehen und ... es fing an zu regnen, und dann deine Krankheit und alles. Ich konnte die Gefühle nicht länger zurückhalten.»

«Vielleicht solltest du sie öfter zulassen.»

Hannah konnte die Tränen nicht zurückhalten, sie mischten sich mit dem Regen, und sie legte den Kopf an seine Schulter.

«Ich liebe dich.»

«Ich weiß», antwortete er, und sie bemerkte, dass er lächelte. Das war der einzige Star-Wars-Dialog, den sie je auswendig gelernt hatte. Eine Erinnerung an all die Dinge, die sie vermissen würde. Jetzt spürte sie, wie alles über sie hereinbrach. All die Erinnerungen, alles, was sie zusammen erlebt hatten, alles, was sie durchgemacht hatten. Ein ganzes Leben. Das dank ihm jeden Tag besser wurde, und sie hatte es einfach als gegeben hingenommen. Hatte es nie ausreichend zu schätzen gewusst.

«Ich liebe dich, und es tut mir leid.»

Wie so vieles. Die Sache mit Gordon natürlich, aber auch, und vielleicht am allermeisten, dass sie ihm nicht zur Seite stehen konnte, wenn er sie ausnahmsweise einmal mehr brauchte als umgekehrt.

«Es muss dir nicht leidtun.»

«Ich wäre gern für dich da. Das hier ...» Sie deutete mit dem Kopf auf die Polizeistation hinter ihnen. «Das ist einfach nur ... nichts.»

«Du wirst auch noch für mich da sein. Das kommt. Ich kenne dich.»

Sie richtete sich auf und wandte sich ihm zu. Es war wichtig, dies auszusprechen, damit er wirklich verstand, was sie wollte, was sie sich zu können wünschte.

«Ich weiß nicht, wie das gehen soll. Ich weiß nicht, wie ich mehrere Monate bei dir sein soll, wenn mir ständig bewusst ist, dass du mich verlassen wirst.»

«Wir werden das schon hinbekommen. Es ist ein guter Anfang, dass wir darüber sprechen.»

«Das würden wir aber auch nicht, wenn du nicht hier sitzen würdest.»

«Doch, würden wir, nur erst ein bisschen später.»

Sie legte ihre Hände auf seine feuchten Wangen und sah ihm tief in die Augen, ehe sie sich vorbeugte und ihre Lippen fest und lange auf seine presste und ihn umarmte.

«Ich habe dich nicht verdient», flüsterte sie.

«Das hast du bereits gesagt, aber es stimmt nicht, und das weißt du auch. Ich liebe jeden Tag mit dir.»

Sie umarmte ihn noch fester. Am liebsten wollte sie ihn gar nicht mehr loslassen, aber irgendwann musste sie es tun, um sich nicht im Regen aufzulösen und im Boden zu versickern. Also stand sie auf und fuhr sich mit dem Handrücken über das nasse Gesicht.

«Ich muss reingehen ... arbeiten», erklärte sie und nickte erneut in Richtung der Polizeistation.

«Ja, und ich muss nach Hause und trocknen.»

«Ich komme bald. Versprochen.»

«Das ist gut.»

Er nahm seinen Rucksack und ging los. Hannah legte die wenigen Schritte zum Eingang zurück, blieb stehen und sah ihm nach, bis er im Regen verschwunden war.

Carin war nach Hause gegangen, der Empfang leer und dunkel, als sie daran vorbeilief und ihre Schlüsselkarte durchzog. Auf der Treppe vor der Tür blieb sie stehen. Es war der kürzeste Weg, um hinaufzukommen, wenn sie denn tatsächlich dorthin wollte. Sie wusste es nicht. Konnte nicht klar denken. Nach Hause wollte sie auch nicht fahren, aber vielleicht sollte sie es trotzdem tun? Ihm folgen. Wenn sie jetzt in ihr Büro ging, musste sie an Gordons Tür vorbei. Das wollte sie ebenfalls nicht. Daher ging sie stattdessen ins Untergeschoss und in die Umkleidekabine, zog ihre nasse Uniform aus und trocknete sich ab. Und jetzt?

Wohin flüchtete man, wenn man nirgends sein wollte?

Schließlich nahm sie die hintere Treppe nach oben und ließ sich schwer auf ihren Bürostuhl sinken. Das Licht ließ sie aus. Und als wollte der Rest der Welt ihre Gemütsstimmung reflektieren, war es draußen so dunkel wie schon lange nicht mehr. Die endlosen Nächte mit Mitternachtssonne waren für dieses Jahr vorbei. Ab der heutigen Nacht würde die Sonne langsam wieder am Horizont untergehen. Jetzt machte das allerdings keinen großen Unterschied, denn die dunklen Wolken, die sich zusammengebraut hatten, schienen vorerst nicht weiterziehen zu wollen.

Sie schloss die Augen und kämpfte wieder mit den Tränen. In den letzten Jahren hatte sie so gut wie nie geweint, und jetzt versuchte sie es schon zum dritten Mal an diesem einen Abend zu verhindern. Aus demselben Grund.

Sie weinte über alles und alle, die man ihr genommen hatte.

Als sie die Augen wieder öffnete, starrte sie mit leerem Blick auf die Pinnwand an der Wand. Die Karte mit dem Kreis, das Foto von René Fouquier, der Fall, dessen Bedeutung sie schon den ganzen Tag über alles andere zu stellen versuchte. Die Unterlagen waren ordentlich geordnet festgepinnt.

Ordentlicher, als sie es in Erinnerung hatte.

Sie richtete sich auf. Diese Ordnung erinnerte sie an etwas. Kante an Kante. Gerade Linien. Die Reißzwecken, die nicht verwendet wurden, waren am linken Rand ausgerichtet.

Rot, grün, rot, grün, rot, grün.

Das erinnerte sie definitiv an etwas, an etwas, das mit dem Fall zusammenhing ... Plötzlich kam sie darauf. Es dauerte einige Sekunde, bis sie begriff, was sie entdeckt hatte. Denn es war so ... so unglaublich. Konnte das wirklich wahr sein?

Als sie die Einsicht endgültig gepackt hatte, sprang sie so heftig vom Stuhl auf, dass er hinter ihr gegen die Wand krachte und sie mit dem Bein an die Schreibtischkante stieß.

«Verdammte Scheiße», stieß sie hervor, ehe sie mit einem letzten erschrockenen Blick auf die Pinnwand im Gang verschwand und auf Gordons Büro zurannte.

«Sie war hier. Es ist eine Sie!», rief Hannah, als sie hereinstürmte. Gordon hatte sie heraneilen gehört und war bereits aufgestanden.

«Wer war hier?», fragte er, einsatzbereit und gleichzeitig verwirrt. Hannah zwang sich, sich zu sortieren.

«Die Person, oder eine der Personen, die von den Russen geschickt wurde. Es ist eine Sie, und sie war zu Hause bei Fouquier, bei Svärd und auch hier. Sie war hier! Sie putzt hier. Bei uns auf der Station!»

Sie sah Gordon an, dass er ihr nicht folgen konnte, und ihr Eifer mischte sich mit Irritation. Sie mussten etwas unternehmen. Sofort.

«Sie putzt in meinem Büro», verdeutlichte sie. «Die neue Putzfrau. Sie ist der Kontakt aus Russland!»

«Ist sie jetzt da?»

«Nein, verdammt, natürlich nicht», fauchte Hannah frustriert. «Los doch, komm mit.»

Sie machte kehrt und eilte mit Gordon im Schlepptau zurück. Als sie in ihr Büro kamen, schaltete sie die Deckenbeleuchtung ein und drückte ihn energisch auf den Besucherstuhl, ehe sie zur Pinnwand ging.

«Guck doch mal hier, die Reißzwecken: grün, rot, grün, rot. Zwei Farben, abwechselnd, am linken Rand ausgerichtet. Zu Hause bei Svärd hatten die Kühlschrankmagneten *drei* verschiedene Farben und waren auch am linken Rand ausgerichtet. Rot, grün, blau, rot, grün, blau.»

Sie trat an ihren Schreibtisch und wartete ungeduldig, bis der Computer aus dem Stand-by-Modus hochfuhr. Gordon schien immer noch nicht ganz mitzukommen, schwieg jedoch, bis sie fand, was sie suchte.

«Hier», sagte sie, öffnete die Fotos, die die Spurensicherung aus René Fouquiers Wohnung geschickt hatte, und drehte den Bildschirm so, dass er ihn sehen konnte.

«In Renés Wohnung, die Untersetzer auf der linken Seite des Couchtisches. Rot, schwarz, rot, schwarz.»

Sie drehte sich zu Gordon um, dem allmählich zu dämmern schien, worauf sie hinauswollte und wie wichtig ihre Beobachtung war.

«Ich dachte, er hätte einfach nur einen ausgeprägten Ordnungssinn, aber das war sie. Bei Svärd hat sie auch die Spielsachen und die Messer nach einer genauen Reihenfolge sortiert, und schau nur mal hier ...» Hannah deutete auf ihren Schreibtisch, wo Stifte, Post-its und anderes Büromaterial fein säuberlich nach Farben oder Größen geordnet waren, wo immer möglich. «Das ist sie. Sie war hier!»

«Wie zum Teufel ist sie hier hereingekommen?», fragte Gordon, aber Hannah konnte genau sehen, dass er in Gedanken schon einen Schritt weiter war. Dort, wo sie auch war.

Näher an einer Lösung.

Ich wusste, dass Sie kommen würden», sagte er leise, als er die Wohnungstür öffnete und sie ins Wohnzimmer bat, wo eine Frau, die Hannah kannte, zusammen mit einem acht- oder neunjährigen Jungen auf dem Sofa saß. Sofia hatte mehrere Jahre bei ihnen auf der Polizeistation geputzt. Seit Stepan Horvats Reinigungsfirma die Ausschreibung der Kommune gewonnen hatte. Hannah nickte ihr zu. Sofia lächelte zurückhaltend, als würde sie Hannah nur vage wiedererkennen, und warf dann einen unruhigen Blick zu ihrem Mann, der neben ihr auf das Sofa sank.

«Wer ist das hier?», fragte Alexander ohne Umschweife und schob ein Foto über den Couchtisch.

Stepan blickte darauf. Schnell, flüchtig, als wüsste er schon, was oder wen er zu sehen bekäme.

«Ich weiß es nicht», antwortete Stepan und sah von dem Bild auf.

«Die Aufnahme stammt von einer Überwachungskamera vor der Polizeistation», fuhr X fort. «Diese Frau arbeitet bei Ihnen. Die Schlüsselkarte ist auf Ihre Frau ausgestellt.»

«Aber das ist nicht Ihre Frau. Können Sie uns das erklären?», fragte Hannah.

Stepan seufzte tief und sah seine Frau an. In den Blicken, die sie tauschten, lag Resignation. Sofia erhob sich und ging zu der Kommode, die an der einen Wand stand. Gordon folgte ihr ein paar Schritte, um sie unter Aufsicht zu haben. Wahrscheinlich war das nicht nötig, aber es schadete nicht, auf der sicheren Seite zu sein. Wenn die Frau auf dem Foto ihre Verdächtige war, waren die Horvats in einen Massenmord verwickelt.

«Sie kam vor ein paar Tagen zu mir», erklärte Stepan. «Mit Passfotos.»

«Sie? Die Frau auf dieser Aufnahme hier?», fragte Hannah. Stepan nickte, während Sofia Gordon einen kleinen Umschlag hinstreckte. Er tastete seine Taschen ab, ehe er sich an Hannah und X richtete.

«Habt ihr Handschuhe dabei?»

Beide suchten hastig und schüttelten den Kopf. Vorsichtig nahm Gordon den Umschlag an einer Ecke zwischen die Fingernägel, legte ihn auf den Tisch, öffnete ihn mit einem Stift und schüttelte behutsam den Inhalt heraus. Hannah und X beugten sich vor.

Alle Fotos zeigten ein dunkelhaariges und braunäugiges Mädchen, etwa drei Jahre alt, in verschiedenen Umgebungen: auf einem Spielplatz, in der Vorschule, in einem Garten. Auf allen Aufnahmen hatte das Mädchen den roten Punkt eines Laserzielgerätes auf ihrem Körper, auf der Stirn, auf der Brust.

«Unsere Tochter», erklärte Stepan.

«Und diese Bilder hat Ihnen die Frau auf dem Foto gegeben?», fragte Hannah und blickte auf. Stepan nickte.

«Warum sind Sie nicht zur Polizei gegangen?», fragte Gordon.

«Sie hat uns gesagt, dass wir das auf keinen Fall tun sollten», antwortete Sofia ganz selbstverständlich und setzte sich wieder. Der Junge kuschelte sich sofort an sie.

«Sie wollte Zugang zur Polizeistation haben. Ich habe

ihr Foto auf einen neuen Ausweis gedruckt und ihr Sofias Schlüsselkarte gegeben», erklärte Stepan.

Hannah hatte das Gefühl, dass sie nicht mehr erfahren würden. Sie wussten jetzt, wie und warum die Frau in die Polizeistation gekommen war, waren der Frage nach ihrer Identität aber kein Stück nähergekommen. Somit war der Besuch im Großen und Ganzen eine Enttäuschung und keinesfalls der Durchbruch, auf den sie gehofft hatten.

«Warum war es ihr so wichtig, in das Polizeigebäude zu kommen?», fragte Stepan sichtlich beunruhigt. «Hat sie etwas angestellt? Sie hat doch hoffentlich niemandem etwas angetan?»

«Doch, davon gehen wir aus», antwortete X nur knapp und erhob sich.

«Ich habe ein besseres Foto von ihr, falls Sie noch eines brauchen», sagte Stepan, nachdem auch er aufgestanden war und Alexander den Ausdruck von der Überwachungskamera wiedergab.

«Warum haben Sie das?»

«Sie hat mir zwei dagelassen, für den Ausweis.»

Er ging zu der Kommode und kehrte mit einem kleinen Passfoto zurück, das in einem gewöhnlichen Automaten entstanden war. Die junge Blondine lächelte Hannah entspannt entgegen. Sie nahm das Bild und studierte es. Kein Zweifel, es handelte sich um die Frau, die sie in ihrem Büro gesehen hatte. Aber da war noch etwas. Irgendein Gedanke, den sie nicht richtig zu fassen bekam. Irgendetwas tief in ihrem Hinterkopf, das sich ihr entziehen wollte, eine Verbindung, die sich nicht herstellen ließ.

«Als sie hier war, hatte sie schwarzes kurzes Haar.»

«Einen Pagenkopf», warf Sofia ein. «Sie hatte einen Pagenkopf.»

«Hannah?»

Sie blickte auf, sah die ausgestreckte, auffordernde Hand und begriff, dass sie lange auf das Passfoto gestarrt haben musste. Rasch reichte sie es Alexander, damit er es einsteckte. Dann wandten sie sich zum Gehen.

«Werden Sie sie jetzt finden? Sind wir hier sicher?», fragte Stepan mit einem Blick auf seine Familie auf dem Sofa. Alexander sah den Sohn an, der die ganze Zeit stumm und ernst neben seiner Mutter gesessen und alles mit angehört hatte. Er lächelte ihm beruhigend zu, doch der Junge verzog keine Miene.

«Wahrscheinlich schon, aber wenn Ihre Frau für ein paar Tage mit den Kindern verreisen könnte, wäre das sicher gut. Mein Kollege bleibt bis dahin bei Ihnen.»

«Und ich?», fragte Stepan, obwohl Hannah das Gefühl hatte, dass er die Antwort schon kannte.

«Sie müssen leider mitkommen.»

Sie betrachtete Kenneth, der auf der anderen Seite des Tisches saß. Wie er sich das letzte Stück Fleisch in den Mund schob und versuchte, mit der Kartoffel so viel Soße wie möglich aufzunehmen. Ihre Anwesenheit war vermutlich das Einzige, was ihn daran hinderte, wie ein Kind den Teller abzulecken. Er hatte Rinderfilet bekommen. Sie hatte behauptet, es sei heruntergesetzt gewesen, doch das stimmte nicht. Sie hatte den vollen Preis bezahlt. Und davor schon einiges erledigt.

Sie hatte ihm nur noch nicht erzählt, dass sie beschlossen hatte, die Drogen zu verkaufen. Warum, wusste sie nicht genau. Sie hatte einfach nur das Gefühl, er bräuchte es nicht zu erfahren. Vielleicht, weil sie anfangs dagegen gewesen war und ihm verboten hatte, es überhaupt zu versuchen. Schließlich wollte sie nicht, dass er tagelang beleidigt war, weil sie es für eine schlechte Idee gehalten hatte, als sie von ihm gekommen war, und jetzt plötzlich für eine gute.

Er sollte auf keinen Fall erfahren, dass sie eine Vereinbarung mit UW getroffen hatte. Sie wusste, wie enttäuscht er von seinem früheren Freund war, und es würde ihn verletzen, wenn sie dessen Verrat auch noch belohnte, indem sie ihm anderthalb Millionen abgab.

Dabei war das gar nicht ihr Plan gewesen. In Wirklichkeit war sie zur Werkstatt gefahren, um das Geld zurückzuholen, das Kenneth ihm gegeben hatte, aber UW hatte es wie ein Kinderspiel klingen lassen, das Vermögen zu vervierfachen.

Sie würde einen Großteil des Geldes bekommen, während er alle Risiken auf sich nahm.

Wenn er geschnappt würde und sie verpfiff, würde sie jede Verwicklung einfach abstreiten und behaupten, als ehemaliger Insasse habe er sich an ihr rächen wollen. Die Leute wussten zwar, dass sie sich kannten und Kenneth und UW befreundet waren, und würden es möglicherweise seltsam finden, aber was hatten sie schon an Beweisen? Keine. Absolut keine.

Heute hatte sie einen Vorgeschmack darauf erhalten, was das neue Leben für sie bereithalten könnte.

Da sie ohnehin schon bei dem verfallenen Schuppen gewesen war, um die Tasche mit den Drogen zu holen, hatte sie bei der Gelegenheit auch gleich ein bisschen Geld eingesteckt. Nachdem sie die Werkstatt verlassen hatte, war sie über die Brücke gefahren und hatte den restlichen Nachmittag damit verbracht, in Torneå zu shoppen. In Haparanda bestand das Risiko, dass es jemandem auffallen würde, wenn sie mit Euros bezahlte. Sie kaufte neue Kleider, Make-up und Schuhe, gönnte sich teure Unterwäsche, eine neue Uhr, ein paar Accessoires für das Haus und einen Ladyshave, der auf Instagram für Sommerbeine und die Bikinizone empfohlen wurde. Wieder in Schweden angekommen, war sie zu dem Nagelstudio ins Zentrum gegangen und hatte gehofft, dass sie spontan einen Termin freihatten. So war es. Über eine Stunde lang hatte sie sich von jemand anderem verwöhnen, sich hübsch machen lassen.

Nur, weil sie es konnte, weil sie es wollte und weil es ihr guttat.

Als sie auf dem Heimweg beim Supermarkt vorbeifuhr,

wollte sie nicht, dass der Tag mit Nudeln oder Fischstäbchen endete – oder was sie sonst noch im Haus hatten. Heute musste es ein Rinderfilet sein.

Zu Hause angekommen, hatte sie nicht gleich alle Tüten aus dem Auto hereingetragen, damit Kenneth sich nicht wunderte, wie sie sich das alles leisten konnte, aber er hatte ohnehin nichts bemerkt. Weder hatte er die neuen Kerzenständer registriert, die sie ins Fenster gestellt hatte, noch ihre neue Kleidung oder die Maniküre, obwohl sie sonst nie Lack benutzte und die Nägel jetzt hellrosa leuchteten. Nur das Rinderfilet, das war ihm aufgefallen.

Einerseits war sie ein bisschen enttäuscht darüber, dass er nicht aufmerksamer war und es nicht zu schätzen wusste, dass sie sich Mühe gab, um gut auszusehen und ihre eigenen vier Wände zu verschönern. Andererseits war sie froh, dass er sie nicht fragte, wo das Geld für all diese Dinge herkam. Wenn er wusste, dass sie etwas aus dem Versteck geholt hatte, konnte sie ihm nur schwer Vorwürfe wegen seiner neuen PlayStation machen. Bisher hatte sie noch nicht angesprochen, dass sie die Konsole auf dem Dachboden gefunden hatte. Das wollte sie sich für eine Gelegenheit aufsparen, bei der sie ihre Überlegenheit demonstrieren und Kenneth dazu bringen musste, sich schuldig zu fühlen.

Außerdem hatte sie zwei viel akutere Probleme.

Wenn Kenneth auf die Idee käme, wieder hinter ihrem Rücken zum Schuppen zu fahren, würde er merken, dass die Tasche mit den Drogen verschwunden war. Und weil die beiden anderen Taschen noch da waren, wäre klar, dass nur sie sie geholt haben konnte. Das zweite Problem war, was sie mit dem Geld machen sollte, das sie von UW bekäme.

Doch sie glaubte, eine Lösung für beides gefunden zu haben.

Wenn UW ihr ihren Anteil aus dem Verkauf brachte, würde sie alles an einen neuen Ort bringen. Das alte und das neue Geld. Sie würde einen Platz finden, den sie Kenneth nicht verriet. Zu ihrer beider Schutz. Er brauchte nicht zu erfahren, dass sie Geschäfte mit UW gemacht hatte, dann wäre er nur von ihr enttäuscht. Und falls die Polizei ihn verhaftete und unter Druck setzte, müsste er nicht lügen. Er würde wirklich keine Ahnung haben, wo das Geld war.

Sie war gezwungen, noch ein bisschen genauer darüber nachzudenken und die möglichen Schwächen ihres Plans aufzudecken, falls es welche gab. Aber nicht jetzt. Dieser Tag war einer der schönsten, die sie seit langem erlebt hatte. Vielleicht reichte es ja auch, nur ein Jahr zu warten, ehe sie anfing, das Geld anzubrechen. Ehe sie anfing, ihr neues Leben zu leben.

Ehe sie beide anfingen, ihr neues Leben zu leben, korrigierte sie sich. Kenneth und sie.

Wieso wollte ihr das nur so schwer in den Kopf ...

Er hielt sich an die Geschwindigkeitsbegrenzung, als er über die Brücke zur Halbinsel fuhr, die schon zu Finnland gehörte. Nicht zu langsam und definitiv nicht zu schnell. Er wusste nicht, ob der Zoll an der Grenze eine automatische Gesichtserkennung hatte, weshalb er sich den Schirm seiner Mütze tief ins Gesicht zog und den Blick senkte, als er hinüberfuhr. *Früher oder später wird jemand danach suchen*, hatte sie gesagt. UW hoffte, eher später.

Nachdem Sandra am Nachmittag gegangen war, hatte er versucht, ganz normal weiterzuarbeiten, sich jedoch nicht konzentrieren können. Seine Gedanken wanderten immer wieder zu der Tasche, die in seinem Büro stand, noch öfter aber zu diesem verdammten Auto. Schließlich war er davor stehen geblieben und hatte es einfach nur angestarrt. Die Bullen waren seit jener Nacht nicht mehr da gewesen, aber er wagte es trotzdem nicht, den Wagen in der Werkstatt zu lassen. Wegen einer solchen Bagatelle wollte er nicht wieder in den Knast. Schnell traf er eine Entscheidung, tätigte einen Anruf und machte Feierabend. Jetzt passierte er die nächste Brücke, die ihn aufs Festland brachte, fuhr auf der E8 weiter, bog im ersten Kreisverkehr links ab und war schon wenige Minuten später im Industriegebiet von Torpin rinnakkaiskatu. Mikko wartete bereits neben dem geöffneten Garagentor, und er rollte hinein und parkte. Das Tor schloss sich im selben Moment hinter ihm, als Jyri, der zwölf Minuten älter war als sein Bruder, herbeikam und den Mercedes in Augenschein nahm.

«Das ist er nicht», stellte er fest, sobald UW ausgestiegen war.

«Ich weiß, es ist ein anderer.»

«Hast du nicht gesagt, du würdest mit dem Mercedes kommen?»

«Ich habe gesagt, ich würde mit *einem* Mercedes kommen.»

«Aber wo ist der aus Florida?», fragte Mikko und schob sich eine Portion Snus unter die Oberlippe, während er zu Jyri ans Auto herantrat. Die Brüder Pelttari. UW war nicht gerade schmächtig, aber neben ihnen sah er trotzdem aus wie ein Hänfling. Beide waren knapp zwei Meter groß, muskulös, mit kurzgeschorenen blonden Haaren und Tätowierungen. Mikko hatte zusätzlich eine große rote Narbe, die vom rechten Auge über die Wange abwärts verlief und ihn lebensgefährlich aussehen ließ.

Was er auch war. Was sie beide waren.

«Der ist noch nicht fertig», log UW. Er wollte ihnen auf keinen Fall erzählen, dass er das Auto an Kenneth verliehen hatte, denn das würden sie garantiert nicht zu schätzen wissen. Um dieses Problem musste er sich später kümmern.

«Wo hast du den hier her?»

«Ein Freund hat ihn geklaut.»

«Der ist also noch nicht sauber?»

«Nein, er braucht neue Nummernschilder, eine neue FIN, eine frische Lackierung, den ganzen Scheiß», gab UW zu.

«Warum hast du dich nicht schon längst darum gekümmert?», fragte Mikko und trat gegen den einen Autoreifen.

«Um ehrlich zu sein, kann ich ihn nicht bei mir stehen haben. Die Bullen schnüffeln ab und zu herum.»

Die Brüder sahen sich über das Autodach hinweg an, und Mikko zuckte mit den Schultern.

«Du kriegst fünf dafür», sagte Jyri.

Fünftausend. Knapp fünfzigtausend schwedische Kronen. UW wusste nicht genau, was er sich erhofft hatte, aber jedenfalls mehr als das. Das war nichts.

«Der ist 'ne halbe Million wert», sagte er versuchshalber.

«Wenn du nicht einverstanden bist, kannst du ihn gern wieder mitnehmen.»

UW seufzte, er sah ein, dass er die schlechteste Verhandlungsbasis der Welt hatte. Jedenfalls konnte er den Mercedes auf keinen Fall wieder mit nach Schweden nehmen. Er wollte ihn nie wiedersehen.

«Fünf jetzt und noch mal dasselbe, wenn ich den anderen bringe.»

Jyri nickte, das Geschäft war abgemacht. Er setzte sich in Bewegung, und UW folgte ihm. Das Büro war größer als seines, heller, gemütlicher, mit einem Sofa in der Ecke und einem Fernseher an der Wand. Jyri ging zu dem Tresor, der die eine Wand dominierte, und öffnete ihn, zählte fünfzig grüne Hunderteuroscheine ab, die er UW reichte, legte den Rest wieder zurück und schloss den Tresor ab.

UW blieb stehen und betrachtete das Geld in seiner Hand. Er wusste, wozu er gezwungen war, und er wusste, warum, aber es widerstrebte ihm. Er war wütend und enttäuscht darüber, dass Stinas und sein Problem nur damit gelöst wurde, dass er mehrere ungewollte Schritte zurückging. Wieder kriminell wurde. Und zwar richtig. Eigentlich hatte er sich geschworen, nie wieder Drogen anzurühren. Weil es natürlich schlecht war, er hatte gesehen, was aus den Leuten wurde, Freunde, Jugendliche, die fast noch Kinder waren. Vor allem aber, weil er niemals zurück ins Gefängnis wollte. Was würde dann aus Stina und Lovis werden? Die Gesellschaft hatte sie schon im Stich gelassen, und ihnen gezeigt, dass sie ihr egal waren. Nichts deutete darauf hin, dass sich daran etwas ändern und der Staat einspringen würde, falls er wieder hinter Gittern landen würde. Aber was blieb ihm für eine Wahl? Keine.

«Ich habe noch eine andere Sache am Laufen», sagte er, und Jyri betrachtete ihn neugierig. UW erzählte. Vom Amphetamin. Wie viel es war, was er dafür haben wollte, er nannte einen höheren Einstiegspreis, als Jyri zu zahlen bereit sein würde, und sie einigten sich auf acht.

«Wir brauchen ein bisschen Zeit, um das Geld zu beschaffen», sagte Jyri und streckte die Hand aus, um das Geschäft zu besiegeln.

«Klar.»

«Wir rufen an. Mikko fährt dich zurück.»

UW verließ das Büro und die Garage, und als sie Haparanda erreichten, bat er Mikko, ihn vor dem Maxi abzusetzen. Er kaufte ein, ohne auf die Preisschilder zu achten. Genoss es, alles in den Wagen zu packen, was er haben wollte und was Stina gern hatte. Trotz allem war er zufrieden. Den Umständen entsprechend. Mit fünftausend Euro in der Tasche. Und bald noch einmal demselben Betrag. Das würde für viele weitere Pflegestunden reichen, und zusammen mit dem Geld, dass er Kenneth bereits abgeknöpft hatte, und den fünfzehn Prozent, die er bald aus dem Verkauf des Amphetamins bekäme, sah es wirklich gut aus. Für sehr lange Zeit.

Stepan Horvat saß im Arrest, der Staatsanwalt musste entscheiden, ob er in Haft kam oder nicht. Alexander konnte ihn verstehen. Die Drohungen gegen seine Familie waren mildernde Umstände, aber natürlich ließ sich auch nicht verleugnen, dass er ein Verbrechen begangen hatte. Schlimmstenfalls sogar Beihilfe zum Mord geleistet, wenn die blonde Frau mit der von ihm gefälschten Schlüsselkarte auf der Polizeistation an Informationen gelangt war, die sie zu Fouquier und den anderen geführt hatte.

Aber all das musste bis morgen warten, sie hatten jetzt Wichtigeres zu tun.

Voller Elan schritt X die Treppen zum Konferenzraum hinauf. Er spürte eine gespannte Erwartung, seit Gordon berichtet hatte, zu welchen Erkenntnissen Hannah gelangt war. Es würde der Durchbruch in ihren Ermittlungen sein. Zwar hatte der Besuch bei Horvat nicht so viel ergeben, wie er gehofft hatte, aber sie hatten ein Foto. Er hatte die Aufnahmen der Überwachungskameras aus der Stadt angefordert – es gab nicht viele, aber doch ein paar –, und außerdem hatten sie ein Gesichtserkennungsprogramm, mit Hilfe dessen sie das Passfoto mit allen möglichen Registern abgleichen konnten, sowohl schwedischen als auch internationalen.

Gordon war noch bei Horvat und wartete auf die Techniker, die sie einbestellt hatten. Im besten Falle würden sie Fingerabdrücke oder sogar DNA-Spuren auf den Bildern und auf dem Umschlag finden.

X schob die Tür zur Küche auf und stutzte, als er auf dem blauen Sofa ein junges Mädchen mit einer Cola, einer Tüte Zimtschnecken und einem iPad vor sich sitzen sah.

«Hej ...», sagte er erstaunt.

«Hej», antwortete sie, ohne den Blick von dem Display abzuwenden.

«Was machst du hier?»

«Olen täälä idiootin kanssa.»

Alexander glaubte, das dritte Wort im Satz zu verstehen, und vermutete, die Antwort auf die Frage, warum das Mädchen hier war, befand sich im Besprechungsraum. Er ging hinein und schloss die Tür hinter sich.

«Wessen Kind ist das da draußen?»

«Meins», antwortete Ludwig. «Oder das heißt, die Tochter meiner Freundin. Ich habe keinen Babysitter gefunden.»

X drehte sich um und blickte zu der Wand hinter sich, wo ein zweigeteiltes Foto die Leinwand ausfüllte. Links das Bild, das sie im Original von Horvat bekommen hatten, daneben eines, wo das blonde Haar mit Hilfe eines Computers gegen einen schwarzen Pagenkopf ausgetauscht worden war.

«Wissen wir, wer das ist?»

Das Schweigen im Raum war Antwort genug.

«Bisher nicht, nein», sagte Lurch schließlich, nachdem sonst offenbar keiner etwas beizutragen hatte.

«Was hat die Auswertung der Kameras ergeben?»

«Bisher war sie auf keiner Aufnahme zu sehen», antwortete P-O. «Ich habe mit denen in Bahnhofsnähe angefangen, wie du vielleicht weißt, haben wir gar nicht so viele. Es besteht also das Risiko, dass sie in die Stadt gelangt ist, ohne überhaupt gefilmt zu werden.»

«Oder sie meidet die Kameras, sie wirkt ja ziemlich professionell», bemerkte Ludwig.

X betrachtete erneut die Bilder, ja, sie wirkte professionell. Aber Haparanda war nicht groß, sie hatten ein Foto von ihr, er hatte Personal, Ressourcen, Technik und alle Datenbanken der Welt zur Verfügung.

Sie würden sie schon finden. Sie schnappen.

Seine Gedanken wurden unterbrochen, als die Tür aufging und Sami Ritola mit einer Tasse Kaffee in der einen Hand und drei Zimtwecken in der anderen hereinschlenderte. Alexander hatte ihn für dieselbe Zeit einbestellt wie alle anderen, aber natürlich spazierte er erst jetzt herein. Mitunter hatte X das Gefühl, dass der finnische Kollege vieles nur machte, um ihn zu ärgern.

«Wie nett, dass du uns auch Gesellschaft leisten möchtest», sagte er so angesäuert, dass man seine Bemerkung auch ohne Übersetzung verstehen musste. Morgan wiederholte sie trotzdem auf Finnisch.

«Wer zu spät kommt, den belohnt das Leben», war die Antwort. Sami stopfte sich den ersten Zimtwecken in den Mund und ging ohne Eile auf seinen üblichen Platz am Kopf des Tisches. Als er die Fotos an der Wand sah, riss er die Augen auf und deutete mit dem Finger darauf.

«Warum hängt denn da ein Bild von Louise?»

Alle drehten sich zu ihm um. Morgan vergaß sogar zu übersetzen.

«Was hat er gesagt?», fragte X. «Heißt sie Louise?»

«Kennst du sie?», fragte Hannah.

«Was heißt schon kennen. Ich war mit ihr im Bett.» Sami sah X an, während Morgan übersetzte. «Wir wohnen im selben Hotel.»

Warten konnte sie gut.

Das hieß aber nicht, dass sie es immer gern tat. Jetzt gerade beispielsweise, da sie nicht viel mehr zu tun hatte, als zu hoffen, dass ihr letzter Besuch bei Dennis Niemi endlich zu Ergebnissen führen würde, wurde sie allmählich rastlos und gereizt. Sie würde der ganzen Sache noch zwei Tage geben. Damit er das Gerücht streuen konnte, dass er wieder mit Drogen handelte.

Es war ihre beste Chance. Und ihre einzige.

Wenn das ergebnislos blieb, müsste sie noch einmal ganz neu denken. Denn das würde bedeuten, dass derjenige, der Wadim Tarasow überfahren und begraben hatte, nicht beabsichtigte, die Drogen wieder loszuwerden. Jedenfalls nicht hier und jetzt. Nicht in Haparanda.

Das Geld ließ sich im Prinzip unmöglich zurückverfolgen. Wenn jemand damit ein Haus oder ein Auto kaufte, eine Reise unternahm oder in Aktien oder Luxusgüter investierte, würde sie es nie erfahren. Und dass sie Zugang zur Polizeistation gehabt hatte, war auch nicht so aufschlussreich gewesen, wie sie gehofft hatte. Die Ermittler hatten, jedenfalls so weit sie es hatte sehen können, keine neuen Theorien entwickelt und keine nennenswerten Fortschritte gemacht. Die neueste Spur, der Kreis auf der Karte in Hannah Westers Büro, hatte sich als Niete erwiesen.

Noch ein Fehler. Das waren ungewöhnlich viele Fehler für sie.

Aber es war auch ein ungewöhnlicher Auftrag. Je mehr sie darüber nachdachte, desto unmöglicher erschien er ihr. Üblicherweise ging es um eine oder mehrere ihr namentlich bekannte Personen. Manchmal standen sie unter besonderem Schutz, Alarmanlagen, Wachpersonal, Bodyguards und schusssicheres Glas. Manchmal befanden sie sich an – so dachten sie – geheimen Orten. Teilweise lebten sie ein gewöhnliches Leben, ohne auch nur zu ahnen, dass jemand viel Geld gezahlt hatte, damit sie es nicht fortsetzen konnten. Aber es waren Menschen, mit anderen Menschen ringsherum, die man erpressen, bedrohen, kaufen, betrügen und belügen konnte. Es gab immer Informationen darüber, wo sie sich aufhielten oder wie man an sie herankam, auch wenn diese mal schwerer und mal leichter zu beschaffen waren.

Aber sie war noch nie zu einem Auftrag geschickt worden, bei dem es darum ging, etwas zurückzuholen, das irgendjemand, an irgendeinem beliebigen Ort, in seinen Besitz genommen haben konnte. Dabei hatte es so einfach geklungen: Fahr nach Schweden, finde die Taschen, töte denjenigen, der sie genommen hat, und komm wieder zurück. Vielleicht hatte sie deshalb solche banalen Schnitzer gemacht. Wie eine Sportmannschaft, die einem theoretisch schwächeren Gegner gegenübertritt und eins auf den Deckel bekommt. Wenn man nach der Halbzeit einsieht, dass es bislang miserabel gelaufen ist, kann man das Ruder kaum noch herumreißen. Man durfte niemanden unterschätzen, darum ging es. Doch sie hatte den Sieg schon als gegeben hingenommen. Und dann war Onkel gekommen und hatte sie aus der Fassung gebracht.

Die gestrige Nacht ging auf sein Konto.

Frustrierend. Aber dennoch machte sie sich keine großen Sorgen.

Sie wusste, dass die Polizei frühestens in vierundzwanzig Stunden nach dem jungen Paar suchen würde. Wenn man noch dazu im Haus keinerlei Spuren von Gewaltanwendung finden würde und alles darauf hindeutete, dass sie freiwillig verschwunden waren, würde es noch länger dauern, ehe sie den Fall ernsthaft untersuchten.

Ehe es zu einer Ermittlung kam.

Ehe Onkel davon erfuhr.

Sie brauchte Zeit. Doch in diesem Moment verstrich die Zeit einfach nur sinnlos. In einem Hotelzimmer in Haparanda. Ob sie die Theorie in Betracht ziehen sollte, dass sich das Geld und die Drogen doch nicht mehr in der Stadt befanden? Die Polizei schien das nicht zu glauben, aber wenn ihre Aktion bei Dennis Niemi nicht zum gewünschten Erfolg führte, musste sie damit rechnen. Das würde die Schwierigkeiten um einiges erhöhen.

Auf dem Schreibtisch klingelte dasjenige ihrer Handys, das sie immer noch eingeschaltet hatte. Sie stand auf und meldete sich. Einige Sekunden lauschte sie, was der Anrufer zu sagen hatte, und bat dann darum, ihn später zurückrufen zu dürfen.

Endlich! Gute Nachrichten. Die ersten seit einer halben Ewigkeit.

Sie holte ihre Walther und den Schalldämpfer aus dem Tresor, spannte ihr Messer um den Knöchel und trat mit der Hoffnung aus dem Hotel, die Stadt und das Land bald für immer verlassen zu können.

Intensiv und konzentriert diskutierten sie die nächsten Schritte, den besten Weg zum Erfolg. Hannah war sicher, dass sie alle dasselbe fühlten und am liebsten aus dem Besprechungsraum und ins Hotel gestürmt wären, mit all ihren Einsatzkräften. Sofort. Doch sie waren gezwungen, sich zurückzuhalten, sosehr es ihnen auch widerstrebte. Die Anspannung war derart stark, dass man sie beinahe physisch wahrnehmen konnte.

Elektrisierend.

X unterbrach die Diskussion, indem er zunächst im Stadshotellet anrief, um zu erfahren, ob Louise gerade auf ihrem Zimmer war oder nicht.

Nein, war sie nicht.

Sie hatten sie knapp verpasst.

Allerdings hatte sie auch nicht ausgecheckt. X bat die Frau am anderen Ende der Leitung, die Rezeption vorerst nicht zu verlassen und sich zu melden, sobald Louise Andersson zurückkehrte. Ohne dass die etwas merkte, natürlich. Die Hotelmitarbeiterin fragte nicht nach dem Grund, sie hörte den Ernst in seiner Stimme und versprach, seinen Anweisungen zu folgen.

Sie wussten nicht, wo Louise im Moment war, würden aber bei ihrer Rückkehr informiert werden und konnten dementsprechend planen. Das Hotel offen bewachen zu lassen, wagten sie nicht. Louise Andersson war mehrmals im Polizeigebäude gewesen, und sie gingen davon aus, dass sie jeden von ihnen wiedererkennen würde. Wenn sie jemand schicken konnten, dann höchstens Sami. Er wohnte dort, sogar in derselben Etage, und sie wusste ohnehin, dass er Polizist war, denn so hatte er sich ihr an der Bar vorgestellt.

«Vielleicht war sie deshalb mit dir im Bett», sagte Morgan nachdenklich. «Um auf dem Weg an Informationen heranzukommen.»

«Glaubst du etwa, die würde ich ihr geben?», antwortete Sami, sichtbar erschüttert von dem Gedanken, die junge Frau könnte ihn nicht nur wegen seines unwiderstehlichen Charmes und seines Aussehens gewählt haben.

«Da wärst du nicht der Erste», bemerkte Hannah trocken.

Sami beendete das Gespräch mit den Kollegen, indem er sich X zuwandte.

«Wenn das Zimmer leer ist, finde ich, dass sich einer von uns dort postieren sollte.»

«Und warum?»

«Kneifzangentaktik. Sie kommt zurück, ihr folgt ihr ins Gebäude, und wenn sie in ihr Zimmer kommt, seid ihr hinter ihr, und ich bin schon da.»

«Du?»

«Ich stelle mich freiwillig zur Verfügung.»

Hannah fand, die Idee klang gut. Wenn sie es aus irgendeinem Grund nicht wagten, sich Louise zwischen den anderen Gästen zu nähern, und sie ungestört bis zu ihrem Zimmer gelangte, konnte viel passieren. Sie wussten nicht, welche Waffen sie besaß, und Menschenleben zählten für sie ja anscheinend nicht viel. Den Marktplatz konnten sie wohl kaum räumen, denn das würde verdächtig wirken. Eine aus dem Fenster gestreckte Schnellfeuerwaffe konnte wiederum schnell zu einer Katastrophe von unfassbarem Ausmaß führen. Jemanden im Zimmer zu haben, der so etwas verhindern konnte, erschien sinnvoll. Aber es war natürlich an X, das zu entscheiden.

Genau wie es seine Aufgabe war, den Bürgermeister anzurufen und dafür zu sorgen, dass ihnen schnell jemand Zutritt zum Rathaus gewährte. Von dort aus hatten sie freie Sicht auf den Haupteingang des Hotels. Morgan erhielt den Auftrag, dort hinzufahren und eines der Büros zu beziehen, die auf den Platz hinausgingen.

Den Eingang auf der Rückseite, der zum Parkplatz des Hotels führte, konnte man von dem verfallenen und größtenteils leerstehenden Haus auf der Stationsgatan aus observieren. Die Ladenräume im Erdgeschoss waren alle leer, die Schaufensterscheiben schon seit Monaten mit braunem Papier beklebt. Wenn sie ein Guckloch hineinrissen, konnten sie hindurchspähen, ohne von außen entdeckt zu werden. Dafür extra die Eigentümer ausfindig zu machen und sie zu kontaktieren, hatten sie allerdings nicht genug Zeit.

Alexander gab sein Einverständnis, dass Lurch und P-O dort einbrachen, im schlimmsten Fall musste die Polizeibehörde ein kaputtes Schloss oder einen Türrahmen ersetzen.

Wenn Ludwig einen Hoodie anziehen und die Kapuze tief ins Gesicht ziehen würde, könnte er sich unter die Trauernden auf dem Platz mischen.

Hannah wurde mit Gordon zusammen im Auto eingeteilt. Er musste jeden Moment hier sein. X hatte ihn von den Horvats zurückbeordert, nachdem Ritola die Bombe hatte platzen lassen, dass er die Hauptverdächtige kannte. Sie beschlossen, in der Packhusgatan zu warten, vor der Pizzeria. Weit genug entfernt, um keine Aufmerksamkeit zu erregen, aber doch nah genug, um innerhalb von wenigen Sekunden an jedem Ort rings um das Hotel eingreifen zu können.

«Ich sitze im Büro hinter der Rezeption», beendete X sein Briefing. «Waffen und Westen. Alle Kommunikation so begrenzt wie möglich und auf Kanal drei. Also los jetzt, Beeilung. Ich möchte alle auf ihrer Position haben, wenn sie zurückkommt.»

«Und ich?», fragte Sami.

«Du kannst ihr Zimmer übernehmen», antwortete X nickend. Sami grinste zufrieden, als Morgan übersetzte.

Gemeinsam und konzentriert machten sie sich bereit. Es war ein guter Plan, fand Hannah. Spezialkräfte standen ihnen ohnehin nicht zur Verfügung, und es schien die richtige Entscheidung zu sein, das von außerhalb hinzugerufene Personal nicht zu beteiligen. Neuankömmlinge, so gut und willig sie auch waren, stellten immer einen Unsicherheitsfaktor dar. Natürlich war Louise bewaffnet und musste als extrem gefährlich eingestuft werden, aber sie waren immerhin zu acht. Und hatten einen eindeutigen Vorteil. Louise wusste nicht, dass sie enttarnt worden war, dass sie auf sie warteten. Es sollte gelingen.

Als er auf dem Weg hinaus war, hielt Ludwig inne.

«Verdammt, was mache ich mit Helmi?»

So hieß seine Bonustochter, vermutete Hannah. Sie vernahm einen irritierten Seufzer von X.

«Verdammt noch mal, Ludwig. Finde einfach eine Lösung.»

«Eveliina kommt erst spät in der Nacht nach Hause.»

«Finde eine Lösung!»

Die wartete Hannah nicht ab. Sie eilte die Treppe hinunter, bewaffnete sich, zog die Schutzweste unter die Uniformjacke, nahm eine weitere für Gordon mit und lief vor die Tür, um auf ihn zu warten. Kaum war sie ins Freie gelangt, kam er auf sie zugerannt.

«Wir haben sie?»

«Wir wissen, wo sie auftauchen wird», antwortete Hannah und warf ihm die Weste zu. «Wir beide wurden eingeteilt, im Auto in der Packhusgatan auf Position zu gehen.»

«Mein Auto?»

«Warum nicht.»

Acht Minuten und siebenundvierzig Sekunden später bestätigten alle kurz über Funk, dass sie ihre Posten erreicht hatten.

Jetzt hieß es einfach nur warten.

Es roch hier anders. Das war der große Unterschied. Weniger stickig. Irgendwie freier. Bisher war es ihm noch nicht aufgefallen, aber jetzt bemerkte er es, als sie zusammengekuschelt auf dem Sofa saßen und einen Film guckten. Stina duftete angenehm nach Shampoo, Seife und irgendeiner Hautcreme, die sie im Badezimmer gefunden hatte, aber es war nicht nur das. Die ganze Wohnung kam ihm sauberer vor, frischer, weniger wie ein Krankenhaus.

Stinas Vater hatte sie nach Haparanda gefahren und draußen abgesetzt. Er war nicht einmal mit hochgekommen, um ihnen guten Tag zu sagen, weder ihm noch Lovis. Stina war kaum durch die Tür getreten, als er ihr gesagt hatte, er habe eine Überraschung für sie. Sie würden ausgehen. Nichts Großes. Ronnie, ein Kindheitsfreund, zu dem er immer noch Kontakt hatte, war für ein paar Wochen verreist, um Verwandte im Süden zu besuchen und dann aufs Roskilde-Festival zu gehen. Daher hatte er UW seine Wohnung in einem der gelb verputzten, zweistöckigen Häuser in der Åkergatan überlassen. Eine ziemlich kleine Zweizimmerwohnung, Ronnie und seine Freundin hatten keine Kinder. Aber Stina und er konnten einen Abend, eine Nacht und einen Morgen zusammen verbringen, ohne sich nach irgendwelchen Pflegehelfern richten zu müssen oder davon aufzuwachen, dass bei Lovis der Alarm losging. Zwölf oder vierzehn Stunden nur für sie allein.

Sobald sie in die Wohnung kamen, fiel Stina ihm um den Hals. Sie ließ ihn gar nicht mehr los, küsste ihn und fing an, ihm die Kleider vom Leib zu schälen. Ob er sich daran erinnere, worüber sie gestern gesprochen hätten? Ja, das tat er. Besser, sie würden gleich damit loslegen, denn es könnte ja ein Weilchen dauern, bis etwas daraus wurde. Sie wolle wirklich wieder Mutter werden, sagte sie. Den zweiten Pfannkuchen bekommen.

Sie hatten ungeschützten Sex in Ronnies Bett. Anschließend lag Stina mit einem Kissen unter dem Hintern da, die Fußsohlen in die Matratze gestemmt.

Hin und wieder hob sie die Hüften, damit es «tiefer hineinlief», wie sie sagte.

«Du, diese Sache mit den Pfannkuchen ...», begann UW, nachdem er es sich gegönnt hatte, eine Weile vollkommen entspannt neben ihr zu liegen.

«Ja?»

«Das kannst du anderen Leuten gegenüber nicht so sagen.»

«Warum denn nicht?»

«Weil man sie normalerweise aussortiert, die misslungenen Pfannkuchen, man wirft sie weg.»

«So meine ich das ja nicht», protestierte Stina, und UW hörte, wie sehr es sie verletzte, dass er überhaupt auf so einen Gedanken kam. «Es ist doch eher liebevoll gemeint ..., dass der erste nicht ganz perfekt wurde, und dann macht man eben so lange weiter, bis einer dabei herauskommt, mit dem man zufrieden ist.»

UW erwiderte nichts, er hoffte, sie würde selbst hören, wie das klang, und dass ihre Erklärung nichts besser machte.

«Oder, nein, so meinte ich es auch nicht, aber du verstehst schon.»

Er drehte sich zu ihr um. Zweifellos würde sie aufleben,

wäre glücklicher und hätte mehr Energie für den Alltag, wenn sie ein gesundes Kind bekämen. Allerdings war er sich nicht sicher, ob sie dann tatsächlich auch eine bessere Mutter für Lovis sein würde. Aber was hätte er davon, das jetzt anzusprechen? Er wusste, wie sehr sie darum kämpfte, ihre Tochter bedingungslos zu lieben.

«Ja, das verstehe ich», sagte er und strich ihr zärtlich über die Wange. «Aber du kannst trotzdem nicht so über Lovis sprechen.»

«Okay.»

«Gut.»

Sie richtete sich auf, warf das Kissen zur Seite, kroch unter seine Decke und umarmte ihn. Dann schliefen sie noch einmal miteinander.

Anschließend duschten sie zusammen, schlüpften in gemütliche Klamotten, klappten den Tisch in der hellen, kleinen IKEA-Küche aus und aßen die Sachen, die er eingekauft hatte. Dann nahmen sie Wein, Cola – UW trank keinen Alkohol, weil er hoffentlich später noch einmal eine Tour machen würde –, Chips und Nüsse mit aufs Sofa und streamten einen Film von seinem Handy auf den großen Flachbildschirm an der Wand. Stina hatte sich irgendetwas auf Netflix ausgesucht, und er sah nur mit halbem Auge hin, hatte den Arm um sie gelegt und den Duft ihres frisch gewaschenen Haars und der Wohnung in der Nase. Entspannt genoss er es. Er konnte sich kaum erinnern, wann sie das letzte Mal so zusammengesessen hatten. Wann sie so viel Zeit miteinander verbracht hatten, nur sie beide. Es war lange her. Aber das würde sich ändern. Solche Abende sollten zur Normalität werden.

Da klingelte sein Handy. Jyri. Ohne den Film anzuhalten, stand er vom Sofa auf und nahm den Anruf entgegen. Machte einige Schritte zur Tür, mit dem Rücken zu Stina, und sprach leise, fast murmelnd. Höchstens dreißig Sekunden später legte er auf und drehte sich zu Stina um, ohne zu ihr zurückzugehen.

«Ich muss kurz weg.»

«Jetzt?», fragte Stina und richtete sich auf dem Sofa auf.

«Ja, ich muss eine Sache regeln.»

«Okay.»

Sie wusste natürlich, dass nicht die Werkstatt all diese Pflegestunden und einen Abend wie diesen ermöglichte. Verstand, dass die Schrottautos, die er für die Finnen in Schuss brachte, auch nicht so viel einbrachten, und sein jetziges Vorhaben ebenfalls nicht ganz legal sein konnte.

«Bleibst du lange weg?», fragte sie.

«Eine Stunde, höchstens zwei.»

«Sei vorsichtig.»

Hätte sie mehr wissen wollen, hätte sie wohl gefragt. Aber sie tat es nicht. Also trat er zum Sofa, beugte sich herab und küsste sie.

«Du musst mit deinem Handy weitergucken», sagte er, deutete auf den Flachbildschirm und ging.

Das *Do-not-disturb*-Schild hing am Türgriff.
Wie immer, seit Louise Andersson eingezogen war. Seither habe keiner das Zimmer betreten und geputzt, erklärte die Hotelangestellte, die ihn hineinließ. Dennoch war alles in perfekter Ordnung, als sich Sami neugierig umsah. Im Bad hingen die Handtücher gefaltet über dem Handtuchtrockner, das Waschbecken glänzte, die kleinen Fläschchen mit Shampoo, Spülung und Duschgel standen akkurat aufgereiht auf der einen Seite des Waschbeckens, auf der anderen Seite die Tuben und Tiegel, die sie selbst mitgebracht haben musste. Neben dem Spiegel entdeckte er zwei Perückenhalter mit Haarteilen. Das blonde, das sie auf der Polizeistation verwendet hatte, und eine halblange, aschblonde Perücke mit Pony. Im Zimmer selbst war das Bett sorgfältig gemacht, der Papierkorb leer, der Schreibtisch tadellos aufgeräumt, mit ihrem Laptop in der Mitte. Doch Sami machte sich nicht einmal die Mühe, ihn aufzuklappen. Er war garantiert durch ein Passwort gesichert. Stattdessen öffnete er den Kleiderschrank und war nicht erstaunt, ihre Sachen säuberlich aufgehängt oder zusammengelegt vorzufinden, nach irgendeinem bestimmten System, das er nicht gleich erkannte. Der Tresor war geöffnet und leer.

Nirgends gab es irgendeinen Hinweis auf ihre Identität und den Grund ihres Aufenthalts. Sie war ein echter Profi.

Er ging zum Fenster, schob die schwere Gardine mit dem Zeigefinger einen Spaltbreit beiseite und spähte auf den Marktplatz hinab. Dann beschloss er, die Sache nicht weiter hinauszuzögern und den Stier bei den Hörnern zu packen. Er setzte sich in einen der Sessel, holte sein Handy hervor und wählte eine Nummer.

«Hier ist Sami. Ist er da?», fragte er, als sich jemand meldete. Er rechnete damit, erneut warten zu müssen und noch einmal in Ruhe im Kopf durchgehen zu können, was er sagen wollte, doch dann hatte er Waleri Zagornis Stimme plötzlich direkt am Ohr.

«Was willst du?»

«Sie wissen, wer sie ist.»

«Wer weiß, wer wer ist?»

«Die Polizei weiß, wen du geschickt hast, um deine Sachen zurückzubekommen», verdeutlichte Sami, ohne seine Irritation durchklingen zu lassen, obwohl Waleri garantiert schon beim ersten Mal verstanden hatte, was er meinte. «Ich sitze gerade in ihrem Hotelzimmer.»

Von Zagorni kam kein Ton. Sami konnte nur mutmaßen, ob er so lange schwieg, weil er nachdachte oder weil er wütend war. Das verunsicherte ihn.

«Wie sind sie ihr auf die Schliche gekommen?», fragte Zagorni schließlich.

Sami überlegte kurz, immerhin hatte eine ganze Reihe von Faktoren dazu beigetragen, doch der wichtigste war, dass sie Spuren hinterlassen hatte oder sich jedenfalls so verhalten, dass man Rückschlüsse ziehen konnte. Und dass sie sich Zutritt zur Polizeistation verschafft hatte.

«Gute Polizeiarbeit», antwortete er zusammenfassend, um es sich leicht zu machen.

«Ich dachte, sie wäre besser.»

«Offensichtlich nicht.»

«Wie viel wissen sie?»

«Wie sie aussieht, aber nicht, wie sie heißt oder so. Nur, dass sie diejenige ist, nach der sie suchen, und wo sie wohnt.»

«Wie haben sie herausgefunden, wo sie wohnt?»

Da war sie, die Frage, vor der er gebangt hatte und deren Beantwortung er eingeübt hatte. Weil man ihm daraus einen Vorwurf machen konnte.

«Sie sind an ein Bild von ihr herangekommen und ... ich war gezwungen zu sagen, dass ich weiß, wo sie wohnt.»

«Warum?»

Egal, wie lange er sich auf das Gespräch vorbereitet hatte, er merkte selbst, wie seine Antworten klangen, und zwar nicht besonders gut. Aber die Alternative wäre, etwas zu erfinden, und das würde die Sache nur noch schlimmer machen. Er holte tief Luft.

«Wir haben uns im Hotel kennengelernt, ich wusste nicht, dass sie diejenige war, die du geschickt hast. Wir waren miteinander im Bett, und wenn die Kollegen sie verhaften und sich irgendjemand im Hotel daran erinnert, uns zusammen gesehen zu haben ... wie sollte ich da erklären, dass ich nichts gesagt habe, als sie das Bild von ihr auf der Polizeistation gezeigt haben?»

Eine lange Ausführung. Mehr eine Verteidigungsrede als eine Erklärung. Wieder dieses Schweigen, diesmal auf jeden Fall verärgert, oder interpretierte er nur zu viel hinein?

«Ich war gezwungen zu improvisieren, um meine eigene Haut zu retten.»

Er hörte, wie Waleri «hmm» vor sich hinbrummelte und anschließend mit jemandem ein paar Sätze auf Russisch wechselte. Dann wurde es wieder still. Lange. Aber er hatte nicht aufgelegt.

«Ich dachte, du müsstest es wissen», erklärte Sami, als wollte er davon ablenken, dass er selbst diese schlechten Nachrichten überbracht hatte. «Dann kannst du sie erreichen, sie warnen oder was auch immer du zu tun gedenkst.»

Nicht die optimale Lösung. Für ihn. Wenn sie nicht wieder ins Hotel zurückkehrte, könnten seine Kollegen begreifen, dass sie von jemandem über die Aktion informiert worden war. Ob der Verdacht auf ihn fiele? Er war derjenige, der von außen kam, über den sie am wenigsten wussten, dem sie am wenigsten trauen konnten. Alexander Erixon, dieser verklemmte Dreckskerl, würde garantiert glauben, dass er es gewesen war. Es sich vielleicht sogar wünschen. Ob sie ihm etwas beweisen konnten? Wohl eher nicht.

«Töte sie.»

Sami wurde aus seinen Gedanken gerissen, er war sicher, dass er sich verhört haben musste.

«Was hast du gesagt?»

«Töte sie.»

Falls es ein schlechter Vorschlag gewesen war, sie zu warnen, dann war dies hundertmal schlimmer. Sami schloss die Augen. Ihm wurde schwindelig. Sich einfach zu weigern, war unmöglich. Waleri Zagorni war kein Mann, dem man widersprach. Vermutlich auch keiner, den man umstimmen konnte, aber er war gezwungen, es zu versuchen.

«Sie ist ein Profi, oder? Ich meine, selbst wenn die Polizei sie kriegt, wird sie nichts verraten», sagte er und fand, dass er durchdacht und rational klang. «Da wäre es doch besser, sie zu warnen und dafür zu sorgen, dass …»

«Hattest du mich nicht angerufen, um deine eigene Haut zu retten?», unterbrach Zagorni ihn mit kalter Stimme.

«Doch …»

«Dann hör auf zu quatschen und sorg dafür, dass sie stirbt.»

Es goss in Strömen, als er auf die Västra Esplanaden fuhr, aber noch genügte es, die Scheibenwischer auf Intervall zu stellen. Er kam beim Schwimmbad heraus, fuhr nach links und weiter auf den Kreisverkehr zu, der ihn an IKEA vorbeiführen würde, dann auf die Straße 99 und von dort weiter nach Norden.

Bald lag der gepflegte Golfplatz zu seiner Rechten. Er breitete sich über den Fluss und die Grenze hinweg aus und hatte elf Löcher in Schweden und sieben in Finnland. Bei diesem schlechten Wetter war der Platz leer und verlassen, obwohl er sich im Sommer sonst großer Beliebtheit erfreute. In der Mitternachtssonne konnte man rund um die Uhr spielen und dank der Zeitverschiebung zwischen den beiden Ländern mit viel Glück sogar das längste Hole-in-one der Welt schlagen. Ein Abschlag auf Bahn 6 in Schweden landete eine Stunde und fünf Sekunden später in Finnland.

UW hatte allerdings noch nie Golf gespielt und plante auch nicht, jemals damit anzufangen.

Jyri wollte, dass sie sich außerhalb von Karungi trafen, und nach knapp zwanzig Minuten war er dort angekommen, bog von der 99 auf den Stationsvägen ein, der parallel zu den Schienen verlief, beschleunigte und fuhr in westlicher Richtung weiter.

Nach einem knappen Kilometer hielt er an der vereinbarten Stelle. Ein rostiger Schlagbaum mit einem zerschossenen Verbotsschild für Fahrzeuge aller Art versperrte einen mehr oder weniger zugewachsenen Weg. Auf einer Lichtung dahinter lag ein Stapel Betonfundamente, die von irgendeiner Baustelle übrig und hier entsorgt worden waren. UW stieg aus dem Auto, ging um den Schlagbaum herum und steuerte auf die Öffnung im Wald zu. Der Regen hatte aufgehört, aber das hohe nasse Gras durchweichte seine Turnschuhe und Hosenbeine. Er ging zu den Betonblöcken, setzte sich vorsichtig auf den Rand des einen und sah auf die Uhr. Offenbar war er als Erster hier. Abgesehen vom schwachen Rauschen des Windes in den Bäumen war nichts zu hören. Die Nässe hatte die Insekten verjagt und die Vögel verstummen lassen.

«Du wolltest mir wohl nicht glauben, dass wir gemeinsame Bekannte haben?», fragte plötzlich jemand hinter ihm, und er sprang hastig auf. Er erkannte die Stimme wieder, wusste, wen er gleich vor sich haben würde, noch bevor er sich umgedreht hatte. Louise, die Russin, oder was auch immer sie war. Lässig an ein Betonfundament gelehnt und mit einer Pistole in der Hand. Sie war noch nicht da gewesen, als er kam, und er hatte nicht gehört, wie sie sich genähert hatte. Verdammt, was hatte sie ihm für einen Schreck eingejagt.

«Die Brüder Pelttari haben mich sofort angerufen», fuhr sie fort und sah fast ein wenig mitleidig aus, was sie sicherlich auf keinen Fall war.

«Die Sachen liegen im Auto», sagte er und nickte in die Richtung, wo er geparkt hatte.

«Ich weiß.»

«Du kannst sie dir nehmen.»

«Genau das habe ich auch vor.»

UW hatte das Gefühl, dass sie sich nicht damit zufriedengeben würde, und spürte, wie das Herz in seiner Brust schneller zu schlagen begann. Langsam und vorsichtig wich er zurück. Sie hatte sich nicht bewegt, zwischen ihnen lagen schätzungsweise zwanzig Meter. Er war nicht schnell, hatte eine schlechte Kondition, aber gleichzeitig fürchtete er um sein Leben, und das Adrenalin und der Stress sollten ihm einen kleinen Vorteil verschaffen. Er bereitete sich mental darauf vor, sich umzudrehen und einfach loszurennen, während er langsam weiter den Abstand zwischen ihnen vergrößerte.

«Entschuldigung», sagte er, hob die Hände und hoffte, das würde sie noch weiter beruhigen. Bisher hatte sie sich immer noch nicht gerührt.

Er hatte doch wohl eine Chance? Hoffentlich hatte er eine Chance!

«Von wem hast du den Stoff?», fragte sie.

«Entschuldigung», sagte er erneut und spürte, wie ihm die Tränen über die Wangen herunterrannen.

Er weinte nicht einmal, seine Augen liefen einfach über. «Bitte. Entschuldigung.» Er wollte nicht sterben. Er wollte auf keinen Fall sterben. Er dachte an Lovis, an Stina zu Hause bei Ronnie auf dem Sofa. Er durfte nicht sterben!

«Wer hat das Geld?»

Jetzt schüttelte er nur resigniert den Kopf, dann trat er behutsam noch einen Schritt zurück, sammelte sich für einen Sekundenbruchteil und holte tief Luft.

Im nächsten Moment sprintete er los.

Seine Beine stürmten voran, die Arme gaben ihm Schwung. Er rannte, schneller als je zuvor in seinem Leben. Er sah sein Auto vor sich und gab alles, um weiter zu beschleunigen. Dabei wagte er es nicht, sich umzudrehen und nachzusehen, wo sie war. Sondern rannte immer weiter. Jetzt hatte er den

Schlagbaum erreicht. Er konnte es schaffen. Da hörte er ein leises Ploppen, oder bildete er es sich nur ein? Schoss sie? Wenn ja, dann mit einem Schalldämpfer, oder das Blut pulsierte so laut in seinem Kopf, dass die Schüsse kaum zu hören waren. So oder so musste sie danebengeschossen haben, denn er war unverletzt.

Als er mitten im Laufen sah, wie das Auto auf einer Seite heruntersackte, wurde ihm klar, dass sie keineswegs danebenschoss. Sie zielte nicht auf ihn, sondern auf die Reifen. Das Auto neigte sich nach vorn, als auch der zweite Vorderreifen von einer Kugel durchschlagen wurde. Wie rasant konnte er ohne Luft in den Vorderreifen fahren? Doch hoffentlich schnell genug, um ihr zu entkommen? Aber neben der Tür anzuhalten, sie aufzureißen, in den Wagen zu springen, den Motor anzulassen ...

Er hatte keine Chance.

Nicht, wenn sie aus Gott weiß wie vielen Metern Entfernung die Reifen traf.

Also rannte er weiter. Seine Lunge brannte, aber er ignorierte es. Lief einfach nur. Über die Straße, ein schneller Blick zurück, rechts, links, er betete, dass er entkommen würde. Niemand schien ihm zu folgen. Auf der anderen Straßenseite sprang er durch den Straßengraben, glaubte einen metallischen Geschmack im Mund wahrzunehmen, war sich aber nicht sicher, wusste nicht einmal mehr, ob er noch atmete. Dann merkte er, wie er langsamer wurde, zwang sich aber weiter voran, doch sein Körper wollte kaum noch gehorchen. UW zwängte sich zwischen jungen Birken hindurch, deren Zweige ihm ins Gesicht peitschten, und erreichte den Bahndamm. Auf der anderen Seite lag der Wald. Richtiger Wald. Dicht und grün. Dort konnte er sich verstecken. Sich davonschleichen, den Abstand vergrößern. Wenn er nur über die

Gleise kam. Mit letzter Kraft erklomm er die Böschung, erreichte die Schienen und wollte gerade auf der anderen Seite wieder abtauchen, als er einen Schmerz im Bein spürte und stürzte. Er hatte den Schuss nicht gehört, begriff aber, dass er getroffen worden war. Mit einem Schrei stürzte er auf den Schotter des Gleisbetts. Hastig rollte er auf die andere Seite. Spürte, wie sein Gesicht und die Arme aufgeschürft wurden, aber das war nichts im Vergleich zu dem Schmerz in seinem Bein. Trotzdem war er für einen kurzen Moment außerhalb ihrer Sichtweite.

Er hatte eine Chance, er wusste, dass er eine Chance hatte. Hoffentlich hatte er eine Chance!

Mühsam rappelte er sich hoch und taumelte seitwärts zwischen die Bäume. Weit kam er nicht, er konnte einfach nicht mehr, sank hinter einen breiten Fichtenstamm und versuchte, so leise wie möglich zu atmen. Seine Hose hatte sich bereits rot gefärbt von der heftig pulsierenden Wunde in seinem Oberschenkel.

So viel Blut. Zu viel Blut.

Er presste seine Hände auf die Wunde und atmete in kurzen Stößen. Dabei hörte er, wie die Frau kontrolliert die Böschung heruntergeschlitterte und stehen blieb. UW schloss den Mund und atmete flach durch die Nase. Er hörte, wie sie sich näherte. War es das Blut? Folgte sie einfach nur der Blutspur? Er schloss die Augen, bis es vollkommen still um ihn herum wurde.

Als er die Augen wieder aufschlug, saß sie einige Meter vor ihm in der Hocke, die Pistole auf den Boden gerichtet.

«Von wem hast du den Stoff? Wer hat das Geld?»

UW schüttelte lediglich weinend den Kopf. Schweiß, Tränen und Rotz rannen sein Gesicht herunter, aber er machte keine Anstalten, sie wegzuwischen. Hatte keine Kraft mehr.

Allmählich verschwamm alles vor seinen Augen, ihm wurde übel und schwindelig.

«Ich lasse dich hier sitzen, wenn du es mir erzählst.»

Er sah sie nur mit leerem Blick an und war nicht einmal sicher, ob er ihr antworten könnte, wenn er es versuchte. Sein Atem ging immer flacher und angestrengter. Das war der Schock. Er stand unter Schock. Sie beugte sich vor, packte sein Kinn und hob seinen Kopf an.

«Ich hole jetzt die Sachen aus deinem Auto, und dann hole ich mir das Geld. Wenn du die Blutung stoppst, überlebst du.»

«Stopp ... du sie, dann ... erzähl ich.»

Sie blickte auf sein zerfetztes Bein herab und wieder auf. Mit jeder Sekunde wurde sie unschärfer.

«Letzte Chance. Von wem hast du den Stoff? Wer hat das Geld?»

Sie machte keinerlei Anstalten, sich um ihn zu kümmern. Ihn zu retten. Also war es zu spät. Sie musste jetzt wissen, was er wusste. Er wollte nicht sterben, aber er würde sterben. Das verstand er jetzt.

«Lovis ...»

«Was hast du gesagt?»

«Meine Tochter ... Sie ist krank.»

In seinem Kopf klang das anders, mehr wie eine Liebeserklärung. Denn er liebte sie so sehr, wollte ihr ein gutes Leben ermöglichen, wollte, musste länger bei ihr bleiben. Für einen kurzen Moment gelang es ihm, Stina und sie vor seinem inneren Auge zu sehen. Neben der Wärme, die er bei ihrem Anblick empfand, verspürte er jedoch auch die Unruhe und Sorge darüber, sie zu verlassen. Dann verlor er das Bewusstsein.

«Verdammt!»

Sie spürte, wie sie am ganzen Körper vor Wut zitterte, als sie auf UW herabblickte, der tot am Baumstamm lehnte. Sie hatte schon wieder versagt. Die Drogen lagen mit großer Sicherheit in seinem Auto, aber sie brauchte einen Namen, um das Geld zu finden. Die Finnen, von denen sie informiert worden war, wussten nicht, von wem UW die Ware bekommen hatte. Diese Information hätte sie aus ihm herauskriegen müssen. Und es sicher auch geschafft, aber dann hockte er sich einfach hin und starb. Die zerfetzte Schlagader im Bein in Kombination mit dem Stress und der Verausgabung hatten dafür gesorgt, dass er im Nu verblutet war.

Gerade lief einfach nichts so, wie sie es sich vorgestellt hatte.

Enttäuscht verließ sie UW, überquerte den Bahndamm und die Straße und ging zu seinem Auto. Die Hälfte von dem gefunden zu haben, weshalb sie geschickt worden war, schien besser als nichts, aber nicht genug. Sie konnte nicht zurückkehren, ehe sie nicht alles hatte, und in diesem Moment hatte sie keinerlei Ahnung, wer sie auf die richtige Spur führen sollte.

Dann öffnete sie den Kofferraum. Und erkannte die Tasche sofort.

Es war die schwarze Tasche, mit der die Frau in die Werkstatt gekommen war, als Katja UW den Mercedes geschenkt hatte. Sie überlegte einige Sekunden und versuchte, sich zu erinnern, ob UW irgendeinen Namen gesagt hatte, als er die Frau gebeten hatte, in seinem Büro zu warten. Nein, das hatte er nicht. Doch das spielte keine Rolle. Sie zu finden, sollte nicht sonderlich schwer sein.

Mit neuer Energie ging sie ans Werk.

Als Erstes trug sie die Tasche mit den Drogen zu ihrem eigenen Auto, das sie ein Stück entfernt geparkt hatte. Dann überquerte sie noch einmal den Bahndamm und ging in den Wald auf der anderen Seite, um UW zu holen. Mit Mühe schleifte sie ihn über die Gleise und über die Straße. Die meisten Aufträge führte sie in einer städtischen Umgebung aus, wo sie rund um die Uhr mit potenziellen Zeugen und Überwachungskameras rechnen musste. Es war zweifellos eine Erleichterung, in der norrländischen Einöde zu arbeiten. Seit UW hier geparkt hatte, war weit und breit kein anderer Mensch aufgetaucht, und auch nicht in diesen riskanten Minuten, in denen sie ihn über die Straße zerrte und in den mittlerweile leeren Kofferraum bugsierte. Dann fuhr sie das kaum noch zu lenkende Auto mit den platten Reifen ein paar hundert Meter weiter, steuerte es in den Wald und versteckte es notdürftig. Wichtig war nur, dass er nicht innerhalb der nächsten Stunden gefunden würde, damit die Frau, die ihm die Tasche gebracht hatte, nicht von seinem Tod erfuhr, in Panik geriet, das Geld schnappte und verschwand. Höchstens einen Tag, mehr brauchte Katja nicht, und ihr Auftrag wäre erledigt.

Morgen würde sie wieder in Sankt Petersburg sein.

Fortschritt. Erfolg. Endlich.

Als sie eine halbe Stunde später sah, wie Haparanda vor ihr aus dem grauen Regen auftauchte, spürte sie, wie sehr sie das Erfolgserlebnis gebraucht hatte.

Auf dem Marktplatz vor dem Hotel waren nur noch wenige Menschen versammelt, als sie sich aus östlicher Richtung auf der Köpmansgatan näherte. Vermutlich hing das mit dem schlechten Wetter und der Uhrzeit zusammen. Vor dem Haupteingang gab es mehrere freie Parkplätze. Routinemäßig warf sie einen Blick zu ihrem Fenster im Obergeschoss hoch, ehe sie abbog. Sofort stellte sie den Blinker wieder aus und fuhr mit derselben Geschwindigkeit geradeaus weiter wie zuvor.

Eine Bewegung. Ein kleiner Spalt in den vorgezogenen Gardinen, nur einige Sekunden sichtbar, aber eindeutig vorhanden.

Jemand war in ihrem Zimmer.

Sie war gezwungen nachzudenken. Am wahrscheinlichsten war, dass es sich bei dem ungebetenen Besucher um Onkel handelte. Aber warum sollte er sie noch einmal besuchen, nur vierundzwanzig Stunden später? Schließlich hatte sich nichts geändert. Außerdem zweifelte sie daran, dass er tatsächlich in ihr Zimmer eindringen würde, wenn sie nicht da war. Doch wer konnte es sonst sein? Das *Do-not-disturb*-Schild hing nach wie vor an der Tür, und außerdem würde das Personal nicht so spät reinigen. Die Polizei? Es schien unwahrscheinlich, dass sie innerhalb von so kurzer Zeit so weit gekommen waren. Sie konnte natürlich Onkel anrufen.

Sich erkundigen, wo er war und ob er sie erwartete.

Ein kurzes Gespräch, und sie wüsste Bescheid.

Es war kein gutes Gefühl, bei dem Einsatz im Hotel nicht dabei zu sein, im Gegenteil, aber er hatte keine andere Lösung gefunden. Als er Helmi gefragt hatte, ob sie jemanden anrufen und kurz besuchen könnte, hatte sie nur den Kopf geschüttelt. Er hatte ihre Schulfreundinnen vorgeschlagen, Mädchen aus dem Tanzkurs, aber sie hatte erneut den Kopf geschüttelt und gesagt, sie wolle nur nach Hause zu Mama. Vielleicht war es auch besser so, denn eigentlich war es schon viel zu spät für sie. Die meisten Siebenjährigen waren um diese Zeit bestimmt längst im Bett, und er würde sicher als der schlechte Stiefvater dastehen, als den ihn Helmi anderen sicher ohnehin schon beschrieben hatte, wenn er versuchte, sie um diese Uhrzeit loszuwerden.

Gestresst hatte er Alexander vorgeschlagen, dass sie mit ihm auf den Marktplatz gehen und dort bei ihm stehen könne. Ein Vater und seine Tochter, die sich gemeinsam der kollektiven Trauer anschlossen. Das würde Helmi keiner besonderen Gefahr aussetzen, denn sie hatten sowieso nicht vor, den Platz zu räumen, und Eveliina konnte sie dort abholen, wenn sie in die Stadt zurückkam.

«Und was passiert, wenn du gezwungen bist einzugreifen?», fragte X.

«Sie ist sieben», antwortete Ludwig und sah zu seiner

Tochter auf dem Sofa hinüber. «Sie kann auch mal eine Weile alleine dastehen und auf mich warten.»

X warf Ludwig einen Blick zu, der unmissverständlich klarmachte, was er von der Idee hielt.

Jetzt saß Ludwig hinter seinem Laptop und fühlte sich dumm. Zwar war seine normale Arbeitszeit längst überschritten, und sie hatten wirklich niemanden, der auf Helmi aufpassen konnte, aber er war der Neuste im Team und wollte nicht weniger beitragen als alle anderen.

«Wie lange müssen wir noch hier bleiben?», fragte Helmi auf Finnisch, warf den Stift auf den Boden, mit dem sie bislang gezeichnet hatte, und starrte ihn wütend an.

«Bis deine Mutter kommt.»

Sie hob verständnislos die Augenbrauen, obwohl er sich sicher war, dass er die richtigen Wörter in der richtigen Reihenfolge benutzt hatte.

«Nicht mehr lange», sagte er deutlich.

Helmi plusterte die Backen auf wie ein vollgestopfter Hamster, seufzte laut und verdrehte genervt die Augen.

«Du kannst doch noch ein bisschen was zeichnen», schlug Ludwig vor, und sie hielt ihm mehrere Zeichnungen vor die Nase, um ihm zu demonstrieren, dass sie in der letzten halben Stunde nichts anderes gemacht hatte.

«Und was ist mit dem iPad?»

Mit einem weiteren Seufzer verließ sie übertrieben schlurfend das Besprechungszimmer, und kurz darauf hörte er die künstlichen, hektischen Stimmen von irgendeinem Zeichentrickfilm. Er widmete sich wieder seinem Job, schaffte es aber nicht, sich zu konzentrieren. Im Grunde konnte er genauso gut zusammenpacken. Nur eines wollte er noch erledigen, bevor er ging, hauptsächlich, damit er morgen sagen konnte, er habe sich darum gekümmert.

Als Ausgleich dafür, dass er nicht bei dem Hoteleinsatz dabei war.

Er ließ erneut das Telefon orten, dessen Nummer sie bei René Fouquier gefunden hatten. Bisher war nichts dabei herausgekommen. Tele2 konnte nicht sagen, welcher Laden die Prepaidkarte verkauft hatte, und bislang war es immer ausgeschaltet gewesen.

«Helmi, wir fahren jetzt nach Hause», rief er in die Küche, stand auf, zog die Jacke über und suchte die Blätter und Stifte zusammen, die sie über den ganzen Konferenztisch verteilt hatte. «Mach das Tablet aus und zieh dich an.»

Er wollte gerade seinen Laptop zusammenklappen, als er innehielt. War das möglich? Konnte er wirklich ein solches Glück haben? Er setzte sich wieder und klickte auf die Information, die er gerade erhalten hatte. Sein Magen zog sich vor Spannung und Erwartung zusammen, als er das bunte Tortenstück auf dem Bildschirm sah.

«Ich denke, wir fahren jetzt!»

«Gleich, warte nur noch ganz kurz», antwortete Ludwig, ohne vom Bildschirm aufzusehen. Seine Bonustochter machte kehrt und stampfte zurück zum Sofa. Er überlegte kurz, ob Funk oder Telefon, entschied sich dann für das Telefon und rief Alexander an, der sich schon nach dem ersten Klingeln meldete.

«Sie hat das Handy eingeschaltet», rief Ludwig aufgeregt. «Ich habe es!»

Katja stand in dem kleinen, weiß-roten Pavillon auf dem Marktplatz, der am weitesten vom Hotel entfernt lag, und behielt das Gebäude im Blick.

Sie hatte vor, der Sache erst einmal eine Stunde zu geben, eilig hatte sie es nicht.

Hin und wieder ließ sie das Fernglas an der Fassade hochwandern, zu den Fenstern ihres Zimmers, doch bislang hatte sie keine weiteren Auffälligkeiten entdeckt. Das bedeutete natürlich nicht, dass dort niemand war, nur dass sich niemand mehr bewegte.

Nachdem sie die Situation und ihre Möglichkeiten analysiert hatte, war sie auf einen ersten Schritt gekommen, der Onkel nicht involvierte und ihr im besten Fall verriet, ob die Polizei ihr auf der Spur war. Sie hatte ihre planlose Fahrt damit abgeschlossen, zu dem riesigen Bahnhofsgebäude zurückzukehren und links in Richtung des Wassers abzubiegen. Kurz hatte sie die mächtige hellblaue Eisenbahnbrücke in Erwägung gezogen, die sich über den Fluss spannte, sich dann aber dagegen entschieden, weil sie nicht riskieren wollte, dass die Signale auch von einem finnischen Handymasten aufgefangen wurden. Also fuhr sie wieder zurück in Richtung Zentrum, hielt an dem kleinen Spielplatz, der an der Uferpromenade lag, und ging hinüber. Dort holte sie das Handy hervor, das ausgeschaltet gewesen war, seit sie René und die anderen bei dem einsamen Haus aus dem Weg geräumt hatte, und aktivierte es. Mit ihrem vierstelligen Code öffnete sie es und rief bei der Zeitansage an, um sicher zu sein, dass das Telefon als aktiv sichtbar war. Dann legte sie es in einen der Autoreifen auf dem Schaukelgestell und fuhr wieder zurück zum Marktplatz. Hier parkte sie den Audi und spazierte die wenigen Meter zu dem Pavillon mit seinem überproportionalen Fahnenmast auf dem Dach.

Jetzt wartete sie.

Sie hatte die Nummer, die sie auch René Fouquier gegeben hatte, an Hannah Westers Pinnwand gesehen. Deshalb ging sie davon aus, dass die Polizei versuchte, das Handy zu orten. Ob das über irgendein Computerprogramm lief, das automatisch reagierte, wenn das Handy eingeschaltet wurde, oder ob sie manuell danach suchen mussten, wusste sie nicht.

Nach einer Dreiviertelstunde kam etwas in Bewegung.

Ein Auto, das sie wiederzuerkennen glaubte, näherte sich von links und bremste vor dem Hotel. Sie hob das Fernglas. Tatsächlich. Sie hatte den Wagen auf dem Parkplatz vor der Polizeistation gesehen. Er gehörte Gordon Backman Niska, der jetzt zusammen mit Hannah Wester darin saß und einer weiteren Person auf dem Rücksitz, die Katja nicht erkennen konnte. Dass sie in ein und demselben Fahrzeug und aus einer anderen Richtung als der Polizeistation kamen, deutete darauf hin, dass sie sich irgendwo in der Nähe des Hotels aufgehalten hatten. Aber ganz sicher war sich Katja erst, als Alexander Erixon nur wenige Sekunden später aus dem Haupteingang des Hotels eilte und in das Auto sprang, das in Richtung Fluss verschwand.

Katja senkte das Fernglas und ging mit ruhigen Schritten zurück zu ihrem Audi.

Was war nur los?

Erst vor einer Minute hatte Alexander Roger beauftragt, das Gebäude auf der Stationsgatan zu verlassen, mit Hannah und Gordon mitzufahren und ihn vor dem Hotel abzuholen.

Sie hatte ihr Handy wieder eingeschaltet. Oder jedenfalls ging Sami, genau wie die anderen, davon aus, dass es ihres war. Ihr Telefon.

Nachlässig. Unvorsichtig.

Es sei denn, es handelte sich um ein Ablenkungsmanöver?

Wenn es so war, ahnte sie allerdings, dass sie ihr auf die Schliche gekommen waren, und vielleicht ahnte sie auch, dass sie das Hotel überwachten. Wie hatte sie das herausgefunden? Oder hatte Zagorni sie doch gewarnt? Aber warum verschwand sie dann nicht einfach still und unbemerkt?

Sami ging zum Fenster und warf einen Blick hinaus. Keine Besonderheiten. Allerdings war ihm auch nicht klar, wonach er genau Ausschau halten sollte. Wenn er wenigstens wüsste, was für einen Wagen sie fuhr. Er ließ die Gardine los und vergewisserte sich erneut, dass seine Pistole entsichert war. Seine Hände waren schweißnass, und er wischte sie sich an der Hose ab.

Er war nervös. Mehr als das, wie er sich eingestehen musste. Er hatte Angst.

Irgendetwas ging gerade vor. Sie hatte ihr Handy wieder eingeschaltet.

Am liebsten hätte er das Zimmer verlassen, das Hotel, Haparanda, Schweden. Wäre wieder zurück in sein Rovaniemi gefahren. Doch das stand nicht zur Debatte. Waleri Zagorni hatte ihm einen Auftrag erteilt. Und wenn er blieb, hatte er wenigstens eine Überlebenschance. Morgan und P-O waren noch auf ihren Posten und würden ihn über Funk informieren, wenn sie sich dem Hotel näherte. Falls sie sie sahen.

Er überlegte, wo er sich am besten positionierte, während er auf sie wartete. Sollte er im Dunkeln im Sessel sitzen und sofort schießen, sobald er eine Silhouette im Türrahmen sah? Wenn er sie verfehlte, hätte er von dort allerdings keinen großen Bewegungsspielraum. Vielleicht war das aber auch nicht von Bedeutung, denn er hatte das Gefühl, dass er sowieso nur eine Chance bekommen würde. Immerhin hatte sie mit einem einzigen Messer fünf Männer getötet. Ob er sie weiter in den Raum hineinkommen lassen sollte, um später behaupten zu können, es sei Notwehr gewesen? Sich im Badezimmer verstecken, hinter der Gardine, unter dem Bett?

Er holte tief Luft, wischte sich erneut die Hände ab und ging so viele Schritte, wie es das Zimmer zuließ. Plötzlich hielt er inne.

Das hatte er vorher nicht gesehen. Oder bildete er es sich nur ein?

Im Flurspiegel glaubte er einen schwach blinkenden roten Schein an der Wand zu erkennen, dort, wo der Bettüberwurf nicht ganz bis zum Boden reichte. Er schloss kurz die Augen, vielleicht bildete er es sich auch nur ein, nachdem er so lange in der Dunkelheit gesessen hatte. Doch als er sie wieder aufschlug, war das Blinken noch da. Ob das Zimmer verwanzt war oder mit irgendeiner anderen Überwachung ausgestattet? Wusste sie, dass er hier war? Mit gerunzelter Stirn ging er zum Bett, um es näher zu untersuchen.

Katja saß im Auto und überlegte, was sie im Zimmer zurückgelassen hatte. Natürlich nichts, was Rückschlüsse auf ihre Identität zuließ, und sie besaß ohnehin wenige Dinge, die einen emotionalen Wert für sie hatten, und hätte diese nie zu einem Auftrag mitgenommen. Nur bei den DNA-Spuren konnte man nie sicher sein, aber es gab ein Protokoll, wie man sie vermeiden konnte, das sie akribisch befolgt hatte.

Das Zimmer war präpariert.

Sie öffnete das Handschuhfach, holte das schwarze Kästchen heraus, klappte die Sicherung hoch, legte den Daumen auf den Knopf und drückte auf den Sprengzünder. Die kräftige Explosion war weithin zu hören, und Katja sah, wie die Flammen hochschossen und Glas, Holz und Teile der Außenfassade auf den Parkplatz hinabgeschleudert wurden. Die wenigen Menschen, die sich noch auf dem Marktplatz aufhielten, fingen an zu schreien, dann folgte eine mehrere Sekunden anhaltende, schockierte Stille, während die Leute zu verstehen versuchten, was gerade passiert war.

Katja lehnte sich zurück und fuhr ohne große Eile davon. Im Rückspiegel sah sie das klaffende Loch unter dem Dach des Hotels. Teile des Gebäudes hatten Feuer gefangen, und schwarzer Rauch stieg zum bewölkten Himmel auf.

Hatte er Familie? Wissen wir das?», fragte Lurch und unterbrach die gedämpfte Stille im Konferenzraum. Er brauchte nicht zu erklären, wen er meinte, alle verstanden ihn sofort, weil sie ohnehin an nichts anderes denken konnten.

Eine Explosion im Hotel. Mitten in der Stadt.

Sami Ritola war tot, zwei Hotelgäste waren leicht verletzt.

Bomben und Sprengstoffanschläge gehörten mittlerweile zwar leider auch in Schweden schon fast zum Alltag, aber nicht in Haparanda.

«Keine Ahnung», antwortete Morgan knapp und zuckte die Achseln.

«Er war doch mit dieser Frau im Bett, vermutlich also nicht», sagte Ludwig.

Seine Annahme wurde schweigend hingenommen, niemand schien darüber diskutieren zu wollen, ob Sami Ritola eventuell untreu gewesen war oder nicht. Sie waren müde, sie mussten sich ausruhen, aber keiner von ihnen hatte Lust, nach Hause zu gehen, obwohl sie im Hotel nicht mehr gebraucht wurden. X hatte Personal aus Boden, Kalix und Luleå angefordert und auch von den finnischen Kollegen aus Torneå Verstärkung bekommen. Die Bombenspezialisten waren unterwegs, die NOA ebenso, und eventuell würde auch die Spezialeinheit anrücken. X würde sie nach Hause schicken, sobald die Verstärkung einträfe. Sie waren nah an der Explosion gewesen, Morgan und P-O sogar im Haus nebenan, und sie hatten ihren finnischen Kollegen verloren. Außerdem arbeiteten sie alle mittlerweile seit knapp siebzehn Stunden. Morgen würde nicht weniger zu tun sein. Die Gerüchte und die Unruhe breiteten sich bereits in der Stadt aus. Morgen würden alle Bescheid wissen, alle sich wundern.

Würden ängstlich und unsicher sein. Nach Antworten verlangen, nach Handlungen und nach Ergebnissen.

Die Tür zum Besprechungsraum ging auf, und Gordon ließ zwei Kollegen in Zivil herein, die sie bisher noch nicht kannten. Ein weißhaariger Mann, schätzungsweise Mitte fünfzig, der in seinen Chinohosen und seinem Polohemd aussah, als käme er gerade vom Golfspielen, und eine Frau, die vielleicht fünfzehn Jahre jünger war, mit dunklen Haaren und braunen Augen. Sie trug einen Bleistiftrock, eine hochgeknöpfte weiße Seidenbluse und flache elegante Schuhe.

«Das sind Henric Isacsson und Elena Pardo, sie kommen aus Stockholm», stellte Gordon die beiden vor und bat sie, am Tischende Platz zu nehmen.

«Sie sind aber schnell», stellte P-O skeptisch fest. «Waren Sie schon unterwegs, als Alexander anrief?»

«Die Kollegen sind nicht von der NOA», erklärte Gordon.

«Ach nein, woher denn dann?»

«Von der Stelle für Internationale Zusammenarbeit beim Nachrichtendienst», antwortete Elena, während sie sich setzten. «Wir wurden informiert, als Sie in unseren Verzeichnissen nach dieser Frau gesucht haben.»

Sie öffnete ihre Aktentasche und holte ein Foto von jener Person hervor, die sie bisher nur als Louise Andersson kannten. Schon wieder mit neuer Frisur, langes, lockiges mittelblondes Haar. Das Bild war von schräg oben von irgendeiner Überwachungskamera aufgenommen worden, aber sie war es eindeutig.

«Wir können das auch morgen besprechen, wenn ihr nach Hause wollt», schob Gordon ein. «Gleichzeitig könnte es natürlich ein Vorteil sein, wenn ihr auf dem neusten Stand seid, ehe wir morgen anfangen.»

Die fünf anderen am Tisch wechselten Blicke und schüttelten den Kopf, sie hatten nichts dagegen, den langen Tag noch ein bisschen zu verlängern.

«Wissen Sie, wer das ist?», fragte Lurch und deutete auf das Foto.

«Ja und nein, aber überwiegend nein», antwortete Henric kryptisch. «Wir wissen, dass sie schon früher in Schweden war, dieses Bild wurde vor einigen Jahren in Ystad aufgenommen.»

«Was hat sie dort gemacht?»

«Wir haben den Verdacht, dass sie eine Zeugin in einer Ermittlung wegen Menschenhandels ermordete. Und zwei Sicherheitsleute.»

Hannah nahm das Bild vom Tisch und betrachtete es mit derselben Aufmerksamkeit wie zuvor zu Hause bei Horvat das Passfoto.

«Wir glauben, dass sie auch für den Tod des ukrainischen Kulturattachés während der Buchmesse in Göteborg im Jahr 2017 verantwortlich ist», fuhr Elena fort. «Und eine Reihe weiterer Todesfälle im Ausland.»

«War das nicht ein Unfall? Die Sache bei der Buchmesse», fragte Morgan leise. «Der Wind, der das Schaufenster eindrückte?»

«Wir konnten nicht beweisen, dass es kein Unfall war», antwortete Henric und sah sie vielsagend an.

«Was wissen wir über sie?», fragte Hannah interessiert und legte das Foto beiseite.

«Nicht viel, ein paar Informationsteilchen hier und da, aus denen wir versuchen, ein Bild zusammenzufügen. Aber sie ist eine ausgebildete Auftragskillerin, und sie ist nicht die einzige. Es gibt eine Art Organisation, die dahintersteht, aber auch über die wissen wir im Prinzip nichts.»

«Im Prinzip?»

«Nicht mehr, als dass wir glauben, sie rekrutieren sehr junge Kinder und trainieren sie, damit sie so werden wie … wie diese Frau.»

«Und wo?»

«Vermutlich in Russland, aber es könnte sie auch an anderen Orten geben.»

«Wie kommen Sie auf Russland?»

Henric und Elena sahen sich an, Henric bedeutete ihr mit einem Nicken, dass sie übernehmen sollte.

«Letztes Jahr hat Europol mit einem neuen Gesichtserkennungsprogramm eine umfangreiche Suche im Internet gestartet, und dabei sind wir auf das hier gestoßen.»

Sie legte ein neues Bild auf den Tisch. Die Vergrößerung eines Schwarz-Weiß-Fotos, ein Rettungswagen vor einem kleinen Haus, dahinter eine kleine Schar von Schaulustigen.

«Das stammt aus einer russischen Lokalzeitung und wurde vor zehn Jahren im Dorf Kurakino aufgenommen. Die Frau auf der Bahre starb bei einem Unglück nach einem Kabelbruch. Sie ist da.»

Elena zeigte auf eine junge Frau, die in der hinteren Reihe zwischen den neugierigen Zuschauern stand. Alle beugten sich vor, um besser sehen zu können. Zehn Jahre jünger, andere Haare, aber zweifellos dieselbe Person.

«Und warum?»

«Wir glauben, dass sie in diesem Haus aufgewachsen ist.»

«Ist das ihre Mutter?»

«Laut der russischen Polizei, die uns unterstützt hat, sagten die noch dort lebenden Nachbarn aus, das Ehepaar Bogdanow habe einmal ein kleines Mädchen namens Tatjana bei sich wohnen gehabt, aber dem russischen Melderegister zufolge haben sie nie Kinder bekommen.»

«Wo kam sie denn dann her?»

«Das weiß keiner. Sie tauchte als Zweijährige auf und verschwand, als sie acht war.»

«In dem Alter wurde sie rekrutiert, glauben wir», warf Henric ein. «Wenn das stimmt, ist sie auf diesem Bild achtzehn.»

Hannah beugte sich vor und schaute erneut auf das Foto. Sie stand im Hintergrund, war überhaupt nicht im Fokus, aber sie war es wohl wirklich. Eine verbissene, ernste junge Frau. Vor zehn Jahren. Dann wäre sie heute achtundzwanzig.

«Die Schule, die sie besuchte, behauptet, sie sei die Nichte der Frau gewesen», fuhr Elena fort. «Aber das stimmt auch nicht.»

«Was ist mit dem angeblichen Vater passiert?», fragte Lurch.

«Der ist ein paar Wochen vor dem Tod der vermeintlichen Mutter ertrunken.»

Alle ließen die Informationen schweigend sacken. Man konnte sich nur schwer vorstellen, dass jemand eine Achtjährige rekrutierte und sie ihre restliche Kindheit und Jugend hindurch drillte, damit sie zehn Jahre später eine gut ausgebildete Auftragsmörderin war. Als würde jemand im nächsten Jahr Ludwigs Bonustochter entführen und eine Killerin aus ihr machen. Doch vor dem Hintergrund, was sie über die Frau auf den Bildern wussten, wozu sie fähig war und was sie in den letzten Tagen in der Stadt getrieben hatte, klang es leider durchaus realistisch.

«Die Nachbarn haben gesagt, das Mädchen sei bei dem Ehepaar nicht gut behandelt worden, und wir glauben, sie wurde rekrutiert, trainiert ...»

«Und kehrte zurück, um sich zu rächen», beendete Hannah den Satz. Henric nickte. «Aber sie kam erst als Zweijährige zu der Familie, haben Sie gesagt?», fuhr Hannah fort.

«Sie war knapp zwei Jahre alt, als sie in Kurakino auftauchte, ja.»

«Wann war das?»

«1994.»

«Aber Sie wissen nicht, wo sie herkam?»

«Nein, wir wissen nur, was die Nachbarn erzählt haben. Und jetzt wissen Sie genauso viel wie wir.»

Hannah nickte bloß, beugte sich vor, nahm erneut das erste Foto von der Überwachungskamera in Ystad und untersuchte es genau.

«Also. Jetzt sind Sie an der Reihe. Was können Sie uns erzählen?», fragte Henric und zückte seinen Notizblock, während er seinen Blick vom einen zum anderen schweifen ließ.

Was konnten sie sagen?

All ihre Gedanken kreisten in irgendeiner Weise um diese Frau, doch als sie versuchten, ihre Erkenntnisse zusammenzufassen, fiel ihnen auf, wie wenig sie in Wahrheit über sie wussten. Wie sie aussah, dass sie in der Polizeistation gewesen war, dass sie sechs Personen ermordet und ein Hotelzimmer in die Luft gesprengt hatte und dass sie Schwedisch sprach.

«Soweit wir wissen, spricht sie mindestens vier Sprachen fließend», ergänzte Henric.

«Schwedisch ist allerdings doch etwas seltsam, weil es eine so kleine Sprache ist», stellte Morgan fest.

«Sie arbeitet in Skandinavien, soweit wir wissen, kann sie auch Finnisch.»

Er nickte ihnen auffordernd zu, doch noch ehe jemand Weiteres sagen konnte, schob Hannah ihren Stuhl zurück und sprang hastig auf. Mit dem Foto in der Hand verließ sie wortlos den Raum und ihre erstaunten Kollegen.

Es regnet, als sie langsam zum Leben erwacht.
Sie erwartet einen Tag mit zahlreichen Gesprächen, mit Entsetzen und Nervosität. Viele werden trotz des Regens vor dem teils verwüsteten Hotel stehen und sagen, dass sie sich nicht mehr sicher fühlen und überlegen würden, von hier wegzuziehen.

Keiner wird es wirklich in die Tat umsetzen.

Jedenfalls nicht aus diesem Grund.

Sie erlebt das nicht zum ersten Mal. Etwas geschieht, ein paar Wochen verstreichen, dann geht alles wieder seinen gewohnten Gang. In einem Jahr ist es der «Jahrestag des ...» und irgendwann nur noch eine Erinnerung unter vielen.

Wie die Cholera-Opfer oder der Raubmord an dem Postillon in Harrioja im Jahr 1906, der Hungerstreik von Seskarö im Jahr 1917, die Gefallenen im Finnischen Krieg, das Sprengunglück in Palovaara bei der Minenräumung im Jahr 1944 und all die Kriegsinvaliden.

Fragt man ihre Einwohner, werden sie antworten, dass sie eine gute Stadt sei, sicher, kinderfreundlich und mit Nähe zur Natur. Natürlich ist in ihr nicht viel los, und dann wären da noch die Drogenprobleme, die Arbeitslosigkeit und die schlechten Straßen, trotzdem blickt man zuversichtlich in die Zukunft.

Diese Zuversicht. Dass sie wachsen wird.

Die internationalen Verbindungen werden sie wieder zu einem wichtigen Ort auf der Weltkarte machen. Diesmal China. Die neue Seidenstraße. Der Infrastrukturausbau, der Kouvola erreicht hat und vielleicht von ihr bis nach Narvik weitergeführt werden wird. Noch immer besitzt sie die einzige Eisenbahnverbindung des Landes nach Finnland.

Allerdings freut sie sich lieber nicht zu früh. Genau wie ein Großteil ihrer Einwohner hat sie mit den Jahren gelernt, keine zu großen Erwartungen zu hegen. Bisher haben sie es nicht einmal geschafft, die Bahnstrecke nach Luleå und Boden wieder zu öffnen, wie soll es da gelingen, sie mit China zu verbinden?

Es wird schon gelingen, hofft sie.

Sie sehnt sich danach, wieder im Scheinwerferlicht zu stehen.

Wenn sie ganz ehrlich ist, glaubt sie allerdings doch, dass die fetten Jahre vorbei sind. Aber das wird die Zukunft zeigen.

Jetzt sättigt der Regen den durstigen Boden, spült die Dächer, die Autos und die Straßen sauber. Wie eine Sintflut. Die nahe Zukunft ist schon da.

Nicht alle werden sie überleben.

Er wachte später auf als sonst, am Abend hatte er sowohl ein Schmerzmittel als auch eine Schlaftablette genommen. Hannahs Bett war leer. Es sah nicht so aus, als hätte sie überhaupt darin geschlafen. Aber sie würde schon noch zu ihm kommen. Wenn sie dazu bereit wäre. Es gab so viele Emotionen zu verkraften, und das hatte sie noch nie gut gekonnt. Als Kind war sie auch nicht gerade dazu ermuntert worden, Regungen zu zeigen. Bei einer Mutter, die Gefühle nicht ertragen konnte, und einem Vater, der ihren Sinn nicht verstand.

Nichts wurde besser, nur weil man sich den Kopf darüber zerbrach.

Thomas wusste, welche Verluste sie seither hatte verkraften müssen. Die Mutter natürlich, vor allem aber Elin. Über die sie nie sprachen. Obwohl sie hinter all der verdrängten Trauer lag. So viel Angst, so viele Schuldgefühle.

Als ihre Mutter sich das Leben genommen hatte, war es Thomas gelungen, ihr zu helfen. Das hatte sie ihm einmal erzählt, viel später. Wie wichtig es für sie gewesen sei, von jemandem zu hören, dass es nicht ihre Schuld sei. Aber bei Elin … Nichts von all dem, was er gesagt hatte, konnte irgendetwas bewirken. Er drang nicht zu ihr durch. So vernichtend die Schuldgefühle nach dem Tod ihrer Mutter gewesen waren, verglichen mit ihren Selbstvorwürfen wegen Elin schienen sie vollkommen nichtig. Die Trauer und die Suche wurden zu einer Besessenheit, die beinahe tödlich für sie war, und definitiv tödlich für ihre Beziehung.

Schließlich hatte er sich gezwungen gesehen, ein Ultimatum zu stellen. Ihretwegen und seinetwegen.

Weitergehen oder untergehen.

Zunächst galt es, Stockholm zu verlassen. Die Seele an einem anderen Ort heilen zu lassen. Sie zogen nach Hause. Oder jedenfalls beinahe. Zurück in den Norden. Nach Haparanda.

Langsam, ganz langsam, kehrte Hannah wieder zurück, in den Alltag, ins Leben.

Drei Jahre nachdem Elin verschwunden war, wurde sie wieder schwanger. Es hätte auch anders kommen können, aber sie ließ sich darauf ein, auf das neue Leben mit dem Kleinkind, die hektischen ersten Jahre. Mitunter etwas überbehütend, manchmal auch weniger engagiert. Aber im Großen und Ganzen waren sie wieder eine Familie. Bis jetzt, und bald würde sie nun auch noch ihn verlieren.

Thomas stieg aus dem Bett und verließ das Schlafzimmer. Als er sah, dass die Klappe zum Dachboden offen stand, runzelte er die Stirn.

«Hannah ...», rief er in die schwarze Öffnung hinauf. Keine Antwort, also schloss er die Luke und ging in die Küche. Sie saß am Tisch und hatte einen allzu bekannten Umzugskarton neben sich auf dem Boden stehen. Thomas hatte nicht gewusst, dass die Kiste überhaupt noch existierte, und definitiv gehofft, dass er sie nie wieder würde sehen müssen. Hannah hatte Papiere, Mappen und Fotos vor sich ausgebreitet und trug noch dieselbe Kleidung, in der sie gestern Morgen das Haus verlassen hatten. Ihre Augen waren vom Schlafmangel gerötet, aber gleichzeitig hatte sie auch etwas Manisches in ihrer Bewegung, als sie sich zu ihm umdrehte.

«Es ist Elin!»

«Wie bitte?»

«Die Frau, die wir suchen. Es ist Elin.»

Ihre Stimme klang gehetzt, fast atemlos, sie wirkte so überdreht, dass es ihn erstaunte, wie sie überhaupt noch auf dem Stuhl sitzen konnte.

«Okay, okay, warte mal ...», sagte er, hob beschwichtigend die Hände, zog sich einen Stuhl heran und setzte sich ebenfalls. Er verstand rein gar nichts. Doch was auch immer passiert war und wie auch immer sie auf die Idee kam, es hätte mit Elin zu tun – er konnte ihr ansehen, dass es zu viel für sie war.

«Jetzt beruhige dich doch erst einmal ...»

«Die junge Frau, die wir suchen», wiederholte sie genauso aufgeregt. «Habe ich dir von ihr erzählt?», fragte sie, und er konnte gerade noch den Kopf schütteln, ehe sie bereits weitererzählte. Anscheinend erinnerte sie sich nicht daran, was er schon wusste und was nicht, weshalb sie schnell und unzusammenhängend alles von Anfang an zusammenfasste, Tarasow, das Geld, die Drogen, dass die Russen jemanden geschickt hatten, die Morde, der Vermisstenfall, die Bombe im Hotel.

«Im Hotel ist eine Bombe explodiert?», konnte er nur erstaunt dazwischenfragen.

«Ja, heute Nacht. Sie hat ihr Zimmer in die Luft gesprengt.»

Anscheinend war das für Hannah nicht mehr als eine Randnotiz, denn sie fuhr sofort damit fort, wie sich die Frau, die sich Louise Andersson nannte, Zutritt zur Polizeistation verschafft hatte, dass sie sich begegnet waren und was die Leute vom Nachrichtendienst erst vor wenigen Stunden erzählt hatten.

Dass das Mädchen in einem Dorf in Russland aufgetaucht sei. Im Alter von zwei Jahren. 1994.

«Das ist sie. Es ist Elin!», schloss sie und sah ihn an, jetzt mit Tränen in den Augen, voll Erwartung und Hoffnung, dass er ihre Aufregung und Freude über ihre Entdeckung teilen würde.

«Nein, sie ist es nicht», erwiderte er. Er war gezwungen, sie zu enttäuschen.

«Doch, sie ist es. Ich weiß es.»

«Hannah ... es ist nicht Elin.»

«Irgendetwas hat mich gleich berührt, schon als ich sie auf dem Foto von Horvat gesehen habe, der bei uns die Putzfirma leitet», sagte sie, ohne auch nur im Geringsten auf das einzugehen, was er gesagt hatte. «Da war etwas ...»

Thomas antwortete nicht. Er sah sie nur traurig an, während sie irgendetwas in den Papieren auf dem Tisch suchte.

«Sie hat ein bisschen Ähnlichkeit mit Alicia, das war mir nicht aufgefallen, als ich sie in meinem Büro gesehen habe, mit der Perücke, aber guck mal hier ...» Hannah legte ihm ein Foto hin, das aussah, als wäre es von einer Überwachungskamera gemacht worden. «Siehst du das? Es stimmt doch, oder? Guck mal genau hin. Es gibt noch ein besseres Foto von ihr von der Kamera auf der Station.»

Thomas sah gar nicht hin, er schob das Foto gleich zur Seite, beugte sich vor, nahm ihre Hände und blickte sie eindringlich an.

«Hannah, Liebling, hör jetzt auf, das ist nicht Elin. Du darfst dich selbst nicht so quälen.»

«Alles passt zusammen ...»

«Sie ist es nicht.»

Er spürte, wie sie erstarrte, ehe sie ihre Hände wegzog, tief Luft holte und eine einsame Träne abwischte, die sich in den Wimpern unter ihrem Auge verfangen hatte. Er spürte im ganzen Körper, wie sie sich von einem Moment auf den anderen veränderte, noch ehe sie ihn mit einem kalten Blick betrachtete.

«Ich bin also einfach nur verrückt.»

«Nein.»

«Wie meine Mutter.»

«Nein, du bist nicht verrückt», sagte er so sanft und zärtlich wie möglich. Er musste seine Worte mit Bedacht wählen, aber das konnte er gut. «Du stehst unter Druck, hast heute Nacht gar nicht geschlafen, wir haben noch nicht richtig über mich gesprochen, über die Krankheit und was passieren wird ...»

Er versuchte erneut, sie an den Händen zu fassen, eine körperliche Nähe zu ihr aufzubauen, sie zu erreichen, aber sie wich zurück.

«Du greifst nach einem Strohhalm. Ich verstehe das, aber du darfst dir nicht solche Hoffnungen machen. Bitte. Es wird dich nur verletzen.»

«Ich bin nicht verrückt», wiederholte sie leise, als hätte sie seine Worte nicht gehört.

«Aber du bist traurig. Du würdest gern etwas zurückbekommen, weil dir alles genommen wird.»

«Sie ist es», hielt sie mit Entschiedenheit fest und sprang impulsiv auf. Offenbar war sie eher enttäuscht darüber, dass er die Erkenntnis nicht mit ihr teilen wollte, denn wütend darüber, dass er ihr nicht glaubte, als sie wortlos die Küche verließ.

«Das kann doch unmöglich sein», sagte er zu ihrem Rücken. «Dieses Mädchen, alles, was sie durchgemacht hat, was aus ihr wurde. Und dann soll sie ausgerechnet in Haparanda landen, und du ermittelst gegen sie?»

Keine Antwort. Er hörte, wie die Badezimmertür zuschlug und der Schlüssel im Schloss umgedreht wurde. Still blieb er am Tisch sitzen und betrachtete die Bilder, die Unterlagen zu den Ermittlungen in Stockholm, die sie hervorgeholt hatte, den kleinen roten Lackschuh.

Er hatte die ganze Zeit gewusst, dass sie seinen Tod nicht gut verkraften würde, aber jetzt war er zum ersten Mal besorgt, ob sie ihn überhaupt verkraften würde.

Der Regen löste irgendetwas in ihr aus. Wie er wütend auf das Dach trommelte, bereitete ihr Unbehagen. So lange sie denken konnte. Dabei hatte sie eigentlich nichts gegen Regen, überhaupt war ihr das Wetter egal.

Aber sie saß nicht gern in einem Auto, wenn es regnete.

Vielleicht, weil der Regen so effektiv alle anderen Geräusche verdrängte und sie immer alle Sinne hellwach haben wollte. Jetzt hörte sie nichts als das heftige Prasseln auf dem Blech. Außerdem schränkte der Wolkenbruch auch die Suche ein. Obwohl sie die Scheibenwischer anstellte, konnte sie den Eingang zu der nur zehn oder fünfzehn Meter entfernten Werkstatt kaum erkennen.

Ihr Handy summte in der Tasche. Mit einem knappen *Ja* nahm sie den Anruf an.

«Du hast das Zimmer bereinigt», stellte Onkels vertraute Stimme ohne jede Wertung fest.

«Ja.»

Ihr blieb nichts anderes übrig, als es zuzugeben, immerhin war das nicht zum ersten Mal passiert, auch nicht mit einem Scheitern gleichzusetzen, sondern genau das, was man in bestimmten Situationen von ihr erwartete.

«Warum?»

«Es gab Hinweise darauf, dass sie wussten, wo ich gewohnt habe.»

«Ja, sie wussten es. Ein Polizist ist bei der Explosion gestorben. Zagorni ist außer sich, weil es einer seiner Leute war.»

«Hatte er noch andere als mich geschickt?», fragte sie möglichst sachlich, um nicht zu verraten, dass dies eine unangenehme Überraschung für sie darstellte.

«Ein Back-up bei der Polizei. Falls sie die Waren vor dir finden sollten.»

«Wusstest du das?»

«Nein.»

Mehr nicht. Wenn Zagorni andere Mitarbeiter geschickt hatte, eigene, hätte Onkel das eigentlich als persönliche Misstrauenserklärung deuten müssen. Dass er es nicht tat, brachte sie erneut dazu, über ihre Beziehung nachzudenken und darüber, wer Waleri Zagorni eigentlich war.

«Ich werde heute fertig. Und dann komme ich zurück», sagte sie, um das Thema zu wechseln und seiner Frage zuvorzukommen, wie es lief.

«Sicher?»

Katja sah, wie jemand um die Ecke der Werkstatt eilte. Ohne Regenschirm oder irgendeinen anderen Schutz und bereits völlig durchnässt. Sie schaltete erneut die Scheinwerfer ein und sah UWs jungen Mitarbeiter, Raimo Haavikko, zur Tür stürmen, daran rütteln und in seinen Taschen kramen, als er sie verschlossen vorfand.

«Ganz sicher», sagte sie, während sie beobachtete, wie der junge Mann die Tür zur Werkstatt öffnete und hineinging.

«Gut. Dann bis bald.»

Anschließend wurde es still in der Leitung. Sie steckte das Telefon ein, verließ das Auto und rannte zur Werkstatt. *Für Elise* empfing sie, als sie hineinging und sich den Regen aus dem Gesicht wischte. Nach etwa einer Minute kam Raimo aus einem der hinteren Räume, er knöpfte gerade seinen

Overall zu, von seinem schwarzen Haar tropfte noch das Wasser.

«Hallo, Raimo», sagte sie und lächelte ihn warmherzig an. Er bedachte sie mit dem gleichen fragenden Kenn-ich-dich-Blick wie UW bei ihrer ersten Begegnung, während er ein paar Schritte auf sie zutrat und sich mit der Hand durch das nasse Haar fuhr.

«Hallo.»

«Du könntest mir bei einer Sache helfen.»

Raimo sah sich unsicher im Raum um, definitiv nicht damit vertraut, vielleicht aber auch nicht gewillt, irgendeine Form von Verantwortung zu übernehmen.

«Könnten Sie vielleicht warten, bis Dennis kommt? Er ist derjenige, der sich hier um alles kümmert. Bestimmt kommt er bald.»

«Nein, ich kann nicht warten, bis Dennis kommt.» Sie lächelte ihn erneut an. «Ich bin mir sicher, du kannst mir auch helfen. Ich suche jemanden.»

«Ach so, jemanden, der hier arbeitet, oder wie?»

«Eine Kundin von euch. Eine Frau, relativ groß, einen Meter fünfundsiebzig vielleicht, mit hellbraunen Haaren bis hier.» Sie zeigte mit der Hand eine Stelle knapp unterhalb ihrer Schultern an. «Sommersprossen, grüne Augen.»

«Sandra.»

Katja hatte sich eine Lüge zurechtgelegt, falls er fragen würde, warum sie das wissen wollte, falls er das Gefühl hätte, er könnte wildfremden Leuten nicht einfach die Namen ihrer Kunden nennen. Doch er schien einfach nur froh, ihr helfen zu können.

«Sandra?»

«Die Freundin von Kenneth. War gestern hier.»

«Kenneth.»

«Sie arbeitet drüben im Knast», sagte er und machte eine Handbewegung in die Richtung, in der das Gefängnis lag.

«Hat sie auch einen Nachnamen? Oder noch viel besser, eine Adresse?»

Sie ging auf «Speichern unter» und wählte den USB-Stick aus, den sie eingesteckt hatte. Während der Computer arbeitete, suchte sie die Unterlagen aus der Ermittlung zusammen, die sie nicht in digitaler Form hatte, ihrer Einschätzung nach aber brauchte.

Sie hatte nicht damit gerechnet, dass ihr Thomas vorbehaltlos glauben würde, aber auch nicht gedacht, dass er ihre Entdeckung so leichtfertig abtun würde, so entschieden, ohne auch nur eine Sekunde lang die Möglichkeit in Erwägung zu ziehen, sie könnte ihre Tochter gefunden haben.

Aber so war es eben. Und sie verstand ihn.

Machte es ihm nicht einmal zum Vorwurf.

Er hatte genug andere Sorgen. Und natürlich hätte er es verdient, dass sie sich mehr um ihn kümmerte. Das wollte und würde sie auch, aber erst musste sie dieser Sache nachgehen, soweit es möglich war. Und sie würde sich von nichts und niemandem aufhalten lassen.

Du würdest gern etwas zurückbekommen, weil dir alles genommen wird, hatte er gesagt. Aber darum ging es nicht. Es gab nichts zurückzubekommen. Sechsundzwanzig Jahre waren vergangen, und die zweijährige Elin gab es nicht mehr. Sie war nicht der Mensch, zu dem sie hätte aufwachsen können.

Träume, Pläne, Hoffnungen, alles verflogen.

Es ging nur darum, dass Hannah Gewissheit brauchte.

So, wie es wichtig war, eine Leiche zu finden, auch wenn man längst sicher sein konnte, dass die vermisste oder verschwundene Person tot war. Um zu einem Abschluss zu kommen.

Sie hatte einen Termin mit Henric und Elena vereinbart, um mehr zu erfahren. Alles. Deswegen hatte sie behauptet, sie könne ihnen weiterhelfen, aber in Wirklichkeit wollte Hannah, dass sie ihr halfen. Dann würde sie ins Ferienhaus hinausfahren – auf der Polizeistation wollte sie nicht mehr bleiben, und zu Hause bei Thomas konnte sie nicht sein. Dort würde sie in Ruhe das Material durchgehen, das sie zusammengesucht hatte, und alles durchdenken, was sie wusste, um zu entscheiden, wie sie weiter vorgehen sollte.

Plötzlich tauchte Gordon im Türrahmen auf und riss sie aus ihren Gedanken. Er sah müde aus, was eigentlich nie vorkam, setzte sich aber nicht.

«Wie geht es dir?», fragte er.

«Gut, warum?»

«Na, ich dachte, nach der Sache gestern, mit Ritola und allem.»

Natürlich. Die Ereignisse der letzten Woche hatten auch zum Tod eines Kollegen geführt, und natürlich ging Gordon jetzt deshalb herum und erkundigte sich bei allen, wie sie es verkrafteten.

«Ach ja», sagte Hannah. «Aber mir geht es gut, ich meine, den Umständen entsprechend.» Sie schüttelte bedauernd den Kopf, mehr Mitleid konnte sie in diesem Moment nicht aufbringen. Wenn sie ganz ehrlich war, hatte sie seit dem Treffen mit Henric und Elena nicht einen Gedanken an den toten Kollegen verschwendet.

«Wie geht es jetzt weiter?»

«Die NOA ist gekommen. X gibt den Fall an sie ab, glaube

ich, und dann werden wir wahrscheinlich bald erfahren, wofür sie uns brauchen.»

«Ich muss mir ein paar Stunden freinehmen.»

«Heute?»

Sie verstand seine Verwunderung. Statt Wildunfällen, Schlägereien und Alkohol am Steuer hatten sie es jetzt mit Massenmorden und Bombenanschlägen zu tun. Wenn es eine Zeit gab, in der man besser nicht freinahm, dann war es diese. Aber Hannah konnte sich nicht einmal dazu aufraffen, ihm den Grund zu erklären.

«Ja, ich muss mich um eine wichtige Angelegenheit kümmern.»

Sie sah ihm an, dass er am liebsten fragen würde, ob es etwas mit Thomas zu tun hatte, und indirekt damit auch mit ihm, aber er hielt sich zurück.

«Momentan bin nicht ich derjenige, der solche Entscheidungen trifft, also ...»

«Kannst du nicht einfach sagen, ich hätte heute etwas anderes zu tun, und dann kläre ich das später?»

«Okay, geh ruhig.»

«Danke.» Sie hielt inne. Er wirkte tatsächlich sehr müde. «Wie geht es dir? Du siehst kaputt aus.»

«Alles in Ordnung. Lass uns ein andermal darüber sprechen.»

«Sicher?»

Sobald sie dieses eine Wort ausgesprochen hatte, bereute sie es, ihm ein Schlupfloch gelassen zu haben. Doch Henric und Elena warteten, und sie wollte jetzt nicht hören, was Gordon eventuell bedrückte, sondern sie wollte nach unten gehen und ihre Uniform anziehen, um ihrem Termin einen offizielleren Anstrich zu verleihen. Um mehr über Elin zu erfahren.

«Ja, sicher.»

Und damit verließ er das Büro. Sie hörte noch, wie er den Kopf in Morgans Büro steckte und sich erkundigte, wie es ihm gehe. Währenddessen suchte sie die letzten Unterlagen zusammen, die sie brauchte.

Unmöglich, hatte Thomas gesagt. Es sei unmöglich, dass die Frau, die sie suchten, ihre Tochter sei. Unmöglich. Aber es passierten ständig unmögliche Dinge. Geschwister, die nach dreißig Jahren wiedervereint wurden, Zwillinge, die nach der Geburt getrennt wurden und einander als Erwachsene wiederfanden, Hunde, die zurückkamen, nachdem sie ein Jahrzehnt verschwunden gewesen waren.

Nichts war unmöglich.

ch habe ihn angerufen, aber er geht nicht ans Telefon.»
Sandra spürte, wie die gute Laune, die sie den ganzen Morgen über empfunden hatte, ein wenig gedämpft wurde. Noch bevor der Wecker geklingelt hatte, war sie wach geworden, mit einem aufgeregten Kribbeln im Bauch. Als stünde ihr ein Heiligabend bevor, wie sie ihn als Kind nie hatte erleben dürfen. Summend war sie im Morgenmantel nach unten gegangen und hatte sich Frühstück gemacht. Sie warf noch einmal einen Blick auf die kurze SMS, die UW ihr gestern Abend geschickt hatte, und konnte sich das Grinsen auch diesmal nicht verkneifen.

Sie können morgen zur Abholung kommen/Dennis Niemi, Werkstattservice.

Korrekt, neutral, als ginge es um ihr Auto oder ein Ersatzteil, nichts Verdächtiges, falls die Polizei aus irgendeinem Grund auf die Idee kommen sollte, das Handy zu überprüfen. Man konnte unmöglich herauslesen, dass es um acht Millionen Kronen ging. Die sie abholen konnte. Heute. Sie löschte die Nachricht. Das hätte sie eigentlich gleich machen sollen, aber sie hatte sich so sehr darüber gefreut. Jetzt ging sie nach oben, um sich anzuziehen. Wählte ein Set der neuen Kleidungsstücke, die sie gekauft hatte. Und neue Schuhe. Sie wollte sich schick fühlen.

Zur üblichen Zeit fuhr sie von zu Hause los und erreichte die Justizvollzugsanstalt. Dort zog sie ihre Uniform an und bejahte stolz, als eine Kollegin fragte, ob sie eben einen neuen Pullover angehabt habe. Nach einer Tasse Kaffee war es Zeit, die Zellen aufzusperren.

Wie an jedem anderen Tag auch.

Aber es war kein Tag wie jeder andere. Es war ein sehr besonderer Tag. Sie ertappte sich mehrmals dabei, einfach nur dazustehen, albern zu lächeln und an ganz andere Sachen zu denken als an die Arbeit. Acht Millionen andere Sachen. Sie hatte geplant, in der Mittagspause zur Werkstatt zu fahren, aber die Zeit schlich derart dahin, so lange konnte sie nicht mehr warten, sie wurde fast verrückt davon, in dieser Tischlerei auf- und abzugehen. Also entschuldigte sie sich damit, dass es ihr nicht gut gehe, anscheinend sei ihre Krankheit doch noch nicht ganz abgeklungen. Dann zog sie sich wieder um und fuhr zur Werkstatt. Als Raimo ihr entgegenkam, fragte sie ihn sofort nach UW. Er sei nicht da, erklärte der Junge. Bislang noch gar nicht aufgetaucht. Dabei habe er gar nichts davon gesagt, dass er später kommen würde.

«Ich habe ihn angerufen, aber er geht nicht ans Telefon.»

Sandra verließ die Werkstatt, rannte durch den Regen und setzte sich wieder ins Auto. Wählte UWs Nummer, kaum dass sie die Tür zugezogen hatte, doch die Mailbox sprang sofort an.

Irritiert steckte sie das Handy zurück in die Tasche. Sie war gezwungen nachzudenken. Ihr erster Gedanke lautete, dass er sie betrogen hatte. Das Geld genommen hatte und abgehauen war. Dass sie zu gutgläubig gewesen war, als sie sich auf ihn verlassen hatte, verblendet von all den Möglichkeiten. Sie spürte, wie die Wut in ihrem Bauch wuchs wie ein Feuerball. Dann dachte sie an das Gewehr, das immer noch unter einer Decke im Kofferraum lag. Er würde es noch bereuen. Aber was war mit Lovis, seiner Tochter? Die konnte man nicht so einfach an einen anderen Ort bringen. Und die Freundin? Vielleicht wusste sie mehr. Sandra holte erneut ihr Telefon heraus und wählte Stinas Nummer.

Sie konnte gar nicht mehr aufhören zu weinen. Zum mindestens dreißigsten Mal wählte sie die Nummer und lauschte.

Hier ist Dennis Niemi vom Werkstattservice ...

Stina ließ das Handy wieder auf ihre Knie sinken und wusste nicht, was sie jetzt machen sollte. Irgendetwas war schiefgegangen. Was er auch immer gestern Abend vorgehabt hatte, es war schiefgegangen. Im besten Fall hatte er sich irgendwo versteckt und wartete ab. Im schlimmsten Fall ...

An den schlimmsten Fall durfte sie nicht denken.

Sie saß immer noch in dieser fremden Wohnung und wickelte die Decke fester um sich. Die Polizei konnte sie nicht anrufen, aber wen denn dann, was konnte sie tun, wenn Dennis sich nicht bald meldete? Ob ihm etwas zugestoßen war? Da vibrierte ihr Handy.

Sie stürzte sich darauf. Eine Nummer, die sie nicht kannte. Aber vielleicht hatte er sich ein Handy geliehen, weil er sein eigenes verloren hatte?

«Ja, hallo?» All ihre Erwartung und Hoffnung lagen in diesen beiden kurzen Wörtern.

«Hallo, hier ist Sandra. Sandra Fransson. Die Freundin von Kenneth.»

«Ach, hallo.» Stina räusperte sich und zog schnell die Nase hoch, damit Sandra nicht hörte, dass sie geweint hatte. Sandra Fransson. Die Gefängniswärterin. Was wollte sie? War Dennis bei Kenneth? Dann hätte er sich doch wohl gemeldet.

«Ist Dennis bei dir?», fragte Sandra jetzt.

«Nein, er ist nicht hier.»

«Weißt du, wo er steckt?»

«Nein, warum denn?»

«Wir wollten uns in der Werkstatt treffen, wir haben ein ... er hilft mir bei einer Sache.»

«Er ist aber nicht hier. Ich weiß nicht, wo er ist.»

Sandra kaute nachdenklich auf ihrer Unterlippe. Stina versuchte, es zu verbergen, aber sie klang eindeutig traurig, so, als ob sie geweint hätte. Sollte Sandra das einfach ignorieren? Sie kannten einander ja nicht. Ob sie weinte, weil UW mit ihr Schluss gemacht hatte? Sich die zehn Millionen unter den Nagel gerissen hatte, die ihm nicht gehörten, und Sandra mit ihrer Tochter sitzengelassen hatte?

«Ist etwas passiert?», fragte sie und versuchte, möglichst einfühlsam und besorgt zu wirken. «Du klingst, als würdest du weinen.»

Stina antwortete nicht sofort, sondern kämpfte gegen die Tränen und überlegte, was sie sagen konnte und was nicht. Sandra war immerhin eine Art Bulle, aber sie musste mit jemandem reden. Diese Unsicherheit und Unruhe machten sie verrückt.

«Stina?», fragte Sandra am anderen Ende, und Stina sah ein, dass sie schon seit längerem schwieg.

«Er ist gestern Abend irgendwo hingefahren. Wollte was erledigen und kam nicht wieder.»

«Was wollte er denn erledigen?»

«Ich weiß es nicht, aber es war wohl etwas, na, du weißt schon, nicht ganz Legales ...»

«Ich dachte, er hätte mit solchen Sachen aufgehört?», fragte Sandra. Wenn sie vollkommen unwissend tat, würde Stina hoffentlich nicht auf die Idee kommen, dass sie selbst auch in diese nicht ganz legalen Geschäfte verwickelt war.

«Hatte er, aber dann hat man uns die Pflegestunden für Lovis gekürzt und dann ...»

«Ja, Kenneth hat mir davon erzählt.» Sandra bemühte sich

um einen mitleidigen Ton, obwohl es ihr völlig egal war, sie wollte nur wissen, wo ihr Geld abgeblieben war. Also wo Dennis war. Allerdings ahnte sie, dass Stina es ihr nicht würde sagen können.

«Wir brauchen Hilfe», fuhr Stina mit belegter Stimme fort. «Aber das ist teuer, und deshalb ... wollte er los und irgendetwas regeln.»

«Und er ist nicht zurückgekommen.»

«Nein.»

«Du hast gar keine Ahnung, wo er sein könnte?»

«Nein.»

Sandra glaubte ihr. Das stimmte mit dem überein, was sie auch gedacht hatte. UW wäre möglicherweise dazu imstande, sie selbst zu hintergehen, aber seine eigene Familie würde er nicht im Stich lassen. Stina klang tatsächlich vollkommen am Boden zerstört, und es gab keinen Grund zu der Annahme, dass sie die Verzweiflung nur spielte und die beiden in Wirklichkeit planten, zusammen durchzubrennen. Mit Sandras Geld.

«Er wird wiederkommen, du wirst schon sehen», sagte sie und beeilte sich, das Gespräch zu beenden. «Und ich werde niemandem verraten, was du gerade erzählt hast.»

«Danke.»

«Melde dich, wenn du etwas hörst.»

«Ja, du auch.»

Sandra legte auf und starrte in den Regen hinaus. Was war passiert? Irgendetwas musste vorgefallen sein. Und vieles sprach dafür, dass es mit dem Verkauf der Drogen zusammenhing. Wer konnte etwas darüber wissen? Sie öffnete die Autotür und eilte wieder zurück zu Raimo.

«Hast du ihn erwischt?», fragte er, als sie zur Tür hereinkam.

«Nein. Bitte richte ihm aus, dass er mich sofort anrufen soll, wenn er kommt.»

«Mache ich.»

«Oder nein, besser noch, du rufst mich direkt an.»

Sie ging zu einer der Arbeitsbänke, während sie in ihrer Tasche nach einem Zettel und einem Stift kramte.

«Ach, hat dich die Frau eigentlich erreicht?», fragte Raimo, während sie einen Einkaufszettel fand und ihre Nummer auf die Rückseite schrieb.

«Wer?»

«Vorhin war eine Frau hier und hat nach dir gefragt.»

Sandra hielt inne, richtete sich auf und sah Raimo an.

«Was denn für eine Frau?»

«Ich weiß nicht. Sie wusste, wie du aussiehst, aber nicht, wie du heißt.»

«Da hast du es ihr gesagt?»

«Ja», brachte Raimo ein wenig stammelnd hervor und kam offensichtlich erst jetzt darauf, dass dies vielleicht keine ganz so gute Idee gewesen war.

«Wie sah sie aus?»

Raimo beschrieb sie, und Sandra wusste sofort, um wen es ging. Die Frau mit dem teuren Mercedes. Über die UW nicht hatte reden wollen, als er nach dem Gespräch mit ihr ins Büro gekommen war und Sandra nachgefragt hatte. Er hatte nur gesagt, sie sei eine Kundin. Wenn Sandra im Nachhinein daran zurückdachte, hatte UW außergewöhnlich nervös gewirkt. Als hätte ihm die Frau mit dem teuren Auto mehr Sorge bereitet als andere Kunden.

Sie notierte die restlichen Ziffern ihrer Telefonnummer und reichte Raimo den Kassenzettel.

«Sobald er kommt», sagte sie und ging wieder zu ihrem Auto.

Als er aus der Dusche trat, sah er, dass er einen verpassten Anruf hatte. Sandra. Kenneth rief zurück, während er ins Schlafzimmer ging, um sich anzuziehen.

«Hallo, du hattest mich angerufen?», sagte er, als sie sich schon nach dem ersten Klingeln meldete.

«Wenn UW nicht in der Werkstatt ist und nicht zu Hause, weißt du, wo er dann sein könnte?»

«Was? Nein. Warum?»

«Er hat kein, wie könnte man das nennen ... Versteck oder so?»

«Nein, aber warum willst du das wissen?», fragte er, während er sich mit einer Hand ein sauberes T-Shirt über den Kopf zog. Er hörte, wie sie am anderen Ende Luft holte und zu erzählen begann. Schließlich unterbrach er sie, als sie an den Punkt kam, wo sie UW die Drogen gegeben hatte, damit er sie verkaufte. Was hatte sie sich dabei gedacht? Sie hatten doch vereinbart, dass sie sie nicht anrühren würden.

Das müssten sie später klären, erfuhr er, jetzt solle er erst einmal den Mund halten und zuhören.

Also hielt er den Mund und hörte zu.

Eine Frau habe nach ihr gefragt, sagte Sandra, an diesem Morgen, am Tag, nachdem UW verschwunden sei. Die Drogen seien unglaublich viel wert und der ursprüngliche Besitzer wolle sie zurückhaben. Was wäre, wenn diese Leute ihnen auf der Spur waren? Wenn UW irgendetwas vermasselt hatte? Mit den falschen Leuten gesprochen hatte?

«Wie sah diese Frau aus?», fragte Kenneth, während er am Schlafzimmerfenster stand.

Sandra beschrieb sie in groben Zügen.

«Sie ist jetzt hier», unterbrach er seine Freundin und wich ein Stück vom Fenster zurück. Doch er konnte den Audi immer noch sehen, der in der Einfahrt stand, und die Frau, die gerade ausgestiegen war und ungefähr im gleichen Alter zu sein schien wie er. Er sah auch, wie sie eine Pistole aus der Tasche nahm und sie entsicherte, ehe sie sie wieder zurücksteckte.

«Sie ist bewaffnet», flüsterte er, wobei er noch weiter zurückwich und spürte, wie ihn die Angst packte.

«Versteck dich.»

«Was?»

«Du musst dafür sorgen, dass sie dich nicht findet. Was auch passiert, hörst du? Versteck dich. Schnell.»

Kenneth ließ das Handy sinken und sah sich panisch im Schlafzimmer um. Wohin sollte er flüchten? Schon als Kind hatte er nur sehr ungern Verstecken gespielt und war auch immer schnell entdeckt worden.

Im Schrank? Unter dem Bett? Hinter der Gardine?

Alles miese Ideen, der erste Ort, an dem man suchen würde. Da klingelte es an der Tür. Kenneth gab ein leises Wimmern von sich, das ihn jedoch aus seiner Lähmung riss. Er hatte ein ganzes Haus zur Verfügung, um sich zu verbergen! So leise wie möglich spurtete er aus dem Schlafzimmer. Erneut klingelte es an der Tür. Länger, energischer diesmal. Kenneth gelangte ins Untergeschoss. Zog den Keller in Betracht, aber die Tür schleifte ein wenig über den Boden, und die Frau stand direkt vor dem Hauseingang und würde sie vielleicht hören.

Abermaliges Klingeln. Diesmal viermal, kurz hintereinander. Kenneth stand immer noch ratlos da. Was würde sie tun, wenn niemand öffnete? Aufgeben? Im Auto warten, bis sich jemand zeigte? Dann konnte er sich einfach außer Sichtweite halten und die Polizei rufen. Warum eine bewaffnete Frau vor der Tür stand und nach ihnen suchte, müssten sie später erklären, jetzt ging es erst einmal darum, ihr zu entkommen.

Sie hatte aufgehört zu klingeln. Kenneth blickte sich um. Wenn sie jetzt ums Haus herumging, wäre er von allen Seiten gut sichtbar. Eilig zog er sich wieder auf der fensterlosen Treppe nach oben zurück. Vielleicht konnte er vom Obergeschoss einen vorsichtigen Blick hinauswerfen, um zu sehen, ob sie wieder zu ihrem Auto gegangen war. Das war nicht der Fall, wie ihm bereits klarwurde, als er hörte, wie im Keller ein Fenster eingeschlagen wurde. Er schlich weiter rückwärts die Treppe hinauf, um so viel Abstand wie möglich zwischen sich und die Frau zu bringen.

Inzwischen war er kurz davor, aus Panik durchzudrehen, aber er musste jetzt klar denken. Und zwar schnell. Das war schon im Normalfall nicht seine größte Stärke, doch jetzt schien es beinahe unmöglich. Sein Gehirn war vollkommen leer.

Er hörte, wie die schleifende Tür aufgeschoben wurde. Nun war sie im Haus, und ihm fiel nichts ein. Allerdings war jeder Ort besser als der, wo er jetzt stand, also bewegte er sich auf Zehenspitzen wieder ins Schlafzimmer und steuerte auf den offenen Kleiderschrank zu. Der Wäschekorb. Groß wie ein Koffer aus geflochtenem Holz oder was auch immer. Er glaubte, dass er hineinpassen würde. Und den Deckel würde zuziehen können. Ein wirklich bescheuertes Versteck, aber eine andere Idee kam ihm nicht.

Tatsächlich gelang es ihm, sich in den Korb zu zwängen,

aber er saß extrem eingeklemmt, und schon als er am Deckel herumfummelte, überlegte er, wie lange er es hier wohl aushalten konnte.

«Kenneth», kam es jetzt von unten, und er hielt aus reinem Reflex die Luft an. «Sandra? Ist jemand zu Hause?»

Er hörte, wie sie sich dort unten bewegte, jedes Zimmer durchging und schließlich die Treppe hinaufkam. Er schloss die Augen. Nichts verriet, dass er zu Hause war, abgesehen von dem Mercedes dort draußen vielleicht. Aber er konnte ja einen Spaziergang machen. Im Regen. Oder von jemandem abgeholt worden sein. Jedenfalls wusste sie nicht sicher, ob er im Haus war.

Da hörte er, wie sie die letzte Treppenstufe hinter sich ließ. «Kenneth!»

Mucksmäuschenstill blieb er sitzen, atmete nicht einmal und ignorierte den Schmerz in seinen Beinen und im Rücken. Sie öffnete die Tür zum Badezimmer. Wahrscheinlich war es immer noch nass von der Dusche. Doch auch das musste nichts bedeuten, sie hatten keine Fußbodenheizung, deshalb konnte es stundenlang nass sein. Nur hoffentlich war der Spiegel nicht mehr beschlagen.

In der nächsten Sekunde vernahm er, wie sie das Schlafzimmer betrat. Für eine gefühlte Ewigkeit schien sie sich damit zufriedenzugeben, einfach nur dazustehen und zu lauschen, ehe sie sich umdrehte und wieder die Treppe hinabging. Kenneth atmete so vorsichtig aus, wie er konnte, und versuchte, seine Position zu wechseln, was der begrenzte Platz allerdings nicht zuließ. Jetzt ging sie ins Wohnzimmer, ehe es still wurde. Vollkommen still. Sie rührte sich nicht mehr.

Eine Viertelstunde verging. Dann noch eine. Sein Körper schmerzte so sehr, dass er fast heulen musste. War sie überhaupt noch da? Seit einer geraumen Zeit hatte er rein gar nichts mehr gehört. Er wartete noch zehn Minuten, dann hielt er es nicht mehr aus. Behutsam hob er den Deckel und versuchte, sich aufzurichten. Bei der kleinsten Bewegung schrien seine Muskeln vor Schmerz, doch dann kam er in Zeitlupe in den Stand und schließlich auch aus dem Korb heraus. Eine Weile verharrte er reglos, weil er nicht sicher war, ob ihm seine Beine gehorchen würden, und er wollte nicht mit einem lauten Schlag auf den Boden sacken. Schließlich unternahm er einen Versuch.

Jetzt hatte er einen Plan. Langsam schlich er zum Schlafzimmerfenster hinüber. Direkt daneben, an der Außenwand, verlief die Brandtreppe. Vorsichtig spähte er hinaus. Der Audi stand noch da, aber sie saß nicht darin, deshalb vermutete er, dass sie noch im Haus war. Und lautlos wartete.

Er löste die Fensterhaken, hielt inne und lauschte erneut. Nicht ein Laut aus dem Untergeschoss. Dann legte er die Hand auf den Fensterrahmen und drückte dagegen. Das Fenster bewegte sich keinen Millimeter. Als er es gerade mit mehr Kraft versuchen wollte, sah er, wie Sandra im Auto mit Vollgas heranschlitterte. Und in dem Moment hörte er auch, wie sich die Frau im Untergeschoss bewegte. Er wollte Sandra etwas zurufen, wagte es aber nicht. Deshalb konnte er nur zusehen, wie sie hastig das Auto verließ, den Kofferraum öffnete, sich hineinbeugte und mit einem Gewehr in den Händen wieder aufrichtete.

Es war geladen. Das wusste Sandra, trotzdem prüfte sie es noch einmal, während sie mit entschlossenen Schritten auf das Haus zumarschierte.

Auf der Heimfahrt, die sie noch nie als so lang empfunden hatte, waren ihr unzählige Gedanken durch den Kopf geschossen. Die meisten davon galten Kenneth, und was sie tun sollte, falls er verletzt oder tot wäre. Natürlich hatte sie sich in den letzten Tagen verschiedene Zukunftsszenarien ausgemalt, in denen er nicht immer die größte Rolle gespielt hatte, oder sogar gar keine. Doch während der Dreiviertelstunde, die sie nach Norra Storträsk brauchte, konnte sie an nichts anderes denken, als dass er hoffentlich überlebte. Zumal sein Tod sonst ihre Schuld wäre. Sie würde ihn nicht einmal wegen seiner dämlichen PlayStation angehen, wenn er nur überlebte.

Der Audi in der Einfahrt musste der Frau gehören.

Also war sie noch da. Ob das gut oder schlecht war?

Hatte sie Kenneth nicht gefunden? Oder ihn getötet, ohne zu erfahren, was sie wissen wollte? Vermutlich Ersteres. Falls sie ihn gefunden hatte, war es sicher nicht schwer gewesen, alles aus ihm herauszuquetschen.

Sandra eilte die Steintreppe hinauf, entsicherte ihre Waffe und öffnete die Haustür. Sie trat ein und blieb direkt hinter der Schwelle stehen. Vollkommen konzentriert und viel selbstbewusster mit der geladenen Schrotflinte in ihrem eigenen Flur, als sie es je von sich gedacht hätte. Im Haus war es jedoch vollkommen still. Sandra hatte keine Ahnung, was sie jetzt tun sollte.

Mit dem Rücken zur Wand näherte sie sich seitwärts der Küche und spähte hinein. Leer, soweit sie es sehen konnte. Im nächsten Moment hörte sie ein bekanntes Geräusch. Innerhalb der einen Sekunde, die sie brauchte, um es als die schleifende Kellertür zu identifizieren, hatte sich die Frau bereits angeschlichen und Sandra ihren Pistolenlauf in den Rücken gebohrt.

«Sei doch so nett und lass das Gewehr fallen.»

Sandra gehorchte, sie war nicht ausreichend trainiert, um

sich auf einen Nahkampf einzulassen. Daher legte sie das Gewehr auf die Arbeitsplatte.

«Wo ist dein Freund?»

«Ich weiß es nicht.»

«Bist du nicht gerade hier hereingestürmt, um ihn zu retten?»

«Weil ich dachte, er wäre in deiner Gewalt, aber so ist es nicht.»

Die Frau legte den Kopf ein wenig schief und musterte sie amüsiert. Sandra war selbst von sich überrascht und hatte keine Ahnung, wo sie den Mut hernahm.

«Kenneth!», rief die Frau und schob Sandra weiter in die Küche hinein. «Komm raus, sonst tue ich Sandra etwas an.»

Beide warteten. Sandra überlegte zu rufen, dass er lieber bleiben sollte, wo er war, doch anscheinend verstand er es von selbst.

Keine Regung, nicht das kleinste Geräusch.

Vielleicht war es ihm auch gelungen, sich irgendwie hinauszuschleichen. Sandra wandte sich mit der Andeutung eines zufriedenen Lächelns an die Frau. Ein kleiner Gewinn. Doch noch ehe sie reagieren konnte, hatte die Frau ihr Handgelenk gepackt, ihre Hand gegen die Wand gepresst, die Pistolenmündung darauf gesetzt und abgedrückt.

Der Schuss war schallgedämpft, dafür stieß Sandra einen umso lauteren Schrei aus.

Sie blickte auf ihre Hand. Ein Loch. Mitten hindurch. Seltsamerweise nahm der Schmerz ein wenig ab, als das Blut herauszuströmen begann.

«Kenneth!», rief die Frau wieder durch das Haus. Sandra wimmerte hilflos, ihre verletzte Hand an den Bauch gedrückt und die andere darüber. Ihr neuer Pullover sog einen Teil des Blutes auf, aber nicht alles, der Rest tropfte auf den Boden.

Doch kein Kenneth weit und breit, das Haus war genauso still wie zuvor.

«Setz dich», befahl die Frau und schubste Sandra in Richtung des Küchentischs. Sie tat, wie ihr geheißen wurde, keuchend und benommen, der frühere Mut war wie weggeblasen. Die Frau packte sie am Kinn und zwang ihr Gesicht nach oben.

«Weißt du, wo sich das Geld befindet?», fragte sie ruhig. Sandra nickte eifrig.

«Wie viel ist es?»

Sandra verstand die Frage erst nicht. Wie viel? Wusste sie das nicht? Oder war es eine Kontrollfrage? Damit sie nicht zu viel Zeit an jemanden verschwendete, der sie nicht auf die richtige Spur führte.

«Zwei Taschen. Ungefähr dreihunderttausend Euro.»

Die Frau nickte zufrieden und zog Sandra hoch.

«Wir verbinden deine Hand, und dann bringst du mich hin.»

Erst als er hörte, wie das Auto zurücksetzte und verschwand, wagte Kenneth sich heraus. Die Angst krampfte seinen Bauch zusammen, und er konnte kaum atmen. *Was auch passiert*, hatte Sandra gesagt. Er hatte auf sie gehört, denn das war immer am besten. Er hatte all seine Willenskraft aufbringen müssen, um nicht herunterzustürmen, als er sie schreien hörte, aber irgendwie hatte er es geschafft.

Die Augen geschlossen, die Ohren zugehalten, die Zähne zusammengebissen.

Er hatte begriffen, dass es die beste Chance für sie beide war, um zu überleben. Die Frau brauchte nur einen von ihnen, der sie zu dem Geld führte. Der andere war vollkommen überflüssig. Jetzt hatte sich die Frau offenbar davon überzeugt, dass er gar nicht zu Hause war, und deshalb ging sie auch nicht davon aus, dass er etwas unternehmen würde.

Aber was sollte er unternehmen? Was konnte er unternehmen?

Ihnen hinterherfahren? Dann würden sie wieder in der gleichen Situation landen. Außerdem wollte sie nur an das Geld, und wenn sie es hatte, hätte sie keinen Grund, Sandra und ihn am Leben zu lassen. Aber sie hatte Sandra mitgenommen. Also war er gezwungen, irgendetwas zu tun. Mit zitternden Händen holte er sein Handy hervor. Suchte die Nummer und wählte. Ging schwankend auf und ab, während es klingelte, und blieb sofort stehen, als er die vertraute Stimme hörte.

«Du musst mir helfen, ich stecke in der Scheiße.»

Sie erhöhte den Takt der Scheibenwischer und warf einen schnellen Blick auf das Material, das neben ihr auf dem Beifahrersitz lag. Im Prinzip war es immer noch dasselbe, das sie am Morgen von der Polizeistation mitgenommen hatte. Das Treffen mit Elena hatte nicht viel mehr erbracht.

Im Prinzip nur ein Detail. Ein Wort.

Die Akademie.

Das war alles, das Einzige, was Elena ihr hatte geben können und was über Mutmaßungen und Spekulationen hinausreichte.

Sie hatte die Tür geöffnet und Hannah in ihr Hotelzimmer in Torneå gebeten, wo sie zur vereinbarten Zeit erschienen war.

«Wo ist denn Henric?», fragte Hannah, als sie eintrat.

«Im Stadshotellet, er begleitet die Arbeit der Techniker.»

«Verstehe», sagte Hannah und setzte sich. Elena bot ihr einen Kaffee ab, den sie dankend ablehnte. Dann nahm die Kollegin aus Stockholm ebenfalls Platz, legte ihren Notizblock auf die Knie und öffnete ihn.

«Sie haben also Informationen, die uns weiterhelfen könnten», sagte sie. Direkt zur Sache, ohne Smalltalk.

«Ja, aber ich habe gelogen.» Elena blickte verwundert auf. «Ich weiß auch nicht mehr als das, was Sie gestern auf unserer Station erfahren haben.»

Langsam klappte Elena ihren Block wieder zu. Angespannt, wachsamer, als wäre Hannah plötzlich zu einer Bedrohung geworden.

«Warum sind Sie dann hier?»

Ihre Stimme klang eindeutig misstrauisch. Hannah wusste, dass diese Frage kommen würde. Sie war darauf vorbereitet. Hatte daher geplant, auch weiterhin ehrlich zu sein, und hoffte, dies sei der beste Weg, um das zu bekommen, was sie haben wollte. Was sie brauchte.

«Sie ist mir auf der Polizeistation begegnet, als sie mein Büro geputzt hat.»

«Aha.»

«Und irgendetwas war mit ihr. Erst kam ich nicht darauf, aber als Sie dann eingetroffen sind …»

«Ja?»

Jetzt war es so weit. Nun kam der schwierigste Teil. Hannah sah Elena eindringlich an, es war wichtig, dass sie nicht als verrückt abgestempelt wurde, wenn sie jetzt mit der Wahrheit fortfuhr.

«Meine Tochter ist 1994 in Stockholm verschwunden, im Alter von zwei Jahren. Und ich glaube, dass ich Ähnlichkeiten erkennen kann.»

Elenas Reaktion verriet, dass es Hannah doch nicht ganz gelungen war, nicht verrückt zu klingen. Der Blick der Kollegin flackerte kurz, ehe sie sich ein unsicheres, nachsichtiges Lächeln abrang.

«Das wäre, gelinde gesagt, ein seltsamer Zufall.»

«Ich weiß, und Sie können davon halten, was Sie wollen. Sie können glauben, ich wäre verrückt, mein Mann glaubt das auch. Aber können Sie mir nicht erzählen, was Sie wissen?»

«Das kommt darauf an.» Jetzt wirkte Elena etwas entspannter, war aber eindeutig noch auf der Hut. «Was haben Sie mit den Informationen vor?»

«Nichts», log Hannah hemmungslos. «Was soll ich schon ausrichten? Sie arbeiten rund um die Uhr mit Kollegen aus ganz Europa zusammen und finden sie nicht.»

«Und warum …?»

«Ich möchte so viel wie möglich wissen. Alles, was ich erfahren kann. Vielleicht sehe ich dann ein, dass sie es unmöglich sein kann. Das wäre auch gut. Eigentlich besser», fügte sie hinzu, war aber nicht sicher, ob das der Wahrheit entsprach.

Elena seufzte schwer. Überlegte. Musterte Hannah, als wollte sie erkennen, ob sie irgendeinen Hintergedanken hatte. Nach einer Weile rang sie sich dennoch durch.

«Wie wir bereits gestern gesagt haben, wissen wir nicht viel, aber es gibt doch ein bisschen …»

Die Akademie.

Davon wussten sie, das hatte Elena gesagt.

Der Ort, an den die Kinder gebracht wurden, um sie auszubilden. Zehn Jahre lang. Wenn sie es überlebten. Ein Begriff, der kursierte, vor allem gerüchteweise, vom Hörensagen, aber er tauchte doch oft genug auf, um ernst genommen zu werden. Sie wussten nicht, wo sich diese *Akademie* befand und ob es ein Ort war oder mehrere.

Doch damit würde Hannah morgen anfangen, sobald sie in der Hütte ankam.

Sandra saß auf dem Beifahrersitz, der Schmerz in der bandagierten Hand pochte im Rhythmus ihres Herzschlags. Die normalen Schmerztabletten, die sie zu Hause gehabt hatten, halfen rein gar nichts.

Erst hatte sie versucht, alles zu erklären. Wie sie an das Geld gekommen waren und UW die Drogen gegeben hatten. Dass es ein Unglück gewesen sei und sie nie böse Absichten verfolgt hätten. Sie seien einfach nur überwältigt worden, hätten nicht weiter nachgedacht, im Rausch gehandelt.

«Das war dumm», lautete der einzige Kommentar der Frau.

«Was ist mit UW passiert?», fragte Sandra einige Kilometer später.

«Willst du das wirklich wissen?», fragte die Frau zurück, und Sandra war das Antwort genug.

Schweigend fuhren sie weiter. Für einen Moment überlegte Sandra, ob sie aus dem Auto springen und zu Fuß flüchten sollte, aber nach einem Blick auf den Tacho nahm sie Abstand von der Idee. Der Frau einen falschen Ort zu nennen, um sie zu überlisten, war ihr auch nicht als gangbarer Weg erschienen, und jetzt waren sie bald da. Falls Kenneth sich nicht irgendetwas ausgedacht hatte, um sie zu retten, konnte sie lediglich hoffen, die Frau würde sie freilassen, wenn sie bekommen hatte, was sie wollte. Ihr Gefühl sagte ihr allerdings, dass diese Hoffnung vergebens war.

«Du kannst hier halten», sagte Sandra und deutete vor sich auf den Weg. «Es ist da vorn.»

Sie parkten am Rand und verließen das Auto. Die Frau gab Sandra zu verstehen, dass sie vorangehen sollte, und holte ihre Pistole aus der Tasche.

Der Himmel war durch und durch grau, die Bäume, das Moos, das Gras und alles andere im Wald triefte. Sandra klebte das Haar am Kopf und im Gesicht, die Bandage um ihre Hand färbte sich hellrosa. Ihre neuen Schuhe hatte sie noch gar nicht imprägniert, schoss es ihr durch den Kopf. Ein dummer Gedanke, aber immer noch besser, als darüber zu grübeln, was in ein paar Minuten passieren würde, wenn sie am Schuppen angekommen waren.

«Da ist es», sagte sie und deutete auf die vier verfallenen Wände, die vor ihnen auftauchten. Die Frau nickte nur, und sie gingen weiter. Wo einst die Tür gewesen war, stiegen sie hinein, und Sandra deutete auf die verschlossene Luke im Boden. Die Frau blieb einige Meter daneben stehen und bedeutete ihr mit einer auffordernden Kopfbewegung.

«Öffnen!»

Sandra kniete sich hin und zog mit einer gewissen Anstrengung die Luke hoch. Im ersten Moment dachte sie, sie hätte sich verguckt und der dunkle Himmel und der Regen würden ihr einen Streich spielen. Sie konnte die Taschen nicht sehen. Erst nach einigen schreckerfüllten Sekunden begriff sie, dass sie tatsächlich nicht da waren.

«Das kann doch nicht wahr sein!» Fassungslos richtete sie sich auf. Die Frau trat einen Schritt näher, spähte in das Loch hinab und streckte sofort wieder die Pistole vor sich. Sandra hob die Arme und kam unbeholfen wieder auf die Beine.

«Nein, nein, sie waren hier! Ich schwöre es. Wir hatten sie hier versteckt. Ich schwöre.»

«Dein Freund ...»

«Nein, oder vielleicht, ich weiß es nicht, aber wenn es so ist, bekommen wir sie ja wieder. Dann, dann, rufen wir ihn einfach an!»

«Es war aber nicht Kenneth.»

Blitzschnell drehte sich die Frau mit ihrer erhobenen Waffe zu der Stimme um, während sie gleichzeitig mit einer einzigen, geschmeidigen Bewegung hinter Sandra glitt und sie wie einen Schutzschild vor sich hielt. Sandra versuchte zu begreifen, was da vor sich ging, doch sie konnte sich einfach keinen Reim darauf machen.

Thomas, im Regen. Mit einem Gewehr, das er auf sie richtete.

«Ich habe das Geld. Ich habe vor, es meinen Kindern zu schenken.»

«Geben Sie es mir, sonst wird die hier sterben», antwortete die Frau ganz ruhig und richtete ihre Pistole vorübergehend auf Sandras Schläfe anstatt auf ihn.

«Lassen Sie sie los, dann bekommen Sie das Geld. Und anschließend können Sie wieder nach Russland fahren. Auftrag erledigt. Niemand muss sterben.»

Sandra begriff immer noch nichts. Nichts von alledem. Warum war Thomas hier? Wann hatte er das Geld an sich genommen? Wusste er denn, wer diese Frau war? Sie schien aber nicht als Einzige überrascht zu sein.

«Du weißt, wer ich bin», stellte die Frau hinter ihr fest, allerdings in einem fragenden Tonfall.

«Nein, aber ich weiß, warum Sie hier sind. Meine Frau ist Polizistin.»

«Hannah.»

«Ich bin der Einzige, der weiß, wo das Geld ist. Lassen Sie Sandra gehen, dann zeige ich es Ihnen.»

«Wenn ich sie gehen lasse, erschießt du mich.»

«Ich hätte schon genügend Möglichkeiten gehabt, Sie zu erschießen, wenn ich es gewollt hätte.»

Es wurde still. Nur die Tropfen auf den Blättern und auf dem eingestürzten Dach waren zu hören. Sandra wagte kaum zu atmen und schon gar nicht, sich umzudrehen, um zu sehen, was die Frau hinter ihr vorhatte. Sie starrte einfach nur weiter Thomas an. Der Regen ließ sein Haar am Kopf kleben, rann über sein Gesicht und den Hals hinab, doch es schien ihn nicht zu kümmern. Er blinzelte ihn nur ab und zu weg, im Übrigen stand er immer noch breitbeinig mit dem schussbereiten Gewehr in der Hand da.

Dann brach die Frau hinter ihr das Schweigen. «Du willst mich einfach so zurückfahren lassen? Deine Frau muss doch erzählt haben, was ich getan habe.»

«Sie werden Sie trotzdem weiterhin jagen. Ich möchte einfach nur Sandra und meinen Schwiegersohn retten. Es sind schon genug Menschen gestorben.»

Wieder wurde es still. Dann spürte Sandra, wie sich der feste Griff um ihren Oberarm lockerte. Sie wurde kraftvoll zur Seite gestoßen und wäre fast gestolpert.

Jetzt richtete die Frau ihre Waffe auf Thomas.

«Na dann, gehen wir.»

Katja traute ihm nicht, natürlich nicht, sie entspannte sich keine Sekunde, während sie ein paar Schritte hinter ihm ging. Zwar hatte er überzeugend gesagt, er wolle nicht, dass noch weitere Menschen sterben würden, und tatsächlich hatte er mehrere Gelegenheiten gehabt, sie zu erschießen, ohne Sandra zu verletzen, es aber nicht getan.

Also wie sollte sie vorgehen, wenn er sie zu dem Geld führte?

Ihr Auftrag war eindeutig gewesen.

Die Ware finden und diejenigen töten, die sie genommen hatten.

Konnte sie Onkel gegenüber verschleiern, wer sie eigentlich gehabt hatte, und behaupten, sie seien von Anfang bei UW gewesen? Bei UW, der nachweislich nicht mehr am Leben war. Im Grunde war ihr Hannahs Mann egal, aber es wäre schön, jetzt einfach ein Ende zu finden und zurück nach Sankt Petersburg zu fahren. Ohne vorher Sandra und Kenneth umzubringen. Doch sie musste es ja nicht gleich entscheiden. Noch hatte sie das Geld nicht, und bis dahin konnte so einiges passieren.

«Woher wusstest du, dass wir hier sind?», fragte sie, als sie durch die Bäume hindurch ein rot gestrichenes Ferienhaus erkennen konnten.

«Kenneth hat angerufen und gesagt, dass Sie unterwegs wären, um das Geld abzuholen.»

Also war er die ganze Zeit zu Hause gewesen. Katja musste sich eingestehen, dass sie ein wenig beeindruckt war, weil er sich selbst dann nicht zu erkennen gegeben hatte, als sie seiner Freundin in die Hand geschossen hatte. Es war zwar die richtige Entscheidung gewesen, die aber sicher nicht viele getroffen hätten.

«Wann hast du das Geld weggeschafft?»

«Gestern Abend.»

Sie kamen aus dem Wald und gingen um die Hausecke herum zu einem geparkten Auto, das vermutlich ihm gehörte.

«Wie heißt du?»

«Thomas. Und Sie?»

«Louise.»

«Was ist Ihr richtiger Name?»

«Ich habe keinen richtigen Namen.»

«Auch nicht Tatjana?»

Sie blieb abrupt stehen. Umklammerte die nasse Pistole noch fester und richtete sie auf seinen Kopf. Wer war er? Hannahs Mann, das hatte er gesagt, aber im Prinzip konnte er auch jeder andere sein. Die Polizei war ihr auf die Spur gekommen, aber dass sie tatsächlich den Namen herausgefunden hatte, den ihre «Eltern» ihr gegeben hatten? Unwahrscheinlich.

«Sie wissen, wer ich bin?»

«Nein, aber meine Frau glaubt es zu wissen.»

«Stehen bleiben!», befahl sie kalt.

«Wir können im Auto darüber reden», antwortete er und ging weiter.

«Nein. Stehen bleiben. Das Gewehr fallen lassen.»

Er hielt an und drehte sich zu ihr um, hatte das Gewehr aber noch immer gesenkt in der Hand. Es schien, als wollte er gerade etwas sagen, als ein Auto mit knirschenden Reifen in die kiesbedeckte Einfahrt bog. Katja richtete ihre Waffe noch immer auf Thomas, der genauso überrascht wirkte wie sie, als die Tür des Autos aufgestoßen wurde, noch ehe es richtig zum Stehen gekommen war, und Hannah heraussprang, die Hand bereits am Holster. Jetzt zielte Katja stattdessen auf sie, hörte Thomas «Nein!» schreien und sah im Augenwinkel, wie er das Gewehr hob. Er stand näher zu ihr und besaß eine Waffe mit größerer Streuung, die mehr Schaden anrichtete. Rasch wechselte sie wieder das Ziel und visierte ihn an.

«Elin!», hörte sie Hannah durch den Regen rufen, ohne eine Ahnung zu haben, was das bedeuten sollte. «Elin!»

Sie feuerte einen Schuss ab, noch ehe Thomas sein Gewehr wieder heben konnte. Die Kugel schlug über dem rechten Auge ein, und er hielt mitten in der Bewegung inne und sank lautlos zu Boden. Hannah schrie, und Katja vernahm einen weiteren Schuss und drehte sich wieder zum Auto um. Sie sah, wie Hannah mit ihrer Waffe in der Hand hinter der geöffneten Autotür in Deckung ging und noch einmal schoss. Sie jedoch erneut verfehlte. Dennoch stand Katja vollkommen schutzlos da, und Hannahs Bein unter der Tür war nur ein kleines, schwer zu treffendes Ziel. Ein dritter Schuss kam aus Hannahs Waffe, und diesmal glaubte sie zu spüren, wie nah die Kugel an ihr vorbeipfiff. Rasch traf sie eine Entscheidung. Feuerte dreimal hintereinander schnell auf das Auto, ohne richtig zu zielen, ehe sie sich umdrehte und in den Wald rannte.

Hannah sah sie zwischen den Bäumen verschwinden und richtete sich mit starrem Blick auf, als müsste sie sich erst orientieren, ehe sie losging. Ihr Atem ging in kurzen, verzweifelten Stößen.

Sie hat ihn erschossen.

Hannah versuchte zu verstehen, was da passiert war, wie es hatte passieren können und ob es tatsächlich wahr sein konnte. Die beiden, bewaffnet einander gegenüber, als sie vor das Haus fuhr.

Oh Gott, sie hat ihn erschossen.

Ihr fiel auf, dass sie immer noch ihre Waffe in der Hand hielt. Sie ließ sie in den Kies fallen und lief weiter. Neben Thomas' leblosem Körper sank sie auf die Knie und wusste nicht, wohin mit den Händen, hielt sie zweifelnd über ihn, ehe sie die eine vorsichtig auf seine nasse Hemdbrust legte. Der Regen fiel direkt in seine starren Augen und verteilte ein kleines Rinnsal aus Blut, das aus dem Loch in seiner Stirn rann.

Alles, was in ihr eingeschlossen gewesen war, löste sich plötzlich, auch die Kraft, die sie noch aufrecht gehalten hatte, und sie fiel über ihm zusammen.

«Hannah?»

Sie zuckte zusammen. Mühsam drehte sie sich zu der Stimme um. Sandra stand an der Hausecke. Das schien ihr fast genauso unbegreiflich wie die Tatsache, dass ihr Mann mit einem Einschussloch im Kopf auf dem Boden lag.

«Was machst du hier?»

«Ist er tot?», fragte Sandra und schlug sich schockiert die Hand vor den Mund, während sie sich langsam näherte. Hannah folgte ihr mit dem Blick. Als Sandra bei ihr war, sank sie ebenfalls auf die Knie. «Oh Gott ...»

Starr blickte Hannah sie an und verstand den Zusammenhang noch immer nicht.

«Was machst du hier?»

«Wo ist sie?», fragte Sandra, womit sie Hannahs Frage zum zweiten Mal auswich, und sah sich nervös um.

«Sie ist weggerannt.»

«Willst du nicht versuchen, sie zu kriegen?»

«Ich weiß nicht ...», antwortete Hannah ehrlich, vor allem, weil sie sich gar nicht vorstellen konnte, wie das funktionieren sollte. In diesem Moment erschien ihr alles zu schwer, das Aufstehen, das Denken, das Handeln.

«Mit dem Auto kannst du sie noch einholen», sagte Sandra.

Hannah zögerte und blickte wieder auf Thomas herunter. Ihre Brust krampfte sich erneut zusammen, und ihre Augen füllten sich mit Tränen.

«Ich bleibe bei ihm», erklärte Sandra sanft. «Du musst sie erwischen.»

Hannah sah sie an. Sie wirkte erstaunlich ruhig und gefasst. Es war schön, dass ihr jemand sagte, was sie zu tun hatte, und sie selbst keine eigenen Entscheidungen treffen musste. Denn ihre bisherigen Entscheidungen waren schlecht gewesen, falsch und verhängnisvoll.

Sie rappelte sich auf die Beine und ging zurück zu ihrem Wagen. Mit zitternden Händen gelang es ihr, den Motor zu starten. Die Scheinwerfer erhellten Sandra, die neben Thomas kniete. Erst glaubte sie, bei diesem Anblick erneut die Fassung zu verlieren, doch dann packte sie die Wut. Als sie den ersten Gang einlegte und losfuhr, spürte sie, wie der aufkommende Zorn ihre Gedanken weglenkte von der bodenlosen Trauer, die sie in Zukunft noch lange begleiten würde.

Katja rannte aus dem Wald heraus und sprang in Sandras Auto. Im Schutz der Bäume hatte sie ihre Situation überdacht. Es sah nicht gut für sie aus. Wenn dieser Thomas die Wahrheit gesagt hatte, und davon ging sie aus, gab es jetzt keine Möglichkeit mehr, an das Geld zu kommen. Und auch keinen Grund, noch länger hierzubleiben. Nur mit der Hälfte dessen zurückzukehren, was sie versprochen hatte, war zwar eigentlich keine Alternative, aber was sollte sie tun?

Sie hatte versagt, so einfach war es.

Dieses schwedische Dreckskaff hatte sie scheitern lassen.

Zum ersten Mal. Und das würde sie auch retten. Sie war ein Gewinn, eine der Besten, die die Akademie je gehabt hatte, wenn nicht die Beste. Sie würde bestraft werden, aber weitermachen dürfen. Schließlich hatten sie zu viel in sie investiert, um sich ihrer wieder zu entledigen.

Sie startete den Motor und fuhr in angemessener Geschwindigkeit los, in Richtung der größeren Straßen. Ob sie ihre gefälschten Papiere noch einsetzen konnte? Vermutlich hatte die Polizei den Namen Louise Andersson und eine Personenbeschreibung an alle erdenklichen Abreisestationen geschickt. Wäre sie gezwungen, den ganzen Weg zu fahren? In diesem Fall würde sie das Auto wechseln müssen, denn dieses hier würde bestimmt auch bald zur Fahndung ausgeschrieben werden.

Sie war so tief in ihre Gedanken über mögliche Fluchtwege und Transportmöglichkeiten versunken, dass sie schon eine ganze Weile auf der Straße 99 in Richtung Haparanda fuhr, ehe sie bemerkte, dass sie verfolgt wurde.

Hannah hatte sie bereits nach wenigen Kilometern eingeholt. Sie ging davon aus, dass sie längst bemerkt und erkannt worden war, und hielt gerade so viel Abstand, um Sandras Auto nicht aus den Augen zu verlieren und gleichzeitig reagieren zu können, falls das Fahrzeug vor ihr irgendein Manöver einleitete. Sie war auf das Schlimmste gefasst. Eigentlich auf alles.

Jetzt stellte sie ihr Telefon auf Funk und rief Gordon an.

«Ich weiß, wo sie ist», sagte sie hastig, als er sich meldete.

«Wer?»

«Louise oder Tatjana oder wie auch immer sie heißt. Sie!» Jetzt schrie sie beinahe. Sie hörte, wie Gordon Luft holte und von seinem Bürostuhl aufstand. «Sie fährt auf der 99 zurück in Richtung Stadt.»

«Wie kommt es ...»

«Sie hat Thomas erschossen», fiel Hannah ihm ins Wort. Es laut auszusprechen, machte den Schrecken nur noch wirklicher, und mit der Wirklichkeit konnte sie nicht immer gut umgehen.

Aber sie war gezwungen, es zu erzählen. «Er ist tot», fuhr sie fort und spürte, wie ihre Stimme versagte, die Wörter stockten.

Am anderen Ende der Verbindung herrschte Schweigen. Sie begriff, dass Gordon mit der Frage kämpfte, wie er das Gespräch weiterführen sollte. *Wer* es weiterführen sollte. Gordon, der fürsorgliche Kollege, der fragen, trösten, zuhören wollte, oder Gordon, der Polizeichef, der eine Massenmörderin jagte.

«Du folgst ihr auf der 99 und kannst sie sehen?»

Der Polizeichef hatte das Rennen gemacht. Jedenfalls vorläufig.

«Ja.»

«Ich trommle die anderen zusammen, wir melden uns in zwei Minuten wieder.»

«Beeilt euch, wir sind in zehn Minuten in Haparanda.»

«Pass auf dich auf und unternimm nichts Dummes.» Es war deutlich, dass er noch mehr sagen wollte und sie nicht einfach allein lassen wollte, deshalb half sie ihm, indem sie ihn wegdrückte und ihre Aufmerksamkeit wieder voll und ganz dem vorausfahrenden Fahrzeug widmete.

Gordon blickte auf das Telefon in seiner Hand und versuchte zu ordnen, was er gerade gehört hatte. Dann riss er sich hastig aus seinen Überlegungen und rannte zu Morgan, der bereits hinter seinem Schreibtisch aufgesprungen war, durch die eilig heranstürmenden Schritte gewarnt.

«Ruf alle zusammen, jetzt, sofort!», befahl Gordon.

«Wieso? Was ist denn passiert?»

«Hannah hat angerufen.»

«Was ist mit ihr?» Morgans sonst so ruhige Stimme klang beunruhigt, als er auf Gordon zutrat.

«Thomas ist tot.» Das war nicht die Information, die Morgan jetzt brauchte, aber Gordon musste es einfach jemandem mitteilen. «Er wurde von der Frau erschossen, die auch das Hotel in die Luft gesprengt hat.»

«Was? Wann? Und wo?»

Morgan besaß die Fähigkeit, Informationen schneller und besser als jeder andere Mensch zu verarbeiten, den Gordon kannte, aber jetzt sah er dem verwirrten Blick des Kollegen an, dass er ihm gar nicht mehr folgen konnte.

«Ich weiß nicht, ich habe nicht gefragt. Sie sind auf dem Weg hierher.»

«Wie? Zusammen?»

Es war offensichtlich, dass er noch immer nichts begriff. Gordon spürte, wie die Ungeduld in ihm hochkochte.

«Nein! Hannah verfolgt die Frau mit ihrem Auto. Sie sind in zehn Minuten hier.»

«Okay, dann haben wir es eilig.»

«Wo ist X?»

«Im Hotel. Soll ich ihn anrufen?»

«Verzichte lieber darauf, dafür haben wir nicht mehr genug Zeit. Ruf alle in den Besprechungsraum.»

Er wollte gerade weiterstürmen, als Morgan ihn aufhielt.

«Gordon ...»

«Ja, was ist?», fragte Gordon, ohne seine Anspannung und Gereiztheit verbergen zu können.

«Sie wird es schaffen.» Morgan holte ihn ein. «Ich weiß, was du für sie empfindest. Sie wird es schaffen. Und wir unterstützen sie.»

Er legte seine schwere Hand auf Gordons Schulter, drückte sie kurz und sah ihm fest in die Augen. Er wusste es. Natürlich wusste er es. Morgan Berg wusste alles. Das hätte Gordon inzwischen gelernt haben müssen.

«Ruf alle zusammen», erwiderte er sanfter und hoffte, dass seine Dankbarkeit aus seinen Worten durchklang. Morgan nickte, und Gordon eilte weiter, zwei Stufen auf einmal nehmend, die Treppe zum Besprechungsraum hinauf.

Katja warf einen Blick in den Rückspiegel. Hannah lag etwa hundert Meter hinter ihr, schien sich aber weder nähern noch überholen oder irgendeinen Versuch unternehmen zu wollen, sie zu stoppen. Für den Moment war Katja froh, einen gewissen Abstand zu ihr zu haben. Immerhin hatte sie gerade Hannahs Mann ermordet. Diejenigen zu töten oder zu verletzten, die einem Schmerz zugefügt hatten, war eine Befriedigung, das wusste sie aus eigener Erfahrung, und manche waren bereit, für ihre Rache einiges zu riskieren. Dass sie nicht näher kam, deutete allerdings auch darauf hin, dass Hannah Verstärkung gerufen hatte, vermutlich auch im Funkkontakt zu den Kollegen stand und sie dirigieren konnte, je nachdem, was Katja tun würde. Sie musste sie abschütteln, was allerdings nicht so einfach werden würde.

Also traf sie einen Entschluss. Wenn sie abrupt wendete und zurückfuhr, würde sie nah an Hannah vorbeikommen. Nah genug, um ihr Auto fahrunfähig zu machen. Dann konnte sie auf den kleineren Wegen verschwinden und in Övertorneå die Brücke nach Finnland nehmen. Gab es dort überhaupt eine Polizeistation? Jedenfalls keine mit großer Personalstärke, da war sie sicher. Soeben wollte sie auf der leeren Landstraße ihr Manöver vollziehen, als sie durch einen letzten Blick in den Rückspiegel entdeckte, dass Hannah jetzt Verstärkung von einem Polizeiauto erhalten hatte, das aus nördlicher Richtung gekommen war. Blaulicht, aber keine Sirenen. An beiden würde sie nicht vorbeikommen.

Eine Weile hatte sie mit dem Gedanken gespielt, zu bremsen, das Auto stehen zu lassen und zu Fuß zu flüchten, doch auch das war jetzt keine Alternative mehr. Fluchend fuhr sie weiter geradeaus und hoffte, dass sich bald eine neue Chance auftun würde.

Die fünf Männer standen verbissen und konzentriert über die große Karte gebeugt, die auf dem Konferenztisch ausgebreitet lag.

«Soweit wir wissen, kommen sie von hier», sagte Gordon und legte den Finger dort auf die Karte, wo die 99 von Norden her in die Stadt hineinführte.

«Und sie folgen ihr jetzt zu zweit?», fragte Lurch.

«Ja, das erschwert ihr die Möglichkeit, dort zu wenden, aber wir wollen auch verhindern, dass sie auf die E4 gelangt.»

«Also stoppen wir sie dort», sagte Morgan und tippte auf den Kreisverkehr bei IKEA. «Nach Finnland wollen wir sie nicht lassen», setzte er die Überlegungen fort.

«Nein», bestätigte Gordon.

«Damit würden wir sie allerdings zwingen, in Richtung Zentrum zu fahren», stellte P-O mit einem Blick auf die Karte fest. Gordon hob den Kopf, als er die Kritik in seiner Stimme vernahm. «Dort sind überall Menschen, was passiert, wenn sie Geiseln nimmt?»

Gordon überlegte kurz. Der Einwand war absolut berechtigt. Sie wussten nicht viel über diese Frau, die sich jetzt ihrer Stadt näherte, aber sie hatte eindeutig keinen Respekt vor dem Leben anderer Menschen.

«Es regnet. Normalerweise ist es dann eher leer. Wir müssen die Daumen drücken. Ich möchte sie dort haben», entgegnete Gordon und tippte erneut auf die Karte. Er hoffte, sein Tonfall würde klarmachen, dass er keine weiteren Einwände duldete. Anscheinend funktionierte es. Die anderen sahen sich genau an, wo er hindeutete. Nickten und warfen einen Blick auf die Uhr an der Wand.

Die Zeit rannte ihnen davon.

Hannah fuhr mit gleichmäßiger Geschwindigkeit und blieb weiter auf Abstand. Die Verstärkung lag hinter ihr, das Blaulicht blinkte beruhigend. Jetzt war Gordon wieder über Funk zugeschaltet. Er hielt den Kontakt zu allen verfügbaren Einsatzwagen und hatte die Finnen auf die Brücke geschickt, damit auch dieser Fluchtweg abgeschnitten war.

«Wir haben einen Plan.»

Hannah lauschte aufmerksam.

Katja spürte, wie sehr sie diese kleine Stadt hasste, als sie den alten Wasserturm sah, der sich vor dem dunklen Himmel abzeichnete. Hoffentlich würde sie nie wieder hierher zurückkehren müssen. Nach wie vor war sie vollkommen überzeugt davon, dass sie aus dieser kniffeligen Lage entkommen würde, aber jetzt, da sie sich Haparanda näherte, würde es schwieriger werden. Noch mehr Polizisten, ein größerer Einsatz. Ob sie Verstärkung aus dem Süden erhalten hatten? Aus Stockholm? Vermutlich ja.

Irgendjemand musste Hannah von ihr erzählt haben. Von Tatjana.

Diesmal war wirklich alles auf spektakuläre Weise schiefgelaufen, und ihr standen mehrere Probleme bevor: Onkel, Zagorni sowie die Tatsache, dass man ihr Gesicht kannte und offenbar auch etwas über ihre Kindheit in Erfahrung gebracht hatte. Das waren ernsthafte Probleme. Ein paar

Provinzpolizisten mit Verstärkung zu entkommen sollte dagegen keines sein. Sie musste nur wachsam sein, die Chance erkennen, wenn sie sich bot, und schnell reagieren.

Das nächste Polizeiauto, das sie sah, kam in hohem Tempo auf der E4 herangerast, bremste schlitternd und blockierte effektiv beide Fahrbahnen, die vom Kreisverkehr aus nach Westen führten. Bewaffnete Beamte sprangen heraus und begaben sich in Stellung.

Die Fahrzeuge hinter ihr teilten sich im Kreisel auf und zwangen sie, links abzubiegen, in Richtung der finnischen Grenze. Auch auf diesem Weg würde sie allerdings nicht weiterkommen, wie sie im nächsten Kreisverkehr einsah, als sie das Blaulicht auf der Brücke entdeckte. Sie war gezwungen, rechts einzuscheren, auf die Storgatan. Hannah und das andere Auto lagen wieder hinter ihr, jetzt mit weniger Abstand. Die hatten einen Plan und wollten sie irgendwo hintreiben.

Zunächst fuhr sie weiter in Richtung Zentrum, wo ein paar vereinzelte Passanten, die dem Wetter trotzten, auf dem Bürgersteig stehen blieben, als sie in viel zu hoher Geschwindigkeit an den anderen Wagen vorbeirauschte. Vorbei an den Ladenlokalen, Banken, H. M. Hermansons und weiter in ein Wohngebiet. Dann näherte sie sich den Bahnschienen und sah am Ende der Straße die kleine Unterführung, über die die Gleise zur großen Eisenbahnbrücke verliefen. Da kam ihr eine Idee. Die Unterführung hatte nur eine Fahrbahn. Wenn sie kontrolliert gegen die rechte Wand fuhr, das Auto quer stellte und schnell hinaussprang, konnte sie zwischen den Häusern dahinter verschwinden. Es schien nicht so, als hätten die Polizei auf der anderen Seite Wagen postiert, und bisher hatte sie auch keinen Helikopter gesehen oder gehört.

Es sollte funktionieren. Sie war schnell.

Noch ehe ihre Verfolger überhaupt aus dem Auto gestiegen und an dem ihren vorbeigekommen wären, hätte sie ein gutes Versteck gefunden und würde so lange warten, bis die Polizei aufgab.

Warten konnte sie gut.

Sie ging den Plan schnell noch einmal im Kopf durch. Nicht ganz ohne Risiko, aber sie musste eben improvisieren, und es war an der Zeit, diese Angelegenheit endlich hinter sich zu bringen. Noch immer lagen nur die beiden Wagen hinter ihr, und Hannah würde mit Abstand als Erste nach ihr an der Unterführung sein. Die Chance war reell. Sie öffnete den Sicherheitsgurt und richtete ihre Aufmerksamkeit wieder nach vorn. Doch jetzt näherte sich auch von der anderen Seite ein Polizeiwagen und blockierte die einspurige Durchfahrt.

Scheiße, scheiße, scheiße.

Genau in diese Falle sollte sie gelockt werden.

Hier gab es keine weiteren Abfahrten, an der letzten war sie gerade vorbeigerauscht. Sie warf einen Blick in den Rückspiegel. Die Fahrer hinter ihr wussten von dem Plan, jetzt fuhren sie nebeneinander und nahmen ihr die Möglichkeit, umzudrehen und an ihnen vorbei zu entkommen. Rechts von ihr lag ein altes verlassenes Fabrikgebäude, also blieb ihr nur die linke Seite. Zum Fluss. Mit quietschenden Reifen bog sie auf den Kiesplatz am Ufer. Er mündete in eine Böschung, die hinauf zu den Gleisen und zu der über hundert Jahre alten Eisenbahnbrücke hinüber nach Finnland führte. Katja raste die Anhöhe hinauf, soweit das Auto mitspielte, und entdeckte eine Öffnung im Zaun, hin zu den Schienen.

Sie hechtete aus dem Wagen, warf sich herum und schoss auf ihre Verfolger. Die bremsten, als die Kugeln in ihre Windschutzscheiben einschlugen, und die Polizisten duckten sich hinter den Armaturenbrettern. Katja kam auf die Füße, lud dabei nach und rannte los, durch die Lücke im Zaun und auf die Eisenbahnbrücke hinaus.

Hannah blieb im Auto sitzen und starrte beinahe schockiert auf die beiden Einschusslöcher, die rechts von ihrem Kopf in der Frontscheibe klafften. Gordon und Morgan rasten an ihr vorbei, Gordon wandte sich kurz zu ihr um und hob fragend den Daumen. Sie nickte, und er lief weiter und hatte kurz darauf Morgan eingeholt, der den Hang hinaufstürmte. Hannah löste den Sicherheitsgurt und stieg aus. Wahrscheinlich müsste sie hinterherlaufen, aber sie würde sowieso niemals mithalten können, und ihre Waffe lag noch im Ferienhaus, wozu sollte das also gut sein?

Andererseits ...

Sie musste sehen, wie es ausging. Dabei war ihr nicht einmal klar, worauf sie hoffte. Wollte sie es nur wissen? Wollte sie recht haben? Diese Frau hatte Thomas erschossen, ohne mit der Wimper zu zucken. Wäre es am besten, wenn sie einfach verschwand?

Als sie den Hang erklomm, hörte Hannah, wie Gordon der fliehenden Frau zuschrie, sie solle stehen bleiben. Hannah beeilte sich. Da ertönte ein Schuss. Gordon rief erneut, weitere Schüsse folgten. Als Hannah den höchsten Punkt erreichte, standen Gordon und Morgan mit gezückten Waffen am Fuß der Brücke. Hannah schlüpfte durch den Zaun und ging langsam zu ihren Kollegen. Dort sah sie, was die sahen.

Die Frau kniete einige hundert Meter weiter auf der mächtigen Stahlkonstruktion, mitten auf den Schienen. Hannah konnte erkennen, dass sie schwer atmete. Ihr ganzer Rücken bebte. Dann kam sie langsam und unter großer Anstrengung auf die Beine.

«Lassen Sie die Waffe fallen und legen Sie sich flach auf

den Boden!», rief Gordon, während er sich mit erhobener Pistole langsam näherte. Hannah blieb stehen und registrierte, dass die Frau noch immer ihre Waffe umklammert hielt, als sie sich aufrichtete und einen Schritt zur Seite taumelte, auf die massiven Metallbalken zu. Sie war von mindestens zwei Kugeln getroffen worden, von der einen im Bein, von der anderen seitlich im Bauch. Gordon rief erneut und befahl ihr, die Waffe fallen zu lassen und sich hinzulegen.

Doch erstaunlicherweise schien sie plötzlich wieder Kraft gesammelt zu haben, denn jetzt hob sie blitzschnell die Pistole. Morgan und Gordon schossen gleichzeitig. Beide trafen. Die Frau taumelte kurz, fand für einen Moment das Gleichgewicht wieder, kippte dann aber nach links. Ihre Hand fasste ins Leere, als sie zwischen den Metallpfeilern ins rauschende Wasser fiel. Gordon und Morgan rannten an die Kante der Böschung und blickten hinunter.

Hannah drehte sich einfach nur um und ging langsam davon. Den Abhang hinab, zurück zu ihrem Auto.

Der Zorn, den sie empfunden hatte, der sie angetrieben hatte, der Adrenalinrausch, den die Verfolgungsjagd ausgelöst hatte, die gesammelte Konzentration. Alles war verflogen.

Übrig blieb nur eine vollkommene Erschöpfung.

Weitere Einsatzwagen aus Schweden und Finnland rasten herbei. Die Leute stürmten an ihr vorbei, auf die Brücke und hinunter zum Fluss. Befehle wurden erteilt, der Rettungseinsatz koordiniert. Hannah nahm all das wie durch einen Nebel wahr. Es hatte keine Bedeutung für sie. So, als würde es jemand anderem an einem anderen Ort widerfahren. Die Geräusche waren gedämpft, die Bewegungen verlangsamt. Die Kollegen würden ihr Fragen stellen. Was Sandra dort gewollt hatte, zusammen mit Thomas. Und warum sie dort hingekommen war, diese Frau, die jetzt im Fluss lag. Warum war Hannah dort gewesen, mitten in einer so brisanten Phase ihrer Ermittlungen? Direkt nach einer Besprechung mit der Kollegin des Nachrichtendienstes? Gab es einen Zusammenhang?

Ja, sie würden fragen. Und sie würde nichts über ihre eigentliche Vermutung sagen. Was sie dorthin geführt hatte. Wer Thomas wirklich getötet hatte. Dass es Elin gewesen war. Dass ihre verlorene Tochter allen so viel Trauer und Schmerz bereitet hatte. Vor allem Hannah. Noch einmal.

Es spielte keine Rolle, was sie dachte. Alles war verloren.

Es war vorbei.

Ein schöner Sommertag mitten im Juli, den die meisten Menschen an einem Strand, am Wasser oder im Schatten mit einem Eis verbringen. Viel zu warm, um einzukaufen, und nur wegen der Klimaanlagen halten sich überhaupt Menschen in den Läden auf.

Es ist ein Tag, den man normalerweise nicht mit Trauer, Verlust oder mit einer Beerdigung verbinden würde.

Sie hat schon so viele Beerdigungen gesehen.

Vor fünftausend Jahren die erste, seither war es ein regelmäßiger, niemals abreißender Strom. Wenn sie eines mit Sicherheit weiß, dann ist es die Tatsache, dass jeder ihrer Bewohner eines Tages sterben wird. So ist das Leben.

Das macht es allerdings auch nicht leichter für jene, die am offenen Grab stehen. Die Frau und ihre beiden fast erwachsenen Kinder. Sie trauern um ihren Mann und Vater. Sie wirkt verbissen und bemüht, nicht zusammenzubrechen. Der Sohn weint, er erinnert sich an den Vater, vermisst ihn. Auch die Tochter weint, doch in ihrer Trauer keimt ein Verdacht, ein stummer Vorwurf, dass ihre Mutter eine Mitschuld am Tod des Vaters trägt.

Es sind noch weitere Beerdigungsgäste gekommen. Der Mann, der die Witwe liebt. Der zögert, ob er die Stelle in Umeå annehmen soll, die man ihm angeboten hat, oder lieber bleiben. Ihretwegen.

Mehrere ihrer Kollegen. Einige Nachbarn. Keine richtigen Freunde. Niemand, der ihnen wirklich nahesteht.

Als die Beerdigung zu Ende ist, verteilen sie sich. Jeder in seine Richtung, es gibt keine Trauerfeier. Die Mutter und die Kinder gehen zurück. In das Haus, in dem sie nie ohne ihn gewohnt haben. Ohne den Mann, den sie auf dem Friedhof zurückgelassen haben.

Sie sieht sie, fühlt mit ihnen, aber was kann sie tun? Sie ist eine Stadt. Sie existiert einfach nur und wird weiterhin existieren.

Wie sie es immer tut. Schon immer getan hat.

Sie begrüßt alle Neuzugänge und beweint alle, die verschwinden, still und geduldig, am ewigen Fluss.

Denk nach!»
«Ich habe nachgedacht, ich weiß es nicht.»
«Du kanntest ihn am besten.»

Kenneth antwortete nicht, zuckte nur müde die Achseln. Sandra biss die Zähne zusammen. Sie glaubte ihm. Glaubte, dass er sich wirklich anstrengte, um ihnen zu helfen. Seit einem Monat hatte sie ihm immer wieder dieselbe Frage gestellt. Er wusste die Antwort ganz einfach nicht.

Wo zum Teufel konnte Thomas das Geld versteckt haben?
Ihr Geld.

Das ihr ein neues leichteres Leben ermöglichen sollte. Dafür sorgen, dass sie sich nie wieder den Kopf über Dinge zerbrechen musste wie die Rechnungen, die vor ihr auf dem Küchentisch lagen. Sie war wegen ihrer Hand krankgeschrieben, und Kenneth trug wie immer nichts zum Haushaltseinkommen bei. Ihr Leben war alles andere als einfach.

Natürlich war die Polizei bei ihnen gewesen, sie hatte eine Menge Fragen gestellt. Was Sandra bei dem Ferienhaus gemacht hatte, als Thomas erschossen worden war? Und warum sie zusammen mit der Frau dort gewesen war, die ihn erschossen hatte?

Zum Glück hatten Kenneth und sie vor der ersten Vernehmung genügend Zeit gehabt, sich abzusprechen, und es war ihnen auch gelungen, sich an die eingeübte Geschichte zu halten. Wie die verrückte Frau einfach bei ihnen zu Hause aufgetaucht war, aus irgendeinem Grund vollkommen überzeugt davon, dass sie etwas mit dem überfahrenen Russen im Wald zu tun gehabt hätten. Warum sie das glaubte, wussten sie nicht. Sie waren gezwungen gewesen, die Frau aus dem Haus zu locken und mitzuspielen, und hatten gesagt, sie würden sie zu dem Gesuchten bringen. Dann hatte Kenneth bei Thomas angerufen, der auch gekommen war, und ... ja, das Ende der Geschichte kannten sie ja.

Und warum hatten sie nicht bei der Polizei angerufen, sondern bei Thomas?

Kenneth hatte die Tränen nicht zurückhalten können, als er antwortete, dass er wünschte, er hätte es getan, aber er habe nicht weiter darüber nachgedacht. Thomas hatte ihnen schon früher immer geholfen, bei allem ...

Erst waren die Polizisten skeptisch gewesen, doch als sie die Drogen im Auto der Frau fanden und UW tot im Kofferraum seines Wagens, schienen sie das Interesse an Kenneth und ihr zu verlieren. Wahrscheinlich waren sie zu dem Schluss gekommen, dass UW nicht nur die Drogen, sondern auch das Geld besessen haben musste und sie es nur nicht finden konnten.

Sobald die Polizei sie in Ruhe gelassen hatte, waren sie zu dem verfallenen Schuppen gefahren, wo sie sich noch einmal vergewissert hatten, dass das Geld nicht mehr im Versteck war, ehe sie sich auf die Suche machten. Sie hatten Tage damit verbracht, das Grundstück und den umliegenden Wald abzusuchen, in immer größeren Kreisen. Hatten nach Zeichen dafür Ausschau gehalten, dass jemand gegraben, etwas versetzt, weggeschleift oder eben versteckt hatte. Sogar in das Ferienhaus waren sie eingebrochen und hatten jeden Zentimeter dort und im Gästehaus durchforstet. Nichts.

«Glaubst du, er könnte das Geld zu Hause versteckt haben?», fragte sie jetzt, obwohl sie das Thema ja gerade erst angesprochen hatte. Aber sie konnte an nichts anderes denken.

«Dann hätte Hannah es bestimmt gefunden.»

«Da wäre ich nicht sicher. Er hat gesagt, dass er es seinen Kindern geben wollte. Glaubst du, er konnte ihnen noch rechtzeitig erzählen, wo er es versteckt hat?»

«Nein.»

«Ruf Hannah an und sag ihr, dass wir sie gern besuchen kommen wollen, um zu sehen, wie es ihr geht, und dann können wir uns ein bisschen umschauen ...»

«Sandra ...»

Sie blickte ihn an. Die Sache gefiel ihm nicht, das wusste sie, vor allem, weil er eine Mitschuld an Thomas' Tod empfand, aber seine Gefühle spielten in diesem Moment nur eine untergeordnete Rolle.

«Was ist denn?»

Mit diesen drei Wörtern machte sie deutlich, dass sie jetzt keine Widerrede oder Kritik duldete. Das verstand er direkt.

«Nichts», sagte er und nahm seufzend sein Handy.

Sehr gut. Erst Hannah, Gabriel und Alicia, dann würden sie bei Thomas' Kollegen nachfragen müssen, vielleicht auch bei den Nachbarn. Sie wusste ungefähr, wann er die Taschen abgeholt haben musste, und konnte versuchen, seinen Weg ab diesem Zeitpunkt und bis zu seinem Tod nachzuverfolgen. Ob man als Privatperson an seine Handydaten herankam? Und nachvollziehen konnte, wo er gewesen war? Einen Versuch wäre es wert.

Sie würde das Geld zurückbekommen.

Ihr Geld.

Und wenn es das Letzte war, was sie in ihrem Leben tat.

Die andere Betthälfte war leer. Natürlich war sie das. So war es derzeit immer, egal zu welcher Uhrzeit. Hannah stand auf, zog eine Jeans und einen Pullover an und ging in die Küche. An den meisten Tagen kam sie nicht weiter als bis hierher.

Was sollte sie tun? Und warum sollte sie es tun? Warum sollte sie irgendetwas tun, wenn sie auch nichts tun konnte?

Der Kinder wegen? Die beiden waren immer noch zu Hause. Doch es schien ihnen leichter zu fallen, wieder ins Leben zurückzufinden. Sie hatten einen direkteren Zugang zu ihren Gefühlen, konnten besser darüber reden. Untereinander. Mit Freunden. An manchen Tagen brachen sie zusammen, aber im Großen und Ganzen verarbeiteten sie es gut.

Bei ihr war das anders. Sie fühlte sich halbiert. Ein Klischee, aber sie konnte es nicht anders beschreiben. Ihre Leben waren so lange so eng miteinander verflochten gewesen. Jetzt war er fort, und sie musste alles bewahren, all die Erinnerungen. Nur sie.

Das bedeutete Trauer.

Die Schwere der Verantwortung, ihre gemeinsame Zeit allein am Leben erhalten zu müssen, diese Angst, dass alle Erinnerungen verblassen könnten, bis sie sich eines Tages fragte, ob sie überhaupt wahr waren.

So war es, wenn man zurückgelassen wurde.

Sie war zurückgelassen worden. Sie war einsam.

Natürlich waren ihr Fragen gestellt worden.

Hannah hatte lediglich erklärt, sie sei ins Ferienhaus gefahren, um noch einmal in Ruhe den Fall durchzugehen. Sie hatte keinen anderen Grund genannt. Kein Wort über Elin verloren. Alle hatten sich damit zufriedengegeben.

Auch Kenneth und Sandra hatten Antworten gegeben, die ihren Kollegen nachvollziehbar erschienen waren. Jetzt gingen sie von der Theorie aus, UW habe Tarasow angefahren. Man hatte die Drogen gefunden, aber nicht das Geld. Hatte Stina, seine Freundin, befragt, die jedoch sagte, sie wisse von nichts.

Auch Hannah wusste nicht alles. Ein paar Fragen blieben definitiv offen.

Sie sei gezwungen gewesen, die Frau aus dem Haus zu locken, hatte Sandra gesagt, damit Kenneth, der zu Hause war, eine Möglichkeit hatte, Hilfe zu rufen. Aber wie war die Frau überhaupt darauf gekommen, die beiden könnten in den Fall verwickelt sein? Wieso wusste Kenneth, wohin Sandra und die Frau unterwegs waren? Warum hatte sie sie zu dem Ferienhaus bringen wollen? Was war ihr Plan gewesen? Mitzuspielen – aber wie lange? Und was war eigentlich passiert, bevor Thomas aufgetaucht war?

Fragen über Fragen.

Kenneth kannte UW von ihrer gemeinsamen Zeit im Gefängnis. Sein Volvo, den er mehrere Jahre gehabt hatte, war verschwunden. Manchmal hatte Hannah den Verdacht, dass es in Wirklichkeit Kenneth und Sandra gewesen waren, die Wadim Tarasow im Wald überfahren hatten. Dass sie das Geld und die Drogen mitgenommen hatten. Dass die russische Frau recht gehabt hatte. Alles war möglich.

Sie ging der Sache nicht weiter nach. Überhaupt machte

sie ziemlich wenig. Eigentlich nichts. Gordon hatte sie einige Male besucht und war ganz der fürsorgliche Kollege gewesen. Hatte ihr seine Hilfe angeboten, gefragt, ob sie etwas brauche, sich gekümmert. Sie wissen lassen, dass sie ihn jederzeit anrufen könne.

Sie hatte nicht angerufen. Sie hatte gar nichts gemacht.

Sie war einsam. Zurückgelassen.

Aber daran konnten auch die Tage ohne jede Beschäftigung, an denen sie zu viel Zeit zum Nachdenken hatte, nichts ändern. Sie würden nichts besser machen. Jetzt war es genug.

Nichts wurde besser, nur weil man sich den Kopf darüber zerbrach.

Was sie auch fühlte, in welchem Zustand sie auch war: Sie war gezwungen weiterzumachen. Und sie wusste auch, wie und womit. Also stellte sie die Kaffeemaschine an und suchte das Material hervor, das sie von der Polizeistation mitgenommen hatte, ehe sie ins Ferienhaus gefahren war. Ehe sie mit ansehen musste, wie Thomas erschossen worden war. Von der Frau, deren Leiche man nicht gefunden hatte, von der Hannah aber noch immer glaubte, dass sie einmal ihre Tochter gewesen war.

Jemand hatte ihr Elin weggenommen, sie zerstört und zu dem Menschen gemacht, der ihren Mann getötet hatte. Dafür war irgendwo irgendjemand verantwortlich. Jemand, den sie finden wollte.

Die Akademie.

Das war alles, was sie hatte.

Genau damit wollte sie anfangen.

DANK

Das war's. Ende. Jetzt werden wir erst einmal eine Weile nichts mehr von Hannah, Katja und Haparanda hören. Was nun folgt, sind eine Menge Namen, die Sie nicht lesen müssen, wenn Sie nicht wollen, aber wenn Sie sowieso schon so weit gekommen sind ... Dies ist das siebte Buch, das ich geschrieben habe, aber das erste, auf dessen Titel ich als alleiniger Verfasser stehe. Allein war ich beim Schreiben allerdings nie, und deshalb gibt es auch diese Seiten. Ich hatte Menschen um mich, die mir geholfen, mich unterstützt, mich angetrieben und angefeuert haben oder auch dafür gesorgt, dass ich ab und zu, wenn es wirklich nötig war, einmal auf andere Gedanken kam. Ohne sie gäbe es *Wolfssommer* nicht.

Zunächst möchte ich ULF WALLIN von der Polizei Haparanda einen riesengroßen Dank aussprechen. Er und sein Kollege MARTIN ASPLUND haben mich auf meiner ersten Recherchereise nach Haparanda empfangen und all meine Fragen beantwortet, und Ulf war im weiteren Verlauf so freundlich, weitere Unklarheiten über die Arbeit der Polizei auszuräumen, die während des Schreibens auftauchten. Manchmal stimmte die Wirklichkeit nicht mit dem überein, was ich wollte und brauchte, und dann habe ich sie mir so zurechtgebogen, dass sie besser zu meiner Geschichte passte, deshalb könnte man sagen, dass alles, was in diesem Buch korrekt ist, Ulfs Verdienst ist, während die Fehler auf mein Konto gehen.

Mein Dank gilt auch DANIEL FÄLLDIN, dem Pressesprecher der Gemeinde Haparanda, der sich ebenfalls viel Zeit für mich und meine Fragen nahm, und auch wenn ich natürlich nur an der Oberfläche all dessen gekratzt habe, was es über Haparanda zu wissen gäbe, hat mich Daniel mit allen wichtigen Daten und Statistiken versorgt.

Wie sich herausstellte, fiel es mir nicht leicht, dieses Buch zu schreiben, weil ich es gewohnt bin, mit anderen zusammenzuarbeiten. Deshalb war ich überaus dankbar, dass mein guter Freund und Kollege MICHAEL HJORTH sich die Mühe gemacht hat, alles zu lesen und mit guten Vorschlägen und klugen Kritikpunkten beizutragen.

Natürlich möchte ich auch den Menschen vom Norstedts Verlag danken, die sofort dabei waren, als ich meine Idee vorbrachte, ein eigenes Buch zu schreiben, und die mich das ganze Projekt hindurch bestens unterstützt und ermutigt haben. Ein besonderer Dank geht an jene, mit denen ich am engsten zusammengearbeitet habe – EVA GEDIN, PETER KARLSSON, HENRIK SJÖBERG, KAJSA LOORD und ÅSA STEEN.

Mein Dank gebührt auch NICLAS SALOMONSSON und den Mitarbeitern der Salomonsson Agency, die mir bei wirklich allem helfen, sich bestmöglich um mich kümmern und nicht zuletzt so erfolgreich dafür sorgen, dass ich auch über die Grenzen Schwedens hinausgelange.

ANNIKA LANTZ danke ich dafür, dass ich ihren Witz stehlen durfte, der so lustig war und so gut passte.

PÄR WICKHOLM dafür, dass er alle schwedischen Cover für Mickes und meine Bücher entworfen hat und jetzt auch das für *Wolfssommer*. Wie immer ist es großartig und perfekt für die erste Begegnung der Leser mit meinem Buch.

Meine allerbeste Freundin, CAMILLA AHLGREN, war diesmal zwar nicht an dem Projekt beteiligt, aber wir telefonieren fast jeden Tag, sehen uns, wann immer wir können, und ich kann mir eine lange, intensive Arbeitsphase nur schwer ohne all die Freude und Energie vorstellen, die ich aus unseren Gesprächen und Begegnungen ziehe.

Wie immer, wie üblich, gehen mein allergrößter Dank und meine Liebe an meine Familie. An LOTTA natürlich, mit der ich, wenn dieses Buch erscheint, seit dreißig Jahren verheiratet sein werde. Ich liebe unser gemeinsames Leben, ich liebe dich, und ich möchte mir gar nicht ausmalen, wie mein Leben ausgesehen hätte, wenn wir uns nicht damals im Jahr 1986 auf dieser Party kennengelernt hätten. Umso mehr, weil ich dann auch nicht der Vater unserer drei mittlerweile erwachsenen und flügge gewordenen Kinder wäre: ALICE, EBBA und SIXTEN. Ihr wisst, wie stolz ich auf euch bin, wie froh und glücklich ihr mich macht und wie sehr ich euch liebe, deshalb muss ich es hier gar nicht groß erwähnen.

Zuletzt möchte ich all jenen einen großen Dank aussprechen, denen ich bei meinen Besuchen in Haparanda begegnet bin und mit denen ich sprechen durfte. Ihr habt dafür gesorgt, dass ich mich wärmstens willkommen fühlte, und ich hoffe, ihr nehmt es mir nicht übel, dass ich mir gewisse Freiheiten bei der Geographie und der Anordnung bestimmter Gebäude in eurer Stadt genommen habe, und dass es euch nichtsdestotrotz gefällt, was ich ihr angetan habe.

Hans Rosenfeldt

bei Wunderlich

Wolfssommer

Hans Rosenfeldt & Michael Hjorth

Die Sebastian-Bergman-Reihe bei Polaris, rororo und Wunderlich

Der Mann, der kein Mörder war

Die Frauen, die er kannte

Die Toten, die niemand vermisst

Das Mädchen, das verstummte

Die Menschen, die es nicht verdienen

Die Opfer, die man bringt

Sebastian-Bergman-Kurzkrimis bei rororo

Feste feiern, wie sie fallen

Im Schrank